Ennemis et fiancés

Au cœur de la tempête

W0265323

JULES BENNETT

Ennemis et fiancés

Traduction française de
PATRICIA RADISSON

PASSIONS

HARLEQUIN

Collection : PASSIONS

Titre original :
FROM FEUDING TO FALLING

© 2022, Harlequin Books S.A.
© 2022, HarperCollins France pour la traduction française.

Ce livre est publié avec l'autorisation de HARLEQUIN BOOKS S.A.

Tous droits réservés, y compris le droit de reproduction de tout ou partie de l'ouvrage, sous quelque forme que ce soit.
Toute représentation ou reproduction, par quelque procédé que ce soit, constituerait une contrefaçon sanctionnée par les articles 425 et suivants du Code pénal.

Si vous achetez ce livre privé de tout ou partie de sa couverture, nous vous signalons qu'il est en vente irrégulière. Il est considéré comme « invendu » et l'éditeur comme l'auteur n'ont reçu aucun paiement pour ce livre « détérioré ».

Cette œuvre est une œuvre de fiction. Les noms propres, les personnages, les lieux, les intrigues sont soit le fruit de l'imagination de l'auteur, soit utilisés dans le cadre d'une œuvre de fiction. Toute ressemblance avec des personnes réelles, vivantes ou décédées, des entreprises, des événements ou des lieux serait une pure coïncidence.

Le visuel de couverture est reproduit avec l'autorisation de :
© SHUTTERSTOCK/KIUIKSON/ROYALTY FREE

Tous droits réservés.

HARPERCOLLINS FRANCE
83-85, boulevard Vincent-Auriol, 75646 PARIS CEDEX 13
Service Lectrices — Tél. : 01 45 82 47 47 - www.harlequin.fr
ISBN 978-2-2804-7392-7 — ISSN 1950-2761

Composé et édité par HarperCollins France.
Imprimé en août 2022 par CPI Black Print (Barcelone)
en utilisant 100% d'électricité renouvelable.
Dépôt légal : septembre 2022.

FSC
www.fsc.org
MIXTE
Papier issu de sources responsables
FSC® C159065

Pour limiter l'empreinte environnementale de ses livres, HarperCollins France s'engage à n'utiliser que du papier fabriqué à partir de bois provenant de forêts gérées durablement et de manière responsable.

- 1 -

— Alors, comment vous sentez-vous, monsieur le président ? demanda Tate.

— Je me sens super bien, répondit Carson Wentworth en rajustant sa cravate devant le miroir de son luxueux bureau du Texas Cattleman's Club.

Tate, son demi-frère de dix-sept ans, l'avait soutenu pendant toute la campagne en vue de la présidence du club. Son père l'avait fait aussi, bien sûr, mais personne ne le soutenait avec la fougue de son petit frère.

— Vous vous parlez souvent dans le miroir ?

Carson sursauta et se retourna.

Sur le seuil de son bureau, sa rivale et son ennemie – et en même temps la femme qui occupait ses pensées secrètes depuis des années – le regardait d'un air moqueur.

Comme à chaque fois, l'air hautain que Lana Langley affichait attisa chez lui son désir de déclencher en elle des émotions incontrôlables. S'il lui enlevait sa robe fourreau ou ses pantalons moulants, abandonnerait-elle enfin son dédain exaspérant ?

— Excuse-moi Tate, j'ai une visite, marmonna-t-il. Je te rappelle.

Il raccrocha, le regard toujours posé sur Lana.

Les Langley avaient beau être les ennemis jurés des Wentworth, ses hormones ne voulaient rien savoir.

Leurs deux familles se battaient depuis un siècle. De

génération en génération, cette animosité était instillée dans l'esprit des descendants. Cependant, la frustration de Carson envers Lana n'avait rien à voir avec le passé de leurs familles, et tout à voir avec le fait qu'elle se trouvait toujours sur son chemin.

Elle était trop audacieuse. Trop intelligente. Trop sexy. Trop… tout ! Elle arborait toujours une attitude très responsable, qualité qu'il prisait en général, mais ils se dressaient constamment l'un contre l'autre dès qu'il s'agissait des décisions à prendre pour le club. La conversation la plus anodine tournait alors au pugilat verbal.

La plupart du temps, cette satanée Langley l'exaspérait. Seulement elle avait des courbes à damner un saint…

Elle ne pouvait ignorer à quel point elle tournait la tête des hommes, avec ses tenues plus excitantes les unes que les autres. Une véritable image de magazine sur papier glacé. Son attitude audacieuse et sûre d'elle intimidait la plupart des hommes. Quant à lui, il la considérait comme un défi. Et jamais il ne reculait devant un défi.

— Vous soignez votre ego ? demanda-t-elle, les bras croisés. En recherche d'assurance ?

— La confiance en soi est un trait de caractère très positif. Je le trouve personnellement très attrayant.

— Dans ce cas, vous devez me trouver très séduisante, fit-elle remarquer avec un petit sourire.

Pleine d'assurance et sexy. Ces deux termes s'appliquaient parfaitement à Lana. Mais non contente d'être une ennemie de sa famille, elle avait aussi été sa concurrente pour la présidence du Cattleman's Country Club. À ce titre elle lui avait donné du fil à retordre, en tant que présidente de l'Association des femmes du club. Le jour de l'élection, il l'avait battue avec une bonne longueur d'avance, même si toutes les femmes du club avaient soutenu leur candidate.

— Vous êtes venue voir mon nouveau bureau ? s'enquit-il. Me poser une question concernant le club ? J'ai une réunion imminente, je ne peux vous consacrer que quelques instants.

— Comme j'ai de la chance, murmura-t-elle, ironique.

Carson retint un sourire. Lana était appréciée pour son esprit, son indépendance, pour la façon dont elle parvenait toujours à ses fins... en général. Sans doute son échec à la présidence du club avait quelque peu écorché son amour-propre. Tant pis ! Dans une compétition, il faut toujours un second, et pour sa part, il avait une âme de premier, et rien d'autre.

— Qu'est-ce qui vous amène ? insista-t-il sèchement.

Le silence qui s'était installé le rendait nerveux. À moins que sa nervosité ne provienne de la silhouette parfaite qui s'avançait vers lui, enserrée dans son fourreau rouge ? Lana venait-elle dans son bureau pour le torturer ou pour contempler ce qu'elle avait perdu ?

Les deux, sans doute.

Elle se rapprocha lentement, ses hauts talons résonnant sur le parquet de bois. Au passage elle jeta un œil aux photos des précédents présidents accrochées au mur, et s'arrêta devant le vaste bureau en acajou.

Les bras croisés, elle le regarda enfin. Tout, dans son visage de femme d'affaires, laissait penser qu'elle ne regrettait rien... mais qu'elle avait déjà enclenché sa bataille suivante.

Carson mourait d'envie de faire tomber cette façade pour découvrir ce que cachait cette froideur.

De la passion, sans aucun doute. Une femme ne s'habillait pas avec l'assurance et le sex-appeal de Lana Langley sans brûler à l'intérieur d'un feu dévorant.

— Écoutez, vingt-deux, si j'avais été élue présidente,

mon premier soin aurait été de créer un espace exclusivement réservé aux femmes. Vous les hommes, vous avez géré le club pendant très longtemps, et depuis dix ans que les femmes ont le droit d'en devenir membres, nous ne disposons pas d'un coin à nous. Tout évolue dans ce club, sauf l'attitude envers le sexe féminin. Tout ici sent le masculin. Les dames du club ont droit à un espace élégant, moderne, où elles peuvent faire la fête à leur manière.

Elle se tut et posa sur lui son regard clair qui le fascinait.

Il avait déjà maintes fois entendu ces arguments au cours de la campagne préélectorale. Ils lui paraissaient valables, seulement le budget dont il disposait ne lui permettait pas d'en faire une priorité. Il n'avait pas la moindre intention de céder.

Le silence s'intensifiait, les yeux bleus de Lana demeuraient rivés aux siens. De toute évidence, elle attendait une réponse. Eh bien, qu'elle attende ! À quelques minutes de sa réunion, il avait d'autres chats à fouetter.

— Vous me posez une vraie question ou bien énoncez-vous simplement une fois de plus vos rêves improbables pour le club ? demanda-t-il.

Le regard de Lana flamba.

— Mes rêves n'ont rien d'improbables, rétorqua-t-elle. Je vous ai laissé le temps de vous installer à votre nouveau poste. Aujourd'hui, je suis devant vous en tant que représentante de l'Association des femmes de ce club, pour m'assurer que vous prendrez nos demandes en considération, ce qui est bien naturel. Ce n'est pas parce que je n'ai pas remporté l'élection que je ne vais plus me battre pour nos droits.

Oh ! il n'avait aucun doute là-dessus ! Mais fallait-il vraiment se bagarrer si tôt le matin ? Pour tout petit déjeuner, il n'avait bu qu'une tasse de café. Pour affronter une altercation avec cette provocatrice de Lana Langley, il lui fallait davantage de caféine. Elle s'était battue comme une lionne pour la présidence, et à un moment de la campagne, il avait craint de perdre la face. Ce qu'il n'admettrait pour rien au monde devant les autres.

Le club représentait trop de choses à ses yeux et à ceux de sa famille. Bien sûr, Lana et sa famille aussi étaient très liées au club, mais qu'importe. Il avait mis toutes ses forces pour gagner la bataille, et il l'avait remportée.

Il occupait une place importante dans le ranch familial et dans la production pétrolière de la région. Le club représentait une échappatoire, une joie, une détente. Il venait ici pour décompresser, et non pour négocier avec sa rivale sexy. Il était sorti épuisé de la campagne. Jamais il n'avait travaillé autant ! Lana l'avait défié sans relâche, sur tous les points. Chaque fois qu'il abordait un problème, elle avançait des arguments contraires avec une efficacité redoutable. S'il n'avait pas été lui-même candidat à l'élection, il aurait voté pour elle. Cela non plus, il n'était pas près de le reconnaître.

À présent, traiter avec Lana devenait une nécessité incontournable, et il n'était pas envisageable d'y échapper. Mais il aurait de loin préféré régler les problèmes par téléphone ou par mail, cela lui aurait évité la torture de composer face à face avec cette femme… exaspérante et belle.

— Je comprends vos exigences, Lana, mais elles me paraissent coûteuses et je ne vois aucune raison de…

— Au contraire, il y a toutes les raisons du monde, vingt-deux.

— Pourquoi m'appelez-vous tout le temps « vingt-deux » ?

— Si vous aviez le goût de l'histoire, vous sauriez que vous êtes le vingt-deuxième président du club.

Carson soupira. Que ne donnerait-il pas pour une seconde tasse de café. Avec une rasade de whisky, peut-être ?

— Écoutez, j'ai un rendez-vous dans quelques instants, dit-il. Dans ces conditions, je vous demande de vous retirer. Vous me harcèlerez une autre fois.

Le rire sensuel de Lana s'éleva dans la pièce, suscitant chez lui un état dangereusement proche de l'excitation sexuelle. Il n'aimait pas cela du tout. Cette femme l'irritait et l'excitait à la fois, si bien qu'il en perdait son habituelle courtoisie. Il n'avait pas eu la moindre intention de se montrer impoli, et pourtant…

Pourquoi cette femme-là, précisément ? Pourquoi fallait-il que ce soit une Langley qui lui mette la tête à l'envers ?

Pendant toute la campagne, les médias locaux avaient observé à la loupe les deux familles ennemies. S'attendaient-ils à les voir échanger des coups ? Mais Lana et lui s'étaient au moins entendus sur un point : ne pas aborder le passé de leurs familles. Ce qui comptait pour eux, c'étaient le club et son avenir.

Ce sujet au moins n'avait jamais fait litige.

Comme s'il ne venait pas de la mettre dehors, elle enchaîna :

— J'ai établi une proposition pour le futur espace réservé aux femmes, avec un budget et des devis de constructeurs locaux. Je vous les ai envoyés par mail ce matin. Quand vous les aurez consultés, nous en discuterons.

Elle avait vraiment du culot ! Mais il n'avait pas la moindre intention de se laisser intimider. La rivalité entre les Wentworth et les Langley n'allait pas s'éteindre dans l'immédiat…

S'il n'étouffait pas l'audace de cette femme dans l'œuf, il risquait d'avoir un réel problème.

Comme une enfant capricieuse, Lana tenterait de voir

jusqu'où elle pourrait aller. Son échec à l'élection l'avait sans doute humiliée davantage qu'il ne l'avait cru. Peut-être était-elle de ceux qui n'acceptent pas une défaite ? Quels que soient ses états d'âme, il avait dorénavant la charge du club, y compris les rénovations éventuelles et le budget, et elle devrait le reconnaître.

Il admirait la détermination de Lana, la trouvait même attrayante. Mais attention ! Si elle pensait, ne serait-ce qu'une seconde, qu'elle pouvait le mener par le bout du nez… elle y parviendrait.

Se rapprochant d'elle, il reprit :

— Inutile d'en discuter. J'ai d'autres projets qui requièrent toute mon attention, et construire une nouvelle aile au bâtiment n'est pas dans les tiroirs pour le moment. J'y penserai plus tard. Ce n'est pas ma priorité.

Elle soutint son regard, et dans ses yeux soudain glacés il comprit qu'il avait donné la mauvaise réponse et qu'il allait s'en mordre les doigts. Quelle femme infatigable ! Quand elle voulait quelque chose, rien ne la faisait reculer. Une belle qualité, sans aucun doute. Sauf qu'il ne céderait pas. Il était temps que Lana Langley apprenne la signification du mot « non ».

— Vous le verrez dans le budget quand vous lirez mes propositions, dit-elle, les dents serrées. Je ne sais pas pourquoi vous refusez d'en parler. Peut-être avez-vous peur de…

— Rien ne me fait peur, vous concernant.

À part cette attirance grandissante, dérangeante, mal venue. La plastique tout en courbes voluptueuses de Lana l'hypnotisait. En général, il n'aimait rien tant que laisser glisser ses mains le long des formes soyeuses d'une femme bien faite. Et Dieu sait que Lana l'était… Dommage qu'elle soit une Langley.

— Excusez-moi ?

Tiré de la dérive de ses pensées, Carson se retourna et découvrit Sierra Morgan, un sourire aux lèvres. La journaliste avec laquelle il avait rendez-vous venait d'arriver.

Sierra Morgan était venue à Royal il y a quelques mois pour écrire un article sur le dixième anniversaire de l'admission des femmes au Texas Cattleman's Club. Elle avait par la suite décidé de prolonger son séjour afin d'écrire un livre traitant le sujet. Avant de tomber par hasard sur des histoires beaucoup plus affriolantes et secrètes.

Travaillant en free-lance pour *La Royal Gazette*, elle enquêtait à présent non seulement sur la querelle historique mettant en jeu différents membres du club, mais encore sur un bébé abandonné sur le parking de l'hôpital au mois d'octobre. Son enquête s'étendait donc à présent à la recherche de l'identité du père du nourrisson. La rumeur en faisait un membre du Texas Cattleman's Club. Sierra se retrouvait donc immergée dans les scandales et les secrets de Royal, Texas. Et Dieu sait s'il y en avait…

Aujourd'hui, elle souhaitait interviewer Carson à propos de son nouveau poste de président. Il se doutait que l'entretien finirait par tourner autour de son arrière-grand-père, Harmon Wentworth. Ce dernier, se sentant près de la mort, était déterminé à découvrir enfin qui était sa mère biologique. Sierra semblait consacrer le peu de temps libre dont elle disposait à aider Harmon dans sa quête, en s'appuyant sur un journal intime plein de clés à interpréter.

Carson réprima une envie de se passer une main dans les cheveux. Il lui fallait vraiment une tasse de café avant d'entamer cet entretien. Il y avait dans cette ville beaucoup trop de drames et de secrets auxquels il ne permettrait pas de jeter une ombre sur sa nouvelle présidence, l'une des plus belles réussites de sa vie.

— Le moment est mal choisi ? s'enquit Sierra.

— Oui, répondit Lana.

— Non, répondit Carson en même temps.

— Je… je peux revenir un peu plus tard, proposa la journaliste d'un ton incertain.

— Pas du tout ! répliqua Carson.

Pas question de laisser Lana prendre le contrôle, surtout en ce qui concernait le club. Plus vite elle comprendrait qui commandait, mieux ce serait.

— Vous et moi avions rendez-vous, et de toute façon, Lana s'apprêtait à partir, ajouta-t-il.

— Ah bon ? s'étonna celle-ci avec un grand sourire. Pourtant… je pensais que nous commencions juste à négocier.

— En fait, puisque vous êtes là tous les deux, je pourrais peut-être vous interviewer aussi, Lana ? suggéra Sierra.

Cette fois-ci, Carson se passa une main rageuse dans les cheveux. Formidable ! Son ennemie et une journaliste fouineuse prenaient le dessus sur lui ! Dans ces conditions, à quoi servait d'être le président ?

Bon sang !

À partir de là, les choses ne pouvaient que s'améliorer, non ?

Lèvres serrées, posture rigide, M. le président ne semblait pas très enthousiaste à la perspective de cet entretien croisé, songea Lana, amusée. Elle le sentait, Carson commençait à l'avoir dans la peau. Plus grave, elle aussi l'avait dans la peau. Et depuis bien trop longtemps.

Pendant la course à la présidence, son ego en avait

pris un sérieux coup, mais à part ça, elle le trouvait très attirant. Cela en devenait même inquiétant.

Pourquoi, au juste ? Elle n'en avait aucune idée. Il était arrogant et égocentrique, sans parler du fait qu'il appartenait à la lignée des Wentworth. Cette attirance devait être l'œuvre du diable, puisque, en temps ordinaire, les Wentworth et les Langley se mélangeaient aussi peu que l'eau et le feu. Tout cela parce que cent ans plus tôt s'était déroulée une histoire galante à laquelle s'étaient mêlés des secrets bien gardés. La génération actuelle ne s'impliquait que peu dans cette querelle, mais pour des raisons difficiles à analyser, personne ne permettait à la guerre de s'éteindre.

Lana s'installa dans le fauteuil de cuir de l'autre côté du bureau imposant de Carson, croisa les jambes et lui adressa un sourire insolent. L'œil sombre, il prit place en face d'elle.

Pauvre chéri, dépassé par deux femmes puissantes. Ce devait être rude pour son ego.

— Formidable ! s'exclama Sierra en sortant de son sac un carnet et un stylo. Avant d'en venir à la nouvelle présidence du Texas Cattleman's Club et à son avenir, j'aimerais vous poser une question annexe, Carson. Quel est votre sentiment concernant les recherches de votre arrière-grand-père pour retrouver le nom de sa mère biologique ?

L'attention de Lana s'aiguisa. Aux aguets, elle attendit la réaction de Carson.

Celui-ci fronça les sourcils, mais sans attendre sa réponse, Sierra poursuivit :

— Comme vous le savez, en plus d'enquêter sur le Texas Cattleman's Club, j'ai écrit quelques articles au sujet de Micah, l'enfant récemment abandonné sur le parking de l'hôpital. Pour mémoire, je vous rappelle les faits. Après avoir découvert le journal intime d'Arielle, sa mère décédée, nous avons pu relier ce bébé à sa tante, Eve Martin. Eve s'est rendue à l'hôpital mais à peine arrivée, elle s'est évanouie. Elle est actuellement dans un centre de soins. Elle avait laissé son neveu dans son couffin sur le capot d'une voiture appartenant à votre cousine, Cammie Wentworth. Cammie et son mari Drake font office de parents adoptifs, jusqu'au moment où Eve sera en état de s'occuper de son neveu. Cependant, le père de cet enfant demeure inconnu. De nombreuses rumeurs courent en ville quant à son identité. Le journal intime d'Arielle suggère qu'il s'agit d'un membre du club. Je travaille donc sur cette hypothèse. Mais le journal contient aussi des renseignements intéressants au sujet de votre arrière-grand-père Harmon et de ses recherches visant à découvrir le nom de sa mère biologique. Avant de mourir, Arielle l'aidait dans cette tâche. J'ai décidé de reprendre là où elle s'est arrêtée. Cela fait un mystère de plus à élucider. On y apprend aussi que Harmon souhaite que les Wentworth et les Langley mettent fin à leur bataille héréditaire. Il aimerait voir la paix restaurée entre les deux familles avant de mourir. Mais plus personne ne sait ce qui a déclenché cette guerre il y a un siècle.

Lana s'émerveilla des avancées de Sierra. C'était une journaliste de talent et elle avait ses méthodes d'investigation très affûtées. Venue à Royal pour écrire un article sur l'histoire du Texas Cattleman's Club, elle en faisait un livre. Ce projet tombait à pic, au beau milieu de plusieurs mystères indémêlables.

À présent, Sierra se trouvait prise au sein de la toile d'araignée complexe de Royal. Chaque jour apportait son lot de petites informations, et elle devait savourer la situation.

— Je suis vos articles sur Micah, dit Carson. Vous écrivez bien. Mais je ne suis pas libre de parler de mon arrière-grand-père. Nos problèmes familiaux nous appartiennent, et nous avons chacun notre vision de la longue querelle entre les Wentworth et les Langley.

— J'ai apporté le journal intime d'Arielle, dit Sierra en le sortant de son sac. Il est assez parlant. Néanmoins, il manque des éléments, que ma mission consiste à découvrir. Je n'aime pas qu'il manque des pièces à un puzzle.

Sierra se tourna vers Lana en souriant et ajouta :

— Et vous ? Avez-vous des informations sur cette brouille tenace entre vos deux familles ?

Lana s'était toujours demandé ce qui avait bien pu déclencher une haine aussi persistante entre les Langley et les Wentworth, et sur plusieurs générations. Qu'avait-il bien pu se passer de si impardonnable qui soit impossible à oublier ?

Au fil des années, elle avait vaguement entendu parler de relations sentimentales qui avaient mal tourné, mais elle ne posait jamais de questions à ce sujet. Elle était bien trop occupée à vivre sa propre vie pour s'embarrasser de mesquineries vieilles de un siècle.

Pourtant, ce n'est pas parce que cela ne l'intéressait pas vraiment que cela n'existait pas. Et à cause de ce contentieux entre les deux familles, elle n'avait jamais essayé d'être amie avec Carson. Cela dit, vu l'arrogance de ce dernier, elle ne regrettait rien !

— Je ne peux pas vous fournir la moindre information sur la querelle entre nos deux familles, répondit-elle. Cependant, cela ne me dérangerait pas de rendre visite à Harmon pour découvrir ce qu'il sait.

— Ah non ! s'écria Carson.

— Pourquoi pas ? demanda Lana. Cela ne vous intéresse pas ?

— Tout ça, c'est de l'histoire ancienne, je ne suis pas tourné vers le passé, répondit-il.

— En fait, je me demande si la mère biologique de Harmon n'est pas à l'origine de cette querelle entre les Langley et les Wentworth, fit remarquer Sierra. Par ailleurs, une source bien informée m'a indiqué que Harmon ne léguerait pas une partie de sa fortune au Texas Cattleman's Club si les deux familles ne se réconciliaient pas.

Lana ne quittait pas Carson des yeux. De toute évidence, une partie de ce que venait de dire la journaliste ne lui était pas inconnue. En revanche, il paraissait surpris qu'une journaliste ait obtenu ces informations.

Cette ville bruissait de secrets et cela lui donnait mal à la tête. Elle ne souhaitait qu'une chose : se focaliser sur ses propres objectifs, qu'elle avait énoncés lors de la campagne pour la présidence du club. Elle voulait poursuivre l'action de sa belle-sœur Abby, première femme admise au sein du club il y a dix ans et qui, depuis, travaillait dur pour le rendre plus accueillant aux femmes. Abby avait été son plus fidèle soutien pendant la campagne. Nul doute que son cuisant échec lui avait brisé le cœur.

Mais pour rien au monde cet échec ne l'empêcherait de se rendre utile quand elle le penserait nécessaire. Les femmes du club avaient plus que jamais besoin d'un espace à elles, quelque chose de joli et confortable, à l'abri de la rugosité des hommes.

Une chose à la fois, cependant. Pour le moment, il valait mieux se concentrer sur l'instant présent et la possibilité de rencontrer Harmon.

— Quelles que soient les réflexions de mon arrière-grand-père sur son passé et sa fortune, elles ne regardent pas la presse, reprit Carson. En revanche, si vous souhaitez parler de ma nouvelle position de président du club, je suis à votre disposition.

— Je fais simplement mon travail de journaliste d'investigation, rétorqua Sierra. Peut-être Lana a-t-elle une opinion au sujet de Harmon et des rumeurs qui circulent à son sujet ?

Oh ! Elle avait ses opinions, sans aucun doute ! Mais elle aurait l'intelligence de les taire. Pour le moment.

— Vous savez, c'est une vieille histoire, répondit-elle en haussant les épaules.

— Lana, voulez-vous, oui ou non, connaître l'origine de cette brouille entre vos familles ? insista Sierra.

— C'est une chose à laquelle j'ai souvent pensé, mais cela dure depuis tellement longtemps, vous savez. Cela me concerne peu. En revanche, on dirait que Harmon est fatigué de ces petites mesquineries et qu'il veut résoudre les problèmes tant qu'il est en vie.

Après une brève pause, elle reprit :

— J'aimerais bien lui rendre visite. Je suis une Langley, et s'il veut vraiment mettre un terme à cette brouille, nous arriverons peut-être à quelque chose.

— Mais non !

Le cri du cœur de Carson surprit Lana pour la deuxième fois. Il pouvait être véhément et provocateur, la campagne l'avait prouvé, mais jamais elle ne l'avait senti aussi sur la défensive qu'aujourd'hui. Qu'est-ce qui le tracassait à ce point ?

— Et pourquoi pas ? s'enquit-elle. Peut-être est-ce l'occasion unique de régler les problèmes familiaux une fois pour toutes ? Et en plus, cela nous donnera accès à des fonds pour le club. Vous avez déjà fait allusion à mes propositions, rendues impossibles par un budget trop serré. Pour toutes ces raisons, ma visite à Harmon est légitime.

— Dans ce cas, je viens avec vous, décréta-t-il.

— Très bien, nous irons cet après-midi, conclut-elle. Excusez-moi, mais je dois partir. Déjeunons ensemble un de ces jours, Sierra, et vous pourrez me poser vos questions.

— Avec grand plaisir, répondit la journaliste en souriant.

Lana quitta le bureau sans prendre la peine de saluer Carson. Elle avait quelques courses à faire et voulait se changer. Pour affronter Carson, elle avait choisi une tenue provocante. En revanche, pour rendre visite à Harmon dans sa maison de retraite, quelque chose de plus sobre s'imposait.

Elle sourit en repensant au regard que lui avait jeté Carson en détaillant sa robe, tout à l'heure. Elle avait des formes voluptueuses, qu'elle aimait mettre en valeur. Carson semblait aimer les femmes bien faites. Depuis des années, discrètement, il la jaugeait de la tête aux pieds. Peut-être la méprisait-il pour son nom et ses idées, mais elle l'attirait, elle en aurait mis sa main au feu. Il aurait fallu être aveugle pour ne pas le remarquer. De son côté, tout en lui lui convenait, depuis son délicieux accent traînant du Sud, jusqu'à sa carrure athlétique.

Dommage qu'il soit un Wentworth et qu'elle soit une Langley.

- 2 -

Carson retint un juron. Comme si la robe moulante de ce matin ne suffisait pas ! Vêtue à présent d'un jean moulant, d'un pull rouge et de bottes de cow-boy, Lana était à tomber par terre. Debout sur le seuil de la maison de la jeune femme, il la contempla sans pouvoir s'en empêcher. Il aurait dû s'y attendre. Il savait très bien qu'il devait garder ses distances, mais pour rien au monde il ne l'aurait laissée rendre visite à Harmon toute seule !

Lana s'était changée. Ses longs cheveux noirs relevés en une queue-de-cheval lui donnaient l'air adorable d'une jeune femme normale. Mais il se méfiait de ses ruses et de ses métamorphoses. Attention, danger !

Comment ne pas la trouver attirante ? À l'école et au lycée, elle était déjà une beauté, et plus le temps passait, plus elle devenait sexy. Son corps de rêve lui aurait presque fait oublier qu'il avait été élevé dans la haine et le mépris de tout ce qui portait le nom de Langley.

La silhouette de Lana ferait perdre la tête à n'importe quel homme, surtout si…

Stop ! Reprendre le contrôle de ses pensées, avant de se conduire comme un écervelé. Consciente de ses atouts physiques, cette femme essayait de lui faire perdre pied. Elle projetait de le saisir dans ses serres, et s'il n'y prenait garde, il deviendrait sa proie.

Il devait rapidement retrouver sa vie sociale, qu'il avait

négligée pendant trop longtemps. Sortir, prendre une compagne, accepter les invitations, en lancer. Tout pour chasser Lana de son esprit.

Mêler sa vie à celle d'une Langley n'augurerait rien de bon, ni pour l'un ni pour l'autre. Surtout pas au moment où la brouille familiale redevenait centrale, avec Harmon et ses conditions testamentaires. Et aussi le journal intime d'Arielle, objet de toutes les spéculations, qu'il avait maintenant en sa possession grâce à Sierra, qui avait obtenu la permission d'Eve de lui prêter ce journal. Il allait pouvoir chercher des indices qui auraient échappé à la journaliste. Si seulement cette brouille n'avait jamais eu lieu, Lana et lui ne seraient pas en constant désaccord, et il pourrait sans problème céder à son attirance pour elle.

Seulement la réalité était tout autre. Non seulement la brouille existait bel et bien, mais leur campagne préélectorale l'avait envenimée, de sorte que tout reprenait de plus belle.

— Que faites-vous ici ? demanda Lana en le toisant d'un air hautain.

Il se posait la même question ! Vu de l'extérieur, il avait agi comme un masochiste, mais il préféra se convaincre qu'il cherchait à empêcher Lana de lui faire un enfant dans le dos.

— Je suis venu vous chercher pour aller voir mon arrière-grand-père, répondit-il.

Lana leva les yeux au ciel.

— Nous devions nous retrouver à votre bureau, non ? Je suis plus que capable de conduire toute seule, vous savez.

— C'est un service gratuit que vous offre le nouveau président de votre club, dit-il en souriant.

Lana le fusilla du regard.

— Vous avez des choses plus importantes à faire que jouer le chauffeur de taxi, vingt-deux, rétorqua-t-elle.

— Arrêtez de m'appeler comme ça !

— C'est un service gratuit !

Bon sang ! Pourquoi était-il venu la chercher, alors qu'elle aurait dû le retrouver à son bureau ? Parce qu'il voulait lui parler avant la rencontre avec Harmon. Pourtant, un simple SMS ou un coup de fil aurait fait l'affaire.

Rebrousser chemin maintenant le mettrait en position de faiblesse vis-à-vis de Lana. Et ça, il n'en était pas question.

— Si nous devons faire le trajet ensemble, c'est moi qui conduis, décréta-t-elle. Je n'abandonne le contrôle d'une situation que quand c'est absolument nécessaire.

Son sourire coquin, joint à son commentaire osé, attisa l'imagination de Carson. Il l'imagina étendue sous lui dans son lit, enivrée de ce qu'il lui donnait, perdant le contrôle sous ses caresses expertes…

En cet instant précis, il comprit qu'il s'était fourré dans un pétrin sans nom, sans encore en mesurer toutes les effrayantes conséquences.

Leurs querelles verbales étaient incessantes. Les jours changeaient, mais pas leur badinage teinté de tension sexuelle. À un certain moment, l'un des deux craquerait, c'était fatal.

— D'accord, répondit-il. Je n'ai pas de problème à abandonner le contrôle.

Lana le regarda dans les yeux, puis contempla un instant sa bouche, avant de répondre :

— J'ai du mal à le croire. Un homme comme vous n'abandonne jamais le contrôle.

Sans en être vraiment conscient, Carson avança d'un pas. Tout à coup, il se trouva à quelques centimètres du visage de Lana, dont le souffle chaud l'enveloppa comme une caresse. Aussi, comme le masochiste qu'il était, franchit-il une nouvelle étape.

— Un homme puissant et sûr de lui sait quand laisser une femme prendre l'avantage, murmura-t-il. Il y a des circonstances où je suis plus qu'heureux de laisser ma partenaire me dominer.

Quel idiot ! Pourquoi agissait-il ainsi ? Pourquoi ne pouvait-il se débarrasser de l'image de Lana enroulée dans ses draps ? Pourquoi se projetait-il dans des situations impossibles ? Cela n'avait aucun sens, et pourtant il ne pouvait s'en empêcher. Comme si deux parties opposées de son cerveau luttaient l'une contre l'autre. Bon sens contre désir fou.

Reculant d'un pas, Lana releva le menton.

— Heureusement que je ne suis pas votre partenaire, répliqua-t-elle. En dépit de vos déclarations, vous et moi n'irions pas bien ensemble.

Les yeux plantés dans ceux de Lana, il ne répondit pas.

— Vous étiez bien en train d'essayer de me séduire avec vos belles paroles, non ? demanda-t-elle.

Il ne put s'empêcher de sourire.

— Vous avez envie d'être séduite, Lana ?

Les yeux bleus de Lana effleurèrent sa bouche une seconde de trop pour sa tranquillité d'esprit, puis elle le regarda. Ah, si elle n'était pas une Langley et s'il n'était pas un Wentworth, qu'adviendrait-il s'il décidait de refermer la porte derrière eux ? L'accueillerait-elle de bonne grâce ? Son attitude serait-elle à la hauteur du regard qu'elle lui adressait en cet instant ? Leurs rencontres chastes étaient déjà électriques, alors s'ils se retrouvaient dans le même lit…

Allons ! Inutile d'épiloguer. C'était inimaginable.

Ils étaient les Montaigu et les Capulet des temps modernes. Le sexe, aussi extraordinaire soit-il, ne changerait rien à leurs noms respectifs ni à leur adversité continuelle. Et pourtant, il n'en doutait pas un instant, ce serait la liaison la plus géniale de sa vie.

Il se maudit intérieurement. Devenait-il idiot ? Lana et lui n'entretenaient aucune relation quelle qu'elle soit, ni sexuelle ni amicale, et déjà il la sacrait la meilleure ? Il déraisonnait, perdait son sang-froid. Il n'existait qu'une solution de bon sens : s'enlever de l'esprit Lana Langley ! Et tout de suite !

— Il faut y aller, dit-elle d'une voix un peu sourde.

Puis se raclant la gorge, elle prit son sac à main et ordonna :

— Écartez-vous.

Il s'exécuta. Il ferait bien de se conformer à cet ordre de rester à l'écart. L'élection passée, ils n'avaient plus de raison de se voir aussi souvent. Ils se rencontreraient par hasard de temps en temps au club, pour une soirée ou une autre, mais rien de plus. Et ce serait très bien ainsi.

Cela l'aiderait à tempérer son attrait pour Lana, et il retrouverait sa sérénité. Sinon, il deviendrait fou au contact de cette femme.

Toutes les batailles verbales qu'ils avaient livrées au fil de la campagne n'avaient fait que creuser le fossé entre eux. Hélas pour lui, toutes ces joutes lui avaient aussi fait prendre conscience de l'aspect sensuel et puissant de cette femme hors du commun.

Lana pénétra dans la luxueuse maison de retraite aux côtés de Carson. Dans la voiture, il lui avait fait la leçon, lui indiquant ce qu'elle pouvait et ne pouvait dire devant Harmon. Bien entendu, elle s'était empressée d'oublier ses propos.

En réalité, elle avait regardé par la vitre pendant tout

le parcours, occupée à dissimuler l'effet que lui faisait sa voix profonde si virile, son accent légèrement traînant, aux intonations flexibles.

Pourquoi succomberait-elle à cet accent sensuel ? Elle avait pourtant vécu à Royal toute sa vie, rien ne lui était plus familier que ces intonations du Sud. Alors pourquoi lui ? Honnêtement, elle n'en savait rien. Au cours des débats, elle l'avait trouvé à la fois irritant et terriblement sexy. Et aujourd'hui, il ne se passait pas une heure sans qu'elle pense à lui…

— Souvenez-vous de ce que je vous ai dit, lui rappela-t-il en se tournant vers elle.

Se souvenir ? Elle n'avait rien écouté !

Un sourire plaqué sur le visage, elle hocha la tête. Elle n'avait qu'une idée en tête : pénétrer dans la chambre de Harmon Wentworth pour entendre ce qu'il accepterait de révéler de la querelle épique entre les deux familles. L'homme avait cent ans, elle ne voulait pas qu'il meure en emportant avec lui les secrets familiaux.

Parvenue devant la porte de Harmon Wentworth, elle se tourna vers Carson.

— Croyez-le ou pas, je n'ai pas pour habitude de bousculer les personnes âgées, dit-elle. Je réserve cela à mes opposants.

Elle accompagna ces mots d'une petite tape sur la joue de Carson. Au toucher un peu râpeux de sa mâchoire, son corps tout entier frémit. Troublée, elle ne put s'empêcher d'imaginer cette peau si masculine contre la peau nue de son corps…

Rapide, Carson s'empara de sa main avant qu'elle la retire. L'espace d'un instant, leurs regards se rivèrent l'un à l'autre.

Elle devait détourner les yeux, songea-t-elle. Retirer sa

main et pénétrer dans la chambre de Harmon. Pourtant, elle demeurait là, les yeux plantés dans les fascinants yeux verts de Carson, regrettant de ne pas se trouver dans un endroit plus discret.

Mais non ! Au diable ces pensées naïves de midinette ! Carson ne l'aimait pas davantage qu'elle ne l'aimait. Même à l'école, ils évoluaient dans des groupes différents et gardaient soigneusement leurs distances. Leurs familles leur avaient appris à ne pas s'approcher l'un de l'autre. Tout ce dont on lui avait bourré le crâne avait concordé avec sa propre opinion : Carson Wentworth était un être arrogant et antipathique.

Attirant, aussi, c'était indéniable. Mais jamais elle n'irait au-delà. Elle l'avait dans la peau. Pas plus.

Avant qu'elle parle ou retire sa main, la porte s'ouvrit en grand. Carson sursauta. Lana retira sa main. Trop tard ! L'infirmière et Harmon les avaient vus.

— Entrez, dit l'infirmière. Je viens juste de donner ses médicaments à M. Wentworth. Je vous laisse.

L'aspect spacieux et confortable de la suite ne surprit pas Lana. Harmon avait largement les moyens de s'offrir cet endroit luxueux. Carson sourit à l'infirmière avant de refermer la porte derrière elle et de se tourner vers son arrière-grand-père.

— Quelle bonne surprise, dit ce dernier.

Le large sourire du vieil homme creusa sur son visage des rides profondes. Ses cheveux blancs étaient bien coiffés. Il portait une chemise, un pantalon de ville et des pantoufles. Sans doute aurait-il préféré des bottes de rancher…

Il avait été un pilier de Royal pendant des décennies, et il avait la réputation d'être un homme d'affaires très audacieux.

Mais le ranch, l'agriculture, la conduite de son empire,

tout cela appartenait au passé. Telle est la brutale réalité de la vie. Tout avait une fin, que vous y soyez préparé ou pas.

— Et qui m'as-tu amené, mon garçon ? demanda-t-il en s'aidant des bras de son fauteuil pour se lever.

Le sourire aux lèvres, il tendit la main vers Lana.

— Je suis Lana Langley. Ravie de vous rencontrer, monsieur Wentworth.

La poignée de main de Harmon fut brève mais ferme. Ses sourcils blancs broussailleux s'arquèrent et son regard se tourna vers Carson.

— Langley ? Carson, je ne m'attendais pas à quelque chose d'aussi fantastique !

Le vieil homme sourit et prit Carson dans ses bras, avant de se tourner vers elle pour la serrer à son tour contre lui.

— C'est une merveilleuse nouvelle, déclara-t-il. Jamais je n'aurais imaginé vivre ce jour, et je suis reconnaissant d'être encore en vie pour assister à ce moment. C'est le jour le plus heureux de ma vie depuis des années !

Stupéfaite, Lana faillit trébucher lorsqu'il la lâcha, mais elle se ressaisit vite. De quoi parlait-il ?

Le vieil homme les invita à s'asseoir.

— Comment se fait-il que je n'aie pas entendu parler de votre relation plus tôt ? s'enquit-il. Enfin une union Wentworth-Langley ! Je n'en reviens pas !

Lana retint une exclamation de surprise.

— Monsieur…

— Depuis combien de temps êtes-vous ensemble ? poursuivit le vieil homme. J'espère que ce n'est pas une relation temporaire. Un engagement à long terme changerait nos vies.

— Une relation sérieuse avec Lana ? répliqua Carson d'un ton moqueur. Grand-père, elle et moi…

— Vous rendrez à l'autel bientôt, c'est incroyable, mon

garçon ! Je souhaitais que nos deux familles enterrent la hache de guerre depuis si longtemps. Mais jamais je ne suis allé jusqu'à imaginer un engagement sentimental. Qu'importe si nos familles sont en colère, il est temps de mettre fin à cette brouille. J'étais sérieux en disant que je priverais le club de ma donation si n'intervenait pas une réconciliation entre les Wentworth et les Langley. Mais un mariage ! C'est inespéré ! J'espère que je ne fabule pas ? D'après ce que j'ai vu à la porte tout à l'heure, vous êtes engagés l'un envers l'autre, n'est-ce pas ? Fiancés, peut-être ?

— *Fiancés* ? murmura Lana, les yeux fixés sur Carson.

Il prit sa main et la serra. Ce geste lui déplut au plus haut point. Une peur irraisonnée s'empara d'elle. Elle se retrouvait soudain dans une position impossible. Tout lui échappait.

Non ! Ce n'était pas en train de se produire !

— Nous voulions te l'annoncer nous-mêmes et en premier, répondit Carson d'une voix bien trop calme pour pareille circonstance. Je savais que cela te rendrait heureux.

Quel menteur ! Lana gardait les yeux rivés sur lui, dans l'espoir qu'il la regarde et arrête cette absurdité.

À quel jeu jouait-il ? Avait-il tout manigancé ? Était-ce la raison pour laquelle il avait insisté pour l'accompagner ?

Cela ne pouvait durer une minute de plus. Faire semblant de se fiancer à Carson, c'était de la folie furieuse. Une folie qui ne deviendrait pas une réalité. Non, non et non !

Elle voulut se lever, mais la main de Carson sur la sienne se crispa. Dans son regard maintenant fixé sur elle, elle lut une sorte de prière muette. De sa vie entière elle n'avait vu pareil geste de la part de Carson. S'il avait organisé toute cette mascarade, il devait avoir une raison. Dès qu'ils sortiraient d'ici, elle exigerait une explication.

— Alors, quelle est la date du grand jour ? demanda Harmon en souriant.

Carson soutint le regard de Lana quelques secondes avant de répondre :

— Tout cela est tout récent, nous n'avons encore rien prévu de précis.

— Je comprends, murmura Harmon en hochant la tête.

— Ce matin, nous avons tous les deux eu un entretien avec Sierra Morgan, enchaîna Carson. Elle creuse dans ton passé et la brouille de nos familles. Le journal intime d'Arielle Martin a éveillé l'intérêt de tout le monde.

— C'est une des raisons pour lesquelles je voulais vous rencontrer, monsieur Wentworth, intervint Lana, désireuse de reprendre le contrôle des événements.

— Appelez-moi « Harmon », puisque vous rejoignez notre famille.

Sûrement pas !

— Pouvez-vous nous dire comment cette querelle a commencé et pourquoi elle s'éternise ? demanda-t-elle.

Harmon regarda par la fenêtre, l'air de réfléchir à ce qu'il allait répondre… ou pas.

Lana jeta un regard furtif à Carson, dont les yeux demeuraient fixés sur son arrière-grand-père.

Quel lâche ! Jamais elle ne l'avait pris pour un lâche, mais là, il n'était même pas capable de la regarder ! Eh bien, il ne perdait rien pour attendre ! Une fois sur le parking, il ne pourrait plus se défiler.

Au souvenir de Carson sur le seuil de sa maison, une bouffée de colère l'envahit. Il avait flirté avec elle. Était-ce en vue de cet imbroglio ? Avait-il eu l'incroyable audace de concevoir ce plan sans lui en dire un mot ?

Croyait-il vraiment qu'elle le suivrait aveuglément dans ce stratagème ? Certes, il avait gagné la présidence du Cattleman's Country Club, mais cela ne signifiait pas qu'il pouvait la manipuler à sa guise, la forcer à s'engager dans une relation sentimentale avec lui. Même si elle avait été en quête d'un mari, Carson Wentworth aurait été le dernier sur la liste, et de loin !

Non. Il ne serait même pas sur la liste.

— Je pense que la brouille a commencé à ma naissance, mais je n'en sais pas plus, répondit Harmon. Avant de mourir, je veux découvrir qui était ma mère biologique. Je voulais aussi que cette querelle de familles s'achève. Grâce à vous, j'ai parcouru la moitié du chemin, et je m'en réjouis. Alors, à quand ce mariage ?

Harmon semblait croire que les deux familles allaient vraiment se réconcilier, et cela paraissait le rendre si heureux… Lana n'eut pas le cœur de le détromper sur-le-champ.

— Je ne suis pas sûre de la date exacte du… mariage, répondit-elle. Carson et moi sommes des gens très occupés.

Était-ce bien elle qui prononçait ces paroles ?

— Je comprends très bien, Lana, dit Harmon. Il n'y a aucune raison de se précipiter. Mais que diriez-vous de célébrer vos fiançailles au club à la fin du mois ? De la sorte, nous fêterions à la fois votre union et la fin de notre sempiternelle querelle familiale. À ce moment-là, vous pourrez annoncer au club que je lègue une énorme somme d'argent pour les restaurations et les améliorations que vous jugerez tous les deux utiles. Par conséquent, vous n'aurez pas à attendre ma mort pour disposer de cet argent.

Lana tressaillit. Harmon allait prendre une décision tellement importante… Il fallait qu'elle l'en empêche, qu'elle lui dise la vérité. Et tout de suite.

Mais elle n'en fit rien. Envisageait-elle sérieusement cette farce ?

Eh bien… oui. Puisqu'un mensonge de brève durée mettrait un terme à cette querelle de un siècle et offrirait aux femmes du Texas Cattlmenan's Club un endroit rien qu'à elles, elle était d'accord pour y jouer un rôle.

Mais *un mois entier* ? Cela paraissait si long… Quatre longues semaines à faire semblant d'être amoureuse de Carson ? Qu'est-ce que cela impliquerait, au juste ? Différents scénarios se bousculaient dans sa tête. Se tenir la main ? S'embrasser ? Faire…

Non ! Il ne pouvait y avoir rien de plus. S'ils devaient jouer la comédie, ce serait uniquement en public et en mode soft. Pas davantage.

Quand cette histoire serait derrière eux, elle aurait les fonds nécessaires pour créer un espace dédié aux femmes au sein du club. Et les Langley et les Wentworth auraient enterré la hache de guerre.

— Alors Carson, comment t'installes-tu dans ton nouveau rôle au club ? demanda Harmon.

De toute évidence, le vieil homme avait parlé et s'attendait à ce que ses exigences soient satisfaites, songea Lana. Comment son idée de rendre visite au patriarche de la famille Wentworth l'avait-elle enfermée dans le piège de fiançailles de un mois avec un homme qu'elle détestait… et désirait plus qu'elle ne l'aurait dû ?

— J'ai hâte de commencer ce nouveau chapitre, répondit Carson.

Il parlait comme si sa vie ne venait pas de prendre un tournant dramatique au cours des cinq dernières minutes.

Étourdie, Lana écouta les deux hommes discuter des affaires du club. Ni les fiançailles ni le journal intime ne retenaient plus leur attention.

Carson lui tenait toujours la main. Oh ! elle pouvait la retirer, mais de quoi aurait-elle eu l'air ? Il existait sans doute une raison pour qu'il se soit engouffré dans cette absurdité. Peut-être pour que son arrière-grand-père fasse une donation au club ? Elle ne pouvait le nier, elle aussi s'intéressait à ces fonds. Alors, si ces fiançailles étaient le prix à payer…

Les questions se bousculaient dans sa tête. Elle enrageait de rester assise sans rien faire. Elle ne souhaitait qu'une chose : retourner à sa voiture et demander des explications à Carson.

L'entretien entre les deux hommes se poursuivit, mais plus rien d'important ne s'échangeait. Rien sur le journal intime d'Eve, rien sur la brouille centenaire. Et pourtant, seuls ces sujets avaient motivé sa visite à Harmon. Jamais elle ne s'était sentie prise au piège de cette manière…

Plus elle restait assise, à prétendre que rien ne s'était passé, que sa vie ne venait pas de s'arrêter, plus la colère montait en elle.

Elle avait grandi entourée de mensonges et de cachotteries. Des années plus tard, elle avait découvert les liaisons de son père et les ennuis financiers de ses parents. Tandis que sa mère supportait tout sans rien dire, son père continuait à mener sa vie écœurante truffée d'infidélités. C'est à ce moment-là qu'elle avait décidé de ne jamais laisser un homme prendre le pouvoir sur elle.

Soudain, elle se leva et sourit à Harmon.

— Excusez-moi, monsieur Wentworth, il faut que je parte, dit-elle.

— Harmon, souvenez-vous. Nous allons faire partie de la même famille.

Faisant un effort pour se lever, il poursuivit :

— Tenez-moi informé de la date des fiançailles et du mariage. J'ai très envie d'en entendre davantage sur cette union. J'ai eu grand plaisir à vous recevoir tous les deux.

Rien ne m'apportera de plus grande joie que d'assister à la fin de cette brouille. Une fois pour toutes nous serons unis par l'amour, au lieu d'être divisés par la haine.

Lana saisit cette ouverture inespérée.

— Puisque je vais bientôt… rejoindre la famille Wentworth, dites-moi ce qui a déclenché cette animosité tenace.

Harmon soupira.

— Je ne me souviens pas, c'était il y a si longtemps…, murmura-t-il. De même, ma mère biologique demeure un mystère. Je ferai tout pour que la vérité émerge. Quand Arielle a entrepris ses recherches, je lui ai dit tout ce que je savais.

Lana eut de la peine pour lui. La vie de cet homme arrivait à son terme, et il voulait des réponses à ces questions existentielles. En outre, il souhaitait évacuer une fois pour toutes la haine qui avait tétanisé leurs deux familles. C'était plus que louable.

Mais cette haine qui avait son origine dans un passé lointain n'avait strictement rien à voir avec elle. Il n'y avait donc aucune raison qu'elle soit punie.

— Je viendrai te voir dans la semaine, promit Carson.

Comme les deux hommes s'étreignaient, quelque chose tressaillit dans le cœur de Lana. Jamais elle n'avait envisagé Carson comme un homme aussi attaché à sa famille. Elle le savait proche de son demi-frère Tate, mais en dehors de ça, elle ne s'était jamais intéressée à sa vie personnelle.

Elle le connaissait depuis l'école primaire, mais à l'époque, comme plus tard, il se comportait en gamin arrogant, excellant dans tous les sports, brillant élève, sortant avec toutes les filles bon chic bon genre.

Son opinion avait peu changé au fil des années. Carson demeurait à ses yeux aussi insolemment sûr de lui, comme tout à l'heure, quand elle l'avait surpris en train de s'admirer dans le miroir de son bureau au club.

Mais en l'observant avec Harmon, elle avait discerné un aspect de lui plus doux, plus attentif. Existait-il en Carson des émotions cachées qu'il ne dévoilait jamais en public ? Pourquoi se montrait-il tout le temps si sec, si maître de lui, si puissant ? Des sentiments humains se cachaient-ils derrière cette façade en acier ?

Non qu'elle ait envie de le voir sous un autre jour. En fait, elle avait au contraire absolument besoin qu'il se montre arrogant et insensible. Sans cela, elle se retrouverait rapidement dans le pétrin.

Si elle était parvenue à ignorer son sex-appeal pendant si longtemps, cela tenait beaucoup à l'aversion que lui inspirait son attitude arrogante.

Cependant, il n'était pas question de laisser passer sans réagir cette petite ruse de ce monsieur-je-dirige-tout-à-ma-guise.

Tout en marchant devant lui vers sa voiture, elle prépara ses arguments.

Sexy ou pas, elle ne risquait pas de faire semblant de se réjouir d'être fiancée à Carson Wentworth.

- 3 -

À peine Carson avait-il refermé sa portière que Lana l'attaqua.

— Vous êtes fou si vous vous imaginez que je vais jouer à la fiancée heureuse ! s'exclama-t-elle.

Sur le parking, elle lui avait lancé ses clés, signe de sa grande colère, et le fait qu'elle lui ait abandonné la conduite de sa voiture augurait mal de la suite.

Carson se tourna vers elle en soupirant. Oh ! Elle était bel et bien en rage. Des flammes dansaient dans ses yeux et ses lèvres étaient pincées. Pas besoin d'être grand clerc pour comprendre qu'elle n'avait pas apprécié les événements qui venaient de se dérouler.

— Croyez-moi, je n'aime pas davantage que vous que nous soyons liés l'un à l'autre, même pour une courte période, assura-t-il.

— Toujours aussi charmant, murmura-t-elle, les yeux fixés sur le pare-brise.

Carson étudia le profil de la jeune femme. Elle était d'une beauté indéniable, et il n'y était pas insensible, loin de là. L'attrait qu'il ressentait pour elle n'était pas le problème. Il trouvait en effet beaucoup de femmes séduisantes. Cependant, aucune d'elles n'exerçait un tel pouvoir sur lui. Peut-être parce que, en dehors de sa beauté, Lana faisait preuve d'une rare indépendance et d'une énergie d'exception ? Au cours de l'élection à la présidence du club, ils avaient été au coude à coude. Pour être honnête, à un moment, il avait eu peur de perdre. Toutes les femmes soutenaient Lana, étant donné sa position à la tête de l'Association des femmes du club.

— Vous l'avez fait exprès ? s'enquit-elle. Vous saviez ce que votre arrière-grand-père penserait en nous voyant arriver ensemble ?

Quand il comprit l'accusation de Lana, il ne put s'empêcher de rire.

— Pardon ? Vous croyez vraiment que j'ai décidé de vous accompagner dans le but de vous lier à moi ? Une visite que vous avez décidée *vous-même*, soit dit en passant. Épargnez-vous ce ridicule, Lana !

— Dans ce cas, qu'attendez-vous de toute cette mascarade ? Vous espérez que je vais vraiment vous épouser ? Vous vous attendez à ce que nous fassions seulement semblant ? Combien de temps cela va-t-il durer ?

Sur ce, elle éclata d'un rire de gorge qui attisa le désir qu'il avait d'elle. Même en colère et frustrée, elle demeurait magnifique. Pas au point de se fiancer à elle, mais…

— Qui diable nous croirait assez amoureux pour nous fiancer ? poursuivit-elle en riant. Durant toute la campagne, nous nous sommes dressés l'un contre l'autre. Sans parler de la fameuse brouille qui sépare nos familles !

— Je ne sais pas comment arrêter tout ça, mais vous avez vu le visage de Harmon. Je ne l'ai jamais vu aussi surpris, excité, heureux depuis des années. Et savoir que c'est moi qui lui ai offert ce bonheur…

Il s'interrompit. Bon sang ! Il refusait de se montrer sentimental devant Lana. Envers personne, en fait. Ce serait une erreur monumentale. Vu le nom qu'il portait et sa nouvelle position de président du Texas Cattleman's

Club, il se devait d'être maître de lui et de ses émotions en toutes circonstances.

De plus, la dernière personne à qui il accepterait de se montrer en état de faiblesse était précisément Lana.

Carson ne termina pas sa phrase et fixa un point devant lui.

Lana allait le pousser dans ses retranchements quand il se tourna vers elle et lui adressa un regard d'une férocité inattendue.

— Je ferai tout pour mon arrière-grand-père, décréta-t-il. Si cela implique de faire semblant d'être fiancé avec vous, qu'il en soit ainsi. Nous jouons les amoureux un mois, le club reçoit sa généreuse donation, nos familles font la paix et tout le monde est content.

Lana éclata de rire.

— Nous serons tous les deux malheureux, vous voulez dire ! s'exclama-t-elle. D'autre part, je ne pense pas que vous puissiez durablement me gérer.

— Vous ne m'en croyez pas capable ?

Comme pour la faire mentir, il passa son bras sur le dossier du siège passager, et se pencha un peu vers elle. Elle sentit sa respiration se bloquer. Ce regard sombre et inébranlable posé sur elle fissura le mur défensif derrière lequel elle s'abritait. Il lui fallait au moins cette barrière entre cet homme fort et trop séduisant et le vœu qu'elle avait fait de ne jamais laisser un homme la dominer. Ni physiquement ni émotionnellement.

Et accepter cet engagement farfelu, c'était justement se laisser contrôler. Elle ne dominerait plus la situation, ne serait-ce que temporairement.

— Je vois votre esprit travailler, murmura-t-il. Il ne s'agit que de un mois, Lana, pour que cette petite ruse marche pour tout le monde.

Pourquoi cette voix soudain rauque lui faisait-elle tant d'effet ? Et d'où venait ce désir soudain de vérifier si les lèvres de Carson étaient aussi douces qu'elles en avaient l'air ?

Trouver Carson Wentworth sexy, c'était une chose avec laquelle elle pouvait vivre. Mais fantasmer sur sa bouche, c'était un territoire dans lequel elle ne devait absolument pas s'aventurer.

— Et je n'aurai aucun problème pour… m'occuper de vous, ajouta-t-il.

Venait-il de se rapprocher encore un peu ? L'odeur de son après-rasage l'enveloppa, le chaume de ses joues appelait la caresse, et ses paupières soudain lourdes… Oh Seigneur ! Cet homme était la séduction incarnée. Sans doute avait-il coutume d'en jouer pour obtenir ce qu'il voulait.

Mais elle aussi avait plus d'un tour dans son sac.

Bien sûr, elle n'était pas immunisée contre la façon dont il la regardait, ni contre la tension sexuelle entre eux, pourtant en cet instant, elle avait la main sur les événements et le savait. Elle voulait ces aménagements pour son club de femmes, et n'atteindrait pas son but sans le soutien de Carson. Ces fiançailles absurdes étaient en fait la façon la plus facile de parvenir à ses fins. Comme le disait justement Carson, une union Langley-Wentworth bénéficierait à tout le monde.

— Un mois, pas un jour de plus, dit-elle en lui tapotant la joue.

Capturant vivement sa main, il se pencha un peu plus vers elle. Son regard se posa un instant sur sa bouche avec un sourire gourmand.

— Mais peut-être avez-vous peur de moi, murmura-t-il.

Elle pouvait retirer sa main. Elle pouvait ignorer cet attrait irrésistible envers son ennemi juré. Mais pourquoi l'aurait-elle fait ? C'était si bon… Depuis quand un homme lui avait-il procuré une telle excitation ?

Depuis… bien trop longtemps ! La dernière fois, c'était au cours de sa seule liaison sérieuse. Enfin, elle était sérieuse jusqu'au moment où elle avait pris conscience de ne pas être traitée comme elle le méritait.

— Faites votre demande, dit-elle.

— Pardon ?

— Eh bien oui ! Vous voulez que je sois votre fiancée, alors faites votre demande en bonne et due forme.

Carson éclata de rire.

— Lana, ne tombons pas dans le romantisme, je vous en prie !

— Nous sommes en pleine querelle de familles, et nous avons fait le sacrifice de nous-mêmes. Alors offre-moi un peu de romance, vingt-deux.

— Vous êtes ce type de femmes ? demanda-t-il, surpris. N'avez-vous pas déclaré que dans une relation sentimentale, vous vouliez maîtriser la situation ?

Lana retira sa main de celle de Carson et se recula un peu. Cela dépassait les bornes ! Cette façon qu'il avait de la manipuler, cette situation… Sans parler de la manière dont son corps répondait à celui de Carson.

— Oh ! Je maîtrise, riposta-t-elle, mais cela ne signifie pas que je ne veuille pas que mon homme fasse des efforts.

— Allez-vous avoir un tissu d'exigences pendant ces fiançailles ?

— J'ai l'intention d'être moi-même, rétorqua-t-elle en riant. Vous pensez toujours pouvoir me gérer ?

Dans un mouvement rapide qu'elle ne vit pas venir, Carson l'attira contre lui.

Ses lèvres bien trop viriles se refermèrent sur les siennes, sans violence ni exigence, mais avec quelque chose qui la décontenança. Comment expliquer une telle douceur ?

Il explora sa bouche comme s'il apprenait à la connaître, comme si prendre son temps lui ouvrirait les portes d'un mystère.

Personne ne l'avait jamais embrassée de la sorte. Elle s'était toujours imaginé Carson en amant dominateur. Elle ne l'aurait pas cru aussi… attentif et tendre.

Encadrant son visage de ses deux mains, il lui inclina doucement la tête sur le côté pour l'embrasser de plus belle.

Arrêter ça tout de suite ! Embrasser Carson Wentworth était pure folie. Rien de bon ne sortirait de cette attirance, de cette alchimie physique entre eux. Leur faux engagement lui tournait déjà suffisamment la tête.

Enfin il la libéra.

— La raison de ce baiser ? s'enquit-elle.

Cette voix chevrotante lui appartenait-elle vraiment ? Et pourquoi avait-elle du mal à respirer ?

— Notre engagement doit être crédible, Lana. Mon arrière-grand-père veut mettre fin à une querelle centenaire, et c'est sur nos épaules que cela repose.

— Nous ne savons même pas quelle bataille nous menons ! Je n'avais jamais envisagé de former une équipe avec vous pour quoi que ce soit.

Carson l'observa un instant en silence avant de reprendre :

— Nous pouvons au moins nous entendre sur ce point, Lana. Si ce baiser est un indicateur, il prouve que nous pouvons, pendant quelques semaines, nous accommoder de la situation. Ainsi le club héritera d'une très généreuse donation, et un vieil homme en fin de vie verra ses vœux de réconciliation comblés.

Il avait assez bien résumé la situation, songea-t-elle, et son dernier argument la touchait plus particulièrement.

Certes, elle avait été éduquée dans la haine des Wentworth, cependant, ils ne lui avaient jamais personnellement causé le moindre tort. Carson se révélait imbuvable par moments, mais c'était en raison de sa personnalité, rien d'autre.

Harmon avait cent ans et pouvait mourir d'un moment à l'autre. Si son vœu le plus cher était de voir cette querelle s'achever, pourquoi lui refuserait-elle cette joie ?

Si ce n'est que tout cela reposait sur un mensonge…

— Je n'ai jamais menti de ma vie, murmura-t-elle.

— Jamais ? Même pas à l'adolescence ?

— Jamais. En plus, je ne sais pas mentir. Je ne veux pas perdre mon intégrité.

— Je vous comprends, répondit Carson en hochant la tête. Moi aussi, je déteste mentir. Mais mon arrière-grand-père rêve de voir nos deux familles réconciliées avant de mourir, et nous sommes les seuls à pouvoir lui offrir ce bonheur. Mais pour cela, j'ai besoin de votre aide.

Elle le regarda, surprise. Elle ne l'avait jamais vu supplier ni mendier. D'habitude, il lançait un sourire séducteur ou balançait de l'argent pour obtenir ce qu'il voulait.

— Ça vous a coûté combien de demander mon aide ? demanda-t-elle en plaisantant.

— Vous n'avez pas idée de la souffrance que j'endure à le faire.

Oh si, elle l'imaginait très bien ! Et pour être honnête, elle jubilait. Cela adoucissait son humiliation d'avoir échoué de peu dans la course à la présidence du club.

Et par ailleurs, elle avait une carte à jouer…

— Je suis d'accord pour faire semblant d'être votre fiancée, si vous jurez de commencer immédiatement les travaux de construction d'une aile destinée aux femmes du club.

— Marché conclu.

Il était d'accord ? Cela avait l'air trop simple. Quelle était la pierre d'achoppement ? Jouer au faux couple ne représentait pas de difficulté particulière. Le plus ardu serait de convaincre les membres du club et les habitants de Royal de leur amour. Mais pour cette extension du club, elle ferait n'importe quoi. Les femmes méritaient un espace privé, comme en disposaient les hommes. Leur nombre augmentait constamment, grâce à sa belle-sœur Abby, qui leur avait ouvert la porte des années plus tôt.

Lana avait la ferme intention de marcher dans les pas d'Abby. Si cela impliquait de se montrer conciliante et gentille envers Carson, eh bien, soit ! Peut-être lui offrirait-il d'autres délicieux baisers ? C'était toujours bon à prendre, non ?

— J'attends donc votre accord pour cette proposition, dit-elle en bouclant sa ceinture pour l'inciter à démarrer. Les gens voudront avoir des détails, et je ne peux rien inventer dans ce domaine.

Carson mit le moteur en marche.

— Je savais que ce serait difficile, marmonna-t-il.

— Ce que l'on désire vraiment se conquiert de haute lutte, répliqua-t-elle en accompagnant ses propos d'une petite caresse sur la joue de Carson. Si vous me voulez pour femme, il va falloir donner votre maximum, vingt-deux !

Il grommela quelque chose entre ses dents tout en sortant du parking.

Lana se contenta de sourire en regardant par la vitre. Dans quoi s'était-elle engagée, elle n'en avait pas la moindre idée, mais une chose était sûre : le mois à venir ne serait pas ennuyeux.

- 4 -

Carson ne s'était toujours pas remis de son baiser avec Lana. Que lui avait-il pris de l'embrasser ? Maintenant, cela l'obsédait. La jeune femme avait toujours eu beaucoup de sex-appeal, mais le goût de sa bouche dépassait ses fantasmes les plus fous. Il n'était pas sûr de s'en remettre de sitôt. S'il s'en remettait !

Parvenu au Texas Cattleman's Club, il se dirigea vers la Colt Room pour prendre un verre. Il venait d'envoyer quelques mails et de passer plusieurs coups de fil à des entrepreneurs en bâtiment, en vue de la construction de la nouvelle aile destinée aux femmes. Il tiendrait ses promesses envers Lana, le bonheur de Harmon en dépendait, et au bout du compte, seul cela l'importait.

À présent, il avait besoin d'un bon verre d'alcool. Quelle journée ! Commencée avec une interview de Sierra, elle s'était poursuivie avec la bombe des fiançailles saugrenues, qui chamboulaient sa vie, et en plus… bon sang ! Ce petit écrin dans sa poche pesait une tonne.

Dans la Colt Room, l'odeur des cigares et du bourbon flatta aussitôt ses narines, et il se sentit soudain plus calme.

Le beau bois bien ciré, l'acier sombre, tout donnait à la pièce une ambiance très masculine. Cela expliquait aisément l'insistance de Lana pour créer un endroit plus raffiné, où les femmes se sentiraient chez elles.

Mais pour l'instant, il n'avait aucune envie de penser à tout cela. Il aspirait seulement à un moment de décompression, avant d'aborder la partie la plus stressante de sa soirée.

— Salut, Carson !

À l'autre bout du bar, il aperçut son cousin Rafael, ainsi que Tobias, le père de ce dernier. Il leur fit un petit signe de la main, se réjouissant que Rafe et son père aient repris contact, après des années de silence, et les rejoignit.

Certains considéraient Rafe comme le mouton noir de la famille parce qu'il avait disparu pendant des années et mené sa vie. Agir contre la famille, cela ne se faisait pas, dans leur clan. Les Wentworth étaient une dynastie d'hommes d'affaires très riches. Briser cette tradition était plus que mal vu. Jouer les play-boys à travers le monde avait fait beaucoup de tort à Rafe. Mais maintenant, il était de retour, et figurait tout en haut de la liste des pères possibles de Micah, l'enfant abandonné découvert quelques mois plus tôt sur le parking de l'hôpital.

Beaucoup de rumeurs circulaient, en ville. Qui pouvait bien être le père biologique de ce bébé ? Chacun y allait de sa supposition pour identifier le père du petit Micah. Une seule chose était certaine : l'homme mystérieux appartenait au Texas Cattleman's Club. Et si l'on considérait le nombre très important d'hommes de Royal qui appartenaient à ce club d'élite, le mystère n'allait pas être élucidé de sitôt !

— Comment va le nouveau président ? demanda Tobias avec un large sourire.

À part des fiançailles saugrenues et un mensonge qui pesait lourd sur ses épaules, tout allait pour le mieux, songea Carson.

— Je ne me plains pas, répondit-il. Que buvez-vous ?

— Du bourbon, déclara Rafe. C'est ma tournée.

— Qu'est-ce qui vous amène tous les deux au club un lundi soir ? demanda Carson.

Ajustant son stetson, Tobias haussa les épaules et répondit :

— Nous avons décidé de nous retrouver ici après les fatigues de la journée. Nous allons sûrement dîner ici aussi.

Si sûr de lui en règle générale, Tobias tourna cependant vers son fils un regard interrogateur. De toute évidence, ces deux-là ne savaient pas encore très bien comment se comporter l'un envers l'autre.

Rafe acquiesça d'un signe de tête.

— Tu seras le bienvenu si tu veux dîner en notre compagnie, précisa Tobias.

Carson aurait cent fois préféré partager leur repas plutôt qu'accomplir ce qu'il avait à faire. Le satané petit écrin au fond de sa poche le narguait. Et qui blâmer, à part lui-même ? S'il avait laissé Lana se rendre seule chez Harmon, aucun malentendu n'aurait vu le jour. Sa vie ne serait pas bouleversée.

Mais il ne pouvait plus faire grand-chose pour démêler l'écheveau de mensonges qu'il avait tissé.

— Merci, mais je ne peux rester que le temps de boire un verre, répondit-il à regret.

Au moment où il avalait sa première gorgée de bourbon, Rafe sursauta en s'emparant de son portable.

— Excusez-moi, dit-il. J'attendais ce coup de téléphone.

Quel que soit cet appel, il avait l'air important. Rafe se retira dans un coin du bar en se passant une main nerveuse dans les cheveux.

Quelques instants plus tard, il revint et tapa un grand coup sur le bar.

— La prochaine tournée est pour moi, les gars !

— Tu as reçu de bonnes nouvelles ? s'enquit Carson.

— On peut le dire ! s'exclama Rafe, un grand sourire aux lèvres. Les résultats du test ADN sont arrivés, et comme je l'ai toujours affirmé, ils prouvent que je ne suis pas le père de Micah.

— Je n'ai jamais pensé que tu en étais le père, fit remarquer Tobias, mais je suis heureux que tu en aies la preuve. Qui va être sur la sellette, à présent ?

— Pas la moindre idée, répondit Rafe. Maintenant qu'Arielle, la mère de Micah, est morte, il n'existe plus personne pour dire la vérité. Mais qui que soit cet homme, les gens de la ville ne lui pardonneront pas d'avoir abandonné une femme enceinte et de ne pas reconnaître son enfant.

— Peut-être n'a-t-il jamais su qu'elle était enceinte, suggéra Carson.

— C'est bien possible, renchérit Tobias. Quoi qu'il en soit, une chose est sûre : un jour ou l'autre, la vie d'un homme de notre club va changer du tout au tout.

Carson hocha la tête sans faire de commentaires. Il avait ses propres problèmes, et le nouveau-né abandonné n'en faisait pas partie. Le bébé se trouvait entre de bonnes mains, et pour le moment on ne pouvait faire davantage.

— Quels sont tes projets, Rafe ? demanda-t-il. Tu restes à Royal quelque temps ?

— En fait, j'ai l'intention d'ouvrir un ranch de luxe pour y recevoir des touristes. Cela attirerait du monde à Royal, créerait des emplois et ferait du bien au commerce local.

— Excellente idée ! s'exclama Carson. La ville en a bien besoin.

— Rien n'est encore officiel, je n'en suis qu'aux prémices, mais j'ai bon espoir.

Carson avala le reste de son bourbon, appréciant à sa juste valeur la brûlure familière dans sa gorge. Cela lui donnait du courage pour affronter Lana. Ce qui était parfaitement ridicule. Il n'avait pas peur d'elle ; il avait seulement peur des émotions qu'elle suscitait en lui.

Des émotions importunes, dérangeantes, terrifiantes à certains moments. Il voulait cette femme, c'était aussi simple que ça. Ce qui n'avait jamais posé de problèmes avec ses précédentes conquêtes féminines. Seulement cette fois, la situation était complexe et embrouillée, et il n'y voyait pas clair. De plus, Lana et lui venaient d'emprunter un chemin délicat et inattendu, et ils avaient un mois entier pour le parcourir.

— Merci pour le verre, dit-il en descendant de son tabouret. Ça m'a fait plaisir de vous voir, tous les deux.

Puis il rejoignit le parking qui était plein, comme chaque jour, à n'importe quelle heure de la journée. Avec ses différentes activités, le restaurant et le bar, tout le monde trouvait son bonheur au Texas Cattleman's Club.

Et le club offrira encore davantage quand Harmon aura fait sa donation et que l'espace dédié aux femmes aura été créé. C'est-à-dire quand Lana et lui auraient annoncé leurs fiançailles…

Pourquoi était-il si nerveux en se rendant chez Lana ? Cela n'avait pourtant rien de compliqué : il n'avait rien d'autre à faire que lui donner cette maudite bague et repartir. Pas plus. Dans l'unique but de rendre les choses officielles avant de se présenter en public pour jouer cette farce.

La nuit tombait quand il prit l'avenue principale de Royal pour se rendre chez Lana, à l'orée de la ville.

De toute évidence, au cours des semaines qui allaient suivre, ils s'aventureraient tous les deux sur un territoire inconnu, et ils passeraient davantage de temps ensemble.

Leur ruse se devait d'avoir l'air vraie. Mentir à son arrière-grand-père faisait déjà peser sur lui un lourd sentiment de culpabilité. Il ne s'agissait pas, en plus, de se retrouver piégé par ce mensonge.

Pour la seconde fois de la journée, il se gara dans l'allée

de Lana et éteignit son moteur. Il contempla un instant la maison en bois et pierre et sa grande véranda. Une lumière brillait à l'intérieur, dans l'entrée, et une autre au fond de la maison. Lana était réveillée. Peut-être aurait-il dû téléphoner ou envoyer un SMS, histoire de la prévenir de sa visite ? se demanda-t-il un peu tard. Cela n'avait pourtant rien de compliqué. Mais tout semblait être devenu compliqué, depuis qu'il avait embrassé cette femme…

Jurant entre ses dents, il sortit de son SUV et se força à rester serein. Il venait juste apporter une bague, c'est tout.

Comment Lana serait-elle vêtue ? Elle le terrassait toujours avec ses tenues près du corps. Ses courbes affriolantes lui faisaient tout le temps regretter la querelle familiale qui les séparait. Et maintenant, ce satané engagement serait une tentation supplémentaire. Une seule nuit, il n'en demandait pas plus. Peut-être ensuite parviendrait-il à se dégager de l'emprise physique de Lana Langley ?

Au moment où il atteignait le porche, la porte d'entrée s'ouvrit en grand.

Lana, vêtue d'une courte robe d'intérieur, le regardait, un sourire narquois au coin des lèvres.

Bon sang ! Il aurait dû appeler. Il était en train de commettre une erreur. Non. L'erreur était déjà commise.

Sous l'assaut soudain d'adrénaline, il s'avança. Sans prendre garde aux signaux d'alarme.

- 5 -

Lana avait entendu l'alarme de son allée au moment où elle sortait de son bain et enfilait un court peignoir. Après s'être séché les pieds avec une serviette, elle s'était précipitée vers sa porte d'entrée. Un bref coup d'œil à travers la vitre dépolie l'avait renseignée sur l'identité de son visiteur. Elle n'aurait pas dû être surprise de la présence de Carson chez elle, et pourtant, elle l'était.

Déverrouillant sa porte, elle l'ouvrit en grand.

Carson, à moitié dans l'ombre et à moitié éclairé par la lumière de son entrée, était encore plus sexy que d'habitude. Beaucoup trop attirant pour elle… qui était à moitié nue.

— J'arrive au mauvais moment ? s'enquit-il.

— Pas du tout.

— Ah. L'espace d'un instant, j'ai cru que je vous avais tirée de votre salle de bains et que vous ne portiez rien sous votre peignoir.

Une main sur une hanche, l'autre appuyée au chambranle de la porte, elle se mit à rire.

— Je ne porte rien sous mon peignoir, répondit-elle. Je vis seule à la campagne et j'ai un jardin privé.

Les pupilles de Carson s'écarquillèrent un peu. Il la regarda des pieds à la tête. Peut-être aurait-elle dû garder cette information pour elle ? Les mots lui avaient échappé et maintenant, sous le regard gourmand de Carson, elle s'en voulait un peu. Néanmoins, il lui en fallait davantage pour être attirée par son fiancé temporaire et bidon.

— Que faites-vous ici ? demanda-t-elle, dans l'espoir de changer le cours de la conversation.

Comme il continuait à la fixer, elle laissa retomber ses bras le long de son corps.

Il fit un pas vers elle, apparaissant en pleine lumière. Que n'était-il resté dans la semi-obscurité… Maintenant elle voyait chacun de ses traits ciselés, la mâchoire nette recouverte d'un léger chaume, le regard voilé, les yeux verts brillant d'une flamme… tout à fait suggestive.

Elle ne l'avait jamais vu comme ça auparavant. Elle n'avait pas devant elle un magnat du pétrole, ni le nouveau président du Texas Cattleman's Club, mais Carson, un homme qui ne parvenait pas à dissimuler son désir.

— Vous ouvrez toujours votre porte à moitié nue ? demanda-t-il d'une voix rauque.

Une voix qui la fit aussitôt frissonner, faisant apparaître l'image d'une chambre à coucher obscure et de draps froissés… Mais elle ne devait pas céder à de tels fantasmes ! Surtout en présence de Carson Wentworth.

— Je ne suis pas nue, rétorqua-t-elle. Et croyez-le ou pas, je ne suis pas naïve. J'ai regardé avant d'ouvrir la porte.

Carson franchit l'espace qui les séparait, et elle dut rejeter la tête en arrière pour soutenir son regard. Essayait-il de l'intimider ? De l'exciter ?

Elle prit une profonde inspiration, essayant de se persuader qu'il n'avait aucun pouvoir sur elle. En vain. Parce qu'en fait, elle se sentait à deux doigts de défaire la ceinture de son peignoir…

— À quoi avez-vous attribué ma présence ici ? s'enquit-il.

Elle passa sa langue sur ses lèvres. Encore une erreur. Les yeux de Carson se fixèrent sur sa bouche. Elle n'avait pas eu la moindre intention d'attirer son attention sur cette partie de sa personne. Simplement elle avait soudain la bouche très sèche.

— Je ne veux pas jouer à ce petit jeu, Carson.

— Vous venez de m'appeler par mon nom.

Ah oui, elle aurait dû continuer à l'appeler « vingt-deux ». Son prénom lui avait bêtement échappé.

— Pourquoi faut-il que vous me rendiez fou ? grommela-t-il.

— Pardon ?

— Vous me rendez fou, et vous le savez très bien.

— Ce n'est pas nouveau, en effet. Nous nous rendons fous mutuellement depuis…

À ces mots, Carson agit vite. Trop vite. Un instant il la contemplait, l'instant suivant il lui encadrait le visage de ses mains, la poussant vers l'intérieur de la maison, sa bouche sur ses lèvres.

Elle pensa un instant le repousser de toutes ses forces… et s'agrippa à ses larges épaules. Pour s'empêcher de tomber ? Pour se rapprocher davantage de lui ? Comment savoir ?

Dieu qu'il embrassait bien… Non, il ne l'embrassait pas, il la consumait. Avec lui, sa féminité exultait. Elle n'aurait pas dû trouver si attirantes ses manières dominatrices, mais elle ne pouvait s'en empêcher.

Carson la relâcha aussi brusquement qu'il s'était emparé d'elle. Jurant entre ses dents, il détourna son regard vers la porte d'entrée restée ouverte. Allait-il s'enfuir ? Éprouvait-il des regrets ?

Lana lui laissa le temps de mettre fin à la bataille intérieure qui semblait se livrer en lui. Elle aussi avait besoin de temps pour comprendre pourquoi elle mourait d'envie qu'il l'embrasse des heures durant, chose qui ne lui était jamais arrivée avec aucun autre homme.

— Je ne suis pas venu pour ça, dit-il enfin.

Refermant la porte derrière lui, il la regarda en face. La faim n'avait pas disparu de son regard, un feu ardent y brûlait de plus belle.

— Je voulais vous faire venir à mon bureau demain, puis je suis allé boire un verre dans la Colt Room, et j'ai décidé de venir chez vous, où je savais que nous serions seuls.

Tout en parlant, il pencha la tête sur le côté, de cette manière qu'elle adorait.

— Pourtant, nous retrouver seuls n'est pas une très bonne idée, ajouta-t-il.

— Pourquoi ça ?

— C'est une question rhétorique ?

Non, mais elle voulait qu'il le dise. Elle voulait le forcer à dire ce qu'il pensait, ce qu'il ressentait.

— Non. Une question toute simple, répondit-elle.

— Il y a trop de choses entre nous, Lana. Notre histoire familiale, les fiançailles, la tension.

Elle se rapprocha de lui.

— Et pourtant vous êtes venu chez moi, la nuit, sans prévenir, murmura-t-elle. Je me demande si vous étiez curieux de savoir ce qui arriverait.

La mâchoire de Carson se crispa, ses lèvres se pincèrent, ses narines frémirent. Oh ! Il était tenté et cela le rendait furieux, remarqua-t-elle. Eh bien, ils étaient deux dans le même cas. Elle ne niait pas son attirance pour lui, à quoi cela servirait-il ? Nier une chose ne la faisait pas disparaître. Au contraire !

Même au cours des débats animés, où Carson l'avait excédée, elle l'avait trouvé sexy. Bien entendu, elle ne l'avait jamais reconnu envers qui que ce soit, même pas envers elle-même. Mais il était trop tard pour nier l'évidence.

Dans un geste souple qu'elle ne vit pas venir, Carson étendit le bras et la saisit par la taille. Elle vacilla contre lui et posa ses mains à plat sur son torse pour se stabiliser.

— Et si j'étais curieux, en effet ? murmura-t-il, les yeux rivés sur ses lèvres. Si j'avais besoin de me libérer de vous ?

Passant ses bras autour du cou de Carson, elle leva la tête vers lui. Sa raison était aux abonnés absents. Son corps avait pris les commandes. Une nuit d'amour avec Carson, était-ce trop demander ?

Adoptant le tutoiement, elle répondit :

— Réfléchis bien, parce que je suis sur le point d'ôter mon peignoir et de te montrer ce que tu veux.

Le front appuyé contre le sien, Carson ferma les yeux.

— Ton assurance est la chose la plus sexy au monde, juste après ton corps, sur lequel je veux poser mes mains, murmura-t-il.

Enfin quelque chose de vrai qui sortait de la bouche de cet homme !

Reculant d'un pas, elle défit la ceinture de son peignoir, le regard rivé à celui de Carson. Elle avait besoin de voir son visage au moment de se déshabiller devant lui.

Elle vibrait d'impatience qu'il lui prouve à quel point il la désirait. Depuis des semaines, ils jouaient au chat et à la souris, jouant à tour de rôle le chat et la souris. Existait-il une seule raison valable pour laquelle ils ne prendraient pas ce qu'ils désiraient tous les deux ? Pourquoi permettre à une querelle vieille de un siècle de les priver d'une nuit passionnée ?

Le peignoir tomba silencieusement aux pieds de Lana. Sous le regard brûlant de Carson, elle sentit son corps s'embraser.

Se rapprochant d'elle jusqu'à la toucher, il dit d'une voix râpeuse :

— Juste une nuit. Tu es à moi pour ce soir.

Sans un mot, elle entreprit de déboutonner la chemise de Carson. Dans sa précipitation elle fit sauter un bouton qui roula à terre.

— Tu me tortures, murmura-t-il, avant de prendre le relais.

En quelques secondes il était nu devant elle, le regard affamé. Puis il la souleva et l'emmena au salon. Enivrée par sa force, elle enroula ses bras et ses jambes autour de lui.

Elle avait imaginé ce moment des quantités de fois. Un fantasme, dont Carson était la star, avait consumé ses pensées encore et encore, bien plus qu'elle n'aurait dû se l'autoriser.

Elle ne regrettait pas une seconde ce qui était en train d'arriver, et se moquait pas mal des signaux rouges qui clignotaient dans son cerveau.

Cette situation nouvelle allait-elle compliquer leurs fausses fiançailles ? Elle en doutait. Ils ne s'étaient rien promis l'un à l'autre.

— Je n'étais pas immunisée contre toi non plus, dit-elle. Mais il n'est plus temps de parler.

Joignant le geste à la parole, elle passa sa main derrière la nuque de Carson et attira sa bouche vers la sienne. Elle se sentit alors basculer sur le canapé moelleux. Le poids du corps de Carson sur elle la fit s'enfoncer dans les coussins. Jamais elle n'aurait imaginé position plus exaltante.

La bouche de Carson glissa le long de sa joue jusqu'à son cou. Elle s'arqua contre lui pour lui offrir un meilleur accès. Pas question de repousser ces lèvres expertes. Voilà trop longtemps qu'elle se languissait de les sentir sur sa peau.

Quand le chaume des joues de Carson frôla un de ses tétons, elle frissonna et s'accrocha à ses épaules. Ils commençaient à peine et pourtant cet homme semblait déjà connaître tous ses points sensibles.

— Attends, murmura-t-elle.

Carson releva la tête. Ses lèvres pleines et humides représentaient une tentation presque insupportable, mais elle n'était pas du genre à précipiter les choses. Quoique, en ce moment… Mais il ne fallait pas faire de faux pas.

— Je n'ai pas de préservatif, dit-elle. Je prends la pilule, mais…

— Je reviens.

Se détachant d'elle, il traversa la pièce jusqu'à l'endroit où il avait laissé ses vêtements par terre dans l'entrée et prit quelque chose dans son portefeuille.

Lana ne pouvait détacher ses yeux de cette silhouette élancée et musclée. Carson était beau en costume. En jean et bottes de cow-boy, il était sexy en diable. Mais nu comme un ver dans son salon, il était à couper le souffle.

Comme il revenait vers elle, protégé, elle se leva et désigna le canapé.

— Assieds-toi, lui ordonna-t-elle.

— Cette attitude autoritaire est beaucoup plus sexy ici que durant les débats pour la course à la présidence, dit-il en souriant.

De ses deux mains posées sur son torse, elle le poussa doucement sur le canapé et s'installa au-dessus de lui, une jambe de chaque côté de ses cuisses, juste au-dessus de l'endroit où elle avait le plus envie de se trouver.

— Pas autoritaire, corrigea-t-elle. Déterminée.

Sans un mot de plus, elle joignit leurs deux corps et s'immobilisa. Les mains de Carson se refermèrent sur sa taille et il laissa échapper un grognement. Il fallut à Lana quelques secondes pour s'ajuster à cette sensation merveilleuse. Elle avait voulu garder le contrôle, mais tout lui échappait.

Quand les hanches de Carson bougèrent sous les siennes, elle changea légèrement de position, s'accordant à un rythme qu'elle ne pouvait ni contrôler ni contenir. Elle aurait voulu aller lentement, savourer ce fantasme devenu réalité, mais l'envie qu'elle avait de lui était trop impérieuse. Elle ne voulait pas se priver plus longtemps.

Les mains de Carson glissèrent de sa taille jusqu'à ses seins, qu'il empauma avec ferveur. Elle se cambra contre lui, mendiant ses caresses. La bouche de Carson remplaça bientôt ses mains sur ses mamelons, lui arrachant des gémissements de volupté. Elle lui encadra le visage de ses deux mains, le guidant exactement où elle le voulait. Sentir Carson en elle, être consumée par cet homme, c'était plus qu'elle ne pouvait supporter.

Chaque sensation explosait, la submergeait. Enfonçant ses doigts dans la chair ferme des épaules de Carson, elle accéléra sa cadence. Tout son être en voulait plus, exigeait tout.

Il libéra ses seins et, prenant son visage entre ses mains, l'embrassa goulûment au moment où elle atteignait un orgasme fulgurant. Oui, c'est ce dont elle avait besoin…

Le corps de Carson se raidit sous elle, et elle aspira son plaisir dans leur baiser.

Il rejeta la tête en arrière, lui offrant le spectacle prodigieux de la perte totale de son self-control habituel. Abandonné à sa vulnérabilité, il était d'une beauté saisissante.

Quand il s'immobilisa sous elle, elle voulut se retirer mais il la retint. Dans un mouvement habile et doux, elle se retrouva allongée sur le dos, Carson au-dessus d'elle. Le sourire coquin qu'il lui adressa lui donna des frissons.

— Où allais-tu ? demanda-t-il.

— Je pensais…

— Nous avons dit une nuit, dit-il en lui effleurant la bouche de ses lèvres. Et la nuit ne fait que commencer.

- 6 -

Lana se retourna dans son lit. Il était vide. Cela ne la surprit pas, pourtant une sourde déception s'insinua en elle. Certes, Carson et elle s'étaient mis d'accord sur une seule nuit. Néanmoins, au fond d'elle, elle avait imaginé qu'il resterait pour le petit déjeuner. Au moins pour lui dire au revoir.

Sans s'appesantir sur ce qui n'avait pas eu lieu, elle repensa à ce qui avait bien eu lieu…

Tendant la main vers sa table de chevet, elle n'y trouva pas son téléphone. Normal, la veille, elle avait eu bien autre chose à penser que son portable.

Elle s'étira puis se leva d'un bond. Trêve de rêverie ! La nuit dernière, c'était le passé. Elle s'était offert du bon temps, maintenant il fallait avancer, se concentrer sur l'espace dédié aux femmes, que Carson lui avait promis de construire avec les fonds de Harmon.

De plus, il fallait organiser la soirée de fiançailles. Elle prendrait les choses en main, pour que tout soit parfait. À cette occasion, ils annonceraient la nouvelle infrastructure du club. Elle était impatiente de parler de tout cela avec Abby.

Son frère Richard était mort, mais Lana entretenait toujours avec sa belle-sœur des liens très forts, même si cette dernière s'était remariée.

Abby étant à l'origine de ce projet de construction d'un

espace féminin, Lana brûlait d'impatience de la mettre au courant des avancées récentes. Devait-elle aussi lui parler de son engagement factice envers Carson ?

Elle mourait d'envie de lui avouer la vérité. Cependant il paraissait plus sage de garder ce secret entre elle et Carson. Si le moindre soupçon éclatait et arrivait aux oreilles de Harmon, les fonds pour le club se volatiliseraient. Et le rêve du vieil homme s'évanouirait.

Lana enfila un peignoir et se dirigea vers la cuisine. En traversant le salon, un flot de souvenirs de la nuit s'imposa à elle. Les coussins du canapé étaient de travers, elle les contempla, le corps de nouveau en feu.

Ce que Carson et elle avaient fait sur ce canapé n'était rien comparé à ce qui avait suivi dans sa chambre. Comment ne pas souhaiter ardemment que cela se reproduise ?

Elle pouvait le souhaiter autant qu'elle voulait, mais cela ne se produirait pas. Ils s'étaient mis d'accord sur ce point.

Elle aperçut son portable sur l'îlot central de la cuisine. À côté, un petit écrin bleu retint son attention. Intriguée, elle l'ouvrit et poussa un cri de surprise.

Une bague. Un magnifique diamant entouré de perles fines. Que faisait-elle là ? Elle n'en savait rien. Mais bien entendu, elle avait une idée de qui l'y avait laissée.

Consultant son portable, elle découvrit un texto de Carson. En le lisant, son cœur se serra un peu, mais pas de façon romantique et tendre.

> Voici la bague de fiançailles que je comptais te donner hier soir, mais je me suis laissé distraire. Concentrons-nous et gardons notre but à l'esprit.

La beauté de la bague lui parut soudain un peu ternie. Ils s'étaient entendus pour une seule nuit, mais cela ne signifiait pas qu'elle apprécie ce matin solitaire et triste.

Elle referma l'écrin et ne prit pas la peine de répondre

à Carson. Elle aurait bien aimé glisser cette bague à son doigt, mais cela ressemblait si peu à une vraie demande en mariage. Bien sûr, ils jouaient une comédie, mais il aurait quand même pu…

Stop ! À quoi s'attendait-elle ? Qu'il mette un genou à terre, après un dîner aux chandelles, avant de passer au lit ? Quel était le protocole à suivre, pour de fausses fiançailles ?

Bien entendu, leur stratagème n'avait aucun rapport avec la réalité, mais tout de même… Carson n'aurait-il pas pu faire un petit effort pour la traiter autrement que comme la femme d'une seule nuit ? Ils naviguaient en eaux inconnues, certes, mais cela ne l'empêchait pas d'éprouver des sentiments. Autant le reconnaître, elle avait envie d'un peu de romance. Même s'il s'agissait d'une mascarade.

Tout en se préparant pour la journée, elle tenta de traiter par le mépris la frustration qui persistait. Elle consacra un peu plus de temps que d'habitude à se maquiller et se coiffer, et opta pour un ensemble pantalon noir prêt du corps qui lui allait à merveille. Après avoir enfilé une paire de chaussures rouges, elle se sentit mieux dans sa peau qu'une heure auparavant.

En général, elle ne se préparait jamais pour les autres, mais pour elle-même. Aujourd'hui cependant, elle s'était préparée pour elle-même et pour le fiancé d'opérette qu'elle devait voir dans la journée. Sa fierté meurtrie avait besoin d'un petit coup de pouce.

Elle prit son sac à main préféré, y glissa son téléphone portable, et y ajouta négligemment le petit écrin. Peut-être devrait-elle rencontrer son futur fiancé avant que ses émotions ne prennent le pas sur sa raison. En fait, plus elle y pensait, plus elle était en colère contre Carson. Qu'il lui ait laissé cette bague comme cadeau d'adieu après leur nuit ensemble, c'était… injurieux ! Inadmissible !

Une fois dans sa voiture, elle se répéta en boucle ce qu'elle allait dire à Carson.

— D'accord, papa. Avec plaisir.

Confortablement installé dans son fauteuil en cuir, Carson regardait par la baie vitrée de son bureau du Texas Cattleman's Club. Le terrain arboré et le haras le réjouissaient toujours. À peine arrivé au club, il avait reçu ce coup de fil de son père, qui l'invitait à dîner le lendemain soir.

— Tu viendras accompagné ? demanda Hank.

Carson hésita. Devrait-il venir avec Lana ? Leurs fiançailles deviendraient bientôt publiques, mais mieux valait d'abord consulter la jeune femme avant de s'engager envers sa famille.

— Je n'en suis pas sûr, répondit-il. Tu sais bien que je ne suis pas du genre à amener mes petites amies dans la famille.

— J'ai entendu dire que tu étais fiancé.

Bon sang ! Déjà ?

— Tu as parlé à Harmon ? s'enquit-il.

— Je suis passé le voir hier soir, et il m'a laissé entendre que tu avais une histoire très intéressante à raconter. C'est la raison pour laquelle je t'invite à dîner.

Bien sûr ! La question n'avait donc rien d'innocent. Il fallait de toute urgence informer Lana que le jeu avait commencé, afin d'harmoniser leurs récits. Car bien entendu il y aurait des tas de questions, à commencer par celle-ci : comment un Wentworth et une Langley s'étaient-ils débrouillés pour tomber amoureux l'un de l'autre ?

— Je réserve l'histoire pour le dîner de demain soir, promit Carson.

Pas question de dire quoi que ce soit avant d'en parler à Lana.

— Je veux voir Mlle Langley chez moi avec toi demain, ordonna son père. Je ne savais même pas que vous étiez en bons termes, sans parler du fait que vous semblez soudain prêts à vivre ensemble pour toujours.

Carson retint un juron. Apparemment, son père savait déjà tout…

Du coin de l'œil, il perçut un mouvement. Faisant pivoter son fauteuil, il aperçut Lana, qui ne paraissait pas aussi heureuse de le voir que la veille, au moment où elle avait enlevé son peignoir. N'avait-elle pas vu la magnifique bague qu'il lui avait laissée ? Comment pourrait-elle en être contrariée ?

— À demain, papa, dit-il. Quelqu'un vient d'entrer dans mon bureau.

— Viens avec Mlle Langley, lui répéta son père.

Sans répondre, Carson glissa son portable dans sa poche. Son regard rencontra celui de Lana et il lui sourit.

— Bonjour, dit-il en regardant la main de la jeune femme.

Pas de bague.

— Tu as vu la bague ? demanda-t-il.

Lana laissa échapper un rire sans joie.

Il comprit qu'elle était en colère contre lui.

— Oh oui, je l'ai vue, répondit-elle en posant son sac sur le bureau.

Elle en sortit le petit écrin qu'elle jeta sur la table.

— La voici. Elle est belle, mais ta demande en mariage est nulle.

Perplexe, Carson s'appuya au dossier de son fauteuil et contempla le regard furieux de Lana. Il préférait de loin son regard sensuel de la veille. Quelque chose à propos de cette bague la mettait en colère, mais quoi ? Et cette histoire de demande en mariage… De quoi s'agissait-il ?

Il sentait que le sujet était important, mais… le tailleur-pantalon de Lana lui donnait plutôt envie de fermer son bureau à clé pour goûter à nouveau à la peau soyeuse et douce qu'il avait caressée et pétrie toute la nuit…

— Tu as bien compris que notre engagement l'un envers l'autre est un subterfuge, n'est-ce pas ? demanda-t-il, se forçant à chasser quelques images importunes.

— Tu as bien compris que j'ai besoin d'une vraie demande, parce que je suis une très mauvaise menteuse, rétorqua-t-elle.

Sur ce, elle sortit la bague de l'écrin et contourna le bureau.

— Les gens vont vouloir connaître notre histoire, dit-elle, et nous devons nous accorder à ce sujet.

— D'accord, et d'ailleurs…

Bon sang ! Que faisait-elle ?

Mettant un genou en terre, elle demanda :

— Acceptes-tu de m'épouser ?

Interloqué, Carson la contempla. À voir cette diablesse à genoux devant lui, son esprit fourmilla soudain de fantasmes… Seulement ils avaient clairement défini la teneur de leur relation : une nuit, pas plus ; juste pour se libérer l'un de l'autre.

Ne pas perdre de vue le but de toute l'opération : les fonds de Harmon, qui profiteraient à tous au club.

— Tu me demandes en mariage ? murmura-t-il.

— Il faut bien que quelqu'un le fasse, puisque tu sembles avoir oublié les bonnes manières ! Maintenant, passe-moi cette bague au doigt.

Les yeux dans les yeux de Lana, il prit la bague, la lui

passa à l'annulaire, avant de l'aider à se relever. Puis il lui prit le visage entre ses mains et dit :

— Lana, mettons un terme à cette querelle centenaire. Veux-tu m'aider à bâtir une dynastie que nous seuls sommes en mesure de mener à bien ? Acceptes-tu d'aider nos familles à passer à autre chose, une fois pour toutes ?

Lana écarquilla les yeux. Était-il allé trop loin ?

Après leur nuit ensemble, avait-elle changé de sentiments à son égard ? Ni lui ni elle ne pouvaient se permettre d'engager leur cœur dans cette histoire. Deux fortes personnalités essayant de se lier l'une à l'autre, c'était mission impossible. Chacun d'eux avait trop besoin de rester maître de sa propre vie.

— Si vous ne dites pas oui, je le ferai à votre place, dit une voix.

Carson sursauta et se retourna. Sierra se tenait dans l'embrasure de la porte, ses yeux allant de Lana à lui, un grand sourire aux lèvres.

Lana échangea un bref regard avec lui, avant de plaquer un sourire sur son visage pour se tourner vers Sierra.

— Vous nous avez surpris, dit-elle avec un petit rire. Nous essayions de garder notre relation secrète encore quelque temps. Mais c'est une tâche difficile !

Sierra s'avança vers eux, les yeux écarquillés.

— Je n'arrive pas à y croire, dit-elle. Je veux dire… vous étiez si opposés, pendant les débats. Cependant j'avais remarqué cette étincelle, quand vous étiez ensemble. Vous aviez une liaison secrète pendant tout ce temps ?

« Oh non ! », faillit s'exclamer Carson. Mieux valait parler de combats incessants. Mais leur mensonge était déjà bien engagé sur les rails…

— C'est seulement à ce moment-là que nous nous sommes rendu compte que nous étions faits l'un pour l'autre, répondit-il. En plus, nous espérons que cela fera tomber l'obstacle infranchissable entre nos familles. Nous souhaitions tous les deux devenir président du club, mais nous nous sommes découvert beaucoup de points communs.

Lana le contemplait, dubitative. Que pouvaient-ils bien avoir en commun ? semblait-elle se demander. Eh bien, ils partageaient une passion sexuelle enflammée, par exemple, mais mieux valait ne pas le mentionner à Sierra. Qui sait ce qui apparaîtrait dans les journaux ou sur Internet ?

— Quelle nouvelle fantastique ! s'exclama la journaliste. Puis-je avoir l'exclusivité de l'annonce ou avez-vous déjà prévu une autre façon d'annoncer vos fiançailles ?

Carson regarda Lana du coin de l'œil. Toute cette histoire n'était qu'une farce, mais il ne voulait pas lui manquer de respect, ni faire quoi que ce soit qui mette en péril leur accord.

Elle acquiesça d'un léger signe de tête et se tourna vers Sierra.

— Bonne idée ! dit-elle. Nous n'en avons pas encore parlé à nos familles, mais nous pouvons d'ores et déjà prévoir quelque chose.

— Demain matin ? suggéra Sierra. Nous pourrions nous rencontrer ici vers 10 heures, je vous interviewerais et prendrais des photos, si vous le voulez bien.

— Je n'y vois pas d'inconvénient, répondit Lana.

Carson hocha la tête et s'enquit :

— Qu'est-ce qui vous amenait, Sierra ? Vous vouliez me parler ?

— Ah. Oui ! En vous voyant tous les deux si amoureux, j'avais oublié. J'étais venue pour vous demander la permission de rendre visite à Harmon, répondit Sierra. Je ne poserai aucune question agressive, mais après la lecture du journal intime d'Arielle et mes nombreuses interviews d'habitants de Royal, je manquerais à mon devoir de journaliste si je ne l'interrogeais pas personnellement. J'espère qu'Arielle lui a confié quelque chose à propos du père de Micah.

— Pourquoi ne m'avez-vous pas simplement téléphoné, au lieu de venir ici ?

— J'ai un rendez-vous tout à l'heure pour prendre une leçon d'équitation au haras, ce qui m'a donné l'idée de passer par votre bureau.

Carson réfléchit quelques secondes. Même si son arrière-grand-père avait encore toute sa tête, il était tout de même très âgé. Cette plongée dans les petites histoires des familles de Royal n'allait-elle pas le perturber, même s'il souhaitait connaître l'identité de sa mère biologique ? Il comprenait très bien pourquoi Sierra souhaitait le rencontrer. De plus, il lui faisait confiance, et il savait qu'elle exerçait son métier avec honnêteté.

— Je crois que vous travaillez aux mieux des intérêts du petit Micah et de Harmon, reprit-il. Je sais que vous considérez tous les aspects de la situation pour découvrir la vérité. Cela ne me dérange donc pas que vous interrogiez mon arrière-grand-père. Je vais l'appeler pour le prévenir de votre visite. Juste un détail, n'oubliez pas qu'il a cent ans.

Sierra lui offrit un sourire rayonnant.

— Merci, dit-elle. À demain, et félicitations pour votre engagement l'un envers l'autre ! Tout cela est si palpitant !

Sur ce, elle tourna les talons, laissant Carson et Lana seuls dans le bureau.

Se retrouver en tête à tête n'était peut-être pas prudent, vu les images et les émotions de la veille, qui tournoyaient dans leur tête, songea Carson.

Il avait cru qu'un rapport sexuel assouvirait définitivement le désir qu'il avait de Lana, et qu'il passerait tout de suite à autre chose. Il s'était trompé… Au contraire, son désir s'était transformé en un besoin féroce, presque douloureux. C'est la raison pour laquelle ce matin, il était parti tôt, sans réveiller Lana. Il avait préféré lui laisser la bague et lui envoyer un texto. S'il était resté chez elle et avait attendu qu'elle ouvre le petit écrin, Dieu seul sait ce qui se serait produit. Les beaux yeux éblouis de Lana lui auraient aussitôt donné envie de la prendre, comme il l'avait fait encore et encore pendant toute la nuit.

Et cela ne faisait pas partie de leur accord professionnel.

- 7 -

Lana regarda son doigt ; la bague y semblait étrangère, pas du tout à sa place. La déception qu'elle avait éprouvée ce matin en la découvrant dans sa cuisine ne faisait que s'amplifier. À cause de son investissement de tous les instants dans la vie associative des femmes du club, elle n'avait jamais consacré beaucoup de temps aux flirts et aux liaisons. Pour autant, elle souhaitait ardemment avoir un jour un mari et des enfants. Dans ses rêves éveillés, elle imaginait un immense ranch et un homme du Sud, sexy et intelligent, son égal en tout.

Bien que Carson remplisse toutes les cases, leur relation n'appartenait pas à la vraie vie. Et cette bague ne signifiait rien.

— Nous dînons demain soir au ranch avec mon père, annonça Carson, la ramenant à l'instant présent.

Elle leva les yeux au ciel et contourna le bureau pour reprendre sa place en face de lui.

— Je sens que je vais être accueillie à bras ouverts, fit-elle remarquer d'un ton narquois.

Carson soupira en retroussant les manches de sa chemise noire. Relevant la tête, il la surprit en train de contempler ses avant-bras dénudés. Elle détourna vivement les yeux.

Pourquoi fallait-il qu'elle le trouve sexy en toute occasion ? Hier matin aussi il était sexy, mais après leur nuit…

Elle s'était mise dans un sacré pétrin.

— Il ne s'agit pas de nos sentiments ni de notre zone de confort, lui rappela-t-il. Ce que nous faisons, c'est pour exaucer le dernier vœu de Harmon avant sa mort. Sans parler des fonds que va recevoir le club. Ce sera un plus pour ma place de président du club et te permettra *aussi* de concrétiser tes projets pour les femmes du club. Tout ça, c'est du business, Lana.

Du business, oui… mais cela ne l'empêchait pas de désirer Carson plus fort que jamais. La nuit dernière ne lui suffisait pas. Quelle idiote d'avoir cru qu'en une nuit elle s'ôterait Carson Wentworth de l'esprit ! Alors qu'il avait tout ce qu'elle attendait d'un homme : confiance en lui, pouvoir, intelligence, séduisant au-delà de toute mesure… et amant merveilleux, avait-elle découvert au cours de cette nuit de folie.

Stop ! Ils n'étaient pas destinés l'un à l'autre, un point c'est tout. Inutile de permettre à ses pensées naïves d'occulter son bon sens habituel. Un corps magnifique, un homme puissant et une sexualité torride ne faisaient pas une relation durable et solide. Cela aidait, bien sûr, mais la confiance en l'autre était une exigence majeure. Et comment faire vraiment confiance à un Wentworth ? Des phrases telles que « ces sacrés Wentworth » avaient bercé son enfance, son adolescence et son âge adulte.

Ses parents allaient encaisser un choc terrible quand elle leur annoncerait la nouvelle. Ce qu'elle devait d'ailleurs faire très vite, avant l'entretien avec Sierra demain matin.

— Je suis 100 % pour la réalisation de nos projets communs, dit-elle. Maintenant que Sierra a vu ma demande en mariage, la rumeur va se propager comme une traînée de poudre.

— C'est moi qui t'ai demandée en mariage, protesta-t-il.

Elle se mit à rire.

— Je ne t'ai pas vu mettre un genou à terre devant moi !

— J'ai laissé la bague chez toi, et j'ai envoyé un SMS !

— Pas étonnant que les gens se demandent pourquoi tu es toujours célibataire, marmonna-t-elle. Bref ! Cet après-midi, je rencontre un autre entrepreneur local pour préciser mes idées à propos de la nouvelle aile du club. Il me fera un devis, et ensuite je te le soumettrai par mail, sans doute à la fin de la semaine.

— Tu ne perds pas de temps, remarqua-t-il.

— Si on considère qu'hier tu étais mon ennemi, cette nuit mon amant et ce matin mon fiancé, nous ne perdons de temps ni l'un ni l'autre.

Carson éclata de rire en se frottant la mâchoire, et ce léger bruit sur le chaume de ses joues la fit frissonner au-delà du raisonnable. Elle savait tout de cette barbe dure sur sa peau nue…

Pour l'instant, cependant, elle devait se concentrer sur les affaires et annoncer leurs fiançailles. Le sexe pouvait attendre. Pas longtemps. Disons… jusqu'à ce qu'elle retrouve ses esprits, se libère des émotions autres que l'attirance physique.

— Il faut aussi organiser la fête des fiançailles à la fin du mois, dit-elle. Je propose une soirée dansante. J'ai fait une liste de tous les contacts nécessaires et de ce que je demanderai à chacun.

— Où as-tu trouvé le temps de faire ça ?

— Hier, avant que tu viennes chez moi et te retrouves dans mon lit.

La mâchoire de Carson se contracta, il baissa les yeux, les lèvres soudain crispées. Très bien ! Ce qui se passait entre eux ne lui était pas indifférent. Sans doute étudiait-il ses propres sentiments. Pour cette raison, elle lui laisserait un peu de temps avant de l'inviter à un deuxième round.

— J'ai trop de travail pour organiser un bal, répondit-il. Je te fais confiance. Choisis une date et je m'assurerai de la disponibilité de la salle de bal.

— C'est déjà fait. Je m'occupe de tout. Tu as des exigences particulières ? Une musique favorite ? Des toasts préférés ? La couleur de ma robe ?

— Verte, répondit-il sans hésiter. C'est ma couleur préférée. Le reste importe peu.

Elle aurait dû savoir que la couleur du dollar était sa couleur préférée. Bien. Puisqu'il voulait du vert, elle achèterait une robe verte à tomber par terre. Les fiançailles avaient beau être factices, elle n'en serait pas moins très élégante.

— À demain, donc, dit-elle en se dirigeant vers la porte.

— Attends.

L'ordre de Carson l'arrêta net dans son élan. Regardant par-dessus son épaule, elle rencontra son regard lourd. Dans ce jean sombre qui lui enserrait les hanches, et cette chemise noire aux manches retroussées, il ressemblait davantage à un rancher de Royal qu'au président du Texas Cattleman's Club. Ces deux aspects de lui se disputaient sa préférence. Il l'attirait plus que de raison.

— Lana, à propos de cette nuit…

Elle se força au silence, attendant qu'il achève sa phrase.

— J'ai menti, dit-il. Une nuit n'a pas suffi.

Elle lui sourit.

— Non, ça n'a pas suffi, répondit-elle. À ce soir.

- 8 -

— Je n'aurais jamais cru ce jour possible, dit Hank Wentworth en ouvrant la porte.

Lana se contracta.

— Tu me croyais incapable de m'assagir ? demanda Carson.

— Exactement, répondit son père. Et avec une Langley, en plus ! J'ai hâte de connaître le fin mot de l'histoire. Entrez !

Lana se retint de prendre la fuite. De toute évidence, Hank s'annonçait dur à convaincre.

Carson posa sa main dans le creux de ses reins et la conduisit à l'intérieur. Elle se prépara mentalement à ce dîner qui s'annonçait riche en discussions.

Forte de leur deuxième nuit passionnée chez elle et de leur entretien avec Sierra ce matin, elle se sentait prête à affronter l'épreuve : convaincre Hank Wentworth de son amour passionné pour son fils, et de la réconciliation de leurs deux familles.

Un sentiment de culpabilité la tenaillait néanmoins. Comme elle l'avait déclaré à Carson, elle mentait très mal, et détestait le mensonge.

Et pourtant, elle se retrouvait prise dans cette toile d'araignée de tromperie, où le sexe et l'argent l'avaient entraînée. Elle savait qu'elle participait à cette mascarade dans le but d'améliorer le club-house et d'offrir aux femmes la place qu'elles méritaient. Malgré cela, elle ne se sentait pas plus différente… que son père et ses mensonges.

Après ce mois qui s'annonçait très long, elle ne mentirait plus jamais. Et pour ce soir, elle comptait sur Carson pour conduire la conversation. Prenait-il parfois des libertés avec la vérité ? Si oui, cela le préoccupait-il ? Elle ne le connaissait pas assez pour le savoir.

— Ça sent délicieusement bon, fit remarquer Carson en se dirigeant vers le fond de la maison.

— J'ai demandé au chef de te préparer tes plats préférés, répondit Hank en souriant. Alli et Tate sont là aussi. Alli est prête à discuter des projets de mariage, ne la déçois pas. Mais d'abord, dites-moi comment vous avez pu envisager ces fiançailles loufoques.

Lana sentit Carson se crisper.

Pourquoi n'avaient-ils pas décliné cette invitation sous un prétexte quelconque ? Au moins auraient-ils pu trouver une excuse pour qu'elle ne vienne pas.

— Oh ! Vous êtes là ! s'exclama Alli Wentworth en contournant l'îlot central de la cuisine, les bras ouverts.

Tout à coup Lana se retrouva prise dans une chaleureuse étreinte. Une chose à laquelle elle ne s'attendait pas du tout de la part de la deuxième épouse de Hank.

— Nous sommes si heureux pour vous deux, déclara Alli. Que vous êtes belle ! Carson a bien de la chance !

— En effet, répondit Lana avec aisance. Il est bon de le lui rappeler.

— Où est Tate ? intervint Carson, peu enclin à discuter sa chance de l'avoir pour fiancée.

— Il est au téléphone avec sa petite amie, répondit Alli. Allons dans la salle à manger. Il nous rejoindra quand ils auront fini de se disputer. Ah, les adolescents et l'amour…

Carson la guida de nouveau, sa main posée dans son dos.

Elle en éprouvait une douce chaleur au creux du ventre. Ce qui était ridicule, en fait. Les choses qu'ils avaient faites sous la douche la veille feraient rougir n'importe qui. Et pourtant, ce simple geste de tendresse faisait naître en elle des réactions… d'oie blanche !

— Asseyez-vous comme vous voulez, proposa Alli.

La nourriture étalée au centre de la table stupéfia Lana. Des steaks, de la purée, des asperges grillées entourées de bacon, de la salade, du pain fait maison, un plateau de fromages et des fruits.

Par chance la perspective de ce dîner angoissant lui avait fait sauter le repas de midi. Encore une chose ridicule, d'ailleurs. Il y avait bien longtemps que plus rien ne l'angoissait. En fait, depuis qu'elle avait pris conscience de sa propre valeur. Mais cette mascarade lui mettait les nerfs à vif. À moins que faire l'amour toute la nuit l'ait complètement perturbée.

De toute façon, tout rentrerait dans l'ordre dans un mois.

— Alors, commença Hank, expliquez-nous comment vous êtes passés d'une relation à couteaux tirés au désir fou de passer votre vie ensemble.

Il s'érigeait en juge, et cela déplut à Lana, qui se redressa. Elle avait déjà eu de nombreuses fois affaire à des hommes de pouvoir, cet interrogatoire n'avait rien de nouveau pour elle et ne l'effrayait nullement. Il suffisait d'enfiler sa proverbiale armure et de se préparer à une joute verbale. Elle décida toutefois de laisser Carson en première ligne. C'était son père, après tout.

— Nous nous sommes rendu compte que nous avions beaucoup en commun, expliqua Carson. Mais nous avions chacun notre façon de l'exprimer et d'atteindre nos propres buts. Il n'est un secret pour personne que j'ai toujours trouvé Lana très belle, mais plus je l'ai découverte, plus je suis tombé amoureux de sa force et de sa détermination. Au fil des jours, il m'a été impossible d'ignorer à quel point nous allions bien ensemble.

Lana tenta de prendre ces propos à la légère. Tout cela n'était que baratin destiné à tromper le monde. Mais quand même, ce qu'il venait de dire semblait tellement sincère… En plus, il était assis si près d'elle que leurs cuisses se touchaient presque sous la table.

Si elle n'avait pas été dans la combine, elle aurait commencé à croire qu'il éprouvait quelque chose pour elle. Il offrait à sa famille une prestation très convaincante. Et ce qui ne gâtait rien, il était un merveilleux amant. Les deux nuits passées ensemble le lui avaient confirmé.

— Ainsi, après quelques mois de course acharnée pour la présidence du club, tu lui passes tout d'un coup la bague au doigt ? s'enquit Hank.

— Comme je viens de l'expliquer, nous avons beaucoup de points communs, répondit Carson. En plus, je ne suis pas responsable des choix de mon cœur. Beaucoup de mariages sont fondés sur bien moins que ce que Lana et moi partageons. Nous sommes tous les deux assez déterminés et têtus pour que ça marche entre nous. Aucun de nous deux n'envisage un échec en quoi que ce soit, encore moins l'échec d'un mariage.

Il était vraiment bon acteur ! Mentait-il souvent avec cette facilité, cet aplomb ? se demanda Lana. Les mensonges se succédaient dans sa bouche avec une aisance qui la crispait. Comment tomber amoureuse d'un homme qui mentait aussi effrontément ? Elle avait eu un père du même acabit. Et sa mère avait fait preuve d'une naïveté ou d'une bêtise confondantes. À moins qu'elle n'ait agi par pure indifférence ?

— C'est une affaire de publicité ? demanda Hank.

— Oh ! Hank ! Laisse-les tranquilles, intervint Alli. Ils veulent se marier, réjouis-toi pour eux.

— On est déjà en train de se disputer ? s'enquit Tate Wentworth en entrant dans la salle à manger.

Lana tourna la tête vers lui. Très jeune, il imitait inconsciemment le comportement de son demi-frère. Carson et lui entretenaient une relation privilégiée. Pendant la campagne, Tate avait été son principal soutien.

— Il ne s'agit pas de dispute, déclara Carson. Assieds-toi, on vient juste de commencer.

Tate s'assit en face d'eux. Alli et Hank présidaient aux deux bouts de la table.

— Nos familles se battent depuis un siècle, reprit Hank. Comment crois-tu que les autres Wentworth vont réagir ?

— Comme ils voudront ! répondit Carson. Lana et moi nous moquons d'une dispute qui n'a rien à voir avec nous ni avec notre avenir. Notre amour sera un pont entre nos deux familles. Tous ceux qui ne veulent pas de cette réconciliation vivent trop dans le passé. Ce n'est pas mon problème, mais le leur.

Lana avala sa salive avec difficulté. Comment avait-il fait ? Il venait de dire les mots justes, et au bon moment ! C'était peut-être ainsi qu'il l'avait battue aux élections ?

— Harmon souhaite mettre fin à cette dispute, fit remarquer Alli. Votre union est donc inespérée ! Concentrons-nous sur ce qui est heureux dans cette histoire : Carson et Lana commencent leur vie commune débarrassés d'un gros nuage familial au-dessus de leurs têtes. Dites-moi, Lana, qu'avez-vous prévu pour votre mariage ?

Lana s'éclaircit la voix avant de répondre :

— Je n'ai rien décidé encore, tout cela est tellement nouveau…

— Je suis certaine que vous avez déjà pensé à certaines

choses. La plupart des femmes ont leur idée bien précise d'un mariage de rêve. Une couleur favorite, un lieu, leur fleur préférée. Et la bague ?

Lana leva la main où scintillait le diamant, qui pour elle détonnait toujours autant à son doigt.

— Oh Carson ! s'exclama Alli. Quel bon choix ! Elle est splendide !

— Ma future fiancée méritait quelque chose d'aussi audacieux que sa personnalité, répondit-il en souriant à sa belle-mère.

Gênée, Lana piqua du nez dans son assiette. Impossible de manger, cependant. Elle était trop crispée.

— Voulez-vous un mariage en extérieur ou à l'intérieur ? reprit Alli. Hank et moi nous sommes mariés en extérieur à l'automne. C'était magique.

Bien sûr, Lana avait parfois imaginé son vrai mariage, mais elle répugnait à en parler, refusant de dévoiler ses rêves personnels et intimes à propos d'un événement monté de toutes pièces, et qui n'aurait pas lieu.

Cependant, étant une très mauvaise menteuse, elle n'avait pas d'autre issue que de dire quelque chose.

— J'ai toujours bien aimé l'idée d'un mariage en extérieur, répondit-elle. Quelque chose d'intime, avec seulement quelques amis. Ma couleur préférée est le bleu, ma fleur préférée, le lys. C'est déjà un début.

— Vous ne voulez pas d'un grand mariage ? demanda Hank, étonné.

— Je n'aime pas beaucoup exposer ma vie personnelle, répondit-elle. Dans certains domaines, je peux être flamboyante et exubérante, mais pour mon mariage, je ne souhaite pas autre chose que mon fiancé et quelques amis proches.

Hank fronça les sourcils.

— Les Wentworth sont nombreux, fit-il remarquer. Et je suis sûr que beaucoup de Langley voudront assister à votre mariage. Le fait que nos deux familles se réconcilient enfin attirera tout Royal.

Raison de plus de se réjouir que tout cela ne soit qu'une mascarade ! songea-t-elle. La simple idée de tous ces gens l'observant pendant son mariage lui donnait la nausée. Elle accordait beaucoup d'importance à la vie privée, surtout avec l'homme dont elle partagerait l'existence.

Une cérémonie intime, suivie d'une grande soirée, voilà comment elle voyait les choses. La réunion de ces deux familles ennemies méritait une célébration à l'échelle de la ville.

Dommage que cela ne devienne pas réalité.

— Nous discuterons de la liste des invités plus tard, intervint Carson. En revanche, je ne connaissais ni ta couleur ni ta fleur préférées.

Lana sourit en tendant sa main vers son verre. Bien entendu, Hank ne put s'empêcher d'intervenir :

— Une nouvelle preuve que vous vous précipitez dans ce mariage tête baissée.

— Nous ne nous précipitons pas, rétorqua Carson. Et tu n'arriveras pas à nous convaincre de ne pas nous marier, alors passe à autre chose.

— Je trouve que c'est cool, intervint Tate. Cette histoire de querelle familiale, c'est un truc de vieux. Au moins, Carson et Lana essaient de redresser la situation.

Lana se mordit l'intérieur de la joue pour s'empêcher de sourire. Tout en l'ayant souvent vu au côté de Carson, elle n'avait jamais parlé à Tate. Mais il marquait un point. Enfin, il marquerait un point si Carson et elle se mariaient vraiment.

Même s'ils jouaient une comédie cynique, ils pouvaient

construire un pont entre les deux familles. Pourquoi pas ? Qu'est-ce qui avait bien pu se passer, cent ans auparavant, qui pousse encore deux familles à se haïr ? Ce qui avait eu lieu dans le passé ne concernait aucunement les générations actuelles. À part Harmon.

— Carson, comment va le club ? s'enquit Alli. Maintenant que tu es président, tu as des plans pour l'avenir ?

Lana détestait qu'on lui rappelle son échec. Pourtant, elle préférait de loin ce sujet de conversation plutôt que d'interminables projets de mariage qui ne verraient jamais le jour.

Elle s'efforça de manger autant que le lui permettait son estomac noué.

Heureusement, le repas terminé, Carson ne manifesta pas l'intention de s'attarder, et ils prirent rapidement congé.

Enfin elle respirait plus librement. Une bonne chose de faite en prévision de ces fausses fiançailles !

Hélas, il en restait encore trop à affronter.

- 9 -

— Eh bien, ça s'est plutôt bien passé, fit remarquer Carson en quittant le domaine de ses parents, plutôt satisfait.

— Tu trouves ? demanda Lana d'une voix douce. On dirait que ton père me déteste.

— Tu t'appelles toujours Langley. Il ne faut pas s'attendre à ce qu'il te tombe dans les bras en abandonnant cette brouille familiale du jour au lendemain, comme le fait mon arrière-grand-père. Depuis son enfance, on a appris à papa à mépriser les Langley, quels qu'ils soient.

Quelque chose dans le ton de Lana intrigua Carson. Se souciait-elle vraiment de l'impression qu'elle avait produite ? Quelque chose au cours de ce dîner l'avait frappé. Tout à coup il se rendait compte d'une chose : il ne voulait pas voir Lana contrariée. Et surtout, il ne voulait pas être la cause de sa souffrance.

Il avait cru ce plan temporaire facile à mettre en place à deux, mais il n'avait pas envisagé que des émotions bien réelles se manifestent, et cela le déroutait.

— Oublie ce que je viens de dire, murmura-t-elle. Je suis fatiguée, et je n'ai pas réussi à oublier la situation dans laquelle je me trouve. Simplement, je ne m'attendais pas à autant d'animosité de la part de ton père.

Carson non plus. Il aurait pourtant dû prévoir que son père ne s'était pas montré particulièrement ravi d'apprendre qu'une Langley avait mis le grappin sur son fils. Il avait cru que son père respecterait au moins les règles de politesse de base… Ce qui n'avait pas vraiment été le cas.

— Je te demande pardon s'il t'a mise mal à l'aise, dit-il.

— Ce n'est pas à toi de t'excuser. Toi, tu n'as rien fait de mal.

— Tu crois ? répliqua Carson, les mains crispées sur le volant. L'autre jour, j'aurais pu détromper Harmon quand il a cru que nous étions un couple. J'aurais pu me montrer honnête envers lui. Mais ces derniers temps il baisse. Il devient plus lent, plus fatigué. Il est en train de mourir, et ce sacré journal intime…

Lana posa sa main sur sa cuisse, et il tressaillit. C'était un geste simple, une consolation, mais cela ne fit qu'attiser le désir qu'il avait d'elle.

— Nous étions tous les deux chez Harmon, lui rappela-t-elle. Et j'ai accepté la mascarade. Même si j'ai cru un moment que tu avais organisé cette embuscade.

— Pas du tout ! J'ai été pris au dépourvu, comme toi.

— Je comprends, maintenant. Mais sur le moment, j'ai eu envie de m'enfuir et de te laisser te débrouiller seul avec ton arrière-grand-père.

— Je suis content que tu ne sois pas partie. Comme ça, nous obtenons chacun ce que nous souhaitons pour le club. Et peut-être qu'avec nos fiançailles nous mettrons fin à cette brouille ancestrale. Même quand nous romprons notre engagement, nous devrons prolonger un peu le mensonge, faire croire que nous nous sommes rendu compte que nous étions de grands amis plutôt qu'un couple, et que nous sommes heureux d'avoir pu réunir nos deux familles.

Voilà ! Tout cela semblait logique. Un simple plan qui allait fonctionner, et au bout du compte, tout le monde serait heureux.

Carson conduisait en silence, toujours très conscient

de la main de Lana sur sa cuisse. Avait-elle l'intention de la laisser là longtemps ? Attendait-elle une réponse de sa part ?

Une seule nuit de sexe, c'était facile. Mais maintenant ils avaient couché ensemble ces deux dernières nuits, et il ignorait ce qu'elle voulait. Lui, il passerait volontiers une nuit supplémentaire avec elle… D'un autre côté, il ne voulait ni s'imposer ni avoir l'air de ne pas la respecter.

— Tate m'a paru être un très gentil garçon, reprit-elle, le tirant de la dérive de ses pensées.

— C'est un frère génial, c'est vrai. À l'époque, j'ai été un peu surpris et gêné quand papa et Alli m'ont annoncé qu'ils attendaient un enfant, mais Tate est devenu mon meilleur ami, malgré notre différence d'âge. Je peux lui donner des conseils sans qu'il ait l'impression que je le traite comme si j'étais son père.

— C'est bien d'avoir quelqu'un comme ça dans sa vie. Moi je ne sais pas ce que je ferais sans Abby. Au fil des années, nous nous appuyons de plus en plus l'une sur l'autre.

Carson savait que, malgré la mort du frère de Lana, Abby et elle demeuraient très proches. De plus, il avait un profond respect pour Abby, qui avait lutté pour que les femmes aient le droit de s'inscrire au Texas Cattleman's Club. Grâce à elle, les femmes comptaient à présent parmi les membres à part entière.

Aujourd'hui, Lana poursuivait le travail de sa belle-sœur avec autant de fougue et de détermination. Peut-être même un peu plus, songea-t-il, en repensant à certaines conversations qu'ils avaient eues tous les deux.

Lana retira enfin sa main de sa cuisse.

— Où allons-nous ? demanda-t-elle.

— Je vais te montrer où j'habite.

— Tu m'as demandé si j'avais envie d'y aller ?

— Tu en as envie ?

— Cela dépend de tes intentions une fois que nous serons chez toi.

Il ne put s'empêcher de rire. Du coin de l'œil il la vit sourire.

— Jamais je ne profiterais de la situation, assura-t-il, une main sur le cœur.

— Et si moi j'en profite ?

À cette simple question, Carson sentit son sang bouillir en lui.

Désirer une femme n'était pas une nouveauté pour lui. En revanche, ce besoin douloureux, sans répit, qu'il avait de Lana, prenait une place de plus en plus importante dans ses pensées. Jamais il n'avait rencontré une telle femme. Il fallait d'urgence réduire ce désir à un jeu de l'esprit. Faire semblant en face d'un public, ce n'était pas trop difficile. En revanche, quand il était seul avec Lana…

— Tu as vérifié si Sierra a publié notre histoire ? demanda-t-elle.

Notre histoire ? Oui, bien sûr. Au cours du mois à venir, tout ce qu'il ferait se ferait avec Lana. Ils formaient une équipe, qu'il le veuille ou non.

— Non, j'ai eu trop à faire, répondit-il. Et toi ?

Lana plongea la main dans son sac pour en sortir son téléphone. L'écran du portable éclaira l'habitacle tandis que Carson pénétrait dans son garage.

— Oh ! s'exclama-t-elle.

— Qu'est-ce qu'il y a ? Un mauvais article ?

— Je n'ai pas encore lu l'article, répondit-elle en lui tendant son téléphone pour qu'il voie leur photo.

Il lui prit le téléphone des mains et lut le titre de l'article :

Deux amoureux, le président du TCC et sa future épouse.

Si par hasard ce titre racoleur ne parvenait pas à attirer l'attention du lecteur, la photo remplirait largement cet office ! Sierra leur avait demandé si elle pouvait prendre des photos dans le bureau du président. Sur le cliché, assise les jambes croisées sur le bureau, Lana portait sa robe fourreau rouge qui moulait merveilleusement ses formes. Debout derrière elle Carson avait une main appuyée sur le bureau, l'autre posée sur l'épaule de Lana.

La façon dont ils se regardaient dans les yeux était très… parlante. Comment n'avait-il pas remarqué la façon dont elle le regardait ? Pourquoi n'avait-il pas caché son propre désir ?

L'alchimie entre eux était indéniable, cette photo l'attesterait aux yeux de tout le monde.

Le sexe, c'était une chose, mais sur cette photo, quelque chose d'autre transparaissait, l'impression qu'ils étaient bien davantage que des amants. N'était-ce que le reflet passager de leur nuit ensemble ? Peut-être, mais Carson percevait autre chose.

Absurde ! Il n'existait entre eux que du sexe et un accord à but financier. En ce qui concernait cet arrangement, Lana et lui se trouvaient sur la même longueur d'onde. Ils mentaient au monde extérieur, mais restaient honnêtes envers eux-mêmes.

— Qu'est-ce qu'on est beaux sur cette photo ! s'exclama-t-il.

Comme il l'espérait, Lana se mit à rire.

— Oui, répondit-elle. Je me fais envie à moi-même !

— C'est plutôt à moi que tu fais envie. Rentrons.

Le regard provocateur, elle demanda :

— Tu veux dire que tu ne vas pas me prendre sur le siège avant de ta voiture ?

— Je suis flatté que tu me trouves assez jeune pour le faire, mais une femme, je la prends dans mon lit.

— Alors je ne suis qu'une femme parmi d'autres, à tes yeux ? On peut dire que tu sais t'y prendre pour que ta fiancée se sente unique !

— Lana, je ne suis pas né de la dernière pluie. Nous avons tous les deux eu des liaisons avant, et nous en aurons d'autres quand notre engagement prendra fin.

Ces mots sonnèrent étrangement à ses oreilles, mais ils avaient le mérite de l'honnêteté. Il ne devait pas oublier les faits, au risque de se faire engloutir dans cette histoire. Passer ses nuits avec Lana pouvait faire perdre à n'importe quel homme le sens des priorités, y compris le sens de sa vie.

Il sortit de la voiture et alla ouvrir la portière passager. Lana prit la main qu'il lui tendait et leva vers lui ses yeux qui n'étaient que promesses de plaisirs passionnés. Il avait déjà fait l'amour avec elle, et pourtant il se sentait aussi excité et enthousiaste que la première fois.

Combien de temps lui faudrait-il pour se libérer de cette emprise sensuelle qu'elle avait sur lui ?

Autant profiter de chaque minute maintenant, puisque, qu'il le veuille ou non, dans un mois, tout serait fini.

En sortant de la voiture, Lana se retrouva presque collée à lui.

— Tu parles trop, lui dit-elle. Je ne souhaite pas évoquer nos partenaires de lit, passés ou à venir. Tu m'as proposé de visiter ta maison ? Alors commençons par ta chambre.

Carson frémit en posant sa main libre sur la hanche ronde de Lana.

— Je ne vais pas attendre la chambre, rétorqua-t-il en lui écrasant la bouche de ses lèvres.

Puis, la tenant serrée contre lui, il se dirigea vers l'entrée de sa maison. Il se détacha un peu d'elle pour ouvrir la porte et éteindre l'alarme, puis plongea son regard dans le sien.

Les lèvres humides de Lana, ses yeux où brûlait le désir lui avaient presque fait abandonner sa résolution de ne pas la prendre dans sa voiture. Elle était trop sexy pour se comporter en gentleman. En plus, elle avait su merveilleusement tenir tête à son père, ce qui en disait long.

Tout en elle l'attirait à un point qu'il n'aurait jamais imaginé. Et cette farce commençait à peine.

Il se trouvait dans un pétrin sans nom. Mais Lana Langley en valait la peine. Pour les conséquences, il verrait plus tard.

Beaucoup plus tard.

- 10 -

Surtout ne pas parler ! songeait Lana. Parler à Carson lui faisait prendre conscience qu'il n'était pas son ennemi. Discuter avec lui soulignait une évidence : ils avaient davantage en commun que ce qu'elle croyait. Cela lui donnait envie d'en découvrir davantage sur l'homme qu'elle était censée détester.

En fait, elle ne le détestait pas du tout ! Au contraire, il la fascinait, encore bien davantage qu'elle ne se sentait prête à le reconnaître.

Donc, ne pas parler. Le sexe, elle maîtrisait. Il suffisait de ne rien approfondir, rester à la surface des choses, de façon à sortir de cette farce sans s'y brûler les ailes.

Une sexualité de rêve pendant un mois ? Pourquoi pas ? Il n'y avait aucune raison de mélanger cela avec une sentimentalité de mauvais aloi.

Cependant, elle lisait sur le visage de Carson quelque chose de difficile à identifier.

Elle voyait bien que l'esprit de son amant tournait à cent à l'heure, mais quelles que soient ses pensées, elle refusait d'en prendre connaissance. Cela ne lui apporterait rien de bon.

La passion physique était facile et gratifiante, elle n'en demandait pas davantage.

Carson la prit par la main et l'entraîna à sa suite. Dès qu'il eut refermé la porte sur eux, elle fit glisser la fermeture

Éclair de sa robe. Quand le fourreau soyeux glissa le long de son corps jusqu'à sa taille, elle se tourna vers Carson.

Voilà ! Elle avait réussi ! D'un coup il se retrouva plongé dans le moment présent, loin des pensées qui l'avaient éloigné d'elle. Ses yeux brillants se posèrent sur son soutien-gorge de dentelle bleue. Le regard embué qu'il lui lança, celui qu'il lui adressait chaque fois qu'il la voyait nue, lui redonna confiance.

— Quand tu me regardes comme ça…, murmura-t-elle.

Elle s'arrêta au milieu de sa phrase. Que faisait-elle ? Elle avait décidé de ne pas parler. Pas de sentiments. Pas d'émotions. Pas de place pour ce genre de choses entre eux.

— Qu'allais-tu dire ? demanda-t-il.

Elle secoua la tête sans répondre.

Tendant les mains vers elle, Carson acheva de faire glisser sa robe qui tomba à ses pieds.

— Quand je te regarde, je vois de la beauté pure, dit-il d'une voix rauque. Je vois une femme forte qui me défie, me fait prendre conscience que ce faux engagement entre nous n'est pas une si mauvaise idée que ça. Je vois une femme aussi déterminée que moi, une femme dont je ne peux me rassasier.

Il voyait trop de choses ! Des choses qui la mettaient mal à l'aise. Elle ne pouvait se permettre de perdre le contrôle de la situation délicate dans laquelle ils s'étaient fourrés. Elle avait un but bien précis, et elle s'y tiendrait.

Enjambant sa robe tombée à terre, elle pivota lentement sur elle-même, mettant tout son art à envoûter Carson, à lui faire oublier tout ce qui n'avait pas trait au sexe.

Il jura entre ses dents puis, l'attirant contre lui, il la souleva. Elle croisa ses chevilles dans le dos de son amant, laissant tomber ses talons hauts avec un bruit sec.

— Tu me rends fou, marmonna-t-il contre sa bouche

en la transportant à travers la maison. Si j'avais su ce que tu portais sous ta robe, nous ne serions jamais parvenus chez mon père.

— Cela ne m'aurait pas déplu ! Je préfère être seule avec toi.

Au bas du grand escalier, il s'arrêta. Elle découvrirait le reste de la maison plus tard. Pour le moment, le plus beau design du monde lui importait peu.

— Passe la nuit avec moi, dit-il.

Elle le regarda un instant sans répondre.

— Reste, Lana. Je te raccompagnerai chez toi demain. Je ne cherche rien d'autre, crois-moi, surtout pas à modifier notre accord. Je te veux simplement pour moi une nuit entière.

Les deux soirs précédents, il était resté chez elle la plupart de la nuit, mais l'avait quittée avant l'aube. Ce soir, il proposait autre chose. Elle resterait dans son lit, ils se réveilleraient ensemble. Comme dans une vraie relation amoureuse.

— Carson…

— Pas un mot de plus, dit-il en lui picorant la bouche de baisers. Je te veux dans mon lit, je ne suis pas encore prêt à te laisser partir.

Au moins ne contestait-il pas le fait qu'il la laisserait partir le moment venu.

— D'accord, répondit-elle.

Aurait-elle dû refuser ? Commettait-elle une erreur ?

Elle n'oubliait pas la raison de la situation farfelue qu'ils avaient créée. Elle savait exactement ce qu'elle devait et ne devait pas faire, jusqu'où elle pouvait aller.

Pour le moment, elle prenait ce que Carson lui offrait : une nuit de passion avec un homme qui la rendait folle de désir et la satisfaisait en tout point.

En arrivant sur le palier du premier étage, Carson la plaqua entre le mur et baissa la fermeture Éclair de son pantalon.

— Tu as un préservatif ? demanda-t-elle.

— Dans ma chambre.

Dieu que ça lui paraissait loin, tout à coup ! Le besoin qui la tenaillait l'incita à préciser :

— Je prends la pilule, et je suis saine. Et toi ?

— Je suis sain aussi. Mais… tu es sûre que c'est ce que tu veux ?

Elle hocha la tête avec vigueur. Elle avait peut-être tort… mais tant pis ! Elle voulait ressentir Carson en elle sans barrière. Tout de suite. Peut-être franchissait-elle la frontière qu'elle s'était juré de ne pas dépasser. Mais… c'était juste sexuel, se convainquit-elle. Ce n'était qu'un besoin physique irrépressible qu'elle voulait assouvir. Cela n'avait rien à voir avec son cœur, alors pourquoi s'en priver ?

— Certaine, assura-t-elle.

Carson acheva d'enlever son pantalon sans la quitter des yeux, et son regard brûlant la cloua sur place. Quand il la pénétra, elle ne put s'empêcher de fermer les yeux. Rejetant la tête en arrière, elle s'arqua contre lui, savourant les sensations qui l'envahissaient.

C'était leur troisième nuit ensemble, mais il la rendait folle, comme la première fois.

Il adopta d'emblée un rythme frénétique qui la conduisit rapidement au bord du précipice de la volupté suprême. Elle haletait, le suppliait de ne pas s'arrêter. Utilisant le mur dans son dos, elle usait de ses hanches contre celles de son amant pour accentuer les coups de butoir qui la vrillaient.

Ses lèvres courant de sa bouche à son cou, Carson accéléra encore ses allées et venues dans son fourreau humide, et bientôt il se déversa en elle dans un feu d'artifice de sensations. Jamais aucun homme ne l'avait embrasée avec cette violence passionnée. Personne ne lui avait jamais fait l'amour avec cette fougue.

Mais l'amour n'avait rien à voir là-dedans.

Le corps liquéfié de volupté comblée, elle poussa un profond soupir de béatitude. Carson lui effleura la bouche de ses lèvres, puis il posa son front contre le sien. Son souffle court et brûlant l'enveloppa tout entière. Elle ferma les yeux. Serait-elle capable de se tirer de cette histoire sans souffrir ? Peu de jours s'étaient écoulés depuis le début de cette farce, et il en restait beaucoup à venir…

La conclusion s'imposait d'elle-même : elle devait absolument garder son cœur à l'abri de tout sentiment.

Sous peine de tomber amoureuse de son ennemi.

- 11 -

Carson faisait défiler les nombreux documents que Lana lui avait envoyés la semaine dernière. Déjà une semaine ? Sa vie avait soudain pris un cours différent. Non seulement il se retrouvait *fiancé*, mais il allait du lit de Lana au sien. Ils passaient toutes leurs nuits ensemble, comme s'ils avaient conclu un accord tacite consistant à profiter au maximum de cette période étrange.

Les chiffres étalés sous ses yeux se brouillaient, se mêlant aux images érotiques de Lana. Comment se concentrer pendant la journée quand il ne pensait qu'à la nuit à venir ?

Un petit coup à sa porte lui fit lever la tête de son ordinateur.

— Salut ! lança Tate en entrant.

L'air solennel de son demi-frère tira Carson de ses préoccupations personnelles.

— Que se passe-t-il ? demanda-t-il.

— Je viens juste voir comment tu vas, répondit Tate en s'asseyant de l'autre côté du bureau.

— Allons, allons ! Je te connais trop bien, ne me raconte pas d'histoire ! Qu'y a-t-il ? Encore un problème de fille ?

— Pourquoi sont-elles si compliquées ? marmonna Tate en soupirant.

Carson ne put s'empêcher de rire.

— Ce n'est pas qu'elles soient compliquées, c'est plutôt

qu'il faille harmoniser leurs complications avec les nôtres, si tu vois ce que je veux dire, répondit-il.

Tate lui lança un regard perplexe.

— C'est ce qui s'est passé entre toi et Lana ? Vous étiez dressés l'un contre l'autre pendant la campagne. Jamais je n'aurais imaginé que vous finiriez dans les bras l'un de l'autre. Et fiancés, en plus ? C'est vraiment du rapide !

Carson se rembrunit. Il ne pouvait dévoiler son secret à quiconque, même pas à Tate.

— Parfois, les choses se mettent en place d'elles-mêmes, répondit-il.

Ce qui était la vérité.

— Et Lana est une forte tête qui sait ce qu'elle veut, poursuivit-il. Elle a des qualités que je respecte et comprends. Nous avons le même attrait pour la chose publique, et avons aussi des buts de vie communs.

— En plus, elle est bien roulée, ajouta Tate avec son regard d'adolescent attardé.

— Il faudrait être aveugle pour ne pas remarquer sa beauté. Nous avons nos différences bien marquées, ça ne fait aucun doute, et nos familles sont ennemies depuis des décennies. Mais parfois il faut savoir mettre certaines choses de côté et se battre pour ce que nous voulons.

Tate hocha la tête sans un mot, visiblement peu convaincu.

— Tu aimes vraiment cette Carly ? s'enquit Carson.

— Oui, je l'aime vraiment bien, mais elle ne me comprend pas. Elle ne s'intéresse pas à la vie dans un ranch, et moi, c'est tout ce que j'aime.

— Tu l'as déjà invitée au ranch ? Essaie de lui montrer comment tu y vis, ce que tu aimes. Et essaie aussi de faire avec elle quelque chose qu'elle apprécie. Dans une relation amoureuse, c'est moitié-moitié, tu sais. Tu dois te donner en entier, et réciproquement.

Plus il parlait, mieux ça sonnait ! En vérité, il n'avait pas d'expérience de véritable relation affective. Ses amis Drake et Cammie étaient complètement amoureux l'un de l'autre, de même pour Jackson et Haley, ou encore Gabe et Ros. En fait, beaucoup de ses amis du Texas Cattleman's Club étaient tombés amoureux et s'étaient mariés, ces derniers temps. Quelque chose flottait dans l'air, de toute évidence.

— Je l'ai invitée deux fois à dîner à la maison, répondit Tate. Mais je n'ai pas sorti les chevaux, et ne lui ai rien montré.

— Eh bien, voilà ! Invite-la pour une promenade à cheval, montre-lui ce que tu aimes au ranch, sans insister sur vos différences.

— Tu as raison, je crois, murmura Tate.

— Je suis plein de bonnes idées ! Tu n'as qu'à les suivre !

Tate hocha la tête et se leva.

— Tu crois que Lana et toi aurez des enfants ? demanda-t-il.

Pris de court, Carson sursauta. Des enfants ? Il n'y avait pas accordé la moindre pensée. Lana et lui étaient si vite passés du statut d'ennemis à celui de fiancés qu'il en avait encore le vertige.

— Attendons d'être mariés pour que tu te préoccupes d'éventuels enfants, répondit-il en se levant à son tour. Appelle donc ta copine, invite-la au ranch et tiens-moi au courant de la suite. Si tu veux vraiment la jouer romantique, demande au chef de te préparer un bon pique-nique à manger au bord de l'étang.

— Bonne idée ! Merci, vieux !

— Avec plaisir.

Arrivé à la porte, Tate se retourna et demanda :

— Ça te dérange pas que papa n'apprécie pas ton mariage avec Lana ?

Carson ne répondit pas tout de suite. Même si son engagement sentimental avait été authentique, il se serait moqué de ce que son père pensait. Bien entendu, il souhaiterait ardemment que celui-ci fasse partie intégrante de sa nouvelle vie. Mais d'un autre côté, une union entre une Langley et un Wentworth avait du bon : elle mettrait fin à cette brouille ancestrale et permettrait aux générations suivantes d'être libérées d'un poids.

— Papa changera d'avis, répondit-il. Ne t'inquiète pas pour moi.

Tate lui adressa le sourire coquin typique des Wentworth et s'enquit :

— Y a-t-il quoi que ce soit qui parvienne à te déstabiliser ?

Oh oui ! Une femme qui le rendait fou, au lit et en dehors du lit. Mais inutile de partager cela avec son jeune frère.

— Beaucoup de choses pourraient m'inquiéter, mais je ne leur permets pas d'interférer avec mes buts, répondit-il. Et ce conseil vaut pour ta vie personnelle et professionnelle. Si tu désires quelque chose, ne laisse rien se mettre en travers de ton chemin.

Tate hocha la tête et sortit.

Cette petite discussion fit réfléchir Carson. Il était heureux d'avoir donné à son frère un conseil pour sa relation avec sa petite amie du moment, mais qui lui donnerait un conseil, à lui ?

Il en avait pourtant bien besoin !

— Laisse-moi clarifier les choses, décréta Abby.

Lana s'inquiéta un peu du ton de celle qui était devenue

sa meilleure amie. Elle n'aimait pas lui mentir mais pour le moment, elle n'avait pas d'autre choix.

— Je ne me suis pas encore habituée à l'idée que tu épouses Carson Wentworth, et tu veux déjà que je t'aide à organiser votre soirée de fiançailles à la fin du mois ?

Assise sur le canapé de son bureau du club, Lana croisa les jambes et sourit, espérant cacher sa nervosité et son embarras à Abby.

— C'est tout à fait ça ! répondit-elle joyeusement. Je veux faire un mariage discret, en tout petit comité. En revanche, les fiançailles doivent être extravagantes, divertissantes, inoubliables. Quelque chose de mémorable, contrairement à la cérémonie du mariage.

Abby se mit à rire en rejetant en arrière ses beaux cheveux auburn.

— Lana, tu es complètement folle ! Tu détestes Carson, tu l'as oublié ? En fait, tu détestes tous les Wentworth !

— C'est faux. Simplement, dès mon enfance on m'a appris à haïr jusqu'à leur nom. Je n'ai jamais eu vraiment affaire avec Carson avant la campagne pour les élections du club. Bien entendu, comme il était mon adversaire, je ne le portais pas dans mon cœur. Et puis… tout a changé !

Toujours sceptique, Abby pencha la tête sur le côté, l'observant avec attention. Lana connaissait ce regard. Son amie ne croyait pas un mot de l'histoire qu'elle lui servait. Et pourtant, elle devait s'en tenir à sa version, ce qui ne serait pas facile. Elle-même avait du mal à comprendre comment elle avait pu tisser un tel lien avec Carson. Un Wentworth !

— Je cherche juste à comprendre comment tout cela a pu se produire, et comment c'est allé si vite, lui fit remarquer Abby.

Vite ? Si elle savait ! Lana mourait d'envie de raconter

chaque détail de cette aventure insensée. Elle aurait aimé se confier à sa meilleure amie, écouter ses conseils avisés. Hélas, c'était impossible.

— Tu devrais me comprendre, reprit-elle. Toi aussi, tu es tombée amoureuse de ton adversaire.

— J'en suis bien consciente, répondit Abby en souriant.

Mais son sourire s'évanouit vite et son regard se fit de nouveau sceptique.

Abby serait dure à convaincre, songea Lana. Aussi proches que deux sœurs, elles partageaient tout. Pendant la campagne pour la présidence du club, son amie avait été aux premières loges, quand elle envoyait Carson au diable.

Et maintenant, elle s'efforçait de lui vendre l'idée de son mariage avec son ennemi juré ?

Mal à l'aise et anxieuse, elle se leva et se dirigea vers le petit bar derrière son bureau. Sans être aussi grand que celui du président, son bureau était agréable. Elle y avait installé un canapé blanc sur lequel elle avait disposé des coussins, un bureau blanc, des fauteuils assortis au sofa, et une lampe design venue d'une boutique à la mode de Los Angeles Elle se sentait profondément texane, mais cela ne l'empêchait pas d'avoir des goûts raffinés et citadins.

— Un petit chardonnay ? proposa-t-elle.

— Vu la tournure que prend la conversation, je vais boire la bouteille entière à moi toute seule !

Lana se mit à rire tout en versant le vin dans les verres à pied. Puis elle revint s'asseoir au côté de son amie, prête à une discussion mouvementée.

— Toi, tu as rencontré l'amour non pas une fois, mais deux, dit-elle. Quand c'est un vrai amour, on ne peut rien faire pour l'empêcher, tu es bien d'accord ?

Elle mentait, mal sans aucun doute, mais elle mettait le paquet. Si elle parvenait à convaincre Abby, qui la connaissait mieux que quiconque, elle n'aurait aucun mal à jouer les imposteurs aux yeux du reste de la ville.

— Excuse-moi, mais je n'y crois pas, à ton amour soudain, rétorqua Abby en sirotant son vin blanc. Ne te trompe pas, je trouve Carson très agréable à regarder, il a des qualités indéniables, mais il est tellement arrogant…

Ça, on ne pouvait le nier, songea Lana. Mais pour une raison qu'elle ne s'expliquait pas, cette arrogance la rebutait de moins en moins. Dans la chambre à coucher, elle devenait même terriblement sexy…

— Il sait ce qu'il veut, précisa-t-elle. C'est bien une des qualités que tu aimes chez moi, non ?

Abby leva les yeux au ciel.

— Tu mélanges tout, Lana ! Toi, je t'aime, de toute façon. D'ailleurs, je ne veux pas ternir ton bonheur. Si ce mariage est vraiment ton choix profond, j'y adhère. Je veux juste t'éviter de souffrir.

Dans ce cas, elles étaient deux ! Pour l'instant tout allait bien. Des nuits enivrantes de passion sexuelle, et des journées remplies de réunions et de préparatifs pour la grande soirée à venir, on pouvait imaginer pire, pour passer son temps.

— Alors… tu m'aideras à organiser la soirée de fiançailles ? demanda-t-elle.

— Tu le sais très bien, répondit Abby avec un grand sourire. Où va ta préférence ? Un côté rustique ici ? Car je présume que tu veux faire cette fête au club ?

— Bien sûr. Mais pour le côté rustique, j'hésite. Je voudrais un mélange de nos goûts.

— Parfait. Je connais tes goûts, mais quels sont ceux de Carson ?

— Il aime la couleur verte, sa famille compte beaucoup

pour lui, il adore les soirées qui se prolongent et il ferait tout pour me rendre heureuse.

Des images de ses nuits avec Carson affluèrent dans son esprit. Quand ils étaient seuls, le but de Carson semblait en effet de la rendre heureuse. Jamais elle n'avait connu amant plus généreux, un homme qui savait d'instinct ce qu'il fallait faire, sans qu'un seul mot soit prononcé, songea-t-elle en souriant.

— Eh bien, ton sourire en dit long, lui fit remarquer Abby en riant. Mais ce n'est pas ce genre de détails qui peut aider, pour l'organisation d'une soirée, n'est-ce pas ?

Prise de court, Lana se concentra un instant sur son verre de vin. Si elle avait souri, c'était en songeant aux prouesses de Carson au lit…

Oh ! Seigneur ! Se laissait-elle prendre au jeu bien davantage qu'elle ne le souhaitait ?

Cette soirée avait un but unique : leurs fiançailles et l'annonce de la donation de Harmon au Texas Cattleman's Club. Elle devait se concentrer sur ces deux perspectives. Ses émotions ou tout sentiment nouveau à l'égard de Carson n'avaient pas leur place dans cette affaire montée de toutes pièces. Et provisoire.

La donation de Harmon, un autre secret qu'elle ne pouvait partager avec Abby. Si elle le faisait, son amie comprendrait tout de suite l'imposture des fiançailles.

Cela faisait bien trop de mensonges pour elle. Cela ressemblait trop aux agissements de son père. Pendant des années, elle avait fait le vœu de ne pas se comporter comme sa mère, de ne pas être aussi crédule qu'elle. Et voilà qu'en fait, elle reproduisait le comportement maternel.

— Si tu faisais les choses simplement ? suggéra Abby. Au point de vue vêtements, tu es à la pointe de la mode. Pour la déco aussi. Mais je pense qu'un chemin de table tout simple, pourrait être très joli. Tu as choisi la couleur générale ? D'après toi, le vert est la couleur préférée de Carson.

— Un vert classique ourlé d'or pâle, pour adoucir la teinte ?

— J'adore ! déclara Abby en prenant des notes sur son téléphone. Tout cela m'excite au plus haut point ! J'adore organiser des soirées avec l'argent des autres !

— C'est pourquoi tu es parfaite pour cette occasion et pour la suite. Je travaille avec Carson à un projet de rénovation du club pour dédier une aile aux femmes membres.

— Ah bon ? Formidable !

— J'ai dû user de tout mon pouvoir de persuasion, mais maintenant il est partant. J'ai hâte de l'annoncer officiellement. Pour le moment, n'en parle à personne, c'est encore un secret.

Mais un secret qu'elle pouvait enfin partager avec son amie, ce qui lui remonta le moral.

— Je suis fière de ton action pour le club, dit Abby. Quand j'ai fait la première pétition pour les membres féminins du club, j'étais loin d'imaginer que cela irait aussi vite !

— Tu es la pionnière incontestable, je ne fais que prendre la suite. Dans notre espace personnel, qui sera plus féminin et plus confortable, nous aurons des tas d'activités, des anniversaires, un club de lecture, peut-être un repas mensuel, des choses comme ça. On verra plus tard. Pour l'instant, je réfléchis au design et m'occupe de contacter des maîtres d'œuvre, de faire faire des devis et d'établir un budget.

— Bravo ! s'exclama Abby. Tu as l'air heureuse, et comme je suppose que c'est grâce à Carson, je l'en remercie. Tu vas devenir la Première dame du club !

La Première dame ? Cela ne faisait pas rêver Lana. Elle s'était battue pour être présidente, et avait échoué.

Quant à remercier Carson pour son bonheur soudain ? Sans doute y contribuait-il. Il la faisait sourire, était devenu pour elle une délicieuse distraction. Mais tout cela n'était que comédie et ne durerait pas.

Quel paradoxe ! La seule personne avec laquelle elle pouvait être honnête en ce moment, c'était l'homme avec lequel elle avait convenu d'un arrangement mensonger ! C'était à la fois ironique et injuste. Tout cela n'avait aucun sens. Heureusement, il ne restait que trois semaines à tenir le coup.

Si seulement elle parvenait à garder son cœur à l'écart, bien barricadé, elle sortirait indemne de cette aventure.

- 12 -

Carson contempla Lana. Nerveuse, elle tripotait ses cheveux, en repoussait la masse sur son épaule droite. Puis elle dansa d'un pied sur l'autre et soupira en modifiant encore sa coiffure.

— Arrête de tripoter tes cheveux, marmonna-t-il. Pourquoi t'inquiètes-tu ? Tu es aussi belle que d'habitude.

Devant la porte de Cammie et Drake, elle lui lança un regard incertain. Il n'avait pas encore sonné et déjà elle était une boule de nerfs.

— Qu'est-ce qui ne va pas ? demanda-t-il en la scrutant.

— Tout ce que nous faisons est tellement réel, tout en ne l'étant pas… si tu vois ce que je veux dire. Nous mentons à notre entourage, je suis en train d'organiser une soirée de fiançailles avec tout le tralala, comme si elle allait avoir lieu. Tout le monde va nous détester, quand nous annulerons les festivités.

Carson prit les mains de Lana entre les siennes et les serra. Derrière l'audace habituelle dont faisait preuve son amante, il percevait de la vulnérabilité. Ce n'était pas la première fois, d'ailleurs, car au cours des dix derniers jours, il avait appris à mieux connaître cette femme si complexe, et l'intimité entre eux avait dévoilé un autre aspect de sa personnalité. Pas seulement l'intimité physique. Leurs rapports les avaient aussi rapprochés sur le plan intellectuel et moral.

— Personne ne nous détestera, assura-t-il. Ne perds pas de vue les raisons pour lesquelles nous nous sommes lancés dans cette histoire : la dernière volonté de Harmon alors qu'il arrive en fin de vie, et les fonds qu'il promet d'attribuer au club si nous réunissons nos deux familles. Avec cet argent, nous améliorons la vie de beaucoup de nos membres. Je suis à tes côtés, Lana, je ne te laisserai pas tomber.

Le regard de Lana s'adoucit et l'ombre d'un sourire éclaira son visage. Elle se pencha vers lui et effleura les lèvres d'un rapide baiser.

Il eut tout de suite envie d'aller plus loin. Chaque fois qu'ils se touchaient, aussi peu que ce soit, cela l'électrisait.

Mais au-delà de l'aspect purement physique de leur relation, il avait découvert que, quoi qu'il arrive, il serait toujours là pour la soutenir, la défendre. Si elle vacillait, il serait là pour l'empêcher de tomber. Quelle que soit l'issue de cette aventure, il ferait tout pour l'empêcher d'être blessée.

Dans ce laps de temps très court, il en était venu à s'attacher à elle. En dehors du sexe, qui entre eux était flamboyant, il respectait Lana et l'appréciait en tant que confidente et adversaire redoutable. Jamais il n'avait envisagé que sa plus proche amie et amante serait une Langley !

Oui, toute cette histoire n'était que temporaire, il le comprenait, mais une fois leur soi-disant engagement rompu, ils ne redeviendraient pas ennemis.

La porte s'ouvrit en coup de vent.

— Ah ! Quels adorables tourtereaux !

Carson conserva la main de Lana dans la sienne tout en se tournant vers Cammie.

— Je volais juste un moment d'intimité avec ma fiancée, dit-il avec un sourire.

— C'est ce qui vous rend adorables, déclara Cammie, un grand sourire aux lèvres. Entrez, je suis si heureuse de vous recevoir ! Drake est en train de changer Micah pour la troisième fois aujourd'hui. C'est la valse des couches, je ne vous en dis pas plus !

Carson éclata de rire en faisant signe à Lana de le précéder dans l'entrée. Quelques instants plus tard, Drake apparut, Micah dans ses bras.

— Salut à vous deux, dit-il en déposant un baiser sur la joue de Lana et en serrant la main de Carson. C'est super que vous ayez pu venir ! Depuis qu'elle a lu la nouvelle dans le journal, Cammie était impatiente de connaître tous les détails de vos fiançailles.

Lana se raidit, mais Carson lui caressa du pouce l'intérieur de la main.

— C'est un véritable tourbillon, avoua-t-il, mais il en vaut la peine.

— L'amour en vaut toujours la peine, décréta Cammie en tendant les bras pour prendre Micah. Suivez-moi dans la salle à manger. J'espère que vous aimez la cuisine italienne, je mourais d'envie de spaghettis à la carbonara.

— J'adore ça, intervint Lana. Je peux t'aider ?

— C'est gentil mais tout est prêt, répondit Cammie. Asseyez-vous.

— Oh ! s'exclama Lana. J'ai oublié le vin dans la voiture.

— Ne bouge pas, j'y vais, proposa Carson.

Il venait juste de sortir quand son téléphone vibra dans sa poche. Consultant l'écran, il soupira. Il eut envie de laisser l'appel aller sur la boîte vocale, mais quelque chose le retint. Il avait une obligation morale envers sa famille. Il décrocha donc.

— Papa, comment ça va ?

— Je suis en visite chez Harmon, et je me demandais si tu pouvais venir ici un petit moment.

— Pas maintenant, répondit Carson en prenant la bouteille de cabernet dans le coffre de son SUV. Quelque chose ne va pas ?

— Oh ! tout va bien. J'avais juste une conversation très intéressante avec Harmon, et il a mentionné une importante somme d'argent au profit du club.

— C'est exact, mais la nouvelle ne doit pas être divulguée pour l'instant. Nous avons l'intention d'annoncer la surprise lors de la soirée prévue pour nos fiançailles, à la fin du mois.

— C'est la raison pour laquelle tu fais ça ? s'enquit son père d'un ton sec.

— Pour laquelle je fais quoi ?

— Épouser cette Langley.

La main crispée sur la bouteille de vin, Carson serra les dents.

— Je l'épouse parce que je le veux et parce que nous nous aimons, rétorqua-t-il. Si nos raisons ne te conviennent pas, si tu as des objections à formuler, c'est ton problème. Je t'aime, papa, mais Lana est ma fiancée, et nous dînons ensemble ce soir, donc je te rappellerai demain.

Il raccrocha et prit deux longues inspirations pour se calmer avant de retourner à l'intérieur.

Au moment où il entrait dans la salle à manger, Lana se tourna pour lui sourire, mais très vite elle pencha la tête sur le côté, l'air soudain préoccupé.

— Tout va bien ? demanda-t-elle.

N'était-ce pas miraculeux ? songea Carson. En une fraction de seconde, elle percevait la plus petite de ses tensions. Se pouvait-il qu'elle soit à ce point en harmonie avec ce qu'il ressentait ?

— Tout va bien, assura-t-il en déposant un baiser sur sa joue.

Comment interpréter ce baiser ? Était-ce une démonstration d'amour à l'usage de Cammie et Drake ? Était-il destiné à convaincre Lana que tout allait bien ? Peut-être souhaitait-il simplement avoir un contact physique avec elle ? Bizarrement, ce bref coup de téléphone avec son père avait avivé en lui le désir de se rapprocher de Lana. Il y songerait plus tard, après ce dîner.

Il tendit la bouteille de vin à Drake avant de s'asseoir près de Lana. La cuisse de la jeune femme effleurait la sienne, lui rappelant ce qui s'était passé un peu plus tôt…

Il était arrivé chez elle un peu en avance, et cela s'était terminé dans sa chambre, mais pas tout à fait dans son lit. Il l'avait prise contre le mur tout près de la porte.

Quand elle lui avait ouvert, perchée sur ses talons aiguilles, vêtue d'une robe fourreau à damner un saint, il n'avait pas pu résister. Il n'arrivait toujours pas à trancher : la préférait-il dans des vêtements sport ajustés et simples ou dans ses robes moulantes et affriolantes ? Les deux le subjuguaient. Il l'aimait aussi nue dans ses bras.

Quoi qu'il en soit, il mourait d'envie de retourner chez elle et de faire glisser sa robe le long de son corps de rêve. Tout à l'heure, sous le coup d'un désir impérieux, il n'avait pas vraiment pris son temps, mais la cuisse de Lana contre la sienne lui rappelait qu'il n'en avait pas fini avec elle.

Il ne leur restait plus que deux semaines et demie avant de se séparer et de reprendre chacun leur route. Bien entendu ils continueraient à travailler ensemble à l'édification de l'aile du club destinée aux femmes. Sauraient-ils résister à cette alchimie sexuelle qui les jetait dans les bras l'un de l'autre ?

Il se força à revenir à l'instant présent.

Drake donnait son biberon à Micah, et Cammie venait de poser un plat sur la table. Tous les deux semblaient en harmonie totale.

— Comment se passe la vie avec un bébé ? demanda Lana. Vous avez l'air très à l'aise tous les deux.

— C'est une joie absolue de l'avoir avec nous, répondit Cammie, rayonnante. J'ai toujours voulu avoir des enfants, mais Drake était plus orienté vers sa carrière. Micah est une merveilleuse influence dans notre couple, et Drake s'adapte très bien. Il comprend maintenant la joie que procurent les enfants, et ne changerait cette situation pour rien au monde.

— Ce petit Micah m'a ouvert les yeux sur des possibilités à venir, c'est vrai, renchérit Drake tout en berçant doucement le bébé. Cette expérience a quelque chose de tragique, mais elle nous offre aussi une idée claire de comment nous nous comporterions en tant que parents.

— Ce rôle de parents vous va bien, dit Carson en buvant une gorgée de vin.

Les yeux de Cammie allèrent de Lana à lui en souriant.

— L'amour vous va bien aussi, répliqua-t-elle. Dites-moi tout sur vos fiançailles. Ta bague est magnifique, Lana. Mais plus important encore, je suis heureuse de voir bientôt enfin reléguée aux oubliettes la querelle Wentworth-Langley. Il était temps !

— Merci, et je suis tout à fait d'accord, répliqua Lana en contemplant sa bague. En réalité, notre engagement a pris une tournure très peu traditionnelle. C'est moi qui ai demandé Carson en mariage.

— Ça ne s'est pas passé exactement ainsi, précisa Carson en riant.

Lana lui adressa un regard provocateur. Dieu qu'elle était sexy. Il y a quelque temps, cette attitude l'aurait agacé, mais maintenant, tout en elle le défiait. Et comme il n'était pas homme à reculer devant un défi…

— Il me semble que c'est moi qui ai mis un genou à terre, lui rappela-t-elle.

— Mais quand tu l'as fait, tu avais déjà la bague !

— Vous êtes vraiment faits l'un pour l'autre ! s'exclama Drake en riant. Vous avez tous les deux la tête dure et savez où vous allez. Pas étonnant que vous soyez tombés amoureux l'un de l'autre.

Ce n'était pas la première fois que Carson entendait cet argument. Lana et lui étaient-ils vraiment doués pour convaincre et tromper les autres ? Ou bien les gens percevaient-ils des choses dont lui-même n'était pas conscient ?

— Avez-vous déjà commencé à préparer le mariage ? demanda Cammie en passant le pain à la ronde. Pour ma part, j'adore les mariages. Il n'existe rien de plus magique à mes yeux.

— Pour l'instant, je me concentre sur la soirée des fiançailles, répondit Lana.

Elle reposa la panière sur la table. Ses mains tremblaient-elles ? se demanda Carson. Peut-être était-elle sérieuse en déclarant qu'elle détestait mentir et le faisait mal ? Si la conversation continuait à rouler sur les fiançailles sans aborder le mariage, Lana s'en tirerait bien. Comme les fiançailles devaient bel et bien avoir lieu, elle pouvait broder sans mentir.

— Alors, dites-moi tout sur cette soirée de fiançailles, supplia Cammie. J'espère qu'il y aura beaucoup de monde et qu'elle sera somptueuse. Vous le méritez ! Vous êtes le couple le plus dynamique que le club ait jamais eu à sa tête.

Si leur union avait été réelle, ils seraient en effet un couple de pouvoir au sommet, songea Carson.

Seulement cette union ne verrait jamais le jour…

— Quand auront lieu ces fiançailles ? s'enquit Cammie avec entrain.

— À la fin du mois, répondit Lana. Vous recevrez une invitation officielle dans deux jours.

Drake souleva Micah contre son épaule et lui tapota le dos.

— Ce petit est un sacré mangeur, dit-il en riant. Il adore l'heure du biberon.

Regardant Lana à la dérobée, Carson remarqua son air mélancolique. Il n'avait pas parlé enfants avec elle, pourquoi l'aurait-il fait ? Leur engagement factice ne les mènerait pas jusque-là. Grâce au ciel, Harmon n'était pas allé jusqu'à exiger un enfant issu des deux branches Wentworth-Langley !

Toutefois, il ne put s'empêcher de spéculer. Quelle sorte de mère serait Lana ? Jamais elle ne permettrait à quelqu'un d'autre d'élever son enfant. Pas question pour elle de confier sa progéniture à une nounou, il en mettait sa main au feu. Elle était du genre à installer une nursery à côté de son bureau.

L'image d'une petite fille dotée de la longue chevelure de Lana et de ses grands yeux expressifs s'imposa à lui. Digne fille de sa mère, son enfant serait sans aucun doute une fonceuse et ne renoncerait à aucun de ses rêves ni aux buts qu'elle se fixerait.

Quelque chose bougea au fond de ses entrailles. Il n'aima pas l'inconfort de cette sensation involontaire. Que lui arrivait-il ? Il ne parvenait même pas à mettre un nom sur l'émotion toute puissante qui l'avait envahi.

Les yeux de Lana se posèrent sur Micah, puis sur lui. Elle cligna des paupières et détourna la tête. Qu'avait-elle lu dans son regard ? Il aurait payé cher pour le savoir !

Bien entendu, il souhaitait avoir des enfants, un jour.

Il voulait perpétuer le nom des Wentworth, avoir une génération nouvelle à qui passer le flambeau de la dynastie familiale.

La sonnerie d'un portable retentit dans la pièce et Drake se tourna tout de suite vers Cammie.

— Vas-y, lui dit-il.

Elle sourit d'un air gêné, s'empara du téléphone et quitta la pièce.

— Nous devons répondre à tous les coups de fil, expliqua Drake. Nous en recevons énormément, entre Eve qui se rétablit, et les travailleurs sociaux qui viennent vérifier ce que nous faisons.

Drake plaça le bébé dans sa balancelle près de la table et poursuivit :

— Nous espérons qu'Eve ira bientôt mieux et qu'ils pourront la laisser sortir. Je sais qu'elle a envie de retrouver Micah.

— Comment va-t-elle ? demanda Lana.

— Aux dernières nouvelles, bien. Elle…

Il s'interrompit lorsque Cammie les rejoignit. Une Cammie qui n'était plus la jeune femme souriante et pleine de vie du début de la soirée, nota Carson.

— Ma chérie, qu'est-ce qui ne va pas ? demanda Drake.

— C'était Haley Lopez au téléphone. Elle appelait pour m'informer qu'Eve sortait du centre, mais qu'il lui faudrait encore six semaines de thérapie physique intensive.

— Eh bien, ça va dans le bon sens, non ? demanda Drake, l'air un peu déboussolé.

— Oui, bien sûr, répondit Cammie en reprenant sa place à table. Mais je me rends compte qu'une date limite s'impose désormais à nous. Bien entendu, nous nous y sommes préparés, sachant la situation temporaire. Mais je déteste l'idée de voir Micah nous quitter. Nous avons eu tant de plaisir à prendre soin de lui.

Le visage de Drake s'assombrit brusquement.

Carson ne sut que dire pour les réconforter. Il excellait dans les affaires, les projets, les exigences professionnelles diverses. En revanche, il se sentait impuissant devant le désarroi des gens.

— Vous savez qu'il vous reste au moins six semaines, intervint Lana. Micah a eu beaucoup de chance de vous avoir. Je suis certaine qu'Eve vous en sera reconnaissante et vous réservera une place à part dans la vie de cet enfant.

Cammie hocha la tête en soupirant.

— Je l'espère de tout cœur, murmura-t-elle. Je ne peux pas imaginer ne pas le voir grandir…

— Ne nous inquiétons pas à l'avance, décréta Drake. Profitons plutôt du temps que nous pouvons passer avec lui.

Sur ce, Micah se mit à pleurer dans sa balancelle. Aussitôt Drake tendit les bras vers lui, mais Cammie le devança.

— Laisse, je vais m'en occuper, dit-elle. Il faut que tu manges.

Carson observa le couple. Comment Drake et Cammie réagiraient-ils une fois les six semaines écoulées ? Prendre cet enfant en charge pour un temps avait bouleversé leur vie.

Le parallèle avec sa propre vie ne lui échappait pas.

Instinctivement, il glissa sa main sous la table, le long de la cuisse de Lana, qu'il serra doucement. Pour une fois, son geste n'avait rien de sexuel ; il exprimait simplement une résolution précise : profiter de chaque instant en sa compagnie.

Et garder un maximum de souvenirs quand Lana et lui ne seront plus amants.

- 13 -

Lana prit la main que Carson lui tendait pour sortir de la voiture. Après le dîner chez Drake et Cammie, le retour chez elle s'était effectué en silence. À quoi pensait Carson ? Mystère. En revanche, elle savait très bien ce à quoi *elle* pensait.

Leur temps ensemble était limité. Elle le savait depuis le début, évidemment. Mais côtoyer un autre couple confronté à la fin d'une situation temporaire lui avait fait l'effet d'une gifle, et cela l'avait aussitôt remise en pleine réalité.

Leurs nuits passionnées auraient une fin, leur relation amoureuse publique s'achèverait aussi, et l'homme qui la faisait se sentir femme comme jamais elle ne l'avait été disparaîtrait de sa vie…

— Ça va ? demanda Carson.

La question la tira de ses pensées.

— Très bien, répondit-elle.

Carson pencha la tête sur le côté, de cette façon adorable qu'elle aimait tant.

— Tu ne sais pas mentir, rétorqua-t-il avec un sourire.

— Je te l'ai toujours dit ! Mais il me semble que je ne me débrouille pas mal, concernant notre pacte.

— C'est vrai. Malgré tout, j'ai appris à bien te connaître, et je sais que tu mens, quand tu dis que tu vas bien.

Une douce chaleur se répandit dans le cœur de Lana. Carson reconnaissait avoir appris à la connaître, cela signifiait qu'il s'intéressait à elle. Sans doute n'avouerait-il pas ses sentiments, mais en fait… il s'attachait à elle.

Mais que faire de cette réalité ? Allait-elle le pousser dans ses retranchements ? Non, ça, c'est ce que la Lana d'avant leur rencontre aurait fait. Maintenant, tout était devenu différent. Même s'ils n'étaient pas ensemble par amour, elle admettait avoir changé, au contact de Carson. En un temps très bref, il l'avait transformée. Qui était-elle vraiment ?

Cela dit, elle souhaitait se montrer honnête avec Carson. Qui aurait cru qu'elle se confierait à un ennemi ? Et pourtant, il était la seule personne dont elle se sentait proche.

— Voir Drake et Cammie confrontés à la limite de leur temps avec Micah m'a interpellée, avoua-t-elle. Cela a mis notre propre situation en perspective.

Carson la contempla sans rien dire.

Était-elle allée trop loin ? Avait-elle exposé un aspect d'elle-même auquel ni l'un ni l'autre ne se sentait prêt ?

— Non que je sois amoureuse de toi, ajouta-t-elle vivement. Je veux dire… tu es un type bien, et en toute honnêteté, nous sommes parfaitement compatibles, toi et moi. Mais quand je me marierai, je veux être éperdument amoureuse, et je veux avoir la première place dans la vie de l'homme de mon choix.

— Tu le mérites. Et il aura de la chance de t'avoir à ses côtés.

Elle le regarda, surprise.

— Tu le penses vraiment ? murmura-t-elle. Il me semble que pour beaucoup d'hommes je suis bien trop difficile à vivre. C'est l'image qu'ils me renvoient, en tout cas.

Carson plongea son regard dans le sien et prit son visage en coupe.

— Dans ce cas, ils ne savent pas ce qu'ils manquent,

dit-il. Un homme qui ne veut pas d'une femme forte et indépendante à ses côtés est un imbécile.

De nouveau le cœur de Lana vibra.

Pourquoi un homme qui ne lui était pas destiné savait-il trouver les mots justes, ceux qui l'émouvaient ?

Dans un effort désespéré pour demeurer légère, elle choisit l'humour.

— Puis-je te donner comme référence quand la bonne personne se présentera ? s'enquit-elle.

Le sourire de Carson attisa encore plus le désir qu'elle avait de lui. Pourquoi avait-il un tel pouvoir sur ses émotions, alors qu'elle se répétait sans cesse de se tenir à l'écart de tout sentiment ?

Elle détestait déjà la femme qui apparaîtrait un jour ou l'autre dans la vie de Carson. Ce n'était pas de la jalousie, mais une incapacité à surmonter sa réaction viscérale immédiate en pensant… à celle qui lui succéderait dans ce rôle d'amante.

Car il s'agissait bien de ça. Tout ceci n'était qu'un jeu de rôles. Un rôle passager, fondé sur un mensonge. Est-ce que tout cela lui convenait ? Quelle relation profonde et forte pourrait sortir d'une telle situation, de ce jeu de dupes ? Rien de toute cette fausseté ne les conduirait à un bonheur à deux.

Les mains de Carson coururent le long de son corps, s'arrêtèrent au creux de sa taille et l'attirèrent contre lui.

— Je refuse de discuter d'un autre homme dans ta vie tant que j'y ai ma place, répondit-il. Et tu es mienne pour quelques semaines encore.

Mienne ? Ce possessif n'aurait pas dû lui plaire, et pourtant… N'était-elle pas censée être la femme forte et indépendante qu'il avait mentionnée tout à l'heure ? Et le fait qu'un homme lui dise qu'elle lui appartenait ne la faisait pas bondir ? Elle ne se reconnaissait plus.

Plus elle tombait amoureuse de Carson, plus une question la taraudait : avait-elle perdu le contrôle de la situation ?

Sacrifiait-elle une importante partie d'elle-même en se laissant envoûter par cette mascarade ?

Non, son principal souci, c'était la crainte de tomber amoureuse de Carson, car ce serait un désastre complet. D'abord, le père de Carson n'appréciait pas leur histoire. Quant à eux deux, ils avaient des personnalités bien trop marquées pour vivre cette aventure plus de un mois. Leur brûlante sexualité mettait un voile apaisant sur l'anxiété constante dont elle n'arrivait pas à se débarrasser. Car, ma foi, Carson réussissait à merveille à la distraire de l'essentiel…

— J'entends ton esprit tourner en rond ! dit-il en riant. Mes mains ne font pas du bon travail, en cet instant précis ?

— Je pensais au contraire que tu étais la distraction idéale contre tout ce qui se passe en ce moment.

— Tout à fait d'accord avec toi, murmura-t-il en lui effleurant la bouche de ses lèvres. Nous sommes très doués pour nous distraire l'un l'autre. Je suis d'ailleurs à deux doigts de t'ôter cette robe sur-le-champ, dans ton allée…

Encore une fois, il prononçait les bonnes paroles au bon moment.

— Rentrons, proposa-t-elle en lui prenant la main pour monter les quelques marches du porche.

Il lui restait encore plus de deux semaines avant de laisser Carson partir pour de bon. Et tant pis si elle se brûlait les ailes.

Quelque chose venait de changer. La lumière au fond des yeux de Lana semblait s'être éteinte, et Carson se posait des questions. Que se passait-il dans son esprit ? Que gardait-elle enfermé à double tour en elle ? Il voulait qu'elle s'ouvre à lui, lui confie ce qui la tracassait. Jamais auparavant il n'avait eu envie d'envelopper une femme de ses bras protecteurs, envie d'abattre les obstacles qui menaçaient son bonheur.

La connaissant, elle détesterait probablement qu'il la protège. Il la savait capable de tout assumer par elle-même. Cependant, il jugeait injuste qu'elle ait à le faire. Elle méritait un homme qui comblerait tous ses désirs, un homme capable de maintenir le sourire sur son beau visage, un homme qui ferait briller son regard.

Mais ce rôle ne lui revenait pas ! Il était idiot et irréaliste de se l'octroyer, même en pensées.

Avant de dire quelque chose qu'il pourrait regretter, il prit les clés de la maison des mains de Lana et ouvrit la porte.

Le sexe. Telle était la raison de leur retour chez Lana. Tous les deux étaient d'accord sur ce point.

Lana referma la porte derrière lui et tapa le code de l'alarme. Puis elle se tourna vers lui, et il nota que son regard reflétait à présent une passion dévorante et la promesse d'une nuit inoubliable.

Sans qu'elle ait besoin de dire un mot, il savait ce dont elle rêvait. Elle le désirait de tout son être, et si elle avait besoin de se servir de lui pour tout oublier, il était tout disposé à la satisfaire.

— Est-ce qu'il se passe quelque chose de plus ? demanda-t-elle soudain.

— De plus ? Que veux-tu dire par là ?

— Quelque chose de plus que le sexe, précisa-t-elle. Il me semble que pour deux ennemis élevés dans la haine de l'autre camp, nous avons beaucoup en commun. En dehors de la période de la campagne pour la présidence, nous ne nous sommes jamais chamaillés. Pas une seule fois.

— Et pourquoi cela, à ton avis ?

— Je dirais... parce que nous pensons par nous-mêmes, répondit-elle en souriant. Aucun de nous deux n'aime qu'on lui dicte sa conduite et donc le fait que nous nous entendions, que nous nous marions, prouve à tout le monde à quel point nous sommes forts et déterminés.

Elle laissa échapper un petit rire doux qui ne fit qu'accentuer le désir de Carson.

— Je veux dire... *si* nous devions nous marier pour de bon, corrigea-t-elle. Tu imagines à quel point nous nous rendrions fous ?

Oh ! il l'imaginait très bien ! Elle le rendait déjà fou au quotidien... mais d'une manière merveilleuse. Seulement, ça, il ne pouvait pas le reconnaître ouvertement.

— Je ne veux simplement pas me prendre au jeu de tous ces mensonges et me mettre à y croire, avoua-t-elle, comme à regret.

Son sourire avait disparu, et pour la première fois, Carson lut dans ses yeux quelque chose qui ressemblait à de la peur. Ce qu'elle ressentait se rapprochait beaucoup trop de la vulnérabilité, du malaise, et de toutes ces émotions négatives qu'il s'était promis d'éviter à Lana.

Il se rapprocha d'elle et lui caressa doucement les bras. Mais cette fois-ci, il ne s'agissait plus de flirt, ni de sexualité. Juste de compassion, d'empathie.

— Nous ne nous prenons pas au jeu, Lana. Nous avons entrepris une action pour venir en aide au club, tout en offrant à Harmon la tranquillité d'esprit avant de mourir. Au passage, nous prouverons à nos familles qu'elles peuvent s'entendre, dorénavant. Nous brisons un cercle toxique, c'est tout à notre honneur.

Il serra doucement les épaules de Lana et appuya son front contre le sien.

— Le fait que nous ayons une relation intime ne regarde que nous, murmura-t-il. Rien ne dit que nous ne puissions jouir de ce que nous voulons sans nous sentir coupables.

— Et quand cette mascarade prendra fin ?

C'était la partie qu'il souhaitait éviter.

Il ne voulait pas penser au moment où il devrait la laisser partir, se contenter de nouveau de femmes courtisées au hasard. Il se sentait en phase avec Lana. Peut-être trop. Mais il attribuait ce sentiment de bien-être au fait que tout cela n'était que provisoire. Puisque tout cela n'avait qu'un temps, la situation était sans conséquence. Rien ne le liait à elle. Il restait libre.

Mais il ne voulait analyser ni son avenir ni ses sentiments. Pas maintenant. En revanche, il souhaitait ardemment faire oublier à Lana ses soucis, ses doutes. Leur temps ensemble était trop court pour le perdre en réflexions et discussions. Elle s'inquiétait de la fin de leur mensonge, et s'il fallait l'aider à surmonter ce petit obstacle, il le ferait.

Ils formaient une équipe, non ? Du moins pour le moment.

Lana leva légèrement la tête vers lui, l'invitant à l'embrasser. À l'évidence, elle abandonnait toute discussion. Ce dont il se réjouit.

L'entourant de ses bras, il fit glisser la fermeture Éclair de sa robe, et ses doigts coururent sur sa peau nue. Quand elle frissonna sous ses caresses, il fit glisser la robe le long de son corps.

— Carson…

Posant un doigt sur la bouche de Lana, il plongea son regard dans le sien.

— Laisse-moi te montrer, murmura-t-il en faisant lentement courir ses doigts jusqu'à la vallée entre ses seins.

— Me montrer quoi ?

— Tout.

Il la souleva et se dirigea vers l'escalier. Il voulait lui faire l'amour dans un lit, et il voulait prendre son temps. Jusqu'à maintenant, tout dans leur intimité avait été frénétique, précipité. Une femme telle que Lana méritait mieux que quelques moments de passion sans suite. Elle méritait une nuit entière, elle méritait…

Une vie entière.

Non ! Ce n'était pas possible. Entre eux, pas de vie entière à l'horizon. De telles pensées n'auraient même jamais dû germer dans son cerveau.

Quand la tête de Lana se posa sur son épaule, il sentit son cœur enfler d'un sentiment nouveau. Ce simple geste dénotait une confiance totale. Jamais encore il n'avait pensé à la confiance d'une femme. C'était tellement émouvant…

Il chassa aussitôt cette sensation de son esprit. Une seule chose lui importait : Lana. Même s'ils retiraient chacun de leur arrangement quelque chose qui les intéressait pour le club, il ne fallait pas oublier une chose : dans cette affaire, elle n'avait donné son accord à cette mascarade que par empathie pour Harmon.

Aux yeux de tous, Lana apparaissait comme une femme forte, mais il savait maintenant qu'il existait en elle un aspect qu'elle cachait au public, qu'elle essayait de lui cacher, à lui aussi. Sans succès car il connaissait à présent ses petites ruses pour garder ses émotions et ses sentiments pour elle.

Arrivé devant la porte de la chambre de Lana, il utilisa son pied pour l'ouvrir. La clarté de la lune éclairait une partie du lit, et il avait hâte de froisser les couvertures si bien étalées.

Les doigts de Lana lui caressaient la nuque, s'emmêlaient

dans ses cheveux, et cette caresse délicate avait toujours pour effet de l'exciter.

Cette femme était parfaite. Sans doute ne livrait-elle pas toutes ses émotions, et ne dévoilait-elle jamais sa sensibilité, mais il existait pourtant en elle une émotion qu'elle ne parvenait pas à dissimuler : le désir.

Lana était la femme la plus passionnée qu'il ait connue. Depuis le début de leur liaison, il avait appris à l'apprécier, et il découvrait enfouie en lui l'envie de lui plaire. L'envie aussi de la percer à jour.

Il traversa la chambre et déposa doucement Lana sur le lit. Allongée complètement nue, elle le regarda, et de nouveau il sentit son cœur se serrer.

Quelle était cette émotion, au juste ? Il lui était impossible de mettre un nom dessus. De toute façon, penser à autre chose qu'au besoin physique l'effrayait au plus haut point.

Sous le regard brûlant de Lana, il se débarrassa de ses vêtements en un tournemain. Puis il s'empara d'un de ses pieds et fit courir son doigt sur la courbure. Il prit l'autre pied, le caressa de la même manière, avant d'allonger ses jambes sur le lit.

Il la contempla un instant, offerte à son regard.

— Je reste passer la nuit avec toi, dit-il.

Lana lui offrit un sourire merveilleux et tendit les mains vers lui.

— Je n'avais pas prévu de te laisser partir, répondit-elle.

De quand parlait-elle ? De cette nuit ? De la fin du mois ?

- 14 -

Une semaine à passer presque tout son temps avec Lana avait conduit Carson à une conclusion : ils étaient encore plus compatibles qu'il ne l'avait cru. Ils s'accordaient dans presque tous les domaines. Plus le temps passait, plus leur entente se précisait.

C'était bien la raison pour laquelle il avait décidé de retourner chez lui. Attendre trop de cette relation pourrait se révéler nocif pour l'aboutissement de leur projet. Ils avaient établi un contrat, une sorte d'entente verbale qui les engageait pour un mois. Ni plus ni moins.

Une seule tâche leur incombait : s'assurer les fonds de Harmon, mettre un terme à la querelle centenaire entre les Wentworth et les Langley, et se lancer dans les plans visant à l'amélioration du Texas Cattleman's Club. Leur but atteint, ils reprendraient leur vie chacun de leur côté. Malheureusement, aller de l'avant chacun de son côté ne semblait plus aussi attirant qu'au début. Au fur et à mesure que le terme se profilait, Carson ressentait une anxiété jamais éprouvée auparavant. Une anxiété qui le déconcertait.

Il lui fallait à tout prix s'éclaircir les idées, faire une pause pour comprendre pourquoi il se retrouvait dans cette position intenable. De toute façon, il ne leur restait plus qu'une semaine avant la soirée de fiançailles, ce qui les rapprochait inéluctablement de la rupture de l'engagement bidon qui les réunissait.

Carson monta dans sa chambre au premier, le temps de prendre une douche et de régler quelques problèmes avant de se rendre chez son père. Depuis le coup de téléphone que ce dernier lui avait passé, le soir où Lana et lui dînaient chez Cammie et Drake, ils ne s'étaient pas parlé, et il souhaitait voir où en étaient les choses.

Il n'avait pas dit à Lana qu'il la retrouverait chez elle, cette nuit. Il hésitait. Devait-il commencer à mettre un peu de distance entre eux ? En tout cas, le rythme naturel et plaisant qu'ils avaient adopté ne pouvait devenir la norme.

Il se dirigeait vers la salle de bains quand, passant près de son lit, quelque chose d'anormal attira son attention. Intrigué, il s'approcha de sa table de chevet. Le journal d'Arielle Martin avait changé de place ; il ne se trouvait plus à l'endroit exact où il l'avait posé.

Depuis que Sierra le lui avait prêté, le journal se trouvait toujours sous un livre dont il avait entamé la lecture. Or à présent, le journal était dessus, bien en évidence.

Intrigué, il l'ouvrit et lut en diagonale les mots d'Arielle qui rendaient compte de son entretien avec Harmon. La tranche irrégulière d'un passage l'alerta.

Y regardant de plus près, il vit que quelques pages avaient été arrachées. Le manuscrit était pourtant intact, la dernière fois qu'il l'avait consulté…

Qui diable était rentré chez lui pour s'emparer de passages entiers du journal intime ? Se pouvait-il que certaines pages aient été mal fixées sans qu'il s'en aperçoive ? Peut-être avaient-elles glissé ?

Contre toute logique, il regarda sous le lit. Sans résultat.

Comment ces pages avaient-elles disparu ? Quelqu'un avait dû s'introduire chez lui pour les voler. Qu'y avait-il de si important, dans ces pages ? Et comment quelqu'un pouvait-il s'introduire chez lui, en dépit de toutes les alarmes qui protégeaient sa maison ?

Il jeta un rapide coup d'œil à sa chambre. Rien d'autre ne manquait ni n'était déplacé.

Inutile d'être grand clerc pour comprendre qu'il ne pouvait s'agir que d'une personne qui le connaissait, qui entrait et sortait facilement de chez lui. Quelqu'un à qui il accordait sa confiance.

Sa première pensée fut pour Lana.

Mais il balaya aussitôt cette idée stupide. Quel intérêt aurait-elle à voler ces pages ? Et pourtant, qui d'autre était venu ici ces derniers temps ? Toutes ces semaines, il n'avait invité qu'elle.

Tout en prenant sa douche, il réfléchit.

Qui avait arraché ces pages ? Et surtout, pourquoi ?

— Cette soirée va être l'événement le plus spectaculaire que le club ait connu ! s'exclama Abby.

Lana se mit à rire. Elle avait demandé à son amie de la rejoindre dans la salle de bal du club, pour finaliser certains détails. Elle n'arrivait pas à y croire ! Dans une semaine, Carson et elle annonceraient leurs fiançailles, et très vite après… leur rupture. Et elle pourrait enfin revenir à sa vie quotidienne bien programmée, se comporter comme si elle n'avait pas vécu… une sorte de tremblement de terre émotionnel.

En toute honnêteté, elle ne savait pas du tout comment elle se sortirait de cette étrange aventure. Et encore moins comment elle pourrait encore trouver du charme à ses futures conquêtes amoureuses qui ne seraient pas Carson…

Il serait temps de s'en préoccuper plus tard.

— Si c'est l'événement de l'année, ce sera grâce à ton aide, répliqua-t-elle. Ça va être une nuit mémorable.

Comme si ce mois entier n'avait pas été mémorable ! En un temps aussi court, elle avait emmagasiné une grande quantité de souvenirs avec Carson. Il ne faisait aucun doute que cette soirée de fiançailles ferait partie des souvenirs précieux, ceux qui prennent racine dans la mémoire pour y demeurer à jamais. En revanche, elle envisageait avec appréhension les événements à venir.

Abby embrassa la pièce du regard comme si elle était déjà toute décorée et conclut :

— Tout est prêt, je pense. Tu vois quelque chose que nous aurions oublié ?

Un couple qui se fiance *vraiment* ?

— Je suis certaine que nous avons pensé à l'essentiel, répondit-elle. Tu veux voir mes projets pour le nouvel espace réservé aux femmes ?

— Bien sûr ! Je n'attends que ça !

— Suis-moi, dit Lana en conduisant son amie vers son bureau. Rien n'est vraiment fixé car Carson et moi avons eu beaucoup d'autres choses à faire, ces temps derniers, mais je suis enchantée du projet qui se dessine.

— J'imagine volontiers que se fiancer à un très bel homme et projeter de conquérir le monde avec lui doit dévorer tout ton temps !

Lana se mit à rire en ouvrant la porte de son bureau.

— Nous n'allons pas conquérir le monde, Abby ! Tout au plus le club-house !

— À la façon dont tu bades devant Carson quand vous êtes ensemble, je ne sais pas où vous trouverez le temps d'agir !

Lana s'immobilisa et regarda son amie.

— Je ne bade pas devant lui ! protesta-t-elle.

— Oh que si, ma belle ! Tu t'extasies bel et bien devant lui ! Dès que tu prononces son nom, tu rosis de la plus jolie des façons, ta voix change d'intonation, ton sourire devient lumineux.

— Qu'est-ce que tu veux dire ?

Que voyait Abby ? Trop de choses, de toute évidence ! Mais quoi, exactement ? Elle n'avait pas conscience de montrer au public autre chose que du grand cinéma, mais si son amie avait vu en elle toutes ces transformations…

Les émotions qu'elle refusait de regarder en face la submergèrent. Elle les sentait en elle, sous la surface, mais n'avait pas voulu les reconnaître. Mais maintenant que Abby en parlait ouvertement…

— Je suis simplement contente de te voir heureuse, expliqua son amie. Ça se voit, et j'espère pour toi qu'il en sera toujours ainsi. Que Carson et toi serez heureux ensemble.

Heureux ? Oh… ils seraient heureux que cette farce s'achève.

Seulement était-elle bien sûre de le vouloir encore ? Les caresses et les baisers de Carson lui manqueraient. Leurs nuits ensemble, surtout. Cela n'avait rien à voir avec leur faux engagement l'un envers l'autre, et tout à voir avec le lien fort qui s'était peu à peu tissé entre eux.

Elle avait essayé d'aborder le sujet ouvertement. En vain. Carson, en bon stratège, avait éludé la question avec adresse, et ça s'était terminé au lit. Mais cette nuit-là, quelque chose avait changé entre eux, quelque chose qui les avait encore rapprochés.

— Nous serons heureux, assura-t-elle, comme pour mieux s'en convaincre.

Ils seraient séparés, mais trouveraient leur propre bonheur, chacun de leur côté. Ils se ressemblaient trop pour rester ensemble longtemps. Du moins se le répétait-elle chaque jour.

Comment auraient-ils pu s'entendre durablement, avec leurs personnalités si contrastées, si fortes ? Ils se seraient entendus quelque temps, au début, comme tout nouveau couple, mais comment auraient-ils réagi, au premier gros problème ?

Elle ne voulait pas y penser.

Elle refusait de prendre le risque de détester Carson de nouveau. Elle aimait leur situation présente, mais s'engager dans une relation profonde, totalement sincère, était voué à l'échec.

Chassant ses pensées qui ne menaient pas à rire, elle revint à sa conversation avec Abby et alluma son ordinateur.

— J'avais envie de t'envoyer ces plans, pour que tu me donnes ton avis et ajoutes ta touche personnelle, expliqua-t-elle. Je pense que tu vas les aimer. Comme tu es à l'origine de l'introduction des femmes comme membres à part entière du club, j'ai envie d'avoir ton avis. Je veux être sûre de ne rien avoir oublié.

— Je suis certaine que tu as pensé à l'essentiel !

Lana emporta son ordinateur portable sur le canapé et fit signe à Abby de s'asseoir près d'elle. Elle ouvrit son fichier et fit défiler les plans, signalant les améliorations prévues, les nouveautés, les activités réservées aux femmes.

Abby était aux anges.

— Tout est parfait ! s'exclama-t-elle. Je n'en crois pas mes yeux, tellement tout est détaillé ! Les femmes vont adorer.

— C'est mon but.

— Tout ça rentre dans le budget ? Ça semble beaucoup, même pour le club.

— Ne t'inquiète pas, tout est budgété.

Enfin… dès que les fiançailles seraient officielles et que Harmon libérerait les fonds.

Abby gardait les yeux fixés sur l'écran.

— C'est vraiment étonnant, tu as pensé à tout, murmura-t-elle, admirative. Je suis folle d'impatience de découvrir la réalité. Tu es un génie, mon amie !

Lana haussa les épaules.

— Un génie, n'exagérons rien, mais je sais ce que j'aime. Et je n'y peux rien si j'ai des goûts de luxe ! conclut-elle en riant.

— Tu n'as pas besoin de t'en excuser. J'aime que tu sois une femme audacieuse, qui sait ce qu'elle veut et n'en a pas honte. C'est la raison pour laquelle nous sommes amies.

En ce moment précis, Lana ne se sentait pas si audacieuse que ça. Mentir à sa meilleure amie, ce n'était ni honnête ni amical.

Pour le moment, le seul à qui elle ne mentait pas, c'était son ennemi-devenu-son-amant qui finirait par devenir son ex-faux fiancé. L'homme devenu essentiel à sa vie, et qui pourtant devait en être exclu. Mais à quoi bon se plaindre ? C'était le contrat, elle l'avait signé – tout au moins verbalement –, et elle n'était pas de ceux qui trahissent leur parole.

— Tu ne trouves pas bizarre que je sois davantage excitée par tes fiançailles que je ne l'ai été pour les miennes ? demanda Abby en riant. Attends, j'aime mon mari, bien sûr, mais je suis tellement ravie pour Carson et toi !

De nouveau, un sentiment de culpabilité rongea le cœur de Lana. Bientôt elle serait obligée d'annoncer à Abby la rupture de ses fiançailles, et elle ne pourrait faire autrement que de lui expliquer pourquoi. Elle espérait de tout cœur que son amie comprendrait sa démarche : améliorer le sort des femmes du club.

Et très vite, tout redeviendrait comme avant.

Et pourtant, tout avait changé. Personne, hormis Carson et elle, ne mesurerait l'ampleur de la transformation. Même quand ils annuleraient leurs fiançailles, le lien profond entre eux persisterait.

Le temps parviendrait-il à rompre ce lien ?

Elle n'en savait strictement rien.

- 15 -

Pour la première fois depuis le dîner avec son père, quelques semaines auparavant, Carson se présenta au ranch familial. Pendant ce laps de temps, il n'avait pas répondu aux appels paternels, non par mauvaise volonté, mais parce qu'il était vraiment occupé chaque fois que son père avait téléphoné. Ils avaient échangé quelques textos, mais entre eux demeurait le fossé qui s'était creusé dès que Hank avait entendu parler de ces fiançailles.

Le mois était presque écoulé et il avait du mal à y croire. Dans quelques jours, sa relation avec Lana s'achèverait. Au début, cette idée de faire semblant d'être fiancés lui avait pesé, la période de un mois semblait devoir durer une éternité. Mais maintenant que la fin approchait, tout prenait une autre tournure.

Comment Lana et lui reviendraient-ils à leur relation d'avant ? Plus rien n'était pareil entre eux. Ils avaient tissé un lien unique, qu'ils étaient seuls à comprendre et apprécier puisque personne d'autre ne connaissait leur ruse. Un stratagème que Lana et lui partageraient pour toujours, quoi qu'il advienne entre eux, quelle que soit la personne avec laquelle ils poursuivraient leur vie.

L'idée d'un autre homme que lui dans l'existence de Lana lui déplaisait fortement. L'imaginer en train de rire ou de partager ses secrets avec un autre le hérissait. Sans parler de l'aversion irrépressible qu'il éprouvait à l'évocation d'un autre que lui dans son lit !

Par ailleurs, aucune femme n'arrivait à la cheville de Lana. Comme parviendrait-il à l'oublier, quand il serait avec une autre femme ?

Le calvaire du faux engagement sentimental s'était transformé en quelque chose de bien réel. Comment envisager l'avenir ?

Il devait se montrer pragmatique. Lana et lui avaient établi un contrat bien précis, qu'il avait la ferme intention de mener à son terme sans en changer une virgule. Avouer à Lana l'évolution de ses sentiments le ridiculiserait. Ils avaient changé, et alors ? Il ne savait que faire de toutes ces émotions importunes et nageait en territoire inconnu.

En revanche, le côté business du contrat, ça, oui, il comprenait ; il approuvait les projets qui s'y rattachaient et s'y raccrochait. Mieux valait ignorer tout le reste, ce galimatias émotionnel qu'il ne savait pas analyser.

Chassant de son esprit toutes ces pensées encombrantes, il sortit de sa voiture, et remarqua une autre voiture garée dans l'allée, qu'il reconnut aussitôt.

Sierra Morgan était là. À coup sûr, elle essayait encore de décrypter les secrets contenus dans le journal intime d'Arielle. Il soupçonnait son père d'avoir arraché les pages de ce journal, mais il n'en était toujours pas certain. Seul un nombre limité de personnes avaient eu la possibilité de se glisser chez lui. Mais quelle que soit la personne qui avait volé ces pages, elle avait trahi sa confiance.

Contenant sa colère, il entra dans la maison.

Des voix lui parvinrent du salon. Traversant le grand hall, il y découvrit son père adossé à la baie vitrée, son grand-père Troy assis dans un des fauteuils de cuir. Sierra occupait un autre fauteuil, un bloc-notes et un stylo à la main.

Carson croisa le regard de son père.

— Je tombe mal ? demanda-t-il.

Hank secoua la tête.

— Pas du tout, répondit-il. Sierra vient d'arriver. Elle souhaite m'interroger sur ce que je sais de la famille Wentworth, ainsi que sur l'histoire de Royal, puisque notre famille y habite depuis sa création.

Croisant les jambes, Sierra adressa un sourire à Carson.

— Vous tombez à pic, lui dit-elle. Avec vous, j'ai trois générations de Wentworth à ma disposition !

Carson respectait Sierra et son travail, mais pour autant, il ne se sentait pas disposé à répondre à un questionnaire en règle. Il était venu pour parler avec son père et tenter d'aplanir l'animosité de celui-ci envers Lana.

Animosité qui disparaîtrait dans quelques jours, quand les fiançailles seraient rompues. Seulement pour l'instant, il ne supportait pas que son père désapprouve ce mariage.

— Je disais justement à Hank que la soirée de vos fiançailles m'enthousiasmait au plus haut point, ajouta Sierra. En ville, on ne parle que de ça !

Attendez que Lana et moi rompions ! Les gens auront alors vraiment de quoi parler !

Carson adressa un regard en coin à son père, toujours adossé à la baie vitrée.

— Ce sera une soirée mémorable, dit-il. Lana s'est donné beaucoup de mal pour que tout soit parfait.

— C'est une travailleuse acharnée, fit remarquer Sierra. Cela ne vous dérange pas, de répondre à quelques questions ?

S'il se retirait maintenant, il aurait l'air d'avoir peur, et rien ne l'effrayait jamais… à l'exception des émotions qui l'assaillaient ces derniers temps et dont il ne savait que faire.

Avant qu'il réponde, Tate entra et s'exclama :

— Oh ! Pardon ! Je ne savais pas que nous avions de la compagnie.

Il s'apprêtait à ressortir mais Sierra le retint.

— J'aimerais que vous restiez, dit-elle. Votre opinion m'intéresse.

Tate eut l'air embarrassé mais alla s'installer sur le canapé en cuir.

— Je ne vous retiendrai pas plus longtemps que nécessaire, reprit Sierra. Je sais que vous êtes tous très occupés, et que tous ces faits se sont déroulés il y a très longtemps. Voilà. J'aimerais parler de Violetta Ford. Son nom apparaît dans le journal intime d'Arielle, et elle me fascine. J'aimerais en savoir davantage à son sujet. Quelqu'un sait-il pourquoi elle a disparu tout de suite après qu'on lui a refusé l'admission au club ?

Troy, le grand-père de Carson, toussota en secouant la tête.

— Nous n'en avons pas la moindre idée, répondit-il. Elle s'est probablement sentie vexée.

— Je ne sais pas grand-chose à son sujet, reconnut Hank.

Sierra poussa un léger soupir et poursuivit :

— Revenons à votre famille. Que savez-vous de la rupture entre Eloisa Langley et Dean Wentworth ?

Sur la défensive, Hank se passa une main nerveuse sur la nuque.

— Écoutez, nous ne voulons pas être grossiers, mais nous sommes très occupés, dit-il. Nous ne pouvons répondre à ces questions.

— Vous ne voulez pas ou vous ne pouvez pas ? insista-t-elle.

Un silence de plomb s'abattit sur la pièce.

Carson eut la nette impression qu'il devrait bientôt jouer les arbitres. Sierra n'était pas une journaliste écervelée ; elle avait compris les enjeux de la communauté de Royal et ne cherchait qu'à accomplir son travail. Mais son père et son grand-père ne joueraient pas le jeu et refuseraient de rester assis dans ce salon, à étaler les différents scandales qui jalonnaient l'histoire de la famille.

En fait, ce qui importait, c'était Harmon. Ce dernier voulait la paix entre les Wentworth et les Langley, et pour cela, il fallait que les secrets sortent au grand jour. Les maintenir dans l'ombre ne ferait pas avancer les choses.

Sans compter que Lana et lui s'étaient engagés à ramener la paix entre les deux familles.

— Je pense que nous pouvons confier à Sierra ce que nous savons, dit-il. Elle n'a aucune intention malveillante. Elle est à Royal depuis assez longtemps pour en connaître les acteurs clés et les scandales qui nous ont tous façonnés. Sa quête de la vérité est la meilleure chose qui puisse arriver à notre ville, sans parler des Langley et des Wentworth.

Choqué, son père le fusilla du regard. Quant à son grand-père, il poussa un profond soupir et posa un regard las sur Sierra.

— Concernant la mère biologique de Harmon, j'ai entendu des rumeurs selon lesquelles elle avait vécu quelque temps à Royal, expliqua-t-il. Puis un scandale l'a éclaboussée et elle s'est enfuie. Nous ne connaissons pas le nom de cette femme.

Le stylo de Sierra courait sur son bloc-notes. Pour la première fois, Carson nota un petit enregistreur ancien modèle posé sur la table basse devant elle. Bonne journaliste, elle avait bien raison d'assurer ses arrières.

— Où Harmon a-t-il été déposé ? demanda-t-elle. Le

lieu pourrait nous fournir une indication, un lien avec la femme qui l'a abandonné.

— Il a été déposé sur le seuil de la maison de Dean Wentworth, son père, répondit Troy. On dit qu'il était très amoureux d'Eloisa Langley, et décidé à l'épouser. Mais quelque chose s'est produit, et ils ont rompu. À la suite de ça, Dean a eu quelques aventures, et un beau jour, un bébé est apparu sur le seuil de sa maison. Sans mère. Dean ne nous en a jamais parlé, et bien entendu nous ne l'avons jamais questionné sur le sujet.

Carson buvait ces paroles, et commençait à ressentir de l'empathie pour Dean Wentworth. Il était bien placé pour savoir ce que ça faisait à un homme de tomber sous le charme d'une Langley. Il comprenait parfaitement ce que signifiait être amoureux d'une femme et…

Pas du tout ! Dean et lui n'avaient rien en commun ! Dean aimait vraiment Eloisa, alors que lui n'aimait pas Lana. Il l'estimait, l'appréciait, prenait plaisir à être avec elle, mais il ne pouvait pas l'aimer. Cela ne faisait pas partie du contrat. Ni pour lui ni pour elle.

— Une fois seul avec un bébé sans mère, Dean a été mis à l'écart par la famille, poursuivit Troy. Après quelques années, les gens se sont radoucis. Je pense que le bébé les a attendris. Mais Dean n'a jamais surmonté le chagrin d'avoir perdu Eloisa. De plus, son nom était désormais entaché du scandale de ce bébé de mère inconnue. La brouille vient de là, je pense, et se poursuit de nos jours.

— C'est bientôt fini, assura Sierra avec un sourire. Carson, je suppose que vous ressentez sans doute à la fois un peu de pression mais aussi un grand soulagement à l'idée d'effacer cette rivalité qui a débuté il y a si longtemps.

De la pression, oui. Du soulagement… pas tant que ça. Il n'était pas soulagé de mentir à sa famille, de tromper les gens de Royal. Quant à laisser partir Lana, cela ne le soulageait pas du tout. Au contraire, aussi bizarre que ce soit, cela le tourmentait plus que tout autre chose.

— Lana et moi sommes heureux d'être le couple qui réconciliera les deux familles et montrera la voie à la génération à venir, répondit-il.

Ça, au moins, c'était honnête. Cette réconciliation entre les deux familles le satisfaisait pleinement. Il espérait juste que l'annonce de la rupture de leurs fiançailles ne réduirait pas leurs efforts à néant. Mais il avait bon espoir. Beaucoup de Wentworth et de Langley en avaient assez, de cette vieille querelle.

— Merci à vous tous d'avoir partagé l'histoire de votre famille avec moi, dit Sierra. Les éléments du journal intime commencent à se mettre en place.

Saisissant l'occasion, Carson inspira profondément et se lança.

— Je viens de découvrir qu'il manque quelques pages au journal intime d'Arielle, qui est dans ma chambre.

— Quoi ?

— Tu es sérieux ?

Son père et son grand-père avaient parlé en même temps.

Il essaya de jauger leur réaction, pour savoir si l'un d'eux s'était introduit chez lui dans le but de s'emparer de ces pages manquantes.

— On ne peut plus sérieux, répondit-il. Il y a dans ces pages quelque chose que quelqu'un ne voulait pas voir divulgué. Ce qui n'a pas beaucoup de sens, parce que Sierra les a lues.

— Vous nous dites que quelqu'un est entré chez vous et a déchiré certaines pages du journal d'Arielle ? demanda Sierra d'un ton incrédule. Qui ferait une chose pareille ?

— Pas la moindre idée, répliqua Carson en haussant

les épaules. Mais ça ne peut être qu'un nombre limité de personnes de la famille, puisque personne d'autre n'a accès à ma maison. Je suis désolé, Sierra. Eve vous a prêté ce journal en toute confiance, sans craindre un instant que vous le rendiez abîmé. Je lui présenterai moi-même mes excuses.

— Comme c'est étrange, murmura la journaliste. Je suis certaine que les pages vont réapparaître… Ou que quelqu'un finira par avouer.

En fait, Carson se préoccupait moins des pages manquantes que des raisons qui avaient poussé quelqu'un à s'introduire chez lui pour les voler.

Sierra sourit et reprit :

— J'ai entendu dire qu'une surprise sera dévoilée à la soirée des fiançailles. Y a-t-il une chance que vous me donniez la primeur de la nouvelle ?

— Non, répondit fermement Carson. Je veux que l'annonce demeure une surprise jusqu'au dernier moment.

— Je comprends, mais en bonne journaliste, je me devais d'essayer !

Poursuivant l'entretien, elle posa plusieurs questions. Même Tate se prêta à la conversation quand on le sollicitait. Au bout du compte, elle sembla satisfaite et rassembla ses affaires.

— Ça a été un vrai plaisir, dit-elle. Le public est fasciné par l'image que je donne de Royal, et tout le monde va suivre avec passion la soirée des fiançailles et la mystérieuse surprise, ainsi que toute l'histoire de la mère biologique de Harmon en arrière-plan. Ce bébé déposé à l'époque semble étrangement familier avec ce qui se passe en ce moment.

— On dit souvent que l'histoire se répète, fit remarquer Hank. Merci de votre visite. Nous nous verrons samedi à la soirée.

Hank accompagna Sierra jusqu'à la porte. Carson se leva, fourra ses mains dans ses poches et attendit le retour de son père.

Quand ce dernier fut revenu au salon, il regarda tour à tour son père et son grand-père et demanda :

— Voulez-vous bien me dire pour quelle raison l'un d'entre vous a dérobé ces pages ?

— Mon garçon, je n'ai jamais rien volé de ma vie, alors ce n'est pas maintenant que je vais commencer ! rétorqua vivement son grand-père.

Carson crut sur-le-champ à sa bonne foi, et hocha la tête avec respect.

— Excuse-moi, grand-père, mais essaie de comprendre la situation. Comment pourrais-je accepter qu'une personne en qui j'ai confiance entre chez moi et me prenne quelque chose sans ma permission ?

Il se tourna vers son père qui était resté silencieux.

— Quoi ? marmonna ce dernier. Tu penses que c'est moi qui ai arraché ces pages ? En quel honneur l'aurais-je fait ? Si je voulais le journal d'Arielle, je te l'aurais demandé.

— Tu es celui à qui mon mariage déplaît parce que tu as été élevé dans la haine des Langley, répondit Carson. Tu as peut-être enlevé du journal un passage qui aurait pu entacher l'honneur de notre famille ? Je n'en sais rien, c'est à toi de me le dire.

Les lèvres de Hank se pincèrent.

— Il n'y a rien à dire, donc tu reprends tes accusations et tu sors d'ici ! ordonna-t-il.

Carson soupira. Lui qui était venu pour aplanir les difficultés ! Résigné, il se tourna vers Tate.

— À samedi, lui lança-t-il.

Silencieux, son demi-frère se contenta de hocher la tête. Sans doute craignait-il de prendre part au conflit.

Carson quitta le domaine, déçu de la façon dont les choses s'étaient déroulées. En colère contre son père, aussi. Plus rien n'allait, dans sa vie !

Et Lana lui manquait.

Il ne l'avait pas vue depuis la nuit dernière et son humeur s'en ressentait. Qui aurait cru que feindre une relation amoureuse le tourmenterait autant ?

La soirée de fiançailles approchait à grands pas, et il aspirait à profiter de chaque instant. Puisqu'une fois les fonds encaissés, il n'y aurait plus de raison de poursuivre cette relation avec Lana Langley.

Qu'elle soit réelle ou fausse.

- 16 -

Lana saisit la main de Carson qui l'aidait à sortir de la voiture. Quelques dizaines de mètres la séparaient de la soirée de ses fiançailles, et une boule de nerfs se nichait au creux de son ventre.

— Tu es stupéfiante de beauté, lui murmura Carson en se penchant vers elle. Le vert est ma couleur préférée.

Elle lui sourit en lui caressant une joue rasée de près.

— Je m'en suis souvenue. C'est ce qui a motivé le choix de cette robe.

Le souffle chaud de Carson effleurait la peau de son visage, et elle résista à l'envie de remonter dans la voiture et de se précipiter vers sa maison ou celle de son amant, peu importait ! Elle voulait davantage de temps seule avec lui. Elle ne voulait pas que cela s'arrête. Et surtout, elle ne voulait pas entrer dans cette salle de bal, pour sourire et mentir à ceux qu'elle aimait.

Par-dessus tout, elle ne voulait pas reconnaître qu'elle était tombée amoureuse de Carson. Cela ne faisait pas du tout partie de leur plan initial. Aimer. Un mot tout simple et pourtant, elle n'aurait pas été capable de le prononcer à haute voix. Si elle le faisait, Carson la jugerait mal, il l'accuserait de s'être laissé prendre dans le tourbillon des événements. Mais au fond d'elle-même, elle savait à quel point ses sentiments pour lui avaient évolué. Elle connaissait à présent le *vrai* Carson, non pas celui qu'on lui avait appris à détester.

— On dirait que tu t'apprêtes à fuir, lui fit-il remarquer en riant.

Oh ! comme il la connaissait bien… Elle plongea dans le regard émeraude de son amant.

— Je suis nerveuse, avoua-t-elle.

— Moi qui croyais que rien ne t'effrayait.

Le perdre à jamais l'effrayait, et davantage qu'elle ne l'aurait imaginé. Mais comme aucun serment ne les liait, elle ne pouvait pas le perdre, et cela rendait la situation d'autant plus complexe et douloureuse. Elle ne pouvait tout simplement pas lui avouer la vérité sur ses sentiments pour le moment. Le pourrait-elle un jour ? Rien n'était moins sûr.

— Tu sais que je ne sais pas mentir, lui rappela-t-elle. Je ne supporte pas l'idée d'entrer dans cette salle et de faire semblant de nous aimer.

Même si, de son côté, elle serait loin de faire semblant…

— Tu vas très bien t'en sortir, lui assura Carson. Nous sommes presque au bout. Ensuite, nous aurons chacun ce que nous voulions. Ne perds pas ça de vue.

Il avait raison. Le but à atteindre, c'était leur accord financier et le bonheur de Harmon. Rien à voir avec ses sentiments personnels inattendus.

— Prête ? demanda-t-il en lui pressant doucement la main.

— Reste près de moi, j'ai besoin de ton soutien.

Les yeux de Carson clignèrent, comme si cet aveu le secouait.

— Tu auras toujours mon soutien, Lana. Même après cette soirée.

Elle aurait voulu dire quelque chose, mais les mots lui manquèrent.

Carson l'entraîna vers la porte principale du Texas Cattleman's Club. Ils allaient entrer en scène.

L'occasion d'avouer ses sentiments à Carson venait de lui filer entre les doigts, songea-t-elle. Peut-être était-ce mieux ainsi ? Elle ne pouvait courir le risque de perdre la donation très généreuse de Harmon. Mais d'un autre côté, elle ne voulait pas que la relation avec Carson s'arrête.

Elle s'immobilisa, forçant Carson à faire de même.

— Viens chez moi cette nuit, dit-elle.

Il la regarda par-dessus son épaule, puis se tourna lentement vers elle.

— Pardon ?

— Je sais que nous devons mettre un terme à notre relation en douceur, mais je ne suis pas tout à fait prête… Reste ce soir.

Carson se rapprocha lentement d'elle, prit son visage entre ses mains, et lui effleura les lèvres des siennes. Un baiser à la fois léger comme une plume, tout en douceur, et profondément excitant.

— Je n'avais pas prévu d'être ailleurs que dans ton lit ce soir, murmura-t-il.

Mon Dieu ! Les ennuis se profilaient. Beaucoup plus inquiétants qu'elle ne l'avait envisagé. Combien de temps encore pourrait-elle étouffer ses sentiments ?

Quand ils arrivèrent devant l'entrée du club, Hank et Harmon gravissaient les marches du perron. Le cœur de Lana battit un peu plus vite. Elle n'avait pas compris que le vieil homme assisterait à la soirée…

— Voici l'heureux couple ! s'exclama ce dernier en s'agrippant à la rampe pour monter lentement. Quelle soirée extraordinaire ça va être !

Carson lâcha la main de Lana pour venir en aide à son arrière-grand-père.

— Ça me fait tellement plaisir de te voir ici, dit-il. Je ne savais pas si tu voulais venir, ni même si tu aurais la force de le faire.

Harmon sourit.

— Après tout ce temps, tu crois que je manquerais le moment où nos deux familles s'unissent ? Seule la mort aurait pu m'empêcher de venir, mon garçon.

Carson laissa d'abord entrer son père et son arrière-grand-père, puis il se tourna vers Lana et, tout en lui souriant, posa sa main dans le creux de ses reins pour la guider.

Ce contact la fit tressaillir. Elle portait un haut émeraude très décolleté dans le dos, et une jupe longue fendue sur le côté, à la fois élégante et destinée, espérait-elle, à rendre Carson fou de désir.

Dès qu'ils atteignirent la porte de la salle de bal, elle sentit sa gorge se serrer d'émotion. Tout le monde était déjà là, dans le décor vert et doré qu'elle avait imaginé, avec la musique, les rires… Tout cela pour Carson et elle…

Ses yeux s'embuèrent de larmes. Que lui arrivait-il ? Rien ne l'émouvait jamais à ce point, d'ordinaire. Perdre l'élection à la présidence du club ne l'avait pas fait pleurer, alors qu'elle souhaitait cette nomination plus que tout.

Devenir la fiancée de Carson Wentworth l'espace d'une soirée puis perdre le titre quelques jours plus tard la touchait bien davantage, visiblement.

Cette soirée était le point culminant de ce qu'ils avaient manigancé. Et elle, comme une sotte, avait laissé son cœur s'impliquer dans cette affaire, alors qu'elle s'était juré le contraire.

À leur entrée, le DJ arrêta la musique et annonça leur arrivée. Des exclamations et des applaudissements éclatèrent.

En riant, Carson adressa un petit salut de la main à tout le monde. Comment parvenait-il à se montrer si désinvolte, si… en accord avec la situation ? se demanda Lana. Depuis un mois, ils se préparaient pour ce moment précis, mais parvenue au terme de leurs efforts, elle n'éprouvait pas la même assurance que Carson.

Quand les applaudissements cessèrent, Carson prit la parole :

— Merci de votre présence ! Lana et moi sommes enchantés de votre soutien dans ce nouveau chapitre de nos vies. Nous espérons que vous allez bien vous amuser toute la soirée, et que vous resterez jusqu'au moment où nous divulguerons une surprise de taille, plus tard dans la nuit.

La foule applaudit de nouveau, et Lana se força à sourire. Pourvu que personne ne lise et n'interprète le langage de son corps, ni son sourire crispé. Depuis quand se tenait-elle à côté d'un homme sans rien dire ? Cette passivité ne correspondait pas à sa personnalité. Quand avait-elle changé à ce point ?

Bien entendu, si cette soirée avait célébré de véritables fiançailles, elle aurait pleinement joué son rôle de fiancée rayonnante et se serait sentie très à l'aise, dans cette atmosphère de fête.

Heureusement pour elle, elle n'eut pas la possibilité de se sentir mal à l'aise plus longtemps, car plusieurs invités vinrent les féliciter.

Le DJ annonça un air dédié spécialement aux heureux fiancés pour commencer la soirée. Carson conduisit Lana sur la piste, l'enlaça au son d'une musique… qu'elle n'avait pas choisie.

— Ce n'est pas le morceau que j'avais prévu, marmonna-t-elle.

— Non, c'est moi qui l'ai choisi, répondit-il avec un

grand sourire. Tu organisais tout, et j'ai voulu prendre un air qui nous rappellerait le temps que nous avons vécu ensemble. Tu aimes ?

Elle aimait, mais elle était encore plus sensible à l'initiative que Carson avait prise de changer quelque chose à ce qu'elle avait prévu. Il avait donc vraiment réfléchi à ce moment particulier. Cela signifiait-il qu'il tenait à leur histoire davantage qu'il ne le montrait ? Voyait-il en elle autre chose qu'un moyen d'obtenir les fonds de son arrière-grand-père pour le club ?

D'un côté, elle mourait d'envie de savoir exactement ce qu'il pensait en ce qui les concernait, mais de l'autre…

Peut-être valait-il mieux ne pas savoir. S'il lui faisait comprendre que tout ce qui s'était passé entre eux pendant ce mois n'avait été qu'un simple passe-temps stratégique, elle ne s'en remettrait pas. Autant sortir de cette histoire la tête haute, et non humiliée et brisée.

Une main posée sur l'épaule de Carson, l'autre blottie dans sa main, ils se balançaient au rythme de la chanson. Faisant abstraction de tous les invités qui les contemplaient, elle se concentra sur l'homme qui la tenait dans ses bras.

— Nous n'avons jamais dansé ensemble, chuchota-t-elle.

— Tu aimes danser ?

Plongeant son regard dans les yeux verts de Carson, elle eut le sentiment de s'enfoncer dans des sables mouvants.

— Avec le bon partenaire, oui, répondit-elle avec une feinte légèreté.

— Suis-je le bon partenaire, Lana ?

Elle vacilla presque. Il ne faisait clairement pas allusion à la danse, et elle non plus.

Elle ne répondit pas. Un seul de ses mots trahirait les sentiments qu'elle éprouvait pour lui, et ce n'était pas le lieu, ni l'heure.

Quelle ironie ! À leur soirée de fiançailles, elle n'était pas capable d'avouer son amour à son faux fiancé !

La chanson terminée, les invités les applaudirent une nouvelle fois, et le DJ passa une musique plus bruyante, plus festive.

Lana avait besoin d'une minute toute seule, pour rassembler ses forces et respirer. Pour une raison qu'elle ne s'expliquait pas, avoir une relation sexuelle avec Carson s'était révélé facile. Ce qui lui tournait la tête, c'était cette danse romantique sur la piste, main dans la main, le regard intense de Carson posé sur elle, les mots doux murmurés à l'oreille.

— Je reviens, dit-elle.

Il eut l'air de vouloir dire quelque chose, mais Tate se rapprocha d'eux juste à ce moment.

— Lana, je peux parler à Carson ? demanda-t-il.

— Bien sûr, répondit-elle. Prends ton temps.

En dépit du regard inquiet de Carson, elle s'excusa et se dirigea vers la sortie de la salle de bal. Direction son bureau, où elle projetait de s'enfermer à clé un moment. Si elle ne reprenait pas ses esprits tout de suite, leur ruse serait découverte, et leur plan tomberait à l'eau.

— Qu'y a-t-il ? s'enquit Carson tandis que Tate l'entraînait vers le fond de la salle.

Quelque chose bouleversait Lana et il souhaitait plus que tout au monde partir à sa recherche. Mais il s'en abstint. Elle avait besoin d'un peu de temps à elle, et de l'autre côté, Tate avait de toute évidence quelque chose d'important à lui dire.

Il allait lui falloir tout son pouvoir de concentration pour l'écouter. Car en fait, une seule chose l'obsédait : Lana était à sa place entre ses bras. Cette soirée était l'apogée de la farce qu'ils avaient montée de toutes pièces, mais pour une raison qu'il avait peur de reconnaître, tout lui semblait très réel.

Tirant Carson de ses pensées, Tate déclara :

— Je dois t'avouer quelque chose.

— Qu'est-ce qui ne va pas ? Tu as fait quelque chose d'illégal ?

Tate détourna le regard. De toute évidence quelque chose clochait.

— Quoi que ce soit, nous en viendrons à bout, assura Carson. Ta petite amie est enceinte ?

Tate sursauta.

— Quoi ? Non ! Il s'agit de… du… journal intime.

— Et alors ?

Tate se redressa et prit une grande inspiration.

— C'est moi qui ai arraché les pages, avoua-t-il.

— Pardon ? Et pour quelle raison ?

— Et il y a autre chose. J'ai entendu par hasard ta conversation avec Lana dans ton bureau, l'autre jour, et je sais que vous mentez, à propos de votre relation.

Qu'est-ce qui choquait davantage Carson ? Le fait que son frère lui avait volé quelque chose ou qu'il connaissait leur petit secret ?

— Pourquoi me dire que tu sais tout seulement maintenant ? demanda-t-il en croisant les bras sur sa poitrine.

Tate haussa les épaules.

— J'étais bouleversé que vous mentiez au sujet de vos fiançailles et je ne voulais pas gâcher cette réconciliation entre nos deux familles. Alors je suis allé chez toi à un moment où je savais que tu n'y serais pas. Je voulais prendre le journal, mais j'ai pensé que cela attirerait ton attention. C'est pourquoi j'ai juste déchiré deux pages. Je pensais que tu ne le remarquerais pas.

Carson n'en croyait pas ses oreilles.

— Qu'y avait-il dans ces pages qui t'intéressait tant ? s'enquit-il.

— J'y ai lu que Harmon s'interrogeait sur sa mère biologique, qu'il aurait aimé que son père en parle à quelqu'un, ou écrive quelque chose à ce sujet, pour lever le mystère. J'ai pensé que son père l'avait peut-être fait, et c'est pourquoi j'ai fini par fouiller dans le grenier. J'ai trouvé quelques lettres dans une boîte fermée à clé.

— Tu plaisantes ? Je n'en connaissais pas l'existence, murmura Carson, sidéré.

— Personne ne le savait, mais je ne pouvais pas laisser tous ces mensonges se développer. Entre la querelle familiale ancestrale et vos mensonges, à toi et Lana, il fallait que ça s'arrête.

Carson trouvait son frère courageux, mais cela n'excusait pas la manière dont il s'y était pris.

— Qu'as-tu découvert dans ces lettres ? demanda-t-il.

Tate regarda autour de lui, comme pour s'assurer que personne n'écoutait, puis il expliqua :

— Dean Wentworth était censé épouser Eloisa Langley.

— Oui, mais ils ont rompu.

— Je sais, mais il a dit à tout le monde que c'était sa faute à lui. Ce qui était faux. Eloisa était tombée amoureuse de quelqu'un d'autre. Elle a demandé à Dean de prétendre que c'était lui qui avait rompu avec elle. Comme il l'aimait, il a accepté de prendre la faute sur lui. Quelque temps plus tard, quand le bébé Harmon a fait son apparition sur le seuil de Dean, la famille Langley, qui le détestait déjà d'avoir trompé Eloisa, l'a jugé indigne et minable d'avoir engrossé une inconnue.

Carson hocha la tête, sidéré. C'était donc l'origine de cette bataille centenaire entre deux familles ? Et cela, juste parce que Dean avait essayé de bien agir, de se montrer chevaleresque ?

— Mais ce n'est pas tout, poursuivit Tate. Selon les lettres, Violetta Ford était la mère biologique de Harmon.

— Quoi ? Non, ce n'est pas possible. Elle a quitté la ville après que le Texas Cattleman's Club lui a refusé de devenir membre.

Tate sourit.

— Ça, c'est ce que tout le monde croit, dit-il. Violetta n'est jamais partie, elle n'a jamais vendu ses terres. Elle s'est fait passer pour un homme, un certain rancher du nom de Vincent Fenwick. C'est ce Vincent qui a soi-disant acheté son ranch. Quand Dean et Eloisa ont mis fin à leur idylle, Dean s'est tourné vers Violetta pour trouver un peu de réconfort. Puis elle est tombée enceinte. Ne pouvant révéler sa véritable identité, elle a confié son bébé à Dean. Incroyable, non ?

Tate s'arrêta pour reprendre son souffle, et Carson remarqua à quel point sa découverte l'excitait.

Carson essaya d'enregistrer tout ce que Tate venait de lui révéler. La vérité, découverte dans un grenier, éclatait enfin, grâce à son demi-frère qui s'était investi beaucoup plus qu'il ne l'aurait cru.

Il réprouvait toujours le vol des pages du journal, mais au bout du compte, cela avait-il tant d'importance que ça, puisque cela avait contribué à révéler la vérité une fois pour toutes ?

— J'en ai assez de tous ces mensonges, Carson, reprit Tate. Je n'aime pas ça. Ils ont abouti à des drames et des peines de cœur pour tout le monde, pendant des dizaines d'années.

Il marqua une pause, les yeux fixés sur ses chaussures, puis acheva :

— Et en plus, Lana et toi êtes faits l'un pour l'autre.

Ébahi, Carson ne put s'empêcher de rire.

— Pardon ? s'exclama-t-il. D'où sors-tu ça ? Tu ne sais rien de ce qui se passe entre Lana et moi.

— Peut-être pas, mais quand je dis que tous ces mensonges me rendent malade, je le pense. J'observe comment vous vous comportez quand vous êtes ensemble, et je persiste. Vous êtes faits l'un pour l'autre.

Quelle folie ! Carson n'allait tout de même pas écouter les conseils sentimentaux d'un blanc-bec d'adolescent ! Certes, il était très proche de Tate, mais sa vie personnelle lui appartenait, personne n'avait le droit de s'en mêler.

— Je ne vais pas discuter de ça ici, rétorqua-t-il. Mais plus tard, au calme, nous aurons une discussion sur ce que signifie la notion de « vie privée ». Et pour quelqu'un qui n'aime pas mentir, tu ne t'es pas mal débrouillé, il me semble.

Tate haussa les épaules.

— Écoute Carson, j'ai fait tout ce que j'ai pu pour aider à mettre un terme à toute cette histoire dramatique. Je n'aurais pas bougé le petit doigt si je n'avais pas surpris votre conversation, à Lana et toi.

Carson se frotta la nuque et passa en revue tout ce qu'il venait d'apprendre. Tate avait volé les pages du journal intime. Il était au courant des fiançailles factices, sans en dire mot à quiconque. Tout cela l'impressionnait. Mais ce qui le frappait le plus, c'était ce que Tate voyait quand il les regardait ensemble, Lana et lui. Existait-il d'autres faits qu'il se verrait contraint de reconnaître malgré lui ?

Pour l'heure, il ne savait qu'une chose : il ne voulait pas approfondir les émotions qui naissaient en lui. Il fallait au contraire les étouffer. Lana et lui avaient conclu un accord un mois plus tôt, et il n'avait pas la moindre intention de revenir sur la parole donnée. À savoir, la libérer de tout engagement, une fois leur but atteint.

— Tout va bien ici ?

Surpris, Carson se retourna et découvrit Harmon derrière lui. Il s'apprêtait à répondre, mais Tate le devança.

— Tout va très bien. Comment te sens-tu ? Tu veux que je te trouve une chaise ?

Harmon balaya l'air de sa vieille main ridée.

— Je vais très bien, fiston, assura-t-il. Ça fait du bien de sortir, de revoir le club et de profiter de la vie.

— Tu as l'air en bonne forme, dit Carson. Nous devrions te faire sortir plus souvent.

Fallait-il informer son arrière-grand-père de ce que Tate avait découvert ? Non. Mieux valait attendre demain, le laisser profiter de la soirée.

Harmon se mit à rire.

— Je ne sais pas si j'aurais l'énergie de faire tout ça bien souvent, mais ce soir c'est très agréable. Je ne croyais pas que cela arriverait un jour. Quand je pense qu'il a fallu cent ans pour que nos familles se retrouvent et se réunissent. C'est un beau rêve qui se réalise…

Carson croisa le regard de Tate, et la culpabilité qu'il avait tenté d'ignorer pendant un mois éclata à la surface. Son frère était las des mensonges et des faux-semblants. Peut-être devrait-il prendre exemple sur lui ?

- 17 -

Au coup frappé à la porte de son bureau, Lana sursauta. Une seule personne pouvait l'avoir suivie et la chercher.

Prenant une grande inspiration, elle traversa la pièce, poussa le verrou, ouvrit la porte et se trouva nez à nez avec Carson.

— Tu te caches ? demanda-t-il en entrant.

Elle haussa les épaules.

— Peut-être... Le temps de quelques minutes, répondit-elle.

Il posa ses mains sur ses épaules et appuya son front contre le sien.

— Je ne veux pas être là-bas sans toi, murmura-t-il.

Émue par cet aveu, elle recula d'un pas, lui entoura le cou de ses bras en passant amoureusement ses doigts dans ses cheveux.

— Tate est au courant, ajouta-t-il.

— Au courant de quoi ?

— De notre comédie de fiançailles.

Elle se figea.

— Comment est-ce possible ? demanda-t-elle.

— Il nous a entendus dans mon bureau, la semaine dernière. Il m'a dit qu'il était las de tous les mensonges de nos familles, et des nôtres. En plus, tiens-toi bien, il pense que...

Lana attendait qu'il achève sa phrase, mais il ferma les

yeux un instant, comme si, en lui, se livrait une intense bataille.

— Carson ?

— Je vais dire la vérité à Harmon, annonça-t-il en plongeant son regard dans le sien.

— Quoi ? Pourquoi ? Nous avons fait tellement d'efforts pour nous assurer cet argent pour le club et rendre ton arrière-grand-père heureux !

Tout ce travail, en vain ? Elle n'avait pas vécu tout ça pour finir le cœur brisé, et voir l'argent destiné à l'aile des femmes s'envoler sous son nez. Il fallait que quelque chose de bon résulte de tous ces mensonges et de cette manipulation éhontée de leur entourage.

— Le fait que Tate exprime sa lassitude de tous ces mensonges m'a fait réfléchir, reprit Carson. En plus, figure-toi, il m'a dit autre chose. À son avis, nous sommes faits l'un pour l'autre.

Lana en eut le souffle coupé. Ne sachant pas ce que Carson pensait de cette affirmation, elle essaya de prendre la chose à la légère.

— C'est un adolescent, dit-elle. Il n'a pas une expérience de la vie suffisante pour juger de la situation et parvenir à cette conclusion.

— Sans doute pas, mais il m'a quand même donné à réfléchir. Il devient clair pour moi que je dois dire la vérité à mon arrière-grand-père. Je me débrouillerai d'une autre façon pour que tu puisses réaliser l'aile destinée aux femmes. Rassure-toi, je ne te priverai pas de ce rêve. Mais Harmon mérite mon honnêteté.

Elle hocha la tête et attendit. Dirait-il quelque chose les concernant, elle et lui ? Elle souhaita de toutes ses forces qu'il ajoute quelques mots plus personnels à propos de leur relation. Mais il ne le fit pas.

Autre chose encore manquait à cette conversation. Elle aurait voulu que Carson lui avoue ses sentiments, qu'ils soient amoureux… ou pas. S'il ne voulait plus mentir, cela ne s'appliquait-il pas à tous les domaines de sa vie ?

Si aujourd'hui il n'était pas capable de reconnaître que quelque chose de fort existait entre eux, une évidence s'imposerait à elle : elle ne le connaissait pas aussi bien qu'elle l'avait cru. Et il faudrait qu'elle en tire les conséquences.

— Je me rallierai à ce que tu penses devoir faire, dit-elle enfin. Si tu penses que Harmon peut le comprendre. Mais je tiens à ce qu'il sache que toi et moi sommes encore amis, que nous pouvons toujours réunir nos deux familles. Nous pouvons le faire sans nous marier, n'est-ce pas ?

Un voile passa dans le regard de Carson. Que pensait-il ? Que ressentait-il ? Allait-il lui faire enfin part de ses pensées ?

— Attendons la fin de la soirée, dit-il enfin. Il est tellement heureux d'être ici, avec tout le monde.

— Je suis d'accord. Retournons parmi nos invités et passons une bonne soirée. Nous nous inquiéterons du reste demain.

— Tu es une femme surprenante, tu le sais ?

Elle ne put s'empêcher de sourire.

— Je suis consciente d'être une femme *extraordinaire*, mais tu es formidable aussi. L'amour que tu portes à ta famille est étonnant.

Il effleura ses lèvres d'un baiser, et elle tressaillit. Quelque chose dans ce baiser semblait… différent, mais elle ne parvint pas à savoir en quoi. Ils n'étaient pas fiancés pour de bon. Après cette soirée, ils n'auraient même plus à faire semblant. Et pourtant, elle se sentait plus proche de lui que jamais auparavant.

Qu'est-ce que cela signifiait ? Comment vivre ce nouveau chapitre alors que Carson n'était même pas capable de reconnaître ce qu'il ressentait vraiment pour elle ?

Carson avait prévu de parler à Harmon aujourd'hui, mais son arrière-grand-père l'avait devancé. Le vieil homme venait de lui téléphoner et avait pratiquement exigé de le voir immédiatement.

Pourquoi cette convocation ? Il n'en savait rien. De toute façon, il avait prévu de tout dire à Harmon, alors un peu plus tôt que prévu, quelle importance ?

Il avait passé la nuit chez Lana. Logiquement, cela devait être la dernière, mais il ne se sentait pas encore prêt à lui dire adieu. Pas prêt à rompre les liens qu'ils avaient tissés. Pas prêt à refaire d'elle une simple connaissance.

Mais il en discuterait plus tard avec elle. Pour le moment, il avait une autre affaire à traiter.

Il entra dans la chambre de son arrière-grand-père et referma la porte derrière lui. Harmon était assis dans un fauteuil près de la fenêtre. Sur le guéridon près de lui se trouvait une tasse de café. La télévision était allumée sur la chaîne locale. Dès qu'il aperçut Carson, Harmon pointa la télécommande vers l'écran et l'éteignit.

— Bonjour, mon garçon. Tu es seul, aujourd'hui ?

Carson prit place sur le canapé près de son arrière-grand-père.

— Ton appel paraissait urgent, je suis venu directement.

Harmon tendit la main vers sa tasse et but une gorgée de café. De toute évidence il ne semblait pas pressé de passer aux choses sérieuses. Ce qui rendit Carson un peu nerveux.

— La soirée d'hier a été une vraie réussite, fit remarquer Harmon. Les invités semblaient vous aimer, Lana et toi, et ils m'ont paru encore plus excités par l'annonce des fonds pour les rénovations et créations du Texas Cattleman's Club.

Carson ne pouvait dire le contraire. L'argent de Harmon donnerait un coup de pouce considérable au club. Chaque génération s'efforçait de donner au club une nouvelle direction, et tous les yeux se tournaient dorénavant vers lui, le nouveau président, en possession d'une énorme somme d'argent inattendue. Qu'en ferait-il ? Quelles innovations projetait-il ? Tout le monde devait s'interroger à ce sujet.

— Lana avait l'air bouleversé, hier soir, poursuivit Harmon. Je t'ai vu te diriger vers son bureau.

— Toute cette histoire la rend nerveuse.

Harmon planta son regard dans le sien.

— De quelle histoire s'agit-il, mon garçon ? Vos fausses fiançailles ou le fait que vous êtes amoureux l'un de l'autre ?

Carson se figea.

— Pardon ?

Il ne s'attendait pas à ça ! Non seulement son arrière-grand-père était au courant de leurs mensonges, mais il semblait penser que Lana et lui s'aimaient vraiment.

En l'espace de douze heures, il était la seconde personne à l'affirmer ouvertement.

Harmon sourit.

— Je ne suis pas idiot, Carson. En l'espace de quelques semaines, vous êtes passés d'ennemis héréditaires et rivaux dans une campagne électorale à amoureux au point de vous fiancer ! De plus, hier soir, j'ai surpris votre conversation dans le bureau de Lana, alors que je cherchais un coin tranquille pour reprendre mon souffle. Alors je sais tout.

Bon sang ! Occupé à s'assurer que Lana allait bien, troublé par les révélations fracassantes de Tate, il n'avait même pas remarqué la présence de son arrière-grand-père.

— J'allais te l'avouer, dit-il. C'est ce dont nous parlions

hier soir, Lana et moi. Tous ces mensonges lui sont très pénibles, et moi aussi je commençais à me sentir mal à l'aise.

Harmon hocha la tête.

— J'ai tout entendu, mon garçon. Je suis au courant de vos bonnes intentions.

— J'ai la ferme intention de trouver des fonds pour le projet de Lana. Pour cela, je reconfigurerai le budget du club. Nous sentons tous les deux qu'il serait mal de prendre ton argent alors que nous n'allons pas nous marier.

Harmon fronça ses sourcils broussailleux.

— Pas de mariage ? Et pourquoi pas ?

Désarçonné, Carson le regarda sans comprendre.

— Tu viens de dire que tu connaissais la vérité, murmura-t-il. Cette histoire de fiançailles n'était qu'un stratagème, un mensonge intéressé. Notre engagement n'avait rien d'authentique.

— Peut-être pas au début, mais ce n'est pas parce que tout a commencé par un mensonge que vous ne vous êtes pas rapprochés. Je me trompe ?

Carson, troublé, ne répondit pas. Son arrière-grand-père avait raison, mais pouvait-il le reconnaître ? S'il l'avouait à haute voix, tout ce qui, pour l'heure, n'était qu'hypothèse et incertitude, deviendrait aussitôt… la vérité.

— Écoute, commença Harmon.

Il grimaça tout en se redressant sur son siège.

— Ça ne va pas ? demanda Carson, prêt à se lever.

— Je vais bien, détends-toi. Je suis vieux et mes articulations me font parfois souffrir, c'est tout. Restons concentrés sur toi et Mlle Langley.

Carson détestait constater le vieillissement de son arrière-grand-père. Un jour prochain, il ne serait plus là. Il avait toujours constitué un élément solide de sa vie. L'opinion du vieil homme lui avait toujours importé, et il avait souvent recherché son avis dans des situations difficiles.

De plus, Harmon Wentworth ne se contentait pas d'être un des piliers de Royal, il était aussi l'âme du Texas Cattleman's Club.

— Comme je disais, reprit Harmon, ce que j'ai surpris de votre conversation m'a rendu très fier de toi, mon garçon.

— Fier ? Tu veux rire ! Je t'ai menti ! Lana et moi avons menti à tout le monde autour de nous.

— En effet. Mais tous les deux, vous avez surmonté vos différences pour agir ensemble. Vous avez mis en avant les besoins des autres, même si vous n'en étiez pas vraiment conscients. Vous avez fait une priorité de mes désirs et de l'intérêt du club. Non seulement ça, mais vous avez eu le cœur et l'intelligence de reconnaître que vous n'agissiez pas de manière noble, et tu t'apprêtais à venir me dire la vérité. Tout cela m'amène à penser que tu es un homme bien, et je suis fier que tu sois un Wentworth.

Carson n'en croyait pas ses oreilles. Jamais il n'aurait cru que son arrière-grand-père l'avait convoqué pour lui exprimer sa fierté.

— Je suis toujours décidé à faire une donation au club, ajouta le vieil homme.

— Vraiment ?

Un large sourire éclaira le visage de Harmon.

— Bien sûr ! J'aime ce club, il fait partie de ma vie. Et je t'aime aussi. Je veux t'aider du mieux que je peux, maintenant que tu es président. De plus, je sais que la querelle Wentworth-Langley touche à sa fin.

— Comment peux-tu en être sûr ?

— C'est très simple : Lana et toi finirez ensemble. Peut-être pas tout de suite car tu vas sans doute te comporter de manière aussi têtue que nous autres, les Wentworth. Tu vas la laisser partir en te convainquant que c'est la meilleure solution. Mais tu ne vas pas pouvoir nier beaucoup plus longtemps tes véritables sentiments.

Sonné par tout ce qu'il venait d'entendre, Carson ne sut que dire.

Il fit un rapide bilan de tout ce qui venait de se passer dans sa vie au cours du mois écoulé.

Sur un malentendu – Harmon qui avait cru que Lana et lui étaient ensemble –, il avait entraîné Lana à sa suite dans un mensonge qui avait pris des proportions qui les avaient rapidement dépassés.

Lana, son ennemie de toujours, avait accepté, alors qu'elle aurait pu refuser et trouver d'autres moyens d'obtenir ce dont elle rêvait pour le club. Pas une seule fois il ne lui avait demandé si la situation l'affectait, comment elle se sentait. Il avait tout le temps agi comme si elle allait bien.

Une évidence le prenait soudain à la gorge : Lana n'était pas son ennemie du tout. Son ennemi, c'était le malaise qu'avaient provoqué en elle tous les mensonges qu'il l'avait contrainte à accepter. Loin d'être son ennemie, elle était…

Elle était tout.

Remué, il regarda son arrière-grand-père qui lui souriait toujours. Peut-être ce dernier attendait-il qu'il lui avoue son amour pour Lana ? Mais il n'en ferait rien. Pas avant d'avoir parlé à Lana. Elle méritait d'avoir la primeur de ce qu'il pensait et ressentait pour elle.

— J'ai apprécié que tu veuilles me dire la vérité, reprit Harmon au bout d'un moment. Je sais que ton cœur est bon et que tu rendras justice à Lana. Je suis très heureux d'offrir ces fonds au club, et je veux voir ce que tu en feras avant de mourir.

Carson ne put s'empêcher de sourire. Et soudain, il

pensa à l'autre vérité qu'il voulait annoncer à son arrière-grand-père, peut-être la plus importante.

— Il faut que je te dise autre chose, dit-il. C'est Tate qui a volé les pages du journal intime d'Arielle.

— Ah bon ? Dans quel but ?

— Il en avait assez des mensonges et de l'animosité entre nos deux familles. Cet héritage pesant lui déplaisait, il a voulu arranger les choses.

— Il est fort, ce petit. Il fera un bon Wentworth.

— En effet. Le journal lui a offert un indice qui nous avait échappé. Dans le grenier du domaine, il a découvert une petite boîte fermée à clé contenant quelques-unes des lettres de Dean.

L'attention de Harmon s'aiguisa, il s'agita dans son fauteuil.

— Une boîte coffre-fort ? Je me souviens que mon père en avait une, autrefois. Je ne sais pas ce que j'en ai fait. Elle contenait des lettres de Dean, tu me dis ?

Carson lui résuma ce que Tate lui avait dévoilé, puis il prit une profonde inspiration et poursuivit :

— Harmon… les lettres révèlent que Violetta Ford était ta mère biologique.

Harmon le fixa sans le voir, et il s'inquiéta. La nouvelle était-elle trop violente, pour un homme de son âge ? Il était en bonne forme, certes, mais il n'en avait pas moins cent ans, et son esprit n'avait plus la même endurance.

— Violetta était ma mère ? murmura le vieil homme. Mais ce n'est pas possible, elle avait quitté la ville…

— C'était une femme étonnante. Dans les lettres, on apprend que quand Dean et Eloisa ont rompu, ton père s'est tourné vers Violetta pour trouver du réconfort. Mais leur amitié s'est transformée en bien davantage. Après leur brève liaison, elle a découvert sa grossesse. Et le clou de l'histoire, c'est que Violetta n'a pas quitté Royal après qu'on lui a refusé de devenir membre du Texas Cattleman's Club. Elle s'est transformée en Vincent Fenwick, a prétendu acheter son propre ranch et a continué à l'exploiter. Elle savait que Dean s'occuperait de toi, c'est pourquoi elle t'a déposé sur le seuil de sa porte.

Très ému, Harmon soupira profondément.

— C'est fou, murmura-t-il. Mais en même temps, ça se comprend et ça éclaire tout. Papa me disait souvent que Violetta s'occupait parfaitement de son ranch, avant de le vendre à Vincent Fenwick, un homme qui lui aussi le gérait remarquablement bien. Il va me falloir un peu de temps pour digérer tout ça…

Carson était heureux que son arrière-grand-père ait enfin les réponses aux questions qu'il se posait depuis si longtemps, et il savait que la famille Wentworth aiderait le vieil homme à gérer au mieux cette stupéfiante révélation. Les membres de la famille se chamaillaient parfois, mais ils se soutenaient toujours dans l'adversité et les difficultés.

Une autre personne lui accorderait son soutien total en toutes circonstances, songea-t-il soudain, et il mourait d'envie de la rejoindre. Il avait quitté son lit ce matin dans le doute, se demandant quelle suite donner à leur relation. S'il revenait vers elle ce soir, serait-il bien accueilli ? Ou bien tout s'arrêterait-il, comme prévu ?

Son arrière-grand-père le tira de la dérive de ses pensées.

— Ne crois-tu pas que tu devrais y aller, mon garçon ?

— Aller où ?

— Chez Mlle Langley. Tu ne vas pas passer toute la journée avec moi. Nous nous sommes tout dit. Je connais votre secret, et je donne tout de même mon argent au club. Je n'ai aucune raison de différer cet héritage jusqu'après ma mort. Je sais que Lana et toi ferez au mieux pour nos deux familles et pour le club. Vous avez ma bénédiction.

Carson ne parvenait pas à analyser clairement ce qu'il ressentait en cet instant. Du soulagement, certes. Mais davantage que ça.

Une sorte de calme l'envahit. Pour une fois dans sa vie, il savait exactement ce qu'il voulait. Qui il voulait.

Rien ne se mettrait en travers de son chemin, parce qu'il ne le permettrait pas. Il voulait entendre ce que Lana avait à lui dire, mais il avait aussi beaucoup à lui dire.

Et il commencerait par « je t'aime ».

- 18 -

Lana lissa le dessus de sa couette et mit en place les coussins. Puis elle se redressa et contempla son lit parfaitement fait. Mais une autre image s'imposa : le merveilleux désordre des draps quand Carson partageait sa nuit avec elle.

Après son départ, plus tôt dans la matinée, elle avait opté pour un dimanche paresseux et traîné au lit, tout en faisant un tour des réseaux sociaux. Tant d'amis avaient posté des photos de la soirée de la veille, avec des mots de remerciement enthousiastes. Oh Seigneur ! S'ils savaient…

Quand elle en avait eu assez, elle avait pris une douche et relevé ses cheveux en un chignon fantaisie. Elle avait ensuite enfilé sa robe longue préférée, d'un bleu électrique. Tandis qu'elle cherchait une paire de boucles d'oreilles assorties à sa robe, elle entendit l'alarme de son allée.

Elle n'attendait personne. À moins que Carson soit de retour ?

Ce matin, ils n'avaient pas convenu de grand-chose. Que dire, d'ailleurs ? Il lui avait annoncé qu'il rendait visite à Harmon. Il semblait décidé à lui avouer tout ce qui s'était passé au cours du mois écoulé. Peut-être revenait-il lui raconter comment leur entrevue s'était déroulée ?

Pourquoi se sentir si nerveuse, tout à coup ? Elle n'aurait pas dû l'être, et pourtant… Au cours de ce dernier mois, elle avait su à quoi s'en tenir avec Carson. Elle était sa partenaire pour une affaire bien précise, une fausse fiancée, une amante temporaire. Les choses étaient aussi simples que ça. Et terriblement compliquées…

Comme elle arrivait sur le palier, sa porte d'entrée s'ouvrit.

Penchée au-dessus de la rampe, elle regarda Carson pénétrer chez elle. Il leva tout de suite les yeux vers elle, et leurs regards se rivèrent l'un à l'autre.

Fallait-il que son cœur se mettre à battre comme celui d'une midinette pour son premier béguin ? Ne devrait-elle pas être habituée à l'intensité du regard de cet homme, depuis le temps ? Apparemment non. Carson suscitait en elle des émotions beaucoup trop fortes, beaucoup trop intenses. Dans ces conditions, comment rompre sans douleur le lien qui s'était tissé entre eux ?

D'un autre côté, tous ces sentiments étaient bâtis sur des mensonges. Ils n'avaient été que deux acteurs jouant un rôle. Même si elle, elle s'était prise au jeu beaucoup plus que de raison… Ils avaient tous les deux des caractères bien trempés, comment pourraient-ils réussir une vie de couple dans le monde réel ?

— Tu as vu Harmon ? demanda-t-elle, les deux mains appuyées à la rambarde.

Carson hocha la tête en fermant la porte derrière lui.

— Il savait déjà que nous faisions seulement semblant de nous fiancer, dit-il.

— Quoi ? Comment est-ce possible ?

— Il a surpris notre conversation dans ton bureau. Il nous a aussi entendus dire que nous ne supportions plus nos mensonges et que nous voulions tout lui avouer. Il est fier de notre honnêteté.

Stupéfaite, Lana ne sut que dire. La comédie s'achevait

donc officiellement ? C'est à ce moment précis que leurs efforts tendaient depuis un mois, mais maintenant que le but était atteint, elle ne ressentait aucun triomphe, aucune satisfaction. Encore plus étonnant, une partie d'elle-même était brisée. Absurde ! Entre Carson et elle, il n'existait rien de solide, à part un contrat oral qui n'avait rien de sentimental.

— Il ne donne plus l'argent, alors ? demanda-t-elle.

— Au contraire, il maintient sa donation. À ses yeux, nous avions de bonnes intentions et nos projets étaient louables.

Eh bien, au moins sortait-il quelque chose de positif de toute cette histoire ! C'était d'ailleurs la seule justification de tous ces mensonges. Alors pourquoi cette douleur au creux de l'estomac ?

— Il a dit autre chose, ajouta Carson.

Il commença à gravir l'escalier, et à chaque marche il garda les yeux rivés aux siens. Le cœur de la jeune femme s'accélérait au fur et à mesure qu'il montait.

Arrivé en haut, il posa ses mains sur ses épaules nues et lui sourit. Au fond de son regard brillait une lumière qu'elle n'y avait jamais vue auparavant. Sans doute le soulagement d'avoir mis fin à leurs mensonges ? Ou alors se sentait-il libéré de tout engagement et se réjouissait-il de pouvoir poursuivre le cours de sa vie ?

— Il pense que nous sommes faits l'un pour l'autre, dit-il.

Quoi ? Elle avait mal entendu.

— Je ne te crois pas, répondit-elle.

— Je t'assure que c'est vrai !

Carson afficha un large sourire, cette fois, et elle sentit son cœur battre un peu plus fort.

— En quel honneur dirait-il une chose pareille ? demanda-t-elle.

— Parce que c'est vrai. Toi et moi, Lana, nous sommes taillés dans le même bois. Nous nous complétons à la perfection.

La panique s'empara d'elle. Le risque de croire en cette déclaration n'aboutirait qu'à une souffrance plus grande, s'ils échouaient. Sans parler du fait que la nuit dernière, quand il avait évoqué sa volonté d'être honnête envers son arrière-grand-père, Carson n'avait fait aucune allusion à ses sentiments pour elle.

— Nous ne pouvons vivre ensemble, décréta-t-elle. Nous nous rendrions fous. Toi et moi savons que nous cherchons tout le temps à faire les choses à notre façon. Nous sommes si entêtés que nous nous disputerions tout le temps.

— Nous sommes-nous disputés une seule fois au cours du mois qui vient de s'écouler ?

— Euh… non.

Il effleura sa bouche d'un baiser léger. Pour la faire flancher, sans doute. Et ça marchait, songea-t-elle en plein désarroi. Maintenant que la possibilité de rester ensemble se profilait, sa peur s'intensifiait.

— Je ne veux pas de cette situation, déclara-t-elle.

— Tu mens ! rétorqua-t-il en riant. Tu as toujours dit que tu ne savais pas mentir, et tu le prouves en ce moment même ! Tu sais très bien que tu veux vivre avec moi.

— C'est très arrogant de ta part.

— Je ne suis pas arrogant. Disons plutôt que j'ai confiance. Et je suis certain que tu crains que nous échouions en cours de route. Je me trompe ?

Elle haussa les épaules et ferma les yeux, refusant de voir l'avenir qui s'offrait à elle. Carson était-il son avenir ?

Était-ce seulement envisageable ? Il semblait si certain de cette relation. Même Harmon avait pressenti quelque chose entre eux. Mais en même temps, il avait cent ans.

— Et si nous échouons ? murmura-t-elle, les larmes aux yeux.

— Regarde-moi.

Elle ouvrit les yeux. Carson ne souriait plus, et son regard était plus intense que jamais.

— Toi et moi n'avons jamais échoué dans ce que nous avons décidé de faire avec conviction. Et je n'ai jamais rien voulu avec autant de volonté que ce qui se passe en ce moment même. Je t'aime, Lana.

Le monde s'arrêta de tourner, elle cessa de respirer et les larmes qu'elle avait voulu refouler roulèrent le long de ses joues.

— Tu ne peux pas dire ça…

— Oh si, je le peux, et je viens de le faire, assura-t-il. Et je sais que tu ressens la même chose que moi.

— Comment pourrais-tu le savoir ?

Sans répondre, il se pencha vers elle, lui effleura la bouche de ses lèvres, puis il lui écarta les lèvres, en douceur, lentement. Elle s'ouvrit à lui comme une fleur.

Les mains de Carson glissèrent vers le haut de sa robe sans bretelles, et il continua à lui faire l'amour avec ses lèvres, tout en faisant glisser la robe le long de son corps, jusqu'à ce que le vêtement tombe à ses pieds.

Sans vraiment qu'elle s'en rende compte, il lui enleva son soutien-gorge et sa culotte. Il agissait vite, mais ses gestes étaient tendres.

Et puis il recula et la contempla avec amour, sans un mot.

Elle était nue.

Elle ne portait que sa bague.

Et il lui semblait que ses émotions, enfin libérées, éclataient en elle comme des petits soleils.

— Dis-moi que tu m'aimes, Lana.

Il ne s'agissait plus de se cacher. Elle avait peur de tout, peur d'échouer, peur que les choses tournent mal.

Mais si tout se passait bien ?

— Tu sais que je t'aime, murmura-t-elle.

Carson lui sourit, les yeux brillant plus que jamais, et Lana sentit son cœur fondre encore davantage.

— Il n'y a plus de querelle entre nos deux familles, dit-il. Nous ne vivons plus dans le passé. Je veux un avenir avec toi, pour de bon cette fois-ci.

— Attends… tu me demandes de t'épouser ?

Carson se mit à rire.

— Tu croyais que je voulais simplement continuer à coucher avec toi ? Ma chérie, c'est mal me connaître. Je te veux à mes côtés chaque jour, chaque nuit. La bague à ton doigt n'est plus seulement un objet destiné à tromper les autres. Elle devient le signe concret que je veux passer ma vie entière avec toi.

Alors Lana cessa de se refuser au bonheur.

— Tu vas rester planté là ou tu vas me porter jusque dans mon lit ? demanda-t-elle en souriant.

— Veux-tu m'épouser ?

Elle jeta ses bras autour du cou de Carson et déposa sur sa bouche un baiser sonore.

— Je voulais être présidente du Texas Cattleman's Club, et j'ai échoué. Je pense que je peux me contenter du titre de Première dame.

Carson éclata de rire et l'emporta – enfin ! – jusque dans la chambre.

Il y a peu, elle avait sans doute eu une idée différente de sa vie à venir, mais cette idée n'arrivait pas à la cheville de celle que Carson venait de lui offrir. À partir de maintenant, ils seraient côte à côte chaque jour de leur vie. Pour toujours.

Et rien ne pourrait les arrêter.

SUSANNAH ERWIN

Au cœur de la tempête

Traduction française de
ELSA GANEM

PASSIONS

HARLEQUIN

Titre original :
EVER AFTER EXES

© 2022, Susannah Erwin.
© 2022, HarperCollins France pour la traduction française.

- 1 -

— Je déteste les mariages, marmonna Finley Smythe au futur marié, qui s'avérait être son demi-frère et sa personne préférée au monde. Mais celui-ci sera parfait.

Elle glissa une rose blanche avec des baies rouges et des feuilles d'eucalyptus argentées à la boutonnière du col de son smoking et fit un pas en arrière.

— Voilà. Impeccable. Et il en sera de même pour le reste de cette journée.

Grayson Monk acquiesça devant son reflet dans le miroir dans la pièce réservée au futur marié et ses accompagnants dans l'exploitation viticole Saint-Isadore, avant de se tourner vers Finley.

— Nelle et moi ne pourrons jamais te remercier assez de t'être occupée de l'organisation du mariage. Malgré l'aversion dont tu viens de me faire part.

— Je n'ai pas de problème avec le concept de mariage en soi, dit Finley en traversant la pièce pour trouver son corsage, la jupe en satin noir de sa robe bruissant. Si les gens veulent s'attacher légalement à une autre personne et cocher la case « marié » sur leur déclaration d'impôts, c'est leur droit.

En attrapant une autre rose, l'épingle cachée derrière les tiges nouées lui piqua l'index droit et elle secoua la main par réflexe. Une petite goutte de sang atterrit sur la dentelle du corsage blanc de sa robe. Elle était presque invisible, mais c'était une tache sur une journée censée être irréprochable.

— Ce n'est pas un mauvais présage, dit-elle à voix basse. Tout sera vraiment parfait.

— Alors pourquoi détestes-tu les mariages ? demanda Grayson devant le miroir pour arranger sa cravate.

Elle accrocha soigneusement les fleurs à sa robe.

— J'ai du mal avec tout ce langage qui pose des attentes irréalistes et illogiques. Des expressions comme « amour véritable », « jusqu'à ce que la mort vous sépare » et « âmes sœurs » devraient être proscrites.

Surtout « âmes sœurs ». Finley savait d'expérience que ce concept était une imposture.

Quand elle leva les yeux, Gray la fixait, son regard marron impassible.

— Je ne trouve pas ces expressions irréalistes. Ni illogiques.

— Pas étonnant. Comme la plupart des gens qui se marient. Sinon, ils ne le feraient pas, fit-elle remarquer. Où sont tes garçons d'honneur ? Ils devraient avoir fini de placer les invités, non ?

— Je leur ai demandé de me laisser du temps seul avec mon témoin.

— C'est-à-dire la meilleure, ajouta-t-elle en se désignant.

— Tu l'as toujours été, dit-il avec un grand sourire avant que son expression ne redevienne sérieuse. Je ne l'ai pas dit assez quand nous étions enfants, mais merci d'avoir toujours été là pour moi.

— Il fallait bien que quelqu'un t'élève après la mort de Maman, dit-elle avec un petit sourire en coin.

— Puisque tu n'as que vingt mois de plus que moi, je suis presque sûr que nous nous sommes élevés mutuellement. Ce qui fait que je sais combien cette année a été dure…

Elle agita la main comme pour chasser le sentimentalisme qui menaçait de plomber l'atmosphère.

— Dure ? Pourquoi ? Parce que mon patron a été inculpé pour avoir violé les lois de financement de campagne et que je me retrouve sans boulot ? Pfff. Une promenade de santé.

— Je sais que tu essaies de plaisanter, dit Grayson, déterminé à avoir une conversation sérieuse. Et Barrett n'était pas que ton patron. C'était aussi ton beau-père.

— Et ton père tout court, alors si quelqu'un a passé une période difficile, c'est toi. Sans parler de ta future épouse, dont la famille a été détruite par Barrett. Mais inutile de chercher qui gagne la médaille de la pitié le jour de ton mariage. (Elle jeta un coup d'œil à l'horloge au mur.) Si Luke et Evan n'arrivent pas rapidement, nous devrons payer des heures sup aux musiciens.

Grayson prit ses mains dans les siennes. Elle se figea. Elle et Grayson étaient proches, mais leur famille n'était pas du genre à montrer leur affection.

— J'essaie de te dire combien tu comptes pour moi. Et pour Nelle. En te chargeant de l'organisation du mariage, tu lui as permis de passer du temps avec son père avant qu'il ne meure, et elle t'en sera à jamais reconnaissante. J'espère qu'un jour ce sera nous qui ferons des blagues à ton mariage quand tu essaieras d'exprimer ce que tu ressens.

Finley enleva ses mains.

— Pourquoi les gens sur le point de se marier veulent toujours entraîner avec eux dans les abîmes les non-mariés de leur entourage ? (Quelqu'un frappa à la porte.) Entrez. Surtout si votre mission est d'emmener Grayson loin de moi pour qu'il remonte l'allée jusqu'à l'autel.

Luka Dallas et Evan Fletcher entrèrent et s'approchèrent de Grayson pour le rituel masculin de serrage de mains et de tapes dans le dos. Elle ne s'attendait pas à beaucoup de soutien de leur part pour dire que les mariages sont des rituels sociaux archaïques. Luke était désespérément entiché de sa femme, Danica, et de leur fille qui était encore un bébé. Evan avait dit à Finley qu'il était ravi que Grayson et Nelle fassent leur mariage à Saint-Isadore, le domaine vinicole qui appartenait à sa fiancée, Marguerite Delacroix, parce que cela ferait un bon test pour ses propres noces dans quelques mois.

Finley soupira. Parfois, elle avait l'impression d'être la seule personne sensée. Elle tapa dans ses mains, interrompant les trois hommes.

— Les invités sont à leurs places ?

— Oui, m'dame, répondit Evan avec un grand sourire.

— Bien. (Elle caressa le bras de Grayson.) Allons te marier.

Même Finley dut admettre que Saint-Isadore était un lieu idéal pour un mariage. La plupart des domaines de Napa Valley n'avaient pas le droit d'organiser des mariages pour protéger les terres fertiles, mais Saint-Isadore avait été construit à la fin du XIXe siècle à l'image d'un château de la vallée de la Loire. La cérémonie se tenait sur l'immense terrasse qui séparait l'aile du château qui abritait la résidence des propriétaires et la grande partie qui contenait les bureaux et les ateliers du domaine. À une extrémité de la terrasse, des chaises étaient installées pour les invités sous une treille couverte de rosiers et de lierre où se passerait la cérémonie. L'autre extrémité était préparée pour accueillir la réception qui suivrait, la tonnelle serait alors remplacée par une estrade pour les groupes préférés de Nelle, originaires de Bay Area, et les chaises seraient poussées pour créer une piste de danse. Tout était disposé devant un époustouflant décor de douces collines marquées par des rangées nettes de vignes. Elles étaient encore nues, mais après un orage récent, toute la campagne était verdoyante.

Finley prit sa place aux côtés de Grayson sous la treille, balayant une dernière fois du regard l'ensemble pour s'assurer que rien n'était déplacé, qu'aucun détail n'avait été oublié. Aucun grain de poussière ne gâcha son champ de vision. Même le temps était coopératif en cet après-midi de février : la température s'élevait à près de 20 ° et aucun nuage ne venait encombrer le ciel malgré le bulletin météo qui annonçait de la pluie pour la fin de la semaine.

Le quatuor à cordes joua les premières notes de *Here Comes the Bride*, et Finley se tourna en même temps que les invités pour voir Nelle au bout de l'allée. Sa robe de dentelle et tulle blanc la faisait ressembler à une princesse de conte de fées, comme la presse l'avait proclamée quand elle et Grayson s'étaient rencontrés. Les regards des futurs mariés se connectèrent et Finley sut que le reste du domaine avait cessé d'exister pour eux.

Elle poussa un profond soupir et ses épaules se détendirent. Il y avait encore quelques épreuves à négocier avant la fin de la soirée et le principal objectif serait atteint : marier Nelle et Grayson. Elle laissa son regard dériver vers les visages des invités avant de se retourner pour écouter le pasteur…

Elle se figea, sa respiration s'arrêta et son cœur cessa de battre.

L'homme dans la troisième rangée… ça ne pouvait pas être lui. Pourquoi serait-il là ? Il n'avait aucun lien avec Nelle ou Grayson. Il n'était définitivement pas sur la liste des invités.

Son pouls se remit à battre, plus vite, plus fort, et elle ferma les yeux pour faire un rapide exercice de respiration pour se calmer. C'était son esprit qui lui jouait des tours. C'était certainement la conversation qu'elle avait eue plus tôt sur l'amour véritable « jusqu'à ce que la mort nous sépare » qui poussait son subconscient à ranimer les souvenirs oubliés depuis longtemps… et bon débarras.

Elle ouvrit les yeux et regarda sur le côté, juste pour vérifier, pour confirmer que c'était le fruit de son imagination. L'homme dans la troisième rangée… à la cinquième place en partant de la gauche, du côté de la mariée, la regarda à son tour, avec une expression choquée. Elle déglutit pour essayer de faire revenir de l'eau dans sa bouche soudainement sèche.

C'était bien lui. Elle ne l'inventait pas. Will Taylor était au mariage.

Will Taylor, qui lui avait appris que le concept d'âmes sœurs étaient une farce. Will, qui avait détruit toutes les prétentions qu'elle avait pu avoir concernant l'amour véritable et les relations censées durer.

Will, qui l'avait quittée sans regarder en arrière quinze ans plus tôt, utilisant des mots qui l'avait brisée en mille morceaux à son départ.

Elle parvint à pivoter vers le pasteur. La cérémonie réussit à pénétrer le brouillard qui s'était soudainement créé autour d'elle pour qu'elle puisse tendre les bagues au bon moment. Elle afficha même un sourire (pas un grand, mais elle était connue pour son petit sourire en coin), quand Nelle et Grayson furent déclarés mari et femme, et elle put oublier suffisamment Will pour rire sincèrement et applaudir quand Grayson tira Nelle dans ses bras dans un geste exagéré avant de lui donner un baiser très prolongé.

Puis il fut temps de suivre les mariés. Finley se raidit et leva la tête. Elle ne le regarderait pas. Elle ne le regarderait pas. Elle ne le…

La chaise de Will était vide.

- 2 -

Viens en Californie, lui avait dit sa sœur, Lauren, une semaine plus tôt. *On pourra passer du temps ensemble. On va bien rigoler…*

La dernière chose que Will Taylor avait envie de faire, c'était bien de rire. Pas après le coup de poing qu'il venait de prendre. Il avait été si sonné qu'il était resté assis pendant la majeure partie de la cérémonie, incapable de bouger, sans rien entendre ni voir, avant de se lever de son siège pour trouver un coin isolé de la terrasse pour intégrer ce qu'il venait de voir. Ou plutôt, qui il venait de voir.

Finley Smythe.

Toujours aussi belle. Même si cela ne le surprenait pas. Il n'avait pas suivi sa carrière (il n'aimait pas se faire du mal), mais il l'avait parfois aperçue en parcourant les chaînes d'informations du câble ou sur des photos accompagnant un article dans un magazine, se tenant derrière son beau-père qui était membre du Congrès. Et même en vivant à Chicago, loin de la Californie de Barrett Monk, il avait entendu parler de sa chute. Quelle personne ayant accès à Internet avait pu y échapper ? Il n'avait simplement pas fait le lien entre le nom du futur marié et l'ex-membre du Congrès, et donc Finley.

Ses cheveux noirs et raides étaient plus courts, sa silhouette sous sa robe crème et noire plus mince que dans ses souvenirs. Mais elle possédait toujours cette grâce royale. Dégageait toujours un charisme magnétique qui attirait tous les regards, même quand une mariée digne des pages d'un magazine remontait l'allée.

Aussi intouchable que toujours, comme son coup d'œil bref mais cinglant le lui fit comprendre.

Will attrapa le premier verre qu'il vit passer sur un plateau et le vida sans faire attention à son contenu. Comment était-ce possible ? De tous les mariages du monde, comment Lauren avait-elle réussi à être invitée à celui où Finley Smythe faisait partie des proches du marié ?

— Hé, je t'ai enfin retrouvé, lança sa sœur, qui apparut à ses côtés comme s'il l'avait invoquée avec ses pensées. Tu as disparu si vite. Tu te sens bien ?

Il ne savait pas vraiment comment il se sentait, mais « bien » n'était pas en haut de la liste des mots pour décrire les émotions qui le traversaient. Mais il acquiesça.

— Ça va.

Lauren haussa les sourcils et fit la moue.

— Je ne te crois pas. Tu veux retourner à l'hôtel ?

— Honnêtement, je vais bien.

Il fit signe à un serveur et échangea son verre vide contre un plein et en tendit un second à Lauren.

— Je bois du vin dans un magnifique domaine viticole. Pourquoi cela n'irait pas ?

— Si tu ne voulais pas venir, tu aurais pu le dire quand je te l'ai proposé. J'aurais pu trouver quelqu'un d'autre pour m'accompagner. Quelqu'un qui aurait été heureux d'assister à l'un des événements les plus sélects de Bay Area.

Il se ressaisit. Inutile de laisser un ancien béguin gâcher la journée. Même si son estomac noué lui indiquait que la flamme n'était pas aussi éteinte qu'il le pensait. Il sourit à sa sœur.

— Je suis heureux d'être avec toi. Ça faisait longtemps que nous n'avions pas passé du temps ensemble.

— À qui la faute ? demanda-t-elle en riant.

Puis ils répondirent à l'unisson :

— La mienne.

— J'apprécie que tu m'accompagnes alors que Reid ne pouvait pas, dit-elle sur un ton plus sérieux.

Elle baissa les yeux sur la bague en platine à l'annulaire de sa main gauche, à côté d'un anneau monté d'un diamant si gros que Will était presque sûr qu'on pouvait le voir de la Station Spatiale Internationale.

— Reid connaît la mariée, c'est ça ?

— Et le marié, mais Nelle travaille pour une association caritative pour les enfants et il est leur donateur principal, alors ils discutent souvent ensemble. Nelle et moi sommes devenues amies au cours des années et je l'apprécie vraiment, mais j'étais bien consciente que je ne connaîtrais personne d'autre ici. Ce qui explique pourquoi j'ai pensé que tu serais la personne idéale pour venir au mariage, parce que ces gens sont comme toi. Tu sais, des hommes d'affaires, des commerciaux, des P-DG. La crème de la crème de l'industrie de la technologie.

— Ils ne sont pas comme moi.

Et dans le passé, Finley lui avait bien fait comprendre qu'il n'était pas, et ne serait jamais, de son monde.

— Vraiment, dit Lauren en croisant les bras sur sa poitrine. La dernière fois que j'ai regardé, tu étais pourtant président-directeur général d'une entreprise dans le domaine de la technologie.

— EverAftr est basée à Chicago, pas dans la Silicon Valley.

— Et alors ? Screenweb est en train de produire une série de téléréalité autour de toi.

— Autour d'EverAftr. L'idée est de suivre des gens venant de tout le pays à la recherche de partenaires amoureux.

— Mais tu es la star de la première saison.

— EverAftr reste le sujet de l'émission.

Lauren fit mine d'être vexée, mais elle était clairement amusée.

— Très bien. Prétends ne pas être entièrement responsable de la réussite d'EverAftr et la raison principale pour laquelle cette entreprise se retrouve au cœur d'une émission de télé.

Le regard de Will tomba sur Finley, malgré la foule d'invités qui les séparait sur la terrasse. La plupart du temps, il trouvait que son excellente mémoire était un atout. C'était une mémoire eidétique : il ne pouvait pas ébahir ses amis en dressant la liste de tous les détails d'un repas qu'il avait mangé six ans plus tôt, mais son esprit était comme une armoire à dossiers remplie de faits et de chiffres, ainsi que de sons, de textures et d'images. Et là, tout ce qui lui venait en tête concernait Finley.

La douceur satinée de sa peau sous ses doigts.

L'éclat dans ses yeux caramel quand il la faisait rire.

Le souffle doux dans son oreille quand il faisait descendre sa bouche le long de…

— Tu es sûr que ça va ? demanda Lauren en agitant une main devant ses yeux. Tu n'as pas entendu un mot de ce que j'ai dit. Et tu as les joues toutes rouges.

Will cligna des yeux et les souvenirs disparurent pour être enfermés en sécurité cette fois. En tout cas, c'était ce qu'il espérait.

— J'ai juste un peu froid. Le vent se renforce. Je suis surpris que la réception ne se tienne pas à l'intérieur.

— Tu plaisantes. C'est une journée magnifique et il y a des chauffages d'extérieur partout. Si on ne reste pas dans ce coin et qu'on se mêle aux autres invités, tu auras super chaud, dit Lauren en désignant les plateaux d'amuse-bouche qui étaient proposés à quelques mètres de là. D'ailleurs, tu n'as pas faim ? J'ai entendu dire que le domaine engage comme traiteur un chef qui a trois étoiles au Michelin.

Son regard chercha de nouveau Finley, cet aimant face auquel il était impuissant. Elle faisait des photos avec le reste des invités du mariage. Le soleil doré de la fin d'après-midi créait un halo autour d'elle, lui donnant l'apparence de l'ange qu'il savait qu'elle n'était pas.

Il détourna le regard. Et alors ? Qu'est-ce que cela faisait si Finley et lui étaient à la même fête ? Il n'était plus le jeune homme au cœur brisé qu'elle connaissait et, à en juger par les poses crispées qu'elle prenait devant le photographe, elle avait changé aussi. Il pourrait bien supporter quelques heures en sa compagnie. C'était un adulte. Avec une vie bien remplie qui était sur le point de devenir plus compliquée… et publique.

En fait, ce mariage pourrait bien l'aider. Une fois que Screenweb aurait annoncé l'émission de téléréalité basée sur EverAftr et son implication dans la première saison, les médias iraient fouiller dans son passé amoureux. Finley aurait pu refaire surface dans un moment et un endroit bien plus inopportun. Là, il pouvait arracher le pansement dans une intimité relative.

Enfin, dans le cas où ils s'adresseraient la parole. À en juger par la manière dont elle regardait dans toutes les directions sauf la sienne, il semblait qu'elle était aussi enthousiaste que lui à l'idée de se retrouver. Et c'était logique. C'était elle qui avait été claire sur le fait que leur histoire n'était qu'une amourette d'été, et à peine divertissante en plus de ça.

Maudite soit sa mémoire presque parfaite. Parce que

maintenant il se souvenait de l'effet des derniers mots qu'elle avait prononcés et dont chaque syllabe avait créé une plaie béante.

— Alors qu'est-ce que tu en dis ? On va manger ? demanda Lauren en lui tirant la main.

Il chassa les fantômes du passé et sourit à sa sœur.

— Bien sûr. Alors prendre quelques feuilletés au crabe. Ou quoi qu'ils proposent.

Il ne put résister à l'envie de jeter un dernier coup d'œil à Finley. Si elle sentit son regard se poser sur elle, elle ne le montra pas. Il se redressa et sortit de l'ombre pour suivre Lauren qui se frayait un chemin jusqu'au buffet.

Finley était de l'histoire ancienne. Et elle le demeurerait.

Mais pendant toute la réception, le dîner et la soirée dansante qui suivit, ses souvenirs ne resteraient pas enfouis.

Finley remercia son partenaire de danse, l'un des collègues de Grayson, et quitta les lumières vives et la musique forte de la piste. Elle passa devant différents groupes d'invités qui papotaient en souriant quand on lui faisait un signe, et trouva une partie de la terrasse vide dans l'ombre de grands arbres en pot. Elle s'appuya contre la balustrade en pierre et contempla les vignes en contrebas et les collines au loin sous la lueur de la lune, prenant un instant pour retrouver son souffle.

Et pour calmer son pouls qui avait battu rapidement toute la soirée, et pas à cause de la danse.

Elle dut faire appel à toute son self-control, et Finley en avait une réserve quasiment sans fond, pour ne pas suivre Will Taylor du regard comme la fille éperdument amoureuse qu'elle avait été. Pour ne pas bondir sur la scène et arracher le micro de la main du chanteur pour exiger une explication. Pas seulement « Pourquoi es-tu là ? », mais « Pourquoi ? » tout court. Pourquoi était-il parti sans jamais la recontacter ? Pourquoi l'avait-il laissée partir ?

Pourquoi n'avait-il pas vu au-delà de ce qu'elle avait dit et réalisé qu'elle avait été obligée de rompre avec lui ? S'ils étaient des âmes sœurs comme il l'avait répété, n'aurait-il pas dû voir la vérité ?

Mais les âmes sœurs n'existaient pas. Et le concept d'amour véritable était un outil marketing utilisé pour vendre des cartes de vœux et des films d'animation.

Elle soupira. Elle n'était pas du genre à pleurer le passé. Et cela remontait à quinze ans, donc de l'eau avait coulé sous les ponts. Elle ne lui donnerait pas la satisfaction de remarquer sa présence, même si la bataille qui faisait rage entre sa tête et son cœur la faisait souffrir physiquement.

Sa tête lui disait de l'ignorer. C'était la journée de Grayson et Nelle. De nombreux détails requéraient son attention. Et Will Taylor n'en faisait pas partie.

Son cœur voulait... oh, tant de choses. Trop pour faire le tri. Et cela lui rappelait pourquoi elle détestait les mariages : les gens voulaient trouver une personne spéciale qui leur était destinée exclusivement. Ils voulaient croire qu'une telle personne existait vraiment. Mais le lendemain matin, ils se lèveraient avec la gueule de bois inévitable à cause du champagne et un dur retour à la réalité.

Une sonnerie retentit et elle sortit son téléphone de la poche de sa jupe. Dans une heure, Grayson et Nelle monteraient dans la Rolls-Royce vintage sur laquelle était accrochée la pancarte « *Just Married* ». Puis ce serait la fin du mariage, et elle aussi partirait. Le personnel du domaine lui avait garanti qu'ils s'occuperaient de guider les derniers invités et tout nettoyer, ce qui lui permettait d'être libérée de ses fonctions.

Mais libérée pour faire quoi ? Le seul employeur

qu'elle n'avait jamais eu se trouvait derrière les barreaux d'un pénitentiaire fédéral. Et puisqu'elle avait participé à son inculpation, il n'était probablement pas risqué de dire qu'elle ne recevrait aucune recommandation de sa part. Organiser ce mariage avait occupé ses pensées au cours de cette dernière année, mais cette période arrivait à sa fin.

Le vent agitait les pointes de ses cheveux, l'air frais passant à travers la dentelle et le satin de sa robe. Comme il n'y avait pas de chauffage d'extérieur à proximité, elle se rappela qu'ils étaient au mois de février. Elle reposa son téléphone avec l'intention de retourner sur la piste de danse quand elle entendit une femme mentionnant le nom de Grayson.

Finley regarda de l'autre côté de l'arbre. À quelques mètres de là, un couple s'embrassait, pensant assurément qu'ils étaient seuls dans ce coin. Ne voulant pas les déranger, ou devoir subir des questions sur la raison pour laquelle elle se cachait là, elle ne bougea pas.

L'homme se mit à rire.

— Bien sûr, Grayson est un gars super. Je suis vraiment heureux pour lui, surtout après ce qui s'est passé.

— Je n'ai pas vu l'ancien membre du Congrès, dit la femme qu'elle avait d'abord entendue, avec un ton un peu condescendant.

— Il aurait eu du mal à venir, vu qu'il est en prison, fit remarquer son compagnon en riant. De toute façon, je ne pense pas que ce soit une grande perte. Tu imagines si tu étais Grayson et que ton père était déclaré coupable de détournement de fonds ? Heureusement que la réputation de Grayson était déjà solide dans le milieu des sociétés de capital-risque. Sinon aucun investisseur ne lui ferait plus confiance.

Finley serra les poings, mais ne dit rien. La situation avec

Barrett était scandaleuse et sordide, mais triste. Grayson avait grandi en considérant son père comme un héros avant de découvrir que les pieds de Barrett étaient non seulement faits d'argile, mais étaient carrément pourris.

Elle ne pardonnerait jamais à Barrett pour ce qu'il avait fait à son fils.

— Grayson s'en sortira, mais je me pose des questions sur ses capacités de jugement, dit la femme. Je veux dire, vraiment, inclure sa sœur dans le mariage ? Alors qu'elle travaillait main dans la main avec leur père et devait être impliquée jusqu'au cou dans cette affaire de corruption ? Je me demande comment ils ont fait pour lui faire éviter la prison.

Ça faisait mal. Finley baissa les yeux et réalisa que ses ongles s'enfonçaient dans les paumes de ses mains.

— Il y a des règles pour les gens comme la famille Monk et d'autres pour les gens comme nous, dit l'homme en riant. Je suis déjà surpris que le père ait été attrapé. Allez, allons dire au revoir avant de retourner à l'hôtel.

Finley compta jusqu'à 30 avant de jeter à nouveau un coup d'œil derrière l'arbre. Le couple était parti. Elle frissonna, et sa chair de poule n'avait rien à voir avec la brise nocturne.

C'était une chose de comprendre que sa carrière était finie et que toutes les routes qu'elle aurait pu souhaiter prendre pour retourner à la politique étaient fermées. C'en était une autre d'entendre des personnes lambda confirmer qu'elle serait considérée avec suspicion où qu'elle aille. Même au mariage de son frère.

Mais au moins, ce couple n'avait pas montré de la pitié. Elle en avait assez de ces voix douces qui lui demandaient si elle allait bien. Assez de ces conversations à demi-mot et de ces regards pleins de sollicitude dans son dos, quand ses connaissances pensaient qu'elle ne pouvait pas les voir ou les entendre.

Elle les voyait et les entendait toujours.

Elle leva les yeux au ciel. Peut-être que les expressions sirupeuses et larmoyantes de condoléances permettaient aux autres personnes de se sentir mieux, mais en tant qu'objet de leur compassion, elles lui donnaient envie de vomir. Elle devrait retrouver ce couple et les remercier pour leur honnêteté.

Mais pour le moment, sa nouvelle belle-sœur devait retirer sa robe de mariée pour mettre une tenue plus confortable. Finley s'était portée volontaire pour s'assurer que la robe de Nelle irait à la teinturerie pendant que Grayson et Nelle seraient en lune de miel. Elle pourrait aussi en profiter pour vérifier si Nelle avait besoin d'autre chose.

Finley marcha d'un bon pas vers la grande porte en chêne de la boutique de souvenirs du domaine, qui menait plus loin aux salles privatisées pour l'occasion. La tête baissée, les yeux rivés sur son téléphone, elle tendit le bras pour ouvrir la porte qui s'ouvrit brusquement. Elle faillit se la prendre dans la figure et trébucha en arrière. Le talon de son escarpin gauche glissa sur une dalle flottante. Sa cheville se tordit tandis qu'elle perdait l'équilibre.

La douleur lui fit voir des étoiles. Elle agita les bras pour se rattraper à quelque chose, n'importe quoi. Elle ferma les yeux, anticipant son atterrissage imminent et violent.

— C'est bon.

Des bras forts l'entourèrent. Elle resserra les doigts sur la laine fine couvrant des biceps fermes tandis qu'elle retrouvait tant bien que mal son équilibre. Mais quand son pied gauche toucha le sol, la douleur traversa sa cheville et lui coupa le souffle. Elle resta dans les bras de son Bon Samaritain jusqu'à ce que l'élancement s'estompe assez pour que ses autres sens reviennent, faisant redescendre ses battements cardiaques et sa respiration à un rythme normal. Des mains chaudes la tenaient toujours, lui assurant qu'elle ne tomberait pas.

Après ce qui lui sembla être une éternité, alors que cela ne dura probablement que quelques secondes, Finley retrouva suffisamment son équilibre pour se redresser en ne s'appuyant que sur son pied valide. La douleur s'amenuisait alors qu'elle remuait ses orteils nus. La cheville avait juste été tordue, pas cassée ni même foulée. Elle souffla et se redressa avant de se tourner pour remercier la personne qui était venue à sa rescousse.

Elle eut de nouveau la respiration coupée.

Will.

- 3 -

Will vit la scène se dérouler au ralenti. La porte qui commençait à s'ouvrir. L'homme qui la poussait, la tête tournée vers la personne qui l'accompagnait au lieu de vérifier s'il y avait quelqu'un de l'autre côté. Finley, le nez dans son téléphone, qui se dirigeait droit vers une collision directe. Sa surprise en évitant de justesse d'être frappée par la porte en chêne. Son pied qui glissait et se tordait. Le souffle qu'elle retint alors qu'elle commençait à tomber.

Will était incapable de réfléchir. Il refusait de ressentir. Il ne pouvait que réagir. Son pouls battait dans ses oreilles, une percussion qu'il ressentait plus qu'il ne l'entendait.

Il la rattrapa.

La poitrine de Finley se gonflait et se dégonflait rapidement. Il se força à détourner le regard, soudainement conscient que la dentelle de sa robe ne cachait pas complètement le gonflement de ses seins et dévoilait la vallée entre eux.

— Ça va ? demanda-t-il d'une voix rauque.

Elle acquiesça, les yeux dans le vide. Utilisant son bras comme levier, elle se redressa. Elle repoussa une mèche de cheveux noirs tombée sur son visage avec sa main libre avant de se tourner vers lui.

— Je vous remer…

Son sourire de gratitude se figea. Elle lâcha son bras comme si elle venait de voir un panneau « Radioactif ».

Au cours de la dernière décennie, il avait souvent réfléchi

à ce qu'il dirait s'il tombait sur elle. Quelque chose de doux. De suave. Charmant, mais distant. Une phrase polie qui indiquerait fermement qu'il avait depuis longtemps tourné la page et qu'elle n'était plus qu'un lointain souvenir.

— Tu devrais voir un docteur pour ta cheville, dit-il d'une voix qui lui sembla haletante.

Ce n'était pas l'une des phrases qu'il avait imaginées pendant toutes ces années. Il réfléchissait déjà à ce qu'il allait dire ensuite. Peut-être « Salut, Finley, c'est sympa de te voir » ? Mais ce n'était pas sympa. « Sympa » était un mot qu'on utilisait quand on croisait un ancien voisin au supermarché. Quand une rencontre était « sympa », on n'avait pas la gorge serrée et les mains moites. Quand une rencontre était « sympa », on ne revoyait pas des images enfouies depuis longtemps prendre vie et être plus distinctes que jamais.

Elle secoua très légèrement la tête, mais il le remarqua. Puis elle se baissa et remit la chaussure qu'elle avait perdue. Quand elle croisa enfin son regard, elle sourit.

Si les sourires pouvaient geler quelqu'un, il se serait transformé en sculpture de glace.

— Merci pour ton conseil. Mais ce que je devrais faire ne te regarde pas.

Et cela n'avait jamais été et ne serait jamais le cas. C'était ce que sous-entendait son ton glacial.

— Bien sûr que cela me regarde. N'importe qui avec un minimum d'humanité s'inquiéterait. Peut-être que si tu avais un peu…

Il se retint de continuer sa phrase.

— Si j'avais un peu de… quoi ? D'empathie ?

S'il trouvait l'atmosphère froide jusqu'ici, maintenant il était en plein hiver éternel.

— Tu…

Elle serra ses lèvres rouge foncé quand Lauren les rejoignit.

— Bonsoir.

Sa sœur adressa à Finley un signe amical avant de passer sa main gauche dans le creux du coude de Will et se tourner vers lui.

— Désolée si je vous interromps, mais le groupe joue ma chanson préférée. Tu me dois une danse.

Le regard de Finley se posa sur la bague de fiançailles et l'alliance, avec un solitaire à la taille et la brillance exceptionnels, même dans la pénombre. Il afficha un sourire crispé.

— Excellente idée. Allez donc danser tous les deux.

— Finley, voici Lauren. C'est ma…

Finley leva la main droite pour l'empêcher de poursuivre.

— Merci pour ton aide. Profite bien du reste de ta soirée.

Elle fit un petit signe de tête à Lauren et son sourire faiblit avant de réapparaître, plus petit, mais plus sincère.

— Amusez-vous bien. Maintenant, si vous voulez bien m'excuser, je dois aller m'occuper de la mariée.

Elle se retourna, toujours un peu chancelante sur son pied gauche, et ouvrit brusquement la porte de la boutique de souvenirs.

— Va faire examiner cette cheville, lui lança-t-il.

Elle ne montra pas qu'elle l'entendit. La porte claqua derrière elle.

Lauren croisa les bras sur sa poitrine.

— C'était quoi ça ?

Il haussa les épaules en espérant que sa sœur n'interpréterait pas cela comme de la nonchalance. Ce n'était pas parce qu'il peinait à formuler des mots qu'il parvenait mieux à analyser les émotions qui le tourmentaient.

— Tu ne m’avais pas dit que le marié était le fils de Barrett Monk.

Finley n’avait jamais parlé de son frère. D’un autre côté, il était presque sûr de n’avoir jamais mentionné Lauren ou son autre sœur.

Ils devaient se libérer de leurs devoirs respectifs pour se voir. Ils ne passaient pas leurs rares moments volés ensemble à discuter des membres de leurs familles.

— Pourquoi aurais-je dû le faire ? demanda Lauren en le regardant comme si une troisième oreille avait poussé au milieu de son front. L’histoire était dans tous les journaux. Je suis déjà allée chez toi et je sais que tu ne vis pas dans une grotte.

— Peu importe.

S’il poursuivait cette conversation, Lauren risquait de lui poser des questions auxquelles il n’était pas d’humeur à répondre.

Il n’avait jamais parlé de cet été-là à sa famille. Lauren était alors au lycée et vivait ses propres histoires d’adolescente. Et comme au début il n’arrivait pas à croire que quelqu’un comme Finley soit avec lui, il ne voulait pas se porter la poisse en le disant à tout le monde. Plus tard, il avait réalisé que cette relation avait été une erreur dès le départ et qu’il n’y avait aucune raison de raconter à quiconque ce qui lui était arrivé.

— Tu as parlé de danser ?

— La chanson est presque finie maintenant, mais je veux bien un autre verre de vin.

— Ça marche. Allons au bar.

Mais tandis qu’il suivait Lauren dans la foule, le parfum de grenade et d’épice, le parfum de Finley, chaud et riche, qui lui était propre, ne le lâchait pas, libérant d’autres souvenirs qu’il pensait depuis longtemps perdus. Plus tôt il quitterait ce mariage, et la Californie, plus tôt il pourrait renvoyer son passé derrière lui et se concentrer sur son avenir.

La nuit allait être longue.

Finley marqua une pause devant la pièce réservée à Nelle et prit le temps de se recoiffer, défroisser sa jupe et calmer les battements de son cœur. Au toucher, ses joues semblaient fraîches, donc avec un peu de chance, elles avaient retrouvé une couleur normale. Elle ne pouvait rien faire pour sa vue, qui était toujours brouillée par le gigantesque diamant et l'alliance en platine au doigt de la femme qui accompagnait Will.

Elle frappa à la porte et attendit le « Entre ! » joyeux de Nelle avant de s'avancer et s'asseoir sur la chaise la plus proche, cachant sa cheville gauche derrière la droite.

Nelle était assise devant la coiffeuse. Elle ne portait plus son chignon de mariée et brossait les dernières boucles. Elle s'était déjà changée et portait un pantalon gris et un pull marine que Finley l'avait souvent vue porter avant… probablement parce qu'il s'agissait d'un cadeau de Grayson.

Nell croisa le regard de Finley dans le miroir et sourit.

— Coucou. Tu es en avance.

Finley jeta un coup d'œil à la robe de mariée de Nelle, soigneusement posée sur le canapé près de la coiffeuse.

— On dirait plutôt que je suis en retard. As-tu eu du mal à retirer ta robe ?

Nelle secoua la tête et pivota pour faire face à Finley.

— Yoselin m'a aidée. Elle vient de partir, dit-elle en faisant référence à sa demoiselle d'honneur. Et tu arrives parfaitement au bon moment. Je voulais avoir quelques minutes seule avec toi.

Finley leva les yeux vers le plafond.

— Je m'attendais à des bêtises sentimentales de la part de Grayson. Mais toi, Nelle ? Je suis déçue.

— Même les bonnes fées doivent être remerciées.

Cela fit rire Finley.

— Je ne suis pas une bonne fée. Si je pouvais faire disparaître les problèmes d'un coup de baguette magique, je commencerais par les miens.

Et elle savait exactement ce qu'elle supprimerait en premier. La partie de son esprit qui gardait obstinément des souvenirs de Will, malgré tous les efforts qu'elle pouvait déployer pour les effacer.

Ses doigts gardaient les marques de Will. Le doux toucher de la laine fine de sa veste. Ses épaules incroyablement larges. Les muscles fermes de ses bras tandis qu'il la tenait. Le…

Trop tard, elle réalisa que Nelle était en train de parler.

—… doute que quelqu'un qui aurait une baguette magique aurait pu organiser une journée plus merveilleuse pour Grayson et moi. Honnêtement, quels que soient les mots que j'utiliserais pour te remercier, ils ne seront jamais suffisants.

Les yeux de Nelle brillaient et Finley baissa les siens.

L'une des choses qu'elle appréciait le plus chez sa nouvelle belle-sœur, c'était sa capacité à rester calme quand les situations devenaient tendues, au moins en présence de Finley. Voir Nelle se transformer en fontaine était nouveau pour elle, et même si elle se disait qu'on devrait payer des indemnités aux femmes le jour de leur mariage, elle n'était pas prête à affronter les émotions des autres. Pas après avoir croisé Will Taylor. Pas quand elle luttait pour garder le contrôle sur ses propres émotions et qu'elle avait envie de hurler tant c'était difficile.

Son regard atterrit sur la minuscule tache de sang

devenue brune sur son corsage en dentelle crème. Nelle ne savait pas comme la journée avait été catastrophique, en tout cas pour elle. Elle se redressa sur sa chaise et regarda Nelle dans les yeux.

— Ne t'avise pas de pleurer. J'ai renvoyé la maquilleuse chez elle et tu as encore des photos à faire dans la voiture.

Nelle se mit à rire, renifla et tamponna délicatement la zone sous ses yeux.

— Promis.

— Bien. Parce que j'ai loué une Rolls-Royce et les taches de mascara sont une vraie galère à retirer sur du cuir vintage.

— En parlant de location…

Nelle se leva et se plaça devant Finley. Elle avait une enveloppe blanche à la main.

— C'est pour toi.

L'estomac de Finley se noua, et pour une fois aujourd'hui, ce n'était pas à cause de Will.

— Je ne… j'étais heureuse d'organiser le mariage. En fait, vous m'avez rendu service en me laissant le faire. Mais je n'ai pas besoin de ton argent ou de celui de Grayson… ça ira…

— Je n'en doute pas, dit Nelle en se laissant tomber dans le fauteuil à côté du sien. Tu es Finley Smythe.

Même si son estomac était toujours noué, elle réussit à afficher son emblématique sourire en coin.

— Exactement.

— Mais… (Nelle lui retendit l'enveloppe.) Même toi tu as le droit de voyager. Et je ne parle pas d'une voiture avec les mots « *Just Married* » écrit sur le pare-brise arrière.

Finley regarda l'enveloppe et se leva pour aller récupérer la robe de mariée et s'empresser de partir, mais elle se rassit quand sa cheville protesta.

— J'ai déjà réservé un moyen de transport pour ce soir, merci, dit-elle en sortant son téléphone et regardant l'écran. Et en parlant de voyage, il est presque temps pour toi et Grayson de partir. Tu es prête ? Tu as tout ce qu'il te faut ?

Elle ouvrit l'application de messages et commença à en rédiger un pour le personnel du domaine pendant qu'elle continuait sa conversation avec Nelle.

— Laisse-moi vérifier que le chef a bien préparé un repas à emporter pour toi et Grayson. Vous n'avez pas assez mangé…

Nelle posa sa main sur celle de Finley, l'empêchant de continuer à bouger. Finley adressa à Nelle un regard impérieux, mais elle ne bougea pas sa main.

— Quoi ? demanda Finley.

— Le mariage, les… (Nelle agita sa main libre.) Les événements de l'année qui vient de passer. Malgré tout, tu as toujours fait passer Grayson et moi en premier.

Finley fronça les sourcils et ouvrit la bouche pour protester.

Nelle l'en empêcha en secoua fermement la tête.

— J'ai appris qu'il y a en fait un humain sous ton costume de requin, alors ne me fais pas ce regard de piranha tueur.

— Les piranhas sont des poissons, pas des requins. Et à l'évidence, mon regard ne fonctionne pas, sinon ma main ne serait pas encore piégée sous la tienne.

— Désolée.

Nelle n'avait absolument pas l'air désolé, mais elle libéra les doigts de Finley.

— Tu cherches toujours un moyen de prendre soin de nous. Et nous l'apprécions, plus que nous pouvons le dire. Mais qui prend soin de toi ?

Les paroles douces de Nelle résonnèrent dans le silence qui suivit. Finley s'enfonça dans son fauteuil, clouée par l'intensité du regard de sa belle-sœur. Dommage qu'il y ait sa cheville. Sinon, elle serait déjà loin. Loin des questions de Nelle, loin des fantômes du passé qui se matérialisaient de manière bien trop concrète, loin de ce qui lui rappelait que les choix qu'elle avait faits consciencieusement dans sa vie s'étaient soldés par un échec.

— Je n'ai besoin de personne. Évidemment.

— Je n'ai pas dit que tu en avais besoin. Je sais que tu es plus que capable de te débrouiller toute seule. Laisse-moi te poser la question autrement : que vas-tu faire maintenant que le mariage est passé ?

— Aller à l'hôtel, prendre un bain chaud et boire une bonne bouteille de vin.

Elle jeta un nouveau coup d'œil à son téléphone. Le panier-repas pour les jeunes mariés était prêt dans la voiture. Encore une case qu'elle pouvait cocher sur sa liste.

— Et dès que Grayson et toi aurez décollé, je pourrai mettre mon plan à exécution. Prête ?

Nelle resta assise.

— Et quand l'eau du bain sera froide et la bouteille vide ? Que vas-tu faire la semaine prochaine ? Le mois prochain ? L'année prochaine ? Quels sont tes objectifs, maintenant que ta carrière a été stoppée en plein vol ?

— Je vois que tu as beaucoup appris depuis notre première rencontre. Direct à la jugulaire. Bien.

Nelle lui sourit.

— J'ai eu le meilleur des professeurs, répondit-elle en agitant l'enveloppe. Je pensais ce que je t'ai dit. Les mots ne peuvent exprimer combien nous te sommes reconnaissants. Mais peut-être que ce cadeau le fera.

Finley finit par prendre l'enveloppe.

— Je te jure que si c'est de l'argent…

Elle l'ouvrit.

Elle ne contenait pas de billets ni de chèque. Au lieu de cela, elle en sortit des morceaux de papier. Ce qui ressemblait à une carte, des codes de sécurité et des instructions pour…

Elle regarda Nelle. Sa belle-sœur affichait un immense sourire.

Finley haussa les sourcils.

— Tu m'offres votre lune de miel ? Je veux dire, je vous adore, mon frère et toi, mais tu ne penses pas que je serai un peu de trop ?

— L'une de nos lunes de miel, la corrigea Nelle. Grayson m'a fait un cadeau de mariage surprise il y a quelques jours. Nous allons à Masaai Mara au Kenya. Ce qui fait que ce billet est disponible. Et on a tous les deux pensé que tu devrais prendre notre place.

Les mots devinrent flous sur le papier.

— Mais…

— Pas de « mais ». Tout est arrangé. Deux semaines à te faire dorloter dans le luxe sans personne pour t'embêter ni rien à faire d'autre que profiter. Et tu peux inviter un ami.

Finley ignora cette précision. Les seules personnes avec qui elle aurait pu envisager de partager de telles vacances partaient en lune de miel en Afrique. Et de toute façon, elle n'avait pas décidé de partir.

— C'est très gentil à vous, mais je ne peux pas…

— Tu ne peux pas quoi ? Rater le travail ? Il semblerait que ce ne soit pas un problème.

— Je t'ai trop bien enseigné ça aussi, marmonna Finley. Dur, mais vrai.

— Je suis désolée. (Cette fois, ses excuses semblaient sincères.) Mais Fin, s'il te plaît, nous voulons faire quelque chose pour toi. Et on a pensé que tu apprécierais une occasion de décompresser et prendre du recul. L'attention des médias et le regard insistant des gens ont été très lourds à supporter pour Grayson et moi par moments. On imagine comme cette année a dû être dure pour toi.

Parce que tout le monde pense que tu étais impliquée dans la corruption de Barrett puisque tu étais gestionnaire de sa campagne et cheffe du personnel.

Nelle n'eut pas besoin de le dire. Finley l'entendit très bien. Elle pouvait supporter les moqueries d'inconnus. La pitié de la part de connaissances était désagréable, mais elle pouvait faire avec. Nelle et Grayson étaient désolés pour elle… et ça, c'était insupportable.

— Je ne peux pas accepter, finit-elle par dire en se levant, mettant tout son poids sur son pied indemne. J'apprécie votre intention. Mais je n'ai pas besoin de décompresser.

Elle rendit les papiers à Nelle.

Cette dernière se leva et posa les imprimés sur son fauteuil.

— Même les requins ont besoin de repos.

— C'est à ça que servent les bains chauds et le vin.

Finley parvint à aller jusqu'au canapé pour prendre la robe de mariée sans trop boiter.

— Je vais déposer la robe en lieu sûr, puis je vous retrouve à la voiture.

— Si tu changes d'avis…

— Ça n'arrivera pas.

— Si c'est le cas, continua Nelle, imperturbable, tu retrouveras tous les renseignements dans ta boîte mail.

— On se retrouve dans un quart d'heure.

Finley sortit, la robe dans les bras. Le besoin de protéger cette pièce délicate lui donnait une bonne excuse pour marcher avec précaution.

Finley avait trois règles dans la vie : ne jamais laisser les autres la voir autrement qu'au meilleur de sa forme, ne jamais réagir quand quelqu'un marquait un point en frappant l'un de ses points faibles et ne jamais regarder en arrière, toujours droit devant.

Elle les avait toutes enfreintes au cours de ces cinq dernières heures.

Elle *détestait* les mariages.

- 4 -

Finley n'eut pas son bain chaud ni sa bouteille de vin. Les questions de dernière minute du personnel la gardèrent au domaine longtemps après le départ des invités. Quand elle arriva enfin à sa chambre d'hôtel, elle avait juste assez d'énergie pour mettre de la glace sur sa cheville (même si c'était plusieurs heures après son « accident ») et s'écrouler dans le lit.

Les rayons du soleil qui passaient par la fenêtre – puisqu'elle avait oublié de tirer les rideaux – la réveillèrent avant qu'elle n'ait eu ses huit heures de sommeil réglementaires. Elle cligna des yeux et s'assit, d'abord trop ensommeillée pour se souvenir d'où elle était. Puis les souvenirs de la soirée affluèrent et elle se laissa retomber sur les oreillers.

Tous les souvenirs n'étaient pas mauvais. Elle n'avait jamais vu son frère aussi heureux. L'adjectif « heureux » n'était pas suffisant pour décrire son expression quand il regardait Nelle. Et les yeux de cette dernière débordaient d'amour et de plaisir. À eux deux, ils réussirent presque à faire réfléchir Finley sur le fait que les fins heureuses existaient peut-être en dehors des contes de fées.

Presque.

Parce qu'avec ses souvenirs de Grayson et Nelle qui s'éloignaient dans leur béatitude amoureuse arriva la sensation des bras de Will autour de son corps : chauds, vigoureux et solides comme de l'acier. Son parfum inoubliable, riche et boisé. Le mépris dans sa voix quand il lui avait assuré qu'il ne l'avait aidée que parce qu'il était humain, sous-entendant que ce n'était pas son cas.

La personne qui accompagnait Will, sa main gauche possessive sur son bras et portant des bagues énormes preuves de leur union.

Finley se débarrassa des couvertures. Elle devait se préparer pour attaquer sa journée. Attaquer sa nouvelle vie, même. Nelle avait raison sur un point la veille : elle s'était plongée à corps perdu dans l'organisation de la cérémonie et de la réception. Et même si elle avait excellé dans cette tâche, elle reconnaissait qu'elle l'avait utilisée comme distraction. Tant qu'elle était débordée avec les plans de table, les négociations avec le traiteur et le contrat avec le groupe de musique, elle avait pu éviter de réfléchir à l'avenir.

Jusqu'à ce matin.

Elle prit son téléphone sur la table de chevet et commanda son petit déjeuner au room-service. Puis elle attrapa sa trousse de toilette et se dirigea vers la salle de bains pour prendre une bonne douche en attendant que sa commande arrive. Puisque les gens aimaient la comparer à un requin, elle n'avait qu'à se comporter comme l'un d'eux et nager droit devant, sans jamais regarder en arrière.

Le soleil brillait alors que la pluie était annoncée sur la côte Ouest dans l'après-midi. Les météorologues de la télévision lançaient des alertes inquiétantes concernant « la tempête du siècle ». Mais Finley avait grandi en Californie et elle savait bien qu'on attribuait des termes exagérés à presque tous les événements météorologiques simplement parce que, dès que le temps n'était pas ensoleillé, c'était inhabituel. Et ce genre de gros titres marchaient bien pour les statistiques. Elle s'habilla sans écouter les prédictions avec une longue jupe vaporeuse et un pull fin avec un col en V. Quand le room-service frappa à la porte, elle demanda au serveur de laisser le chariot en terrasse pour apprécier au mieux les rayons chauds.

Les œufs étaient préparés à la perfection, le jus d'orange fraîchement pressé et le bacon bien croquant. Son humeur s'allégeait à chaque bouchée. Et alors ? Qu'est-ce que ça faisait si Barret était dans un établissement pénitentiaire et son nom traîné dans la boue ? La boue, ce n'était que de la terre et de l'eau après tout. Elle pouvait être nettoyée. Finley était bonne dans son travail et avait une expérience inestimable dans le milieu du pouvoir à Washington. D'ailleurs, le scandale de Barrett avait disparu depuis longtemps des journaux du soir et des émissions comiques de la nuit, et son histoire était remplacée par d'autres affaires plus ou moins sordides. Elle commença à dresser une liste de gens à appeler pour prévoir d'aller boire un café ou un verre…

Son téléphone sonna. Elle fronça les sourcils. Grayson et Nelle devaient être en train de profiter de leur vol en première classe pour passer quelques jours à Londres avant de partir pour Nairobi, et elle ne voyait pas qui d'autre pouvait l'appeler si tôt. Un coup d'œil à l'écran lui révéla qu'il s'agissait de Sadiya Khan et sa mine se renfrogna davantage. Elle répondit.

— S'il te plaît, dis-moi que tu appelles pour avoir les cancans sur le mariage.

— Tu savais que Barrett avait eu une aventure avec la femme du sénateur O'Donnell ? Ou plutôt sa future ex-femme ? lui demanda son avocate sans préambule.

— Quoi ? Non.

Soudainement, son petit déjeuner s'agita dans son estomac. Le sénateur O'Donnell était mêlé à un scandale de délit d'initié qui faisait passer la fraude de Barrett pour le casse d'une tirelire par un enfant de cinq ans.

— Pourquoi ai-je le sentiment qu'il y a une deuxième partie à votre question ?

Sadiya soupira.

— Erica O'Donnell a écrit un livre.

— Ça arrive. Et…

— Elle essaie de faire monter les enchères parmi les éditeurs. On a appris de source sûre que tu apparaissais dans le manuscrit.

Finley se rassit sur sa chaise.

— Pourquoi serais-je dans le livre d'Erica O'Donnell ? Je crois que nous avons dû parler quoi… deux fois peut-être ? au cours des dix dernières années.

— Elle affirme que c'est toi qui as réuni les membres du cercle de délit d'initié avant de communiquer à la presse sur l'implication de son mari.

— Quoi ?

Finley éloigna le téléphone de son oreille, le fixa avec incrédulité, puis le rapprocha.

— Comment… c'est absolument grotesque… Pourquoi aurais-je fait ça ?

Sadiya soupira à nouveau.

— Selon elle, tu étais contrariée parce que le sénateur O'Donnell était favori pour la nomination à la présidence, et tu voulais ruiner sa carrière politique.

Une grosse boule froide s'installa dans l'estomac de Finley. Elle ne savait pas trop si elle était due à la rage, la frustration ou un mélange des deux.

— C'est ridicule. Pourquoi me soucierais-je de la nomination d'O'Donnell…

— Selon elle, tu voulais que Barrett soit nommé, alors tu as tiré les ficelles en coulisse. Mais Barret a refusé de défier le sénateur parce qu'il ne voulait pas qu'Erica soit touchée si leur relation était dévoilée au grand jour. Alors il a préféré annoncer son retrait du Congrès…

— Attends, quoi ?

Finley cligna plusieurs fois des yeux en espérant que cela l'aiderait à intégrer ce qu'elle venait d'entendre.

— Barrett s'est désisté pour des raisons de santé.

— Pas d'après Erica. Ce serait un acte chevaleresque pour protéger sa réputation. Pour vous venger, vous avez exercé une campagne de terre brûlée et attirer l'attention sur la fraude de Barrett tout en citant les O'Donnell dans leur délit d'initié. Elle entre dans les détails…

La boule dans le ventre de Finley était clairement mue par la rage. Le monde se transforma en une sorte de brouillard blanc avec un cadre rouge.

— C'est la plus atroce, scandaleuse, calomnieuse…

— Nous allons arranger ça, affirma Sadiya sur un ton calme qui transperça le brouillard qui entourait Finley. Elle fait des déclarations encore plus extrêmes sur d'autres personnes.

— Plus extrêmes ?

Quelque chose vibra contre l'oreille de Finley qui réalisa que c'était son téléphone à cause des tremblements de sa main.

— J'ai du mal à croire que c'est possible, ajouta-t-elle.

— Elle balance des saletés dans toutes les directions pour voir où elles vont s'accrocher.

— Et elle sait qu'elle s'accrochera sur moi, à cause du scandale de Barrett.

Finley sentit son nez et ses yeux la picoter. Elle déglutit et retint ses larmes. Elle ne donnerait pas à Erica O'Donnell la satisfaction de la faire pleurer, même si c'était de rage et que personne ne pouvait la voir.

— Ce que sait Erica, c'est qu'elle est mouillée jusqu'au cou dans la même affaire que son mari et risque une bonne période en prison. Elle crée des diversions en espérant envoyer les enquêteurs et la presse vers des pistes futiles.

— Tu sais comment fonctionnent les médias, dit Finley. Ils écrivent d'abord les gros titres et ne se rétractent que si on les y force plus tard.

— Pas tous. Mais certains sont comme ça, oui.

Normalement, Finley appréciait l'approche pragmatique et directe de Sadiya. Mais parfois, comme maintenant, elle aurait apprécié qu'on enjolive un peu la vérité, juste pour la rassurer. Un gros poids invisible pesa sur ses épaules.

— Dois-je en conclure que je vais devoir affronter un tsunami de journalistes ? Encore une fois ?

Sadiya resta silencieuse un instant.

— Je discute avec les meilleurs avocats du pays spécialistes en diffamation. Tu seras lavée de tous soupçons. Mais pour le moment…

Finley ferma les yeux. Elle regrettait d'avoir avalé son jus d'orange. L'acide citrique creusait des trous dans son estomac.

— Mais pour le moment, je dois me préparer à l'impact.

— C'est mon conseil.

— D'accord.

Finley prit une profonde respiration, contente que Grayson et Nelle soient à l'étranger et difficiles à contacter pendant le mois à venir. Ils devraient pouvoir profiter de leur lune de miel sans avoir à gérer un nouveau scandale balancé sur leur famille.

Quant à elle, elle survivrait. Elle avait supporté le cirque de la presse quand Grayson avait renoncé à sa course au Congrès. Elle avait survécu au premier round de harcèlement constant des médias quand Barrett avait été accusé de fraude, et au deuxième round, encore plus violent, pendant son procès. Cette fois, c'était simplement Erica O'Donnell qui essayait de susciter l'intérêt pour ce qui était assurément une fiction sensationnelle, écrite à la hâte pour se faire de l'argent avant de se retrouver, elle aussi, en prison.

— Nous mettrons le holà aussi vite que possible, dit Sadiya. Pendant ce temps…

— J'évite de défoncer une banque et d'attirer davantage l'attention. Compris.

Elle regarda le jardin verdoyant qui séparait son bungalow des autres. Il faisait toujours un temps magnifique. Plusieurs clients profitaient de ce rayon de soleil éphémère en prenant leur petit déjeuner sur leur terrasse privée. Ces chanceux n'avaient probablement aucun souci plus important qu'une partie de golf ou la visite des domaines du coin. Des gens comme…

Will.

Elle se figea. Non, elle n'avait pas invoqué son image. C'était Will sur la terrasse juste en face de la sienne, séparés par une simple bande d'herbe verte et d'une haie de rosiers.

Si elle pensait que Will était plus attirant que n'importe quel être humain dans son costume la veille, ce n'était rien comparé à Will dans un T-shirt qui moulait ses épaules larges et des pectoraux impressionnants. Son cerveau ne put s'empêcher de remarquer que c'était nouveau. Un jean usé cachait ses hanches étroites et ses cuisses puissantes. Il portait deux tasses de café et, par chance, ne regardait pas dans sa direction… parce qu'il parlait à la femme qui l'accompagnait déjà la veille, qui riait et lui tapait affectueusement l'épaule.

— Finley ? Je t'ai perdue ?

— Je suis là.

Finley faillit trébucher dans le fauteuil dans sa hâte de rentrer dans sa chambre et ferma les rideaux avant que Will ne puisse la voir le fixer avec la bouche à moitié ouverte comme une adolescente bavant devant son idole à son premier concert.

Ce n'était pas qu'elle craignait que Will la voie, manifestement seule et de mauvaise humeur au téléphone. Pas du tout.

Non, elle était juste rentrée parce qu'elle avait appris qu'il valait mieux ne donner aucune matière à la presse quand elle était aux abois. Et à ce qu'elle savait, les journalistes se dirigeaient déjà vers l'hôtel. Le mariage de Grayson et Nelle n'avait pas exactement été secret, quiconque avec un certain talent pour les recherches sur Internet serait capable de trouver la localisation, et s'ils ne rôdaient pas encore dans le coin, ce n'était qu'une question de minutes.

— Désolée, continua-t-elle en refermant la porte-fenêtre.

Elle coinça son téléphone entre son épaule et son oreille, puis ouvrit sa valise et y jeta ses vêtements sans prendre soin de les plier.

— J'ai décidé d'être multitâche et de faire mes bagages tout en discutant.

— Bonne idée. Je ne sais pas qui d'autre a été mis au courant pour le livre. Et quoi qu'il en soit, cette histoire sera bientôt rendue publique.

Finley l'entendit prendre légèrement sa respiration, ce qui voulait dire que Sadiya pesait chaque mot qu'elle prononçait.

— Veux-tu que j'appelle notre agence de sécurité ? Je peux t'envoyer des gardes du corps en quelques heures.

Finley s'arrêta de décrocher les vêtements de la penderie et s'écroula sur le lit.

— Tu penses que j'en ai besoin ? Sérieusement ?

— Le sénateur O'Donnell est populaire auprès d'une certaine partie de la population qui aime faire des menaces sur les réseaux sociaux. Ce n'est qu'une précaution, s'empressa d'ajouter Sadiya. Tu n'en as pas reçu à ce que je sais. C'est juste pour anticiper.

— Attends une minute.

Non, elle ne voulait pas de gardes du corps. Elle refusait d'être comme une prisonnière chez elle, principalement parce qu'elle résidait actuellement dans une villa sur la propriété de Barrett, à trois heures de route au sud-est de Bay Area. Son beau-père était en mauvaise santé même avant son inculpation, et Finley s'était installée ici pour superviser ses soins médicaux. Elle avait sous-loué son appartement de Washington et n'avait jamais cherché un autre logement.

Trop de souvenirs. Trop de gens en colère contre elle. Finley savait qu'elle avait fait ce qu'il fallait en prévenant les autorités pour la fraude de Barrett, mais d'autres la voyaient comme une traîtresse. Une renégate. Une fille ingrate envers l'homme qui avait épousé sa mère et l'avait recueillie alors qu'elle n'avait que trois mois. Lui qui lui avait donné le nom de la famille Monk, nom important dans le paysage politique californien depuis des générations. Pour eux, elle était la vipère au sein de la famille, celle qui avait fait tomber une dynastie et détruit non seulement son beau-père, mais aussi la carrière politique prometteuse de son frère. Il leur était égal de savoir que Grayson avait choisi délibérément de renoncer à sa course au Congrès.

Elle éloigna le téléphone de son oreille et ouvrit son application de mails. Elle commença à les faire défiler. Oui. Comme prévu, Nelle avait envoyé à Finley tous les renseignements dont elle avait besoin. Elle lui avait même promis que des vêtements appropriés l'attendraient sur place puisque, comme elle l'avait fait remarquer : « [Sa] garde-robe habituelle ne conviendrait pas ».

Finley replaqua le téléphone contre son oreille.

— J'ai une meilleure idée.

Will observa Finley rentrer discrètement dans sa suite et fermer la porte derrière elle, son petit déjeuner presque intact sur la table. Il espérait qu'il n'était pas la raison pour laquelle elle avait ressenti le besoin d'abandonner son repas avant de secouer la tête pour remettre à sa place son ego. Il ne représentait rien pour Finley Smythe, sauf peut-être une mauvaise odeur persistante quelque part dans son passé.

Au moins, elle semblait tenir sur sa cheville, même s'il n'avait pas particulièrement fait attention à cette partie de son anatomie. Quand il clignait des yeux, l'image des hanches arrondies et des longues jambes de Finley, révélées par la lumière du soleil qui passait à travers sa jupe fine, était gravée à l'intérieur de ses paupières.

— Tour de contrôle à Will, dit Lauren en agitant sa main devant le visage de son frère. Tu m'entends ?

— Désolé.

Il avait passé assez de temps à penser à Finley. Pourtant, son regard ne voulait pas quitter l'endroit où il l'avait vue pour la dernière fois.

— Tu disais ?

— Je pensais à l'émission. Tu es *sûr* de vouloir la faire ?

— Pourquoi ?

— C'est juste que…

Lauren se mordit l'intérieur de la joue, une habitude qu'elle avait depuis l'enfance et qui trahissait sa nervosité.

— Une émission de télé… cela semble si… public.

— Bien sûr que c'est public. C'est du marketing.

— Ouais, mais l'émission est sur toi.

— Pas juste moi.

— Alors tu pourrais décider de ne plus participer et ils continueraient le projet ?

Will but son café en réfléchissant à ce qu'elle venait de dire.

— Screenweb a acheté l'émission en se basant sur ma participation à la première saison. Sans moi, ils ont dit que ce serait une émission de dating comme tant d'autres, et ça ne les intéressait pas. Si je n'apparais pas, non, ils ne continueront pas. Mais le but est de séduire les spectateurs et faire en sorte que l'émission se poursuive pendant plusieurs années.

— Ce qui n'arrivera pas si tu ne trouves pas quelqu'un, fit remarquer Lauren. Le monde entier aura les yeux rivés sur toi. Si tu ne finis pas par te marier avec la personne que l'application aura désignée pour toi, quelle qu'elle soit, cela sera une mauvaise nouvelle pour la série, mais aussi pour EverAftr. Dis-moi que tu as bien réfléchi à ça.

Il avait passé des nuits entières sans dormir à y réfléchir.

— Notre algorithme associe des personnes en se basant non seulement sur leurs goûts, mais aussi sur leurs forces, leurs faiblesses et leurs styles de communication. C'est pour ça que nos clients ont autant de réussite. Il n'y a pas de raison pour que ça ne marche pas pour les gens à l'écran, dit-il en souriant. Doutes-tu de mon travail ?

— Bien sûr que non.

Lauren leva sa main gauche, ses bagues reflétant la lumière du matin.

— Reid et moi sommes la preuve que ton travail est brillant. Mais là, on ne parle pas de rencontrer quelqu'un en toute intimité sur une appli de rencontre. C'est un risque.

— Tu sais que les questionnaires et les tests sont approfondis et vérifiés. J'ai été clair sur mes préférences.

Il les avait corrigées après avoir revu Finley. Il avait insisté sur la constance, la stabilité et la fiabilité dans ses réponses ; toutes ces choses que Finley avait prouvé ne pas posséder.

— Si tu le dis.

Lauren ne semblait pas convaincue.

— On dirait que tu ne crois pas au discours que nous avons préparé pour la presse. Voilà une raison de plus : Ji-Hoon fait partie des producteurs.

La bouche de Lauren forma un O. Ji-Hoon était un ancien voisin de leurs parents et avait été l'un des premiers soutiens de Will. Il l'avait aidé à dégoter son premier job dans la technologie et plus tard l'avait présenté à des gens qui étaient devenus ses futurs partenaires d'affaires. Quand Will avait commencé à explorer l'idée qui avait donné naissance à EverAftr, Ji-Hoon lui avait fourni le capital initial.

— Comment va-t-il ? Cela fait longtemps que je ne lui ai pas parlé. Il faudra que je l'appelle.

— La dernière série de chimiothérapie a été dure, mais il s'accroche. Et il est ravi de revenir dans la partie, comme il dit.

Ji-Hoon avait essayé de faire carrière dans le cinéma et la télévision quand il était jeune, mais les rôles pour les hommes asiatiques étaient rares et difficiles à remporter. Il était retourné dans l'Illinois et avait finalement connu la réussite en tant qu'agent immobilier, sans jamais oublier son rêve de marquer l'industrie du show-business. Maintenant, Will avait l'occasion de lui rendre la pareille en lui permettant de produire l'émission.

— Et nous avons posé une condition sur la vente du concept à Screenweb. Ils s'associeront à des associations caritatives pour empêcher la violence conjugale et diffuser une campagne de prévention avant chaque épisode. EverAftr destine 15 % de ses revenus à ces organisations.

— Tu aurais pu commencer par ça.

Lauren se laissa tomber dans le fauteuil le plus proche et sortit son téléphone, comme pour lui indiquer qu'elle avait fini d'argumenter avec lui.

— Maintenant, tu sais.

Il salua Lauren avec son mug, puis le posa sur la table basse à côté d'elle.

— Un long trajet jusqu'à Los Angeles m'attend. Je devrais retourner dans ma chambre pour faire mes bagages. Merci pour le café.

Elle leva les yeux.

— Passe par l'arrière-pays. Ce n'est pas aussi joli que la côte, mais c'est plus rapide.

— Je vis à Chicago où le mois de février est sombre et froid. Je ne vais pas rater une opportunité de contempler l'océan.

— Ils annoncent une grosse tempête, l'avertit Lauren. Je suis contente que mon avion décolle avant l'heure à laquelle la pluie est censée commencer à tomber.

— Tu as oublié que j'ai travaillé à Santa Monica pendant quelques années. Les prévisions météo en Californie me font bien rire.

— Sois juste prudent sur la route.

Il l'embrassa sur le haut de la tête.

— Je devrais être de retour à temps pour te dire au revoir avant que tu ne partes pour l'aéroport. Mais si je devais te rater, amuse-toi bien à Tokyo. Passe le bonjour à Reid.

Il partit en riant doucement. La pluie de Chicago était glaciale en février. Et si ce n'était pas de la pluie, c'était de la neige fondue. Et si ce n'était pas de la neige fondue, c'était de gros flocons. Alors une petite averse californienne, c'était de la blague.

Quelques heures plus tard, les mains serrées sur son volant tandis qu'il essayait de voir la route à travers son pare-brise où les essuie-glaces bougeaient à grande vitesse sans grand résultat, il ne riait plus.

- 5 -

Finley essaya de dégager les cheveux de ses yeux, mais les mèches mouillées restaient plaquées contre sa peau. Pourquoi était-ce ce jour-là que les prévisions météo étaient justes ? Elle frissonna. La jupe et le petit pull qu'elle avait mis le matin la protégeaient peu du vent glacial et de la pluie battante.

Au moins, elle avait trouvé le ranch de Running Coyote. Pas trop tôt. Le trajet de six heures initialement prévues de Napa à Santa Barbara en avait finalement duré neuf à cause du temps. Elle aurait aimé arriver avant le coucher du soleil, mais là, le ciel était complètement noir, la lune et les étoiles cachées par les épais nuages. Comme la pluie l'empêchait de bien voir, elle avait avancé avec une grande prudence sur la route étroite du canyon. Après un temps qui lui avait semblé interminable depuis qu'elle avait quitté l'autoroute, elle avait atteint le sommet de la colline et emprunté une large allée circulaire. Elle était sortie de la voiture et avait posé les pieds dans une flaque assez grosse pour y faire du kayak. Ses pieds étaient désormais aussi mouillés que le reste de son corps.

Voilà ce qu'elle récoltait pour ne pas avoir pris de parapluie, même si cela n'aurait probablement pas beaucoup aidé puisque le vent se serait rapidement engouffré dedans. Elle afficha le mail de Nelle sur son téléphone et trouva le code d'entrée à composer sur le pavé numérique près de l'immense porte sculptée.

— Marche, s'il te plaît, marche, répéta-t-elle à voix basse.

Elle n'était pas d'humeur à retourner dans sa voiture et chercher un logement alternatif dans le hameau en bas de la longue route sinueuse qu'elle venait d'emprunter.

Le clavier fit un bruit métallique. Finley tira sur la poignée. La porte s'ouvrit sans peine. Elle franchit le seuil.

Oh. Waouh.

Cela ferait un cadre agréable pour passer quelques semaines, jusqu'à ce que Sadiya et ses collègues maîtrisent la situation pour réagir aux accusations explosives d'Erica O'Donnell.

D'après le mail de Nelle, le ranch de Running Coyote avait été construit en 1928 par une star de cinéma aujourd'hui oubliée qui n'avait pas lésiné sur les moyens pour créer un havre de paix pour elle et ses semblables. Conçu dans un style colonial espagnol, style architectural populaire dans le sud de la Californie à l'époque, le ranch était un vibrant exemple de ce que l'argent pouvait offrir.

Finley laissa sa valise s'égoutter sur les carreaux de terra cotta dans l'immense entrée. Elle s'aventura dans le vaste séjour, s'émerveillant des mosaïques colorées qui ornaient les cadres de portes et des poutres en bois aux motifs peints élaborés qui soutenaient le plafond. Un mur était principalement occupé par la cheminée, taillée en pierre brute, assez grande pour contenir Grayson, qui dépassait pourtant le mètre quatre-vingts. Des canapés en cuir marron, larges et assez longs pour accueillir un couple pour une sieste, étaient installés face à face devant l'écran de cheminée en fer forgé. Des fauteuils, parfois drapés de couvertures qui avaient l'air si douces qu'elles devaient être en cachemire, étaient disposés pour créer des coins pour discuter. Des bibliothèques lourdement remplies de livres aux tranches colorées et de poteries et photographies artistiques de paysages californiens couvraient les trois autres murs, alors que des tapis en peau de mouton étaient éparpillés sur le sol, ajoutant encore à l'ambiance douillette de la pièce. Au-delà de l'arche, elle aperçut d'autres pièces décorées dans ce style rustique chic.

Elle était impatiente de tout explorer. Mais elle fit un pas et sa jupe mouillée se plaqua contre ses jambes, lui donnant un frisson. Elle devait se changer. Et peut-être prendre une bonne nuit de sommeil.

Elle retourna dans l'entrée pour récupérer son sac et découvrit un classeur sur le banc contre le mur. Une enveloppe avec son nom était posée dessus. Elle commença par feuilleter le classeur, remarquant qu'il contenait une carte du ranch, un plan du bâtiment principal avec la localisation de sa chambre, et des instructions concernant les équipements de la maison dont elle aurait besoin durant son séjour. À l'intérieur de l'enveloppe, il y avait une carte de la part de Grayson et Nelle.

Très chère Finley,

Nous savions que tu ne pourrais pas résister. Bienvenue à Running Coyote ! Comme au départ, c'était censé être notre lune de miel, le personnel avait déjà comme instruction de ne pas déranger à moins qu'on fasse appel à eux. Mariam Stern, la cheffe du personnel, attendra ton appel quand tu voudras que l'équipe de ménage intervienne. Nous avions prévu de cuisiner nous-mêmes donc les placards devraient être bien remplis, mais le ranch a un chef sur place. Si tu préfères qu'on prépare tes repas, tu pourras t'arranger avec Mariam.

Finley acquiesça. Cela ferait partie de ses priorités le lendemain matin. La nourriture ne devrait exister que présentée sur une assiette ou dans des boîtes en carton, selon elle.

Le mari de Mariam, Tim, gère le ranch. Nous lui avons dit que tu étais une excellente cavalière et il a mis des chevaux à ta disposition si tu veux aller monter. Les Stern vivent dans le hameau au pied de la colline et le réseau de téléphonie mobile peut être capricieux dans les montagnes, alors il y a une radio CB dans la cuisine en cas d'urgence.

Running Coyote possède une piscine chauffée et un spa, une salle de sport tout équipée et les sentiers de randonnée sont sublimes. Oh ! et n'hésite pas à te servir dans le bar. Passe un merveilleux séjour ! Et nous espérons que tu as amené une personne spéciale avec toi…

Nelle et Grayson.

La dernière phrase lui fit lever les yeux au plafond. Comme si elle avait eu le temps au cours des dix dernières années pour entretenir une relation. D'ailleurs, elle exploserait probablement d'irritation et de frustration si elle était coincée dans ce ranch pendant plusieurs jours d'affilée avec n'importe qui d'autre que Grayson et Nelle. Elle chassa délibérément l'image de Will en train de rire de quelque chose que sa compagne avait dit de son esprit. Sa compagne, qui portait une alliance impressionnante.

Finley replia la carte et la glissa dans l'enveloppe avant de la coincer avec le classeur sous son bras tandis qu'elle suivait les instructions pour gagner sa suite. Sa propre compagnie lui suffisait amplement. Le ranch hurlait

« escapade amoureuse » à chaque coin de couloir, mais elle était en lune de miel avec elle-même.

Elle ouvrit la porte de sa suite et se félicita aussitôt d'avoir accepté la proposition de Nelle. Les trois pièces rattachées – un salon qui menait à une chambre et une salle de bains attenante – étaient la quintessence du luxe confortable.

Elle était impatiente de prendre un long bain chaud dans la profonde baignoire, assez grande pour qu'elle s'étire confortablement. Puis il y avait le lit, un modèle *king size* à baldaquins avec la plus moelleuses des couettes qu'elle ait jamais vues, une couverture en cachemire rouille et marron aux pieds et tant d'oreillers que même Finley, qui adorait s'envelopper dans une montagne de plume d'oie, était satisfaite. Le placard était ouvert, lui permettant d'apercevoir assez de chemises à manches longues à carreaux, de vestes, de jeans et de bottes de cow-boy pour habiller toute l'équipe d'un remake du film *Oklahoma !* Le premier geste de Finley fut d'attraper la bouteille de vin blanc posée sur la table lovée dans l'alcôve parfaite pour la lecture. Elle était officiellement au chômage et en vacances.

Elle ne prit même pas la peine de prendre l'un des verres à vin posés à côté de la bouteille.

Will regrettait de ne pas avoir suivi les conseils de sa sœur et pris la route de l'arrière-pays entre Napa et Los Angeles au lieu de l'autoroute de la côte. S'il l'avait fait, il serait peut-être déjà arrivé à destination, au lieu d'être coincé dans les embouteillages aux alentours de Santa Barbara, à cent cinquante kilomètres au nord de L.A.

La pluie tombait sans discontinuer. Il ralentit encore pour essayer de garder une distance convenable entre lui et le véhicule qui le précédait, mais la mauvaise visibilité, surtout maintenant que la nuit était tombée, n'aidait pas. Comme ses yeux étaient secs et piquaient à force de se concentrer, il les ferma une fraction de seconde et des feux de stop s'allumèrent soudainement devant lui.

Il écrasa la pédale de frein. L'arrière de sa Porsche Cayman de location fit un tête-à-queue. Il tourna le volant et reprit le contrôle de la voiture, juste à temps pour éviter au pare-chocs de s'enfoncer dans le pick-up juste devant lui. Par miracle, la voiture qui suivait Will réussit elle aussi à éviter la collision.

En observant plus loin devant lui par le pare-brise, il put constater que l'autoroute s'était transformée en immense parking. Les voitures étaient désormais toutes immobiles.

La patience commençait à lui manquer.

Quarante minutes plus tard, Will n'avait avancé que de trois kilomètres. Le balancement régulier des essuie-glaces et le crépitement de la pluie sur le toit de la voiture le plongeaient progressivement dans une sorte de somnolence. Pour rester éveillé, il essaya la musique forte et l'air conditionné, mais il accepta l'inéluctable : il devait quitter l'autoroute ou il risquait de s'endormir au volant. Le système de navigation de la voiture indiquait que la prochaine sortie était Lobos Canyon, mais aucun hôtel ou fast-food n'était indiqué…

Lobos Canyon… Ce nom lui disait quelque chose. Mais bien sûr !

Il laissa un rapide message à Lauren, puis sortit de l'autoroute dès qu'il put. L'itinéraire lui revint facilement en tête, même dans la nuit et sous la pluie, et il se retrouva bientôt sur la route escarpée qui grimpait dans les collines. Il était si concentré pour ne pas rater un virage et plonger dans le canyon qu'il manqua la première allée qui menait à sa destination. La route étant trop étroite pour opérer un demi-tour, il dut emprunter la deuxième allée, réservée aux véhicules de livraison, aux voitures à chevaux et aux tracteurs. Quand il arriva au bout du chemin de gravier, il réalisa qu'il était plus près des écuries que du bâtiment principal. Il n'aurait qu'à parcourir le reste à pied. Dans la boue…

Le temps que Will atteigne la résidence et compose le code pour débloquer la porte de service, les parties de ses vêtements qui n'étaient pas couvertes d'une épaisse couche de boue étaient trempées. De l'eau coulait le long de sa nuque et au bout de son nez tandis que ses baskets faisaient des bruits de succion à chaque pas, laissant des flaques de terre derrière elles. Ne voulant pas salir toute la maison, il localisa la blanchisserie, retira ses chaussures et les posa pour qu'elle sèche sur le carrelage. Puis il enleva sa chemise, l'essora comme il put et la pendit à un portemanteau.

Son jean collait à sa peau. Il s'occuperait de lui plus tard. De préférence juste avant d'aller prendre une bonne douche chaude.

Comme sa valise était trempée et qu'il ne voulait pas laisser des traces de boue partout dans la résidence, il attrapa une tenue de rechange – par chance, l'intérieur de son sac était sec – et sa trousse de toilette, et laissa le reste de ses affaires avec ses chaussures et sa chemise. Puis il partit à la recherche d'un endroit où passer la nuit.

Reid et Lauren lui avaient raconté lors de sa dernière visite qu'ils gardaient toujours l'aile des invités prête pour les visiteurs imprévus. Et si quelqu'un correspondait à cette description, c'était bien lui. Il faisait sombre dans la maison, mais son don pour se souvenir des moindres détails le sauva. Il trouva facilement l'escalier qui menait à la suite privée. La porte s'ouvrit sans faire de bruit, révélant le salon avec deux portes fermées : l'une menant à la chambre spacieuse et l'autre à la salle de bains digne d'un hôtel cinq étoiles.

Il pouvait presque déjà sentir le spray d'eau chaude sur sa peau. Il posa ses affaires dans un fauteuil et ouvrit la porte de la salle de bains, déboutonnant son jean tandis qu'il avançait…

Et s'immobilisa.

Plusieurs éléments frappèrent à la fois le centre de traitement de son cerveau .

Premièrement, il ne faisait pas noir dans la salle de bains, comme il s'y attendait, mais elle était éclairée par des bougies posées sur les étagères sur le mur entre l'énorme baignoire aux pattes de lion et la douche à l'italienne.

Deuxièmement, l'air était chargé de vapeur et sentait la rose.

Troisièmement, la baignoire était remplie de mousse. Et flottant au milieu des bulles les yeux fermés se trouvait Finley, nue.

- 6 -

L'eau du bain était bouillante, le vin glissait délicieusement dans sa gorge et Finley se sentait enfin, pour ce qui semblait être la première fois depuis plus d'un an, en paix. Oh ! bien sûr, sa vie en était toujours au même point et le spectre des déclarations d'Erica O'Donnell planait au-dessus d'elle, mais à cet instant, c'était le bonheur absolu.

Si cette salle de bains était un exemple du soin et de l'attention apportés à chaque détail par les propriétaires et le personnel du ranch, elle allait vraiment apprécier son séjour. Elle avait le choix entre différents bains moussants et sels parfumés. Un briquet était rangé avec les bougies pour faciliter leur allumage. Il y avait un plateau placé sur la baignoire au cas où elle ressentirait l'envie de lire dans son bain et des haut-parleurs étaient ingénieusement cachés si elle voulait écouter de la musique.

Le parfum du bain moussant à la rose la transporta à l'époque où sa seule préoccupation lors des longues journées d'été et les nuits trop courtes était de trouver un coin isolé pour retrouver son petit ami. Mais elle était trop fatiguée pour se concentrer sur un livre ou s'embêter à trouver des chansons qui correspondraient à son humeur. Le clapotis de l'eau contre les bords de la baignoire lui suffisait.

Tout était calme, l'ambiance était tamisée et douillette. Elle se surprit à laisser sa conscience dériver par intermittence, ne s'endormant jamais entièrement, mais se laissant bercer dans une sorte de rêve éveillé.

Un rêve dans lequel il y avait Will. Un Will qui affichait un large sourire à chaque fois qu'il la voyait. Qui n'hésitait jamais à la serrer dans ses bras, à la caresser, à la soulever et la faire tourner comme si c'était la chose la plus naturelle au monde. Comme si elle était le genre de personnes qui, après avoir donné son consentement, devait être touchée fréquemment et avec soin. Comme si elle avait besoin qu'on s'occupe d'elle.

Elle n'avait jamais eu ce genre de pensées avant de rencontrer Will. Pourtant, sa mère avait dû la prendre dans ses bras quand elle était bébé, non ? Mais ses plus lointains souvenirs remontaient à l'époque où Grayson était déjà là. Elle était alors devenue « la grande fille » qui ne devait pas vouloir ou avoir besoin d'être portée comme son petit frère.

Puis sa mère était tombée malade et on ne prit plus beaucoup Finley ni Grayson dans les bras. Les souvenirs que Finley avait de sa mère n'étaient pas nombreux, puisqu'elle faisait des séjours dans divers hôpitaux à la recherche de remèdes miracles. On faisait entrer Finley et Grayson dans une pièce mal éclairée pour qu'ils souhaitent bonne nuit à leur mère avec un baiser, mais elle ne se souvenait pas d'autres moments passés ensemble.

Elle ne se souvenait pas de gestes d'affection de la part de Barrett. Mais le grand cœur de Grayson devait bien venir de quelque part. À moins que ce soit inné chez lui.

Même si Barrett n'était pas son père biologique, elle était celle qui lui ressemblait le plus en matière de personnalité. Autrefois, elle était fière d'être aussi impitoyable que lui.

Jusqu'à cet été-là. Avec Will. Un été qui lui avait ouvert

de nouvelles portes. De nouvelles routes. Une toute nouvelle façon d'être. Une nouvelle personne qu'elle pouvait devenir.

Cela se serait-il produit si elle avait refusé de croire Barret et lui avait dit fermement de ne pas s'immiscer dans sa vie ? Si elle avait choisi Will et un avenir largement incertain ? Qui serait-elle aujourd'hui ?

Elle ouvrit les yeux.

Will se tenait devant elle, les yeux écarquillés, la bouche bougeant sans qu'aucun son n'en sorte.

Elle referma les yeux. Bien sûr qu'elle voyait Will. Il était naturel que son esprit l'invoque après être tombée sur lui au mariage. Elle avait chaud, était détendue et le vin réchauffait son ventre. À qui d'autre que Will pourrait-elle penser ?

Will torse nu, dont les épaules et le torse n'étaient pas aussi musclés à l'époque. Et il n'avait définitivement pas de tablette de chocolat non plus. Tout comme il ne portait pas de jean bien coupé qui moulait ses hanches et ses jambes puissantes et… stop.

Elle rouvrit brusquement les yeux.

— Bon sang mais qu'est-ce que…

— Désolé… je ne savais pas du tout que tu étais ici…

Will plaqua sa main gauche sur ses yeux tandis que ses pieds reculaient, son autre main tendue pour trouver la porte.

— Ce n'est pas… Je voulais juste sortir de l'autoroute…

— Qu'est-ce que… pourquoi… comment as-tu atterri ici ?

La mousse qui formait des montagnes quelques minutes plus tôt avait presque disparu. Elle était à peine cachée. Will pouvait tout voir.

Ce n'était pas qu'elle avait honte. La nudité était naturelle pour elle et elle n'avait pas de problème pour se déshabiller devant d'autres adultes, par exemple, dans le vestiaire de sa salle de sport. Mais c'était Will. Et elle avait juré que Will ne la reverrait plus jamais nue.

Jamais.

Et elle se serait maudite si elle s'était comportée comme une vierge effarouchée devant lui, ses mains et ses bras couvrant ses parties intimes. Elle avait connu l'intimité avec lui, mais de l'eau avait coulé sous les ponts. Elle s'agita, ses mouvements aussi frénétiques que ses pensées, jusqu'à ce qu'elle se souvienne enfin de la serviette moelleuse posée sur le banc, à côté de la baignoire. Elle tendit le bras pour l'attraper.

— Co… comment es-tu entré ? Non, attends, comment peux-tu ne serait-ce que connaître l'existence de Running Coyote ? Tu m'as suivie ? Qu'est-ce que c'est que cette histoire, Will ?

Elle enroula la serviette autour d'elle tout en restant assise dans la baignoire. La serviette trempée devint vite lourde, mais au moins, elle pouvait honorer son serment de ne plus jamais être nue devant lui.

Will continuait à reculer, se cognant la hanche contre le bord du meuble en marbre.

— Désolé, continua-t-il à répéter en s'approchant de la porte. Je vais te laisser ton intimité… (Il heurta à nouveau un coin et grogna de douleur.) Merde.

Finley prit la mouche.

— Bon sang, retourne-toi et utilise tes yeux avant que le bain ne soit froid et que je meure d'hypothermie !

Sa main tendue finit par trouver la poignée.

— Je m'en vais…

— Tout de suite !

— Fais attention. Le sol peut être glissant…

— Je peux très bien sortir d'une baignoire, merci.

— Tu t'es blessée à la cheville l'autre jour. Les carreaux peuvent être dange…

Elle résista à l'envie de lui jeter l'éponge.

— Sors de là.

Will referma la porte derrière lui. Finley souffla et essaya de reprendre sa respiration. Elle tremblait et était presque sûre que cela n'avait rien à voir avec le fait de porter une serviette trempée dans un bain en train de refroidir.

Que fait Will Taylor à Running Coyote ?

Will s'adossa à la porte fermée de la salle de bains. Son cerveau, si doué pour gérer plusieurs problèmes computationnels à la fois, était piégé dans une boucle et ne savait pas comment en sortir.

Finley Smythe était ici. Dans le ranch de tourisme de son beau-frère.

Une Finley nue, pulpeuse et sublime à la lumière des bougies. Son visage aux traits anguleux détendu, apparaissant plus jeune que lors de leur rencontre. Ses seins, à la taille idéale pour ses mains, partiellement cachés, leurs tétons rose foncé perçant à travers la mousse. Le triangle sombre entre ses cuisses légèrement visible sous l'eau.

Le choc l'avait empêché de se ridiculiser davantage devant elle. Parce que s'il pensait être immunisé à Finley Smythe, la fermeté de son sexe quand il revoyait cette image lui disait le contraire. Parfois, il n'arrivait pas à décider si avoir une mémoire photographique était une bénédiction ou une malédiction.

Mais que faisait-elle ici ? Il savait que Reid et Lauren étaient amis avec les jeunes mariés Monks, puisque c'était la raison pour laquelle Will avait pu assister à leur mariage si sélect. Mais il semblait que cette amitié s'étendait à Finley. Pourtant, cela n'avait pas paru évident à la réception, quand Finley et Lauren s'étaient croisées.

Il secoua la tête en espérant s'éclaircir les idées. Peu importait qui, quand ou pourquoi. L'analyse était simple : Finley était ici. Comme lui. Il faisait un temps horrible et ni elle ni lui ne devaient se retrouver dans la tempête.

Le ranch avait de nombreuses chambres et salles de bains. Même s'il restait pour la nuit, il ne serait pas obligé de la revoir avant de repartir le lendemain matin.

Alors pourquoi s'attardait-il devant la porte de cette salle de bains en particulier ? Il aurait bien voulu le savoir. Il ramassa ses affaires qu'il avait posées dans le fauteuil et marcha vers la sortie.

Un grand bruit venant de la salle de bains l'arrêta dans son élan. Il se retourna et frappa à la porte.

— Finley ?

— Va-t'en, prononça-t-elle comme si elle serrait les dents.

Comme si elle avait mal.

— Que s'est-il passé ? Tu veux que j'appelle un médecin ?

— C'est quoi ce syndrome du sauveur ? Je vais bien. J'ai juste fait tomber une bougie, c'est… oh !

Des images de flammes encerclant Finley lui apparurent à l'esprit.

— J'entre.

— Je n'ai pas besoin de t…

Sa voix se transforma en un cri perçant.

Will ouvrit la porte et appuya sur l'interrupteur. Finley était assise sur le banc en bois contre le mur adjacent à la baignoire, enveloppée dans une serviette trempée. Les restes d'un gros chandelier en verre jonchaient le sol. Mais ce fut le sang, sur les carreaux et les pieds de Finley, qui lui retourna l'estomac.

— Que s'est-il passé ?

— J'ai marché sur un éclat de verre et me suis coupé le pied, maugréa-t-elle. Et qui t'a dit que tu pouvais entrer ?

— Toi. En criant de douleur.

— C'est faux.

— En tout cas, c'est ce que j'ai entendu. Et comme le personnel ne vit pas sur place et que je sais que les lieux ne sont pas hantés, tu es la seule suspecte.

Il attrapa un gant dans le panier à côté du lavabo et le mouilla sous le robinet avant de se placer devant elle.

— Montre-moi ça.

Elle hésita, les lèvres pincées.

Il lui tendit le gant et se retourna pour partir.

— Bien. Fais comme tu veux. Bonne chance pour voir si du verre est entré dans la coupure.

— Attends.

Quand il pivota, elle faisait la moue, mais lui tendait son pied gauche.

— Tiens.

Finley projetait autour d'elle une armure invisible qui la rendait imposante. Impressionnante. Même quand ils avaient été ensemble, elle donnait toujours l'impression d'appartenir à un monde plus luxueux et important que celui des autres mortels comme lui. Mais il récupéra le gant et s'agenouilla devant elle. Il réalisa qu'il avait oublié certaines choses la concernant finalement. Comme la manière dont, sans ses tailleurs ajustés et ses chaussures à talons hauts, elle était plutôt menue. Le contraste entre la Finley intouchable qu'il avait créée dans sa tête et la femme vulnérable qui se tenait devant lui lui donna le vertige.

Mais seulement une seconde.

Il passa le gant sur la coupure. Finley siffla et son pied trembla dans sa main. Le verre l'avait entaillée profondément, mais la blessure était propre et aucun éclat ne s'y était logé. Il lui lança un rapide coup d'œil. Avec son air impassible, elle évitait obstinément de croiser son regard.

— Tu survivras, dit-il sur un ton sec.

— Merci encore une fois pour ton évaluation médicale affûtée, dit-elle en gardant le visage tourné sur le côté.

— Il y a des pansements sous le lavabo, dit-il en se levant. Ne bouge pas.

Elle désigna la serviette détrempée qui l'enveloppait avec un léger mouvement de la main.

— Et dire que j'allais faire mon entrée sur le tapis rouge.

— N'essaie pas de te lever.

Il trouva la trousse de premier secours au fond du meuble sous le lavabo. Elle resta exactement où il l'avait laissée, comme paralysée. Les articulations de ses mains étaient blanches tant elle serrait le rebord de la baignoire. Son teint était tout aussi pâle.

— Je vois que tu n'aimes toujours pas la vue du sang.

Elle baissa brusquement les yeux et croisa les siens. C'était la première fois qu'ils se regardaient depuis qu'il était entré dans la salle de bains.

— Je ne vois pas de quoi tu parles.

Malgré son ton provocant, elle se concentra sur le plafond pendant qu'il examinait sa plante de pied blessée. Cela lui rappela encore qu'un être humain vulnérable existait sous la surface sans défaut de Finley. Un rappel dont il n'avait pas besoin.

— Non, bien sûr que non. Ce n'est pas pour ça que tu te cramponnes à la baignoire comme si c'était une planche flottant dans l'océan alors que le *Titanic* venait de sombrer.

Il lui adressa un bref sourire. Finley avait l'habitude de le taquiner sur son manque de culture cinématographique. Il remercia mentalement ses sœurs de l'avoir forcé à regarder ce film avec elle un dimanche après-midi pluvieux.

— C'est toi qui m'as dit de ne pas bouger.

— Depuis quand fais-tu ce qu'on te dit ? Surtout quand il s'agit de moi.

Il finit de bander son pied et s'accroupit.

— Voilà. Tu peux regarder maintenant. Ou retourner dans l'eau sans risque de te faire manger.

— Ça, c'est dans *Les Dents de la mer*. Tu mélanges tout. Certaines choses ne changent jamais.

Mais ses mains se détendirent, ses épaules retombant pour retrouver leur position habituelle. Son pied s'arrêta de trembler et du rose remonta dans ses joues qui étaient devenues grisâtres.

Oui, Finley était bien trop humaine. Et une humaine très attirante en plus de ça. Qui avait le pouvoir unique de faire bouillir son sang, mais pas de colère. Elle était la seule personne qu'il avait rencontrée jusqu'ici qui pouvait trouver instinctivement son bouton d'allumage, le rendant chaud et dur et mettant sa conscience de côté en une fraction de seconde. Un simple regard de sa part et…

Il fit l'erreur de lever les yeux vers elle. Ses yeux noirs brillaient dans la lumière tamisée. Ses lèvres pulpeuses s'entrouvrirent quand elle inspira. Et il prit soudainement conscience qu'ils étaient seuls dans cette maison.

La vapeur flottait autour d'eux, limitant le monde à Finley et lui. Il tenait toujours son pied dans ses mains. Il serait beaucoup trop facile de les faire glisser le long de ses mollets. La serviette couvrait à peine le haut de ses cuisses. Elle ne portait rien en dessous. Dans un moment et un endroit différent, ses jambes se seraient écartées pour lui. Il n'aurait eu qu'à se pencher en avant et sa bouche aurait été parfaitement positionnée pour…

Il déglutit. Puis il se leva, à la fois pour retrouver son équilibre et pour enlever cette peau scintillante et tentatrice de son champ de vision.

— Tout le monde n'a pas eu le loisir de passer son temps à regarder des films pendant son enfance.

Il revenait à leur vieille dispute comme s'ils avaient discuté de ses connaissances lamentables en matière de pop culture et de cinéma la veille, et une partie de la tension se dissipa.

Une partie seulement.

— C'est mignon de continuer à penser que c'est à ça que ressemblait mon enfance, dit-elle en remuant les orteils de son pied blessé. Tout va bien.

— Tu t'attendais à autre chose ?

Elle lui jeta un regard. Maintenant que son pied était bandé, il voyait son armure se remettre en place.

— Tu as toujours aimé jouer les boy-scouts, alors non. Je ne m'attendais pas à ce que tu jettes du sel sur ma coupure. Littéralement. En revanche, métaphoriquement, c'est une autre histoire.

Métaphoriquement, l'expression de Finley promettait de jeter du sel et du jus de citron sur n'importe quelle blessure émotionnelle qu'elle pourrait trouver.

— Non. C'est plus ton genre. On n'a rien sans rien, surtout quand ça touche aux autres, c'est ça ? dit-il en se retournant pour partir. Au fait, sois la bienvenue, lui lança-t-il par-dessus son épaule.

— C'est moi qui savourais un bon bain tranquille en *solo* (elle insista sur ce mot) quand tu as débarqué et que tout a mal tourné. J'aurais pu me soigner toute seule.

— Bien sûr. Après avoir repris tes esprits parce que tu serais tombée dans les pommes en voyant le sang. Et en t'étant cogné la tête sur le carrelage au passage.

Elle souffla bruyamment dans son dos.

— Qu'est-ce que tu fais ici, Will ? C'était censé être la lune de miel de Grayson et Nelle. Tu n'étais pas invité.

Il se figea. Maintenant que Finley le disait, il se rappelait que Lauren avait mentionné le fait que le ranch serait occupé. Il était si pressé trouver un abri pour se reposer qu'il n'avait pas réfléchi. Il se retourna vers Finley.

— Running Coyote appartient à Reid Begaye.

— Je suis au courant, dit-elle sur un ton acerbe.

Elle était assise sur le rebord large de la baignoire comme si c'était le trône de son propre pays.

— Reid est ami avec Nelle. Il leur a offert un séjour au ranch pour leur lune de miel. Quand ils ont décidé d'aller ailleurs, ils m'ont proposé de profiter de cette réservation.

— Reid est peut-être ami avec Nelle, mais c'est mon beau-frère. Il a récemment épousé ma sœur Lauren. J'étais au mariage de ton frère parce que Reid n'a pas pu se libérer et Lauren ne voulait pas y aller seule. Tu l'as brièvement croisée.

— Oh ! fit Finley en écarquilla les yeux. Je croyais que c'était…

— Ma femme ou ma petite amie ? Eh bien non.

Il se gifla mentalement. Pourquoi lui avait-il dit ça ? Il s'empressa d'ajouter :

— J'étais sur la route entre Napa et Los Angeles. Le mauvais temps a provoqué des embouteillages sur l'autoroute. Quand j'ai vu la sortie vers le ranch, j'ai décidé de fuir. Je ne savais absolument pas que tu étais là. Honnêtement.

Le regard impassible de Finley sonda le sien, puis ses épaules se détendirent. Très légèrement.

Elle ouvrit la bouche pour parler, mais il l'en empêcha.

— Ne t'inquiète pas, je vais repartir. Laisse-moi quelques minutes et je retourne sur la route.

— Est-ce qu'il pleut toujours ?

Ils restèrent silencieux pour écouter la pluie.

— On devrait envisager de construire une arche, dit-elle en soupirant. Reid cessera son soutien généreux à l'association de Nell si tu pars et as un accident. Tu dois rester.

— Pas si ça te met mal à l'aise.

C'était une chose de s'être retrouvés au même mariage, entourés par une foule de fêtards. C'en était une autre de passer une nuit, rien que tous les deux dans un ranch de luxe.

Elle leva les yeux au plafond.

— Tu as déjà fait ta bonne action de la journée et sauvé la jeune fille en détresse, deux fois si on compte Napa. Alors arrête d'agir comme un noble martyr. Cet endroit est si grand que ça pourrait être un hôtel. Je doute qu'on se croise.

L'idée de retourner sur les routes inondées en pleine nuit ne l'enchantait pas. Il n'aurait qu'à prendre quelques somnifères qu'il emportait toujours avec lui en voyage pour éviter que les images de Finley et de la fin lamentable de cet été ne le gardent éveillé.

— Si tu es sûre de toi, finit-il par dire avant de marquer une hésitation, car il savait qu'il s'apprêtait à aborder un sujet qui ne le regardait pas. J'espère que ça ne gênera personne que je reste ici seul avec toi.

— Si tu essaies de me demander si tu dois te soucier d'un partenaire jaloux, la réponse est non, il n'y en a pas.

Finley avait raison. Il y avait bien assez de place pour deux personnes à Running Coyote. Les chambres étaient nombreuses. La suite principale était la mieux équipée puisque Reid et Lauren la gardaient toujours parée pour les séjours décidés sur un coup de tête, mais les autres chambres étaient aussi très belles. L'offre était de toute façon plus alléchante que l'idée de passer la nuit à supporter la tempête et les autres voitures sur l'autoroute.

— Bien. Je partirai tôt. J'ai une réunion à L.A.

— Je dormirai encore.

Elle se leva du rebord de la baignoire. Elle se tenait bien droit, la tête haute, mais il observa qu'elle ne posait pas son poids sur son pied blessé.

Il remarqua aussi les courbes de ses mollets, la longueur de ses jambes. L'endroit où ses cuisses se touchaient, caché par la serviette. Il remua. Son jean le serrait à l'entrejambe, et pas parce qu'il était encore trempé à cause de la pluie.

Finley s'éclaircit la voix.

— Maintenant que nous avons décidé que tu restais, j'aimerais pouvoir enfiler quelque chose d'un peu plus… sec.

Il sentit ses joues chauffer.

— Bien sûr. Encore désolé de t'avoir dérangée. Bonne nuit.

— Je doute que nous nous recroisions d'ici le matin. Alors… (Quelque chose passa dans ses yeux.) Adieu, Will. Et bonne nuit.

À sa grande surprise, ses paroles le touchèrent. Non, il n'avait pas l'intention de revoir Finley. Il ne voulait pas son numéro de téléphone. Il n'envisageait pas de l'ajouter à ses amis sur les réseaux sociaux, même s'il ne les utilisait pas beaucoup. Son assistante gérait tous les comptes que la boîte de production avait créés pour qu'il les utilise pendant le tournage et la promotion de l'émission. Émission qui mènerait à la rencontre de la partenaire de vie parfaite pour lui, si tout marchait comme prévu. Sa partenaire qui serait à l'opposé de Finley sous tous les points.

Mais le ton définitif qu'elle avait employé le décontenança. Elle était juste aussi catégorique que lui concernant le fait de retourner au silence radio entre eux. Ses paroles n'auraient pas dû lui serrer la gorge et lui nouer l'estomac.

Il se concentra sur la dernière chose qu'elle avait dite. « Bonne nuit ». Pas « adieu », qui n'avait rien de positif.

Will aimait les chiffres. Coder avait du sens pour lui. Il pouvait presque résoudre n'importe quel problème de codage en en comprenant la structure. Le langage possédait bien plus de nuisances que les un et les zéros. Mais comme les chiffres, les mots étaient porteurs de sens.

— Dors bien, Finley.

Il ferma la porte de la salle de bains derrière lui.

- 7 -

Le bruit réveilla Finley. Un bruit fort et soudain qui fit trembler les murs comme si un train était entré en collision avec le ranch. Les fenêtres vibrèrent. Le lit cogna contre le mur. Finley s'assit, complètement réveillée alors qu'elle venait tout juste de s'endormir.

Il faisait sombre dans la chambre. Si sombre qu'elle cligna des yeux plusieurs fois pour s'assurer qu'ils étaient bien ouverts. D'abord, elle se demanda où et quand elle était. Elle avait rêvé de cet été lointain à Washington et les détails étaient nets et précis. Sa première rencontre avec Will.

Ils étaient tous les deux stagiaires au Capitole, engagés dans un programme qui leur permettait de toucher une bourse pour leur dernière année d'études tout en travaillant. Elle fréquentait un établissement pour filles à Bay Area. Il finissait ses études à l'Université d'Illinois à Chicago. Ils s'étaient rencontrés lors d'une soirée bruyante dans un bar de Georgetown. Elle, la meneuse de la fête, dansait sur les tables et poussait les autres à la rejoindre, alors qu'elle savourait son premier mois dans la majorité. Lui était dans un coin, absorbé par la lecture d'un article de politique générale.

Au début, il l'avait agacée. Comment osait-il les ignorer, ses amis et elle ? Ils s'amusaient, contrairement à lui. Elle avait décidé d'interrompre sa lecture intense en se collant au dossier de sa chaise et critiquant l'article par-dessus son épaule. Ils étaient rapidement entrés dans un débat d'idées. Leur conversation avait duré toute la nuit et s'était poursuivie jusqu'aux premières heures du matin tandis que les amis de Finley partaient un à un avec un air perplexe. Quand elle avait découvert qu'il n'avait pas vu le *blockbuster* de l'été, elle avait insisté pour qu'ils aillent au cinéma ensemble le lendemain.

Elle ne se souvenait pas du titre du film. Mais elle aurait pu décrire chaque poil de sa barbe rase sur ses joues ou la sensation de ses lèvres contre les siennes. Dans son rêve, il se penchait vers elle, ses yeux gris bleu apparaissant noirs dans l'obscurité de la salle de cinéma la fixant comme si elle était rare et précieuse…

Encore un bruit métallique et les fenêtres tremblèrent. Son cœur battait rapidement. Sa gorge était sèche. Elle mit en application divers exercices de respiration afin d'entendre autre chose que son propre souffle.

Tout était maintenant calme. Mais que s'était-il passé ? Un tremblement de terre ? Elle parcourut la chambre des yeux à la recherche de l'endroit le plus sûr pour se mettre à l'abri si le sol tremblait à nouveau et attrapa son téléphone. Elle l'avait branché à son chargeur, mais elle n'avait peut-être pas branché le chargeur à la prise. Après une demi-heure passée avec Will Taylor, elle était si troublée qu'elle avait oublié les gestes les plus simples de la vie moderne.

L'écran indiquait 5 heures du matin. Elle parcourut rapidement les alertes et ses comptes sur les réseaux sociaux. Pas d'informations sur un éventuel tremblement de terre dans la zone de Santa Barbara de la part de sources officielles. Elle n'avait donc pas à craindre des répliques.

Ses battements cardiaques retrouvèrent un rythme proche de la normale.

La tempête torrentielle, elle, était le centre de toutes les attentions sur Internet. L'été dernier avait vu une importante augmentation des feux de broussailles, laissant le paysage dénudé et aride. Les gens spéculaient sur l'effet de tant de pluie sur les coteaux dépourvus de végétation pour ancrer la terre et empêcher les glissements de terrain.

Elle sortit ses pieds du lit. Ce qui l'avait réveillée n'était peut-être pas un tremblement de terre, mais cela avait fait violemment trembler le bâtiment. Elle devait savoir ce qui l'avait causé, pour être sûre qu'elle n'avait pas besoin d'évacuer et trouver un abri plus sûr.

Elle devrait aller voir Will. Juste pour s'assurer qu'il allait bien, bien sûr. Nelle ne lui adresserait plus jamais la parole si elle laissait le beau-frère de Reid souffrir. Même si elle le voulait… non.

Elle ne voulait pas que Will souffre. Au contraire.

Elle secoua la tête. Ce n'était pas le moment pour ce genre de pensées. Elle chercha ses chaussures à tâtons et les enfila. Puis elle appuya sur l'interrupteur de la lampe de chevet.

Sa chambre resta plongée dans l'obscurité.

Son pouls accéléra de nouveau. Et tripla quand quelqu'un frappa à la porte.

— Finley ? Tu vas bien ?

Elle ouvrit la porte avant même qu'il ait fini sa phrase. Will se tenait dans le salon sombre. Elle le voyait à peine. Mais elle sentait sa présence.

— Ça va. Et toi ?

— Ça va.

— Qu'est-ce qui a causé ce bruit ? J'ai cru que les vitres allaient sortir des encadrements.

— Un tremblement de terre ?

— Aucun rapport de secousses sur les réseaux sociaux.

— L'électricité est coupée. Le générateur n'a pas pris le relais.

— Je l'ai remarqué.

Will ne réagit pas immédiatement, mais elle entendit sa respiration, lente et régulière. Ce son lui apporta le réconfort dont elle n'avait pas réalisé avoir besoin.

— Je vais faire un tour de la maison pour voir si je peux trouver ce qui cloche avec le générateur.

— Je viens avec toi, dit-elle en fermant la porte de la chambre derrière elle. Il doit y avoir un téléphone fixe ici.

Will secoua la tête.

— Reid s'est débarrassé de la ligne fixe il y a quelque temps… il disait que les appels indésirables dérangeaient sa tranquillité. Mais la radio C.B. dans la cuisine devrait fonctionner. Elle marche sur piles.

— Bien. Allons à la cuisine alors.

— Je vais y aller. Toi, tu restes ici, insista-t-il. Tu t'es déjà blessée à la cheville et au pied. Je détesterais te voir te faire mal une nouvelle fois.

— Tout d'abord, si je veux venir avec toi, c'est à moi de décider, pas à toi. Et ensuite, j'ai mis des chaussures pratiques. Tu vois ?

Elle tourna le flash de son téléphone vers ses jambes et ses pieds.

Elle réalisa trop tard qu'elle portait un T-shirt qui couvrait à peine le haut de ses cuisses. Will baissa les yeux.

Les jambes de Finley avaient toujours été l'un de ses meilleurs atouts physiques.

Elle refusait d'être gênée. D'ailleurs, le T-shirt en cachait plus que la serviette de la veille. Et ce n'était pas comme si Will n'avait pas exploré chaque millimètre de son corps, avec ses mains et avec ses yeux. Elle était peut-être plus ronde ici ou plus anguleuse là, mais elle ne s'était jamais souciée des standards de beauté des femmes selon les médias et elle n'allait pas commencer aujourd'hui. Elle n'allait certainement pas jouer les timides devant Will. Et si la voir lui rappelait qu'elle lui avait un jour appartenu, entièrement, et qu'il avait choisi de la quitter… qu'il en soit ainsi.

Elle éteignit la lumière, les plongeant de nouveau dans le noir.

— Mon téléphone n'a pas chargé. Je dois économiser la batterie, dit-elle avant de se demander pourquoi elle se justifiait.

Elle s'éclaircit la voix et prit un ton professionnel, celui qu'elle utilisait pour communiquer avec les stagiaires, les membres du personnel et les journalistes fouineurs.

— Tu ne veux pas utiliser le tien ?

— Le mien est complètement mort. Il n'a pas chargé non plus. La tempête a dû couper l'électricité juste après qu'on s'est couchés. Mais je ne peux pas nous guider jusqu'à la cuisine sans lumière. Puisque tu ne veux pas rester ici.

— On ne sait pas ce qui a causé le bruit. Et si on était dans un film d'horreur et que tu me laissais toute seule, je serais la première à être chopée par le tueur en série et ce serait ta faute.

En fait, c'étaient les jeunes adultes qui s'isolaient pour coucher ensemble qui étaient tués les premiers, mais elle avait de bonnes raisons de ne pas vouloir partager cette information.

— C'est pour ça que je ne regarde pas de films.

Il attrapa sa main gauche.

— Hé ! fit-elle en récupérant sa main.

Sa peau brûlait à l'endroit où elle avait brièvement effleuré la sienne.

— Il fait noir. Il n'y a pas d'électricité. Tu peux rester ici en sécurité, sans tueurs en série, jusqu'au lever du soleil. Ou me tenir la main pour que je puisse m'assurer que tu ne trébuches pas et ne te blesses pas.

— Je sais bien qu'il n'y a pas de tueurs en série. Je dis juste que si tu regardais des films comme presque tous les humains sur cette planète, tu reconnaîtrais la situation.

Elle s'arma de courage et plaça sa main dans celle de Will.

Elle était chaude et puissante, et infiniment réconfortante.

Et excitante. Elle marmonna une prière de remerciement pour l'obscurité. Non seulement elle avait une bonne raison de se tenir à Will, mais il ne pouvait pas voir ses petits tétons durs qui se dressaient contre le tissu fin de son T-shirt.

Elle n'aurait jamais trouvé la cuisine sans utiliser le plan fourni par Nelle, mais Will avançait avec assurance dans les couloirs, se révélant être un guide infaillible. C'était encore plus excitant. Quand Will était-il devenu aussi sûr de lui ?

Ou peut-être… Peut-être qu'il l'avait toujours été, et qu'elle était alors trop préoccupée par ses problèmes pour reconnaître que toutes les forces n'étaient pas aussi voyantes que celles de Barrett. Certaines forces étaient discrètes. Réfléchies. Mesurées. Comme celles de Will.

Et elle se raccrocha à cette force quand elle entendit des voix parasites au loin.

— C'était quoi ça ?

— Ce ne sont toujours pas des *serial killers*. C'est la radio. Quelqu'un appelle la maison.

— Oh.

Mais quand elle essaya de lui lâcher la main, ses doigts se resserrèrent sur les siens.

— Running Coyote, c'est le hameau. Vous nous entendez ? Terminé.

Will attrapa la radio sur son socle.

— Ici Running Coyote. Tim, c'est vous ?

Il y eut un silence à l'autre bout. Puis un crachotement.

— Ici Tim Stern. Qui est-ce ?

— Will Taylor. Le frère de Lauren. C'est une longue histoire. Je suis ici avec Finley Smythe. Que se passe-t-il ?

— Bonjour, Will. On ne savait pas que vous veniez. Melle Smythe va bien ?

Finley prit la radio de la main de Will et appuya sur le bouton pour parler.

— Je vais bien. Avez-vous entendu le bruit ? Il a fait trembler toute la maison. Tout le monde va bien chez vous ?

— Bien sûr qu'on a entendu. On va tous bien ici. Mais il semblerait que le bruit vienne du glissement d'une portion assez grande de la colline. Une coulée de boue.

D'accord. Elle avait vu juste avec son hypothèse sur cette pluie torrentielle sur la terre desséchée.

— C'est grave ? J'espère que personne n'est blessé.

— C'est la bonne nouvelle. Personne n'a été touché. Et d'après ce qu'on sait, aucun immeuble n'a été atteint non plus.

Finley s'appuya contre comptoir de la cuisine. Les coulées de boue pouvaient être dévastatrices. Et meurtrières, si les avis d'évacuation n'étaient pas suivis ou déclarés à temps.

— Super.

— Mais… hésita Tim. La mauvaise nouvelle, c'est la route qui va jusqu'au ranch…

Will reprit soudainement la radio.

— Comment ça ? La route a été emportée ?

— Pas emportée, dit Tim. Elle est toujours là. Mais ensevelie.

— Comment ça, ensevelie ? demanda Will d'un ton glacial.

— Les gars sont encore là-bas pour étudier la situation. Mais d'après ce qu'ils m'ont dit par radio, je dirais que vous feriez mieux de prévoir de rester là au moins quelques jours.

— Je ne peux pas, affirma Will.

Finley lui reprit la radio et s'adressa à Tim.

— Il doit y avoir un autre moyen de quitter le ranch.

— Oh ! bien sûr, si vous aimez la randonnée, le camping et que vous avez quelques jours. Il y a d'excellents sentiers dans le coin, puisqu'on est au cœur d'une forêt nationale, mais il vous faudra un bon bout de temps pour vous rapprocher de la civilisation. En revanche, vous pourriez tomber sur des coyotes. Et des cougars aussi.

— Des cougars. Génial.

Elle fixa Will. Ce n'était pas possible. Elle n'était pas coincée dans un ranch au milieu de nulle part avec lui.

— N'oublie pas les coyotes, dit Will à voix basse.

— Comment pourrais-je oublier ? Le ranch porte leur nom, ironisa-t-elle avant d'appuyer sur le bouton de la radio. Quand pouvons-nous nous attendre à vous voir, Tim ?

— Peut-être vendredi, si tout se passe bien. Ça dépend de quand on aura une équipe de nettoyage et de leur vitesse.

Finley cligna des yeux.

— Mais on est lundi. Je pensais que vous me répondriez « À l'heure du déjeuner ».

— Désolé, je n'ai pas été clair. La coulée de boue a recouvert la route du ranch entre le hameau, c'est-à-dire là où Mariam, moi et le reste du personnel vivons, et la maison principale où vous êtes. Je crains bien que vous deviez rester seuls pendant un moment. Hé, ça tombe plutôt bien que Will soit arrivé, non ? On s'inquiétait de vous savoir seule.

Non, elle ne trouvait pas que ça tombait bien. Pas du tout.

Will récupéra la radio.

— Quand avez-vous dit que la route devrait être praticable ? Vendredi ?

— Je devrais pouvoir monter d'ici à vendredi si on arrive à se dégager un chemin, mais je pensais venir à pied ou à cheval. Pour ce qui est des voitures, on ne peut pas savoir. Ça dépend de l'étendue des autres dégâts causés par la tempête et de qui aura le plus besoin d'une équipe de nettoyage.

Will acquiesça. Extérieurement, il paraissait calme, comme s'il venait d'avoir une discussion sur la météo. Mais les nerfs dans son cou battaient, signe qu'il était à cran. Il était amusant de voir comme des détails qu'elle aurait pensés perdus à jamais dans le passé redevenaient clairs et vifs.

— En parlant de ça, continua Tim, je suis doublement content de vous savoir ici, Will, parce que j'ai besoin que vous vous occupiez des chevaux à l'écurie. La plupart des animaux sont en bas avec nous, mais nous avons laissé Trudy et Ranger près de la maison pour que Melle Smythe puisse aller faire un tour. Vous pourriez les nourrir et vous assurer qu'ils vont bien jusqu'à ce que je puisse monter ?

Les nerfs dans le cou de Will se contractèrent.

— Bien sûr.

— Mariam dit qu'il y a assez nourriture stockée dans la cuisine pour tenir un bon bout de temps. Vous serez comme des pachas.

« Des pachas ». Ce n'était pas le mot que Finley aurait utilisé pour décrire la situation. Son estomac se noua.

— J'espère qu'elle ne compte pas le contenu du réfrigérateur. L'électricité est coupée et le générateur n'a pas pris le relais, expliqua Will.

— J'ai dit à Reid qu'il était en panne. Des techniciens devaient venir voir ça. Oh ! et il faudra peut-être que vous économisiez l'eau puisque la pompe du forage est raccordée au même système. Mais il devrait y en avoir assez dans le réservoir pour durer jusqu'au retour de l'électricité.

Will et Finley se regardèrent.

— Quelles sont les chances que l'électricité revienne rapidement ? demanda Will.

Il y eut un gros crachotement et la voix de Tim retentit.

— Désolé, les gars, je dois y aller. Les garçons ont découvert que la tempête avait fait des dégâts sur les enclos. Je dois aller voir ça. Je reviens vers vous plus tard.

Silence.

Super. Pas d'électricité, eau limitée et impossible de quitter le ranch. Avec pour compagnie l'homme qui lui avait démontré que l'amour véritable était une farce.

Le soleil s'était levé durant leur conversation avec Tim, mais la lumière était faible tandis que la bruine régulière formait un voile brumeux sur le paysage. De gros nuages gris s'accrochaient en contrebas sur ce que Finley s'imaginait être une vue impressionnante en d'autres circonstances. Échapper à Will en passant la journée à se prélasser au bord de la piscine n'était pas une option.

Elle sortit son téléphone. Le symbole de la batterie restait désespérément bas. Elle vérifia ses mails en se contentant de lire les titres. Grayson et Nelle avaient atterri à Londres : bien. Sa voiture devait passer à la révision : effacer. Sadiya avait du nouveau sur le livre d'Erica O'Connell… son doigt resta au-dessus du mail, avant de finir par l'ouvrir.

Le message de Sadiya n'était pas long. Les mémoires d'Erica n'avaient toujours pas été dévoilés, mais les journalistes avaient flairé la piste. Sadiya passait des coups de téléphone. Elle conseillait à Finley de rester à l'écart où qu'elle soit.

Ce ne serait pas trop dur.

L'écran de son téléphone s'éteignit.

Un bruit de couvercles de pots tombant sur le carrelage lui fit lever les yeux. Alors que Will ouvrait les placards et les tiroirs de l'immense cuisine, la lumière du jour montra à Finley ce qu'elle était trop stressée pour avoir remarqué plus tôt : il ne portait qu'une paire de baskets usées et un boxer bleu nuit bas sur les hanches. Le regard de Finley fut attiré par les muscles de son dos qui se contractaient comme un papillon par la lumière.

Elle réalisait seulement maintenant tous les détails qui lui avaient manqué. La façon dont ses cheveux étaient juste assez longs pour former des boucles parfaites à la base de sa nuque. Son magnifique torse, de ses larges épaules à ses hanches étroites. La forme parfaite de ses fesses alors qu'il se penchait pour regarder dans le placard…

Il tourna la tête et lui jeta un coup d'œil par-dessus son épaule, un sourire entendu sur les lèvres. *Repérée.*

Elle s'éclaircit la voix.

— On dirait qu'on ne va pas quitter cet endroit de sitôt.

— Je ne t'entends pas te plaindre, fit-il remarquer avec un sourire en coin avant de se relever et d'ouvrir un autre meuble.

Était-ce son imagination ou il fléchissait exagérément ses biceps ?

Affronte la réalité, Finley. Si cela ne tenait qu'à elle, elle n'aurait jamais recroisé Will Taylor. Elle aurait été parfaitement satisfaite de mourir sans savoir que quinze années de maturité n'avaient fait que le rendre plus séduisant.

Mais elle ne contrôlait pas tout. Et le destin, ce démon

inconstant qui aimait se moquer des meilleures intentions des gens, avait d'autres plans pour elle. Par conséquent, il lui restait deux options. La première, tracer une ligne au milieu du ranch et s'enfermer dans la suite en n'en sortant que pour aller manger à la cuisine lorsqu'elle était sûre que Will était occupé ailleurs.

Ou la deuxième… accepter qu'elle et Will étaient seuls et faire disparaître ce sourire narquois en le battant au jeu de qui pouvait le plus faire suer l'autre.

Mais cette fois, son cœur resterait à l'abri. Cette fois, elle garderait le contrôle. Des promesses extravagantes ne l'attendriraient pas et ne lui feraient pas croire qu'il l'aimait. Elle ne se ridiculiserait pas une seconde fois.

Elle ferait ce qu'elle voudrait de lui – et évidemment, il prendrait du bon temps lui aussi – puis partirait. Elle remporterait la partie.

Elle aimait jouer. Elle aimait particulièrement gagner. Et la bosse dans son jean la veille prouvait qu'il ne lui était pas complètement indifférent, ce qui lui donnait un avantage. Elle ignora les détails gênants, comme le fait que sa présence ranimait sa libido cruellement négligée.

Elle retira ses chaussures de sport et sauta sur le plan de travail en pierre à côté de lui.

— Qu'est-ce que tu cherches ? ronronna-t-elle.

— Je fais l'inventaire de nos provisions. Tu veux bien te déplacer sur la gauche pour que je puisse regarder dans ce placard en dessous de toi ?

— Bien sûr.

Elle fit minutieusement glisser ses fesses sur la surface froide et lisse. Son T-shirt remonta, exposant ses cuisses.

Le sourire narquois de Will disparut. Son expression resta impassible tandis qu'il s'accroupissait pour ouvrir l'une des portes. Elle laissa sa jambe droite dans son angle de vue. Face à Will, elle avait deux armes convaincantes dans son arsenal et elle avait bien l'intention d'en faire usage.

Elle balança son pied blessé et ses orteils effleurèrent brièvement le haut de la cuisse de Will.

— Tu vois quelque chose d'intéressant ? Quelque chose qui te plairait pour… plus tard ?

Elle vit le bout de ses oreilles rougir, signe qu'elle connaissait bien. Elle sourit. Gagner serait bien plus facile qu'elle l'avait espéré. Elle caressa de nouveau sa cuisse, s'y attardant quelques secondes de plus.

— À moins que tu aies faim… maintenant ?

Il se redressa si vite qu'elle n'eut pas le temps de réagir et pousser ses jambes pour qu'il ne soit pas directement entre elles. Elle eut un mouvement de recul, mais se retrouva rapidement au bout du plan de travail. Il se pencha vers elle. Le cœur de Finley battait fort quand il posa ses mains de chaque côté d'elle.

Ses yeux étaient au niveau des siens, si près qu'elle pouvait discerner le contour marine de ses pupilles bleu gris. Son souffle lui picotait la peau, lui donnant la chair de poule. Elle pouvait incliner la tête, très légèrement, et elle saurait s'il se souvenait exactement comment elle aimait être embrassée.

Ils se regardaient dans les yeux. L'air du matin était frais, mais elle était chaude. Chaude comme la surface du soleil. Ses lèvres étaient sèches alors elle les lécha. Les yeux de Will descendirent, suivant le trajet de sa langue. Puis il se rapprocha encore. Leurs fronts se touchèrent presque. Ses tétons durcirent tandis qu'une vague de chaleur s'installait dans le bas de son ventre. Elle ferma les yeux et ouvrit légèrement la bouche.

— Tu es toujours au milieu.

Will se redressa et se rendit à l'autre bout de la cuisine.

Elle déglutit, essayant de reprendre le contrôle et baisser la température de son désir. Un point pour Will, mais la partie était loin d'être terminée.

— Désolée.

Elle ne l'était pas du tout.

— Qu'est-ce qui irait pour le petit déjeuner ? ajouta-t-elle.

Will ferma un tiroir avec plus de force que nécessaire.

— Aller ? Rien ne va dans cette situation.

— Peut-être pas pour toi, dit-elle en pensant au mail de Sadiya. Tu as parlé d'une réunion hier soir. C'est important ?

— Oui.

Elle haussa les sourcils avec curiosité, mais il avait apparemment fini de parler.

— Je vois que tu n'as pas développé tes compétences en conversation.

Elle descendit du comptoir et commença à explorer le garde-manger attenant à la cuisine. Elle détestait l'admettre, mais son instinct de boy-scouts pour estimer leurs provisions était bon. La cuisinière était électrique, tout comme le micro-ondes, bien sûr.

— Je ne suis pas ton premier choix en matière de personnes avec qui tu aimerais être coincé et tu n'es certainement pas le mien, mais nous sommes là, lança-t-elle en passant en revue tous ces petits appareils qui marchaient à l'électricité. On ferait mieux de mettre cette situation à profit.

Quand plusieurs minutes passèrent sans réaction de sa part, elle sortit la tête du garde-manger.

— Will ?

La cuisine était vide.

Elle s'accroupit contre les placards du garde-manger. Super. Mais n'était-ce pas ce qu'elle voulait finalement ? Une vie sans Will Taylor ? Pourquoi le fait qu'il veuille tenir ses distances jusqu'à ce qu'ils puissent quitter Running Coyote la contrariait-il autant ?

Le bruit d'un raclement de gorge attira son attention. Will était juste devant la porte du garde-manger. Il avait mis un jean usé et un sweat-shirt noir. Avec sa main gauche, il lui tendit une chemise d'homme en flanelle.

— Il gèle ici. Je ne veux pas que tu attrapes froid.

Elle le fixa, mais enfila le vêtement qu'il lui proposait. La chemise était assez longue pour lui faire une robe. Elle savoura sa chaleur enveloppante et sentit son odeur. Elle résista à l'envie d'inspirer profondément.

C'était tellement bizarre de voir comme, de tous les sens, l'odorat était celui qui évoquait les souvenirs les plus clairs et détaillés. L'odeur de cette chemise, indescriptible avec des mots, mais immédiatement reconnaissable, faisait apparaître des images frappantes. Le sourire de Will qui lui tendait un verre à la fête des stagiaires. Will qui lui proposait en bégayant de sortir avec lui juste après leur premier ciné. Will, déboutonnant lentement le chemisier de Finley et embrassant chaque centimètre de sa peau comme si elle était quelque chose de précieux et d'extraordinaire...

— Merci, finit-elle par se souvenir de dire.

— Nous n'avons pas accès à un médecin ou une pharmacie. Et après tes récents exploits, il ne vaut mieux pas prendre de risque.

Son ton était pince-sans-rire, mais elle vit une lueur amusée dans son regard.

— Est-ce que ça marche d'habitude de sauver des femmes qui n'ont pas besoin d'aide ?

Il jeta un coup d'œil appuyé à son pied blessé et sa cheville.

Il était temps de changer de sujet.

— Je vais m'occuper des chevaux. Tu n'as qu'à te charger du petit déjeuner, suggéra-t-elle.

— J'ai dit à Tim que je nourrirais les bêtes. Et si tu retournais dans ta chambre ? Te reposer un peu.

Elle se mit à rire. S'il voulait mettre de la distance entre eux, il devrait faire plus d'efforts que ça.

— Me reposer pour quoi ? Passer une journée éreintante coincée dans ce ranch ? D'ailleurs, es-tu capable de distinguer les deux extrémités d'un cheval ?

— Je présume qu'ils mangent avec celle qui a une bouche.

— Pas sûre que ça suffise.

Il s'avança jusqu'au comptoir le plus proche, attrapa une miche de pain et prit un bocal sur une étagère à côté.

— Du beurre de cacahuète, ça te va ? Mais je te préviens : le choix est limité.

Elle l'observa étaler une épaisse couche de beurre de cacahuète sur la tranche de pain.

— Un sandwich au beurre de cacahuète. Ça me rappelle des souvenirs. Je n'en ai pas mangé depuis le stage… (Elle ne finit pas sa phrase.) Depuis une éternité.

Will lui tendit un sandwich ainsi qu'une banane mûre prise dans la corbeille de fruits sur le comptoir.

— C'est bête. Tu adorais ça.

Leurs regards se croisèrent. Finley ne put soutenir le sien qu'une seconde avant de baisser les yeux sur son petit déjeuner.

— Je dévorais tout un tas de trucs, comme du ramen et du pop-corn préparé au micro-ondes. (*Et Will*, pensa-t-elle.) Ce qu'on ne pourra pas manger aujourd'hui. Puisque le micro-ondes ne marche pas.

— Ne t'inquiète pas. Tu n'es pas obligée de faire semblant d'être une personne normale.

Il mordit dans son sandwich.

Finley avait la bouche sèche mais ce n'était pas à cause du beurre de cacahuète.

— Que veux-tu dire par « faire semblant » ?

Will posa le reste de son sandwich.

— Oublie ce que je viens de dire. Je vais nourrir les chevaux.

Elle le suivit dans la salle de petit déjeuner, puis passa la porte vitrée qui menait à la terrasse dallée. La pelouse verdoyante s'étendait jusqu'à la piscine aux dimensions olympiques. À n'importe quel autre moment, elle aurait admiré la vue sur les collines, mais là, tout ce qu'elle voyait, c'était du rouge.

— Faire semblant, ce serait continuer à agir comme si nous n'étions que de vagues connaissances. Si tu as quelque chose à me dire, alors dis-le.

— Reste au sec dans la maison, Finley.

— Arrête de me donner des ordres, Will.

Il traversa la terrasse, puis prit un chemin sur la gauche.

— Je ne te donnerai plus d'ordre. Tu fais ce que tu veux. Comme toujours, ajouta-t-il en marmonnant, mais le vent apporta ses mots à Finley comme s'il les avait prononcés dans son oreille.

— Et qu'est-ce que c'est censé vouloir dire ?

Will accéléra le pas. Elle dut trottiner pour continuer à le suivre. Et même si elle aurait préféré mourir qu'admettre qu'elle avait mal, son pied blessé et sa cheville tordue n'étaient pas dans une forme optimale. L'air frais et humide lui donna la chair de poule sur ses jambes nues, lui rappelant qu'elle ne portait pas une tenue adéquate pour se rendre à l'écurie.

Elle s'arrêta et se retourna pour rentrer dans la maison. Pas parce que Will le lui avait demandé. D'ailleurs, elle n'en avait pas fini avec lui. Elle lui demanderait des explications. Et de se souvenir que, autrefois, il ne pouvait pas se passer d'elle. Mais cette fois, ce serait elle qui partirait avec un cœur intact, et lui quitterait les lieux à genoux.

Elle aimait quand un plan se déroulait sans accroc.

- 8 -

Will entendit Finley ouvrir la porte de l'écurie, mais il ne resta pas dans le local où était stockée la nourriture pour les bêtes. Il n'était pas surpris que Finley ne soit pas assez raisonnable pour rester à l'intérieur de la maison où il faisait relativement chaud. Elle ne supportait pas de ne pas avoir le dernier mot. Autrefois, cela le faisait rire et il la laissait avoir l'impression de gagner.

Mais c'était avant.

Aujourd'hui ? Will ne retomberait pas sous le charme de Finley. Pas après avoir eu le cœur brisé quand elle était soudainement devenue froide et cassante. Elle pourrait balancer ses magnifiques jambes incroyablement longues dans son champ de vision autant qu'elle le voulait.

Bien sûr, son corps réagissait. Il était humain après tout. Et Finley avait tout pour qu'il la trouve désirable. Et il savait qu'il lui faisait toujours le même effet : quand Finley était excitée, ses yeux habituellement couleur d'ambre devenaient plus sombres et profonds. Il aurait pu se noyer dans son regard quand ils étaient dans la cuisine un peu plus tôt.

Il baissa les yeux et réalisa qu'il avait mis le mauvais mélange dans les seaux des chevaux. Se maudissant de laisser Finley le perturber, il jeta leur contenu et recommença.

Cette situation n'aurait pas pu arriver à un pire moment. La réunion à Los Angeles avait lieu dans trois heures.

Évidemment, y assister relevait de la science-fiction. Il avait demandé à Tim d'appeler les producteurs de l'émission pour excuser Will, mais il savait d'expérience que les responsables de Screenweb étaient irritables, exigeants et allergiques aux compromis. Il espérait seulement que, quand ils entendraient qu'une catastrophe naturelle était à l'origine de son absence, ils accepteraient de poursuivre la production comme prévu. Ji-Hoon méritait de voir son rêve s'exaucer, et le temps lui était compté.

Son mentor était la seule raison pour laquelle Will avait dit oui quand la boîte de production était venue frapper à sa porte. Il n'avait certainement pas besoin d'une nouvelle source de revenus. Même avant que l'application EverAftr ne connaisse le succès, il était détenteur de plusieurs brevets de logiciels novateurs qui rendaient les services de streaming et fournisseurs d'Internet plus sûrs, évalués à plusieurs millions par les entreprises qui les avaient achetés. Après avoir fait des investissements judicieux, aujourd'hui, si EverAftr était amenée à disparaître, ce ne serait qu'une petite anomalie dans son portefeuille.

Si on lui avait dit quand il avait vingt et un ans qu'il apparaîtrait dans la liste des patrons d'entreprises technologiques à surveiller dans *Silicon Valley Weekly*… peut-être qu'il n'aurait pas accepté aussi facilement l'étiquette de « insuffisant » qui lui avait fait discrètement quitter Washington en abandonnant son but originel de travailler pour le Département de la Justice. Au lieu de faire des études de droit, il était retourné à son loisir de lycée en jouant avec les codes logiciels, et en avait fait son métier.

Ce choix s'était avéré plutôt payant, non ?

Concentre-toi sur ce qui est important maintenant, se réprimanda-t-il. L'entreprise. L'émission de télé. À la réunion de lancement qu'il était en train de rater, ils étaient censés discuter des personnes qui pourraient potentiellement lui correspondre pour le premier épisode. Il avait rempli les questionnaires d'EverAftr juste avant de partir pour Napa, en insistant sur les qualités qu'il voudrait idéalement retrouver chez une femme, comme la constance, la stabilité et un caractère égal.

Il espérait sincèrement que la partenaire parfaite ne lui semblerait pas ennuyeuse et fade maintenant qu'il avait de nouveau passé du temps avec Finley.

Un cheval s'ébroua, le sortant de ses pensées. Il sortit du local et vit Finley, devant une stalle où était écrit « Trudy » au marqueur effaçable sur une plaque en métal, en train de gratter le nez de la jument couleur sable. Elle avait troqué ses chaussures de running pour des bottes et mis un jean qui moulait ses fesses d'une manière qui aurait dû être illégale.

Coincée dans son jean, elle portait encore la chemise qu'il lui avait prêtée.

— Tu es une jolie fifille, dit Finley à Trudy. Je parie que tu te demandes pourquoi le gentil monsieur se tient là-bas avec ton repas au lieu de venir te le donner. Besoin d'un coup de main ? Il se trouve que je suis un peu habituée aux écuries.

— Ça va aller, merci.

Malgré sa réussite, quand il se retrouvait avec Finley, il redevenait le gamin qui n'avait jamais visité un musée ou vu une pièce de théâtre avant de la rencontrer. Inculte. Simplet. Et dans ce cas, n'y connaissant rien aux gros animaux à sabots.

— D'accord. Le foin, ce sont les balles vertes. Les balles couleur paille, c'est… eh bien, de la paille.

— Tu m'es très utile, dit-il sèchement.

Le sourire de Finley était éblouissant.

— Toujours.

Après avoir longuement comparé les étiquettes avec les instructions pour s'assurer qu'il faisait le bon mélange cette fois, il mit une portion de céréales et une autre de granulés pour chaque cheval dans leurs seaux respectifs et les leur apporta. L'odeur poussiéreuse de luzerne coupée et de cheval l'entourait. Il n'avait jamais pensé que les écuries pouvaient sembler douillettes – en fait, il ne pensait jamais aux écuries – mais bien que le temps dehors soit sombre et menaçant, à l'intérieur, tout paraissait lumineux et accueillant.

Ou peut-être que c'était dû à Finley. Elle était entrée dans la stalle de Trudy et brossait la robe de la jument avec quelque chose qui ressemblait à des cercles de métal aux bords irréguliers.

— Ça ressemble plus à un instrument de torture, dit-il en guise de salutation en ouvrant la porte de la stalle pour remplir la mangeoire.

— Tu as peur que je l'utilise sur toi plus tard ? À moins que tu l'espères ?

Elle remua les sourcils, ce qui le fit rire malgré lui.

— C'est une étrille. Parce que ton enclos est plein de boue et que tu t'en es mis partout, hein, ma belle ?

Elle caressa le long nez de Trudy qui semblait apprécier ce traitement, à en juger par la manière dont elle se blottissait contre Finley.

Être jaloux d'un animal était ridicule. Will s'approcha de l'autre stalle, où était cette fois marqué « Ranger », et vida le contenu du seau à l'endroit approprié. Le hongre alezan l'ignora au profit de sa nourriture.

— Bonne idée, mon pote. Concentre-toi sur le plus important. Ne fais pas attention aux autres.

Mais quand il quitta la stalle, Finley avait disparu. Il

ne l'avait pas entendue partir, alors elle ne devait pas être très loin.

— Finley ?

— Dans le paddock de Trudy, répondit une voix distante.

Il ouvrit la porte de la stalle de Trudy. De l'autre côté de l'espace clos, il y avait un passage vers une petite zone de terre couverte par un surplomb pour protéger des intempéries, et plus loin, une étendue d'herbe clôturée. Finley se tenait avec Trudy à l'endroit où commençait l'herbe, nez à nez, comme si elles communiquaient. Puis Finley prit une pomme dans la poche de devant de sa chemise, en croqua une bouchée et tendit le reste à la jument, la paume à plat. Trudy mangea délicatement le cadeau, puis s'éloigna d'un pas tranquille vers le fond du paddock pour compléter son petit déjeuner. Finley regarda la jument s'éloigner.

Will s'avança pour la rejoindre. En approchant, il réalisa qu'il n'avait jamais vu Finley aussi… naturelle. Le rictus narquois qui semblait avoir élu résidence sur ses lèvres avait disparu, remplacé par un sourire sincère.

Même lors de leurs rencontres passionnées, il savait qu'elle était toujours dans la maîtrise, lui donnant accès à son corps, mais pas aux recoins les plus profonds de son âme. Mais là ? Il avait un aperçu de ce qu'elle lui avait toujours caché.

Elle tourna la tête vers lui. Son expression vive et taquine revint alors qu'elle se tenait plus droite et croisait les bras sur sa poitrine.

— Tu as nourri Ranger ?

La parenthèse était refermée. La déception le fit chanceler juste un instant.

— Lui aussi, c'est un cheval, expliqua-t-elle quand il la rejoignit. Un long nez, une queue, quatre pattes.

— Je m'en suis rendu compte, merci. Vous avez l'air

de bien vous entendre, toutes les deux, dit-il en désignant Trudy d'un signe de la tête.

Le regard de Finley s'adoucit tandis qu'elle regardait la jument.

— Ma mère adorait les chevaux. J'ai grandi autour d'eux.

Vraiment ?

— Je ne savais pas.

— Ce n'est pas comme si on consacrait notre temps à de longues conversations profondes, dit-elle en riant, si on pouvait appeler ça un rire. Oh ! j'avais déjà renoncé à mon rêve de cavalière à l'époque. J'ai remporté plusieurs compétitions de saut quand j'étais petite. Mais quand ma mère est morte et qu'il a paru évident que je n'étais pas assez douée pour participer aux compétitions de haut niveau, Barrett a décidé que les chevaux étaient du gaspillage de temps et d'argent et que c'était fini, raconta-t-elle en haussant les épaules. J'ai tourné la page.

Quand elle avait rompu avec Will, elle avait mis fin à leur relation avec les mêmes mots. « Le stage est terminé, alors il est temps de tourner la page. C'est fini. » Il avait ressenti un tel choc, une telle douleur, qu'il n'avait pas pu remarquer autre chose que sa manière nonchalante de négliger ce qui avait été l'été le plus transcendant de toute sa vie.

Il se demanda s'il y avait des sillons autour de ses lèvres ce jour-là comme aujourd'hui. Son regard était-il aussi voilé, rendant ses véritables émotions indécryptables ? S'il avait fait plus attention, peut-être qu'il s'en souviendrait.

Puis, en un battement de cils, son expression reprit son air suffisant habituel. Elle réduit l'espace qui les séparait et le regarda sous ses cils baissés.

— Mais j'aime toujours monter, dit-elle avec un timbre

rauque qui mit ses nerfs en alerte. Peut-être qu'on pourrait en profiter pour se remettre en selle tous les deux.

— Je ne monte pas à cheval.

Elle afficha un sourire. Un sourire malicieux, plein de sensualité et de péché.

— Ce n'est pas ce qu'il y a dans mes souvenirs. Il me semble que tu sais plutôt bien tenir les rênes, de manière... passionnée. Avec une endurance de plusieurs heures, jusqu'à ce qu'on soit tous les deux à bout de souffle.

Il était dur. Dur et engourdi, et elle n'avait fait que susurrer quelques mots...

Le regard de Finley brillait alors que son sourire s'élargissait. Elle savait l'effet qu'elle lui faisait. Elle l'avait toujours su.

Son cerveau luttait ardûment pour contrôler son sexe.

— Je retourne à la maison.

Il se dirigea vers le portail avec l'intention de mettre le plus d'espace possible en un minimum de temps entre Finley et lui. Il ne remarqua pas la grande flaque de boue. De la boue épaisse et visqueuse qui englua ses baskets, l'empêchant de lever son pied droit.

Il tomba en avant et battit des bras pour essayer de garder l'équilibre. Son autre pied glissa.

Il se retrouva à quatre pattes.

La boue avait amorti sa chute. Son ego était la seule chose qui avait pris un coup. Enfin, son ego et ses vêtements, qui auraient besoin d'un nettoyage professionnel. Il s'accroupit pour chercher la chaussure qui lui manquait dans la boue.

Finley arriva en courant. Ses bottes restèrent bien accrochées à ses pieds. Pas étonnant qu'elles fassent partie de la tenue réglementaire dans un ranch.

— Tu vas bien ?

— Rien n’est touché, à part ma dignité.

Elle éclata de rire.

— Tu ressembles à l’Abominable Homme de Boue.

— Je t’ai rattrapée quand tu as failli tomber au mariage. Tu ne me rends pas la pareille ?

Des gouttes de pluie coulaient de ses cheveux dans ses yeux. Il plaqua ses cheveux en arrière, puis réalisa que cela ne faisait qu’étaler un peu plus de boue.

Elle riait si fort qu’elle était presque pliée en deux.

— Même si j’avais été assez près pour te rattraper, qu’est-ce qui te fait penser que j’aurais pu t’éviter de tomber ? Nous serions tous les deux dans la boue jusqu’au cou.

Mince, son hilarité était contagieuse. Il rit doucement.

— Tu ne veux pas être sale, mais c’est marrant quand les autres le sont ?

— Ça ne serait pas amusant si tu étais blessé. Mais comme ce n’est pas le cas…

Elle reprit son souffle et essuya ses larmes.

— Bon, pour te montrer que je suis sympa, je vais t’aider à te relever.

Elle lui tendit une main et tira de toutes ses forces.

Ils tombèrent tous les deux dans la boue, Finley atterrissant sur lui. Jambes contre jambes, torse contre torse. Les formes douces et chaudes de Finley écrasées contre lui. Il avait le souffle coupé.

Sous le choc, elle resta immobile. Puis après une seconde, elle se détendit contre lui. Le corps de Will la reconnut instantanément. Elle se plaqua contre lui comme elle le faisait toujours, comme si ses courbes étaient expressément créées pour suivre les creux et les bosses de sa musculature, malgré les années qui avaient passé. Ses bras allaient l’attraper avant qu’il ne s’en rende compte. Il les força à revenir sur ses flancs.

Elle leva la tête, son petit rire résonnant entre eux.

— Tu l'as fait exprès. Mais je suis d'accord. La boue, c'est beaucoup plus amusant à deux.

Était-ce une nouvelle allusion ? Quoi qu'il en soit, il était bien conscient du peu de tissu qui les séparait. Son entrejambe commençait à faire des demandes que sa tête n'était pas sûre de pouvoir outrepasser.

— Je n'ai rien fait. C'est toi qui n'as pas bien posé tes pieds et qui as perdu l'équilibre.

— Et toi, tu… (Elle se remit à rire.) Will, tu as littéralement de la boue dans les yeux. Ou presque. Juste là, laisse-moi faire.

Elle se mit à genoux et sortit le bas de sa chemise de son jean. Puis elle se pencha et utilisa un rebord propre pour lui essuyer délicatement le visage.

— Voilà.

Leurs regards se croisèrent. Et s'attardèrent. Le pouls de Will, jamais très lent quand Finley était dans les parages, battait douloureusement dans ses oreilles.

— Merci.

Il vit la malice dans ses yeux. Le genre de malice qui les avait autrefois menés à se cacher dans un jardin public et finir tous les deux nus à étouffer leurs cris de plaisir pour que les gardiens ne les entendent pas.

— De rien. Qui sait ce qu'il y a dans cette boue ? Il ne faudrait pas que tu attrapes une cochonnerie alors qu'on ne peut pas avoir de docteur, tu te souviens ?

Il se souvenait très bien. Mais les souvenirs remontaient bien plus loin qu'à ce matin. Et il en avait assez de les repousser. Assez d'agir comme si, chaque fois que Finley était à côté de lui, son sang ne se mettait pas à bouillir et que son sourire taquin n'était pas un catalyseur qui attisait le feu en lui.

Après tout, elle le méritait.

Il se leva et Finley en fit de même. Elle avait l'air relativement propre en dehors d'éclaboussures çà et là. Lui avait de la boue partout, sur son jean, son sweat et dans les cheveux.

— Oui. Les docteurs. Y a-t-il une autre partie de mon corps qui devrait m'inquiéter ? Comme, par exemple, mes mains ?

Finley sembla réfléchir.

— Peut-être que je devrais regarder. Au cas où il y ait une blessure.

Il les lui tendit. Les mains de Finley n'étaient pas complètement propres, mais ils savaient tous les deux que sa question n'était qu'un prétexte. Elle passa lentement ses doigts sur ses paumes, puis l'intérieur de ses poignets, éveillant des terminaisons nerveuses dont il n'avait même pas conscience. De minuscules ondes de choc résonnaient dans son corps.

Elle leva ses yeux noirs vers les siens.

— Je crois qu'elles vont bien.

— Et mon dos ? Il est plein de boue.

— Je serais heureuse de l'examiner, répondit-elle avec un sourire qui lui envoya un coup de chaleur entre les jambes.

En prenant son temps, elle passa ses mains sur ses épaules, puis le long de sa colonne vertébrale et de ses fesses. Ses doigts relevèrent son sweat-shirt, explorèrent la zone au-dessus de sa ceinture sans descendre plus bas. Qui savait que cette zone était l'une des plus érogènes de son corps ? Quand elle réapparut devant lui, il était dur et chaud.

— Je suis ravie de t'apprendre que tout semble en ordre.

Sous les traces de boue sur le visage de Finley, ses joues étaient rouge écarlate. Il ne l'avait jamais trouvée plus jolie.

— Et ma bouche ? Je détesterais avaler quelque chose que je n'aurais pas dû. Puisqu'on ne peut pas faire venir de docteur.

Finley baissa les yeux vers la zone en question et s'y attarda. Elle secoua lentement la tête, puis leva les yeux vers les siens. Il n'y avait plus de malice, mais des flammes sombres.

— Ça va. Et moi ? Pour la même raison, évidemment.

Sa bouche était… parfaite. Une lèvre inférieure douce et pulpeuse qu'on avait envie de mordiller et un arc de Cupidon sur la supérieure. L'entrejambe de Will était encore plus à l'étroit… Il retrouva enfin sa voix.

— Il n'y a pas autant de boue sur toi, Finley.

Elle se figea et ses yeux perdirent de leur éclat. Il fronça les sourcils, mais n'eut pas le temps de demander ce qui n'allait pas. Elle se pencha vers lui et serra son sweat au niveau de ses épaules. Avec ses bottes, elle était presque aussi grande que lui, d'autant plus qu'il lui manquait encore une chaussure. Elle leva la tête, et cette bouche parfaite hésita près de la sienne.

— Alors fais quelque chose pour y remédier, Will.

Il n'eut pas besoin d'une autre invitation.

Dans sa vie, il avait eu trois expériences suprêmes. La première, rattraper une balle lors du septième match des World Series de 2016 pendant qu'il encourageait son équipe préférée, les Chicago Cubs. La deuxième, recevoir son premier brevet pour un logiciel. Et enfin, il y avait son premier baiser avec Finley Smythe.

La liste était complètement chamboulée. Sens dessus dessous. Parce que rien ne pourrait jamais rivaliser avec le fait d'embrasser Finley au milieu d'un enclos à cheval, couvert de boue dans l'air frais et humide. Mais il n'eut pas froid très longtemps. Son sang déjà chaud se transforma en lave quand les lèvres de Finley touchèrent les siennes.

Il effleura ses lèvres avec la langue pour les lui faire ouvrir. Finley gémit et se pressa contre lui, ses mains se mêlant à ses cheveux et sa langue sortant pour s'entortiller autour de la sienne. Sa bouche était chaude et mouillée et avait un léger goût de pomme, mais surtout de Finley, un goût qui, il le réalisa soudain, lui avait inconsciemment manqué pendant toutes ces années.

Il l'attrapa par la taille pour la serrer contre lui. Il décoinça entièrement sa chemise qui était glissée dans son jean pour avoir accès à la femme bien chaude sous la flanelle. Il caressait la peau satinée de son dos, explorant un territoire qui lui avait été, à une époque, aussi familier que son propre reflet dans un miroir. Les bosses de sa colonne vertébrale étaient plus prononcées aujourd'hui, les courbes de son ventre un peu plus rondes, mais son esprit cessa rapidement la comparaison, trop occupé à réaliser qu'il était en train d'embrasser Finley pour de vrai. Pas en rêve, pas dans un fantasme.

Le désir le faisait souffrir. Finley enroula ses jambes autour des siennes. Ses mains exploraient ses épaules, son torse, trouvant ses tétons à travers sa chemise et les pinçant juste assez pour qu'elle pousse un petit râle. Elle gémit dans sa bouche et frémit contre lui quand les doigts et les pouces de Will trouvèrent ses mamelons aussi durs que du diamant.

Elle s'écarta, juste de quelques centimètres.

— Rentrons à la maison.

Il la sonda du regard. Ses yeux étaient noirs et fous de passion, oui, mais il lisait autre chose sur son visage.

Un air de victoire.

Le feu qui brûlait pourtant si fort s'atténua soudainement.

Il n'avait pas vu Finley depuis des années, mais certaines choses étaient gravées dans sa mémoire et les expressions sur son visage en faisaient partie.

À cet instant, elle avait la même expression que quand elle avait réussi à lui obtenir une invitation à un gala à la Maison-Blanche et qu'il avait reconnu son talent.

Il fit un pas en arrière et serra les poings pour ne pas céder à la tentation de la tirer vers lui et de se perdre dans les flammes du désir à nouveau.

La confusion remplaça le triomphe qu'il avait discerné.

— Will ? Qu'est-ce qui ne va pas ? Parce que je suis presque sûre qu'on s'amusait bien tous les deux.

Il secoua la tête. Que faisait-il ? N'avait-il rien retenu de sa première leçon ? Il ne pouvait pas être la distraction de Finley Smythe quand elle avait envie de s'amuser et qu'elle n'avait rien d'autre sous la main.

Il aurait dû la remercier de lui rappeler pourquoi il avait accepté de participer à l'émission basée sur EverAftr. Non seulement il croyait en l'algorithme d'EverAftr, mais en plus, il en avait assez de rentrer tous les soirs chez lui dans une maison vide et silencieuse. Ses deux sœurs s'étaient récemment mariées et si Lauren laissait sous-entendre occasionnellement qu'il y avait quelques couacs dans son couple avec Reid, son autre sœur, Claire, nageait dans le bonheur avec sa femme, Berit. Il voulait la même chose qu'elles.

Il aurait pu s'inscrire de manière anonyme sur EverAftr, mais son identité finirait forcément par être découverte. Se retrouver sur les pages d'un site de ragots si un rencard déçu dévoilait des détails sur leur rencontre ne le dérangeait pas, mais son entreprise ne méritait pas un retour de flamme. Ce n'était pas la faute d'EverAftr si ses relations duraient rarement plus de trois mois, ce dont il endossait l'entière responsabilité.

Mais dans cette émission, sa participation serait en *open source*. Les filles avec qui il sortirait seraient filmées et montrées au monde entier. Il se réjouissait de prouver la valeur d'EverAftr au public en soutenant la promesse de sa compagnie.

Exaucer le rêve de son mentor n'était que la cerise sur le gâteau. Ji-Hoon avait cru en lui quand il avait eu besoin d'une validation extérieure.

Mais Finley ? Après cet été-là, elle l'avait repoussé. Rejeté l'offre de son cœur et de son âme. Elle avait des objectifs plus grands et l'avait allègrement largué pour poursuivre ses rêves.

Il ne pouvait pas se laisser ensorceler à nouveau. Oui, il la désirait. Qui aurait pu résister ? Elle était intelligente, le faisait rire et ses baisers enivrants étaient addictifs. Son envie d'en avoir plus lui donnait des tremblements.

Mais il n'était plus un pauvre étudiant de vingt et un ans aveuglé par son aura. Il avait une vie. Il était à la tête d'une entreprise prospère. Des gens dépendaient de lui.

Il la désirait, mais cela ne suffisait pas. Pas sans aucune perspective.

— Will ?

Elle leva la tête et croisa les bras sur sa poitrine.

— Il commence à faire froid, dit-il sans faire référence seulement au temps. Je rentre pour me débarrasser de cette boue. Puis je dois travailler. Tu ne me verras pas pour le reste de la journée.

— Je ne… mais qu'est-ce qui se passe, bon sang, Will ? Ce n'était pas une torche dans ta poche que j'ai sentie.

Elle était furieuse. Et avec Finley, la colère n'était pas explosive, mais cinglante.

— Sois honnête. Pour une fois, dit-il en la regardant. Est-ce quelque chose que tu veux vraiment ? Me désires-tu ou veux-tu faire ça juste parce que tu t'ennuies ?

Elle ne dit rien. Ce n'était pas nécessaire. L'éclair qu'il voyait dans son regard était une réponse suffisante.

— Je te trouve désirable. Je t'ai toujours trouvée désirable. Je te trouverai désirable quand on aura cent quatre ans. Mais je ne peux pas refaire ça. Je ne suis pas et ne serai jamais ton jouet.

Il ouvrit la porte du paddock. Après l'avoir refermée derrière lui, il marcha vers la maison.

Il dut lutter de toutes ses forces, et même puiser dans la réserve, pour ne pas faire demi-tour, l'attraper et la ramener avec lui.

- 9 -

Finley fixa le dos de Will qui s'éloignait. Sa bouche bougea, mais son cerveau n'arrivait pas à faire une phrase. Mais elle aurait préféré mourir que laisser Will avoir le dernier mot.

— Tu as intérêt à ne pas utiliser toute l'eau !

Ce fut la seule chose qui lui vint à l'esprit. Le reste était un mélange de désir, de colère et… Elle ressentit des papillons dans le ventre, et pas de la même manière délicieuse que quand Will était près d'elle. C'était comme le signe précurseur d'une aigreur d'estomac qui la garderait clouée sur le canapé.

Elle s'était complètement ridiculisée. Mais il y avait une consolation : personne n'était au courant.

Trudy s'ébroua dans son coin et leva la tête vers Finley, comme pour dire : « Quel fiasco ». Ranger sembla approuver.

— D'accord, marmonna Finley. Vous, vous savez.

Il n'y avait rien à faire, sauf attendre que Will soit bien à l'intérieur, occupé au travail qu'il pensait pouvoir accomplir avec un téléphone déchargé et sans électricité, pour qu'elle puisse se rendre dans sa suite. Seule. Pour le reste de ce séjour à la durée inconnue dans ce ranch isolé. Retour à son plan d'origine : « Opération Will Taylor n'existe pas ».

Au moins, elle n'aurait pas à s'inquiéter de savoir si le chauffe-eau du ranch fonctionnait à l'électricité. Elle prendrait une douche froide.

Le reste de la journée passa à une lenteur exaspérante. Finley prit une douche, mais l'effet réconfortant de l'eau fut annulé par des images des biceps de Will sous ses mains, de sa bouche chaude et avide, sa cuisse entre les siennes, la forme dure dans son jean, preuve qu'il la désirait autant qu'elle le désirait. Elle choisit un roman récent dans la bibliothèque du salon de la suite, mais après avoir lu la première page cinq fois sans intégrer un mot, elle décida que le problème ne venait pas du livre, mais de sa capacité à se concentrer.

Aller nager était hors de question puisque la pluie avait décidé de faire son retour cet après-midi. Les orages étaient rares en Californie du Sud, mais avec sa chance, elle était capable de se prendre un éclair dans la piscine. Aller marcher était aussi inenvisageable parce qu'elle n'était pas pressée de rencontrer les bêtes qui avaient donné leur nom au ranch en randonnant seule.

La tâche suivante sur sa liste était d'informer les gens sur sa situation. Elle s'assura que la cuisine était vide avant d'y entrer, puis parla à Tim avec la radio, lui dictant des mails à envoyer à Sadiya ainsi qu'à Grayson et Nelle. Tim l'informa que la compagnie d'électricité travaillait sur la réparation du réseau pour le ranch, mais la tempête avait causé plusieurs coupures graves dans la région, si bien qu'il ne pouvait pas lui donner une estimation du temps que cela leur prendrait. Leur conversation dura environ une demi-heure, lui laissant le reste de la journée pour revivre ce qui s'était passé dans le paddock.

Quand l'horloge indiqua 23 heures, Finley n'avait plus d'idées pour se tenir occupée, mais elle refusait de laisser Will envahir son esprit. La maison était plongée dans le silence. Il faut dire que la maison était si grande que Will aurait pu organiser une fête avec trente invités bruyants sans qu'elle ne les entende. Mais elle était sûre que Will dormait du sommeil des anges après leur réveil prématuré ce matin, la conscience tranquille après l'avoir rejetée.

Elle n'arriverait pas à s'endormir comme ça. Et son estomac, qui avait été trop noué pour accepter grand-chose durant la journée, lui rappelait bruyamment qu'il était presque vide. Elle prévoyait une incursion tardive dans la cuisine.

Comme elle le soupçonnait, elle ne croisa personne, surtout pas son colocataire ridiculement séduisant. Elle ouvrit et referma les placards aussi discrètement que possible en espérant éviter un autre repas à base de beurre de cacahuète.

Elle trouva un filon derrière la sixième porte. Un sachet de gros marshmallows. Des barres de chocolat noir, au lait ou blanc. Et était-ce… ? Oui ! Des petits-beurre. Elle amassa son butin dans ses bras pour retourner dans sa suite, quand elle fut stoppée pour reconsidérer ses options.

Debout dans la grande cuisine sombre, tout son corps fut recouvert de chair de poule. Dans sa suite, elle s'enroulerait entre les draps et aurait bien chaud, mais un feu de cheminée ne serait-il pas encore mieux ? Elle pourrait se faire des *s'mores* au feu de bois, plutôt que manger les marshmallows et les barres de chocolat froids.

Elle trouva des brochettes et des serviettes, puis ajouta une bouteille de pinot noir et un tire-bouchon à ses trouvailles avant de les apporter dans le séjour. Elle avait remarqué l'immense cheminée qui dominait un mur de la pièce et la haute pile de bûches à côté quand elle était arrivée, avec un panier contenant du petit bois et des allumettes. Finley avait quelques connaissances en techniques de survie – certes, si on lui avait donné le choix pour les vacances, elle aurait choisi un hôtel de luxe avec un room-service plutôt qu'un camp de vacances isolé – mais elle était assez fière d'être capable d'allumer un feu. Des flammes vacillantes projetèrent bientôt une lueur dorée dans la pièce, créant une ambiance plus douillette et chaleureuse.

Elle installa des coussins de sol géants devant le feu et s'assit en tailleur, se couvrant avec une couverture en cachemire prise sur le dossier de l'un des canapés en cuir. Puis elle mit plusieurs marshmallows sur une pique et les fit tourner au-dessus des bûches en feu pour créer une jolie couche dorée.

Un long soupir lui échappa. Cela faisait si longtemps qu'elle avait l'impression d'être en mouvement perpétuel… depuis cet été avec Will en fait. Elle avait d'abord accepté la proposition de Barrett de travailler pour lui, avait rapidement gravi les échelons d'assistante à cheffe d'équipe, en bossant plus dur et plus tard que n'importe qui d'autre dans son bureau. Puis Barrett avait eu sa première crise cardiaque qui l'avait poussé à annoncer son retrait anticipé du Congrès. Il lui avait demandé de préparer Grayson pour récupérer la place de son père et ainsi assurer la pérennité de la dynastie politique de la famille Monk.

Il ne lui avait jamais demandé si elle voulait cette place.

Et elle avait fait ce que son beau-père attendait d'elle. Elle était devenue la gestionnaire de campagne de Grayson, en l'aidant à atteindre des scores inégalables dans les sondages. Son élection au Congrès était assurée quand il avait découvert le détournement de fonds de campagne de Barrett, menant à l'abandon de la course par Grayson. Après qu'ils avaient tiré tous les deux la sonnette d'alarme et que Barrett avait été condamné à de la prison, elle s'était lancée à corps perdu dans l'organisation du mariage de Grayson et Nelle.

C'était étonnamment grisant de s'asseoir et de ne se

soucier de rien à part le fondant des marshmallows, le point de fusion du chocolat et le croustillant des biscuits.

Qu'avait dit Nelle quand elle lui avait proposé de séjourner à Running Coyote ? Que rester ici donnerait à Finley le temps et l'espace de réfléchir à ce qu'elle voulait faire de sa vie ? Cela s'avérait être l'euphémisme du siècle.

Si on demandait à Finley une liste de ses choses préférées, l'introspection n'arrivait pas dans les dix mille premières. C'était une femme d'action, pas une philosophe. Elle faisait en sorte que les choses arrivent.

Enfin, que la plupart des choses arrivent. Will n'avait pas accepté la proposition qu'elle lui avait faite dans le paddock. Elle eut un petit nœud à l'estomac, mais mit un autre marshmallow dans sa bouche.

Will était l'exception qui confirmait la règle. Normalement, elle n'avait pas de problème pour amadouer, séduire les gens pour qu'ils fassent ce qu'elle voulait. Toutefois, elle n'exploitait pas son pouvoir à des fins égoïstes, mais dans le cas de Will, il ne semblait pas avoir de mal à lui résister. En général, elle utilisait son pouvoir en faveur des autres. Elle avait préparé un mariage parfait pour Grayson et Nelle. En tant que cheffe d'équipe de Barrett, elle s'était assurée de toujours lui faciliter la vie.

Bien sûr, son beau-père lui avait caché beaucoup de choses, dont son détournement de fonds de campagne pour financer son mode de vie prodigue. Finley avait toujours présumé qu'il avait hérité de sa richesse puisqu'il était le dernier d'une longue lignée de politiciens et d'hommes de pouvoir, mais non. Son argent venait de l'escroquerie et de la corruption. Ce qui rendait crédibles certaines déclarations que Sadiya avait dit retrouver dans le livre encore non publié d'Erika O'Donnell. Finley n'avait plus de doute sur le fait que, s'il y avait un réseau de délit d'initié dans certains cercles de Washington, son beau-père y serait impliqué jusqu'au cou.

Elle soupira. Qui était-elle si elle n'était pas la cheffe d'équipe de Barrett ? Que voulait-elle ?

La voix de Will lui posant cette dernière question résonnait dans sa tête. Elle prit une longue gorgée de vin, mais l'alcool ne fit qu'intensifier sa confusion.

Une ombre dans un coin de la pièce la fit sursauter. Du pinot se renversa, tachant l'un des coussins.

— Mince !

L'ombre se rapprocha et Will apparut. Il s'agenouilla à côté d'elle et lui tendit une serviette en papier.

— Tiens.

Elle l'attrapa et tamponna le coussin. Le vin avait atterri sur une partie avec des motifs et ne semblait pas laisser de tache visible.

— Tu as failli me faire avoir une crise cardiaque. Il faut vraiment que tu apprennes à annoncer ton arrivée.

— Désolé, dit-il en s'asseyant par terre à côté d'elle. Au moins, tu ne t'es pas coupée cette fois.

Sa proximité fit disparaître instantanément le peu de calme qu'elle avait trouvé. Son estomac recommença à se serrer. Peut-être que les gourmandises étaient une mauvaise idée.

— Je vais aller me coucher. Je te laisse tranquille.

Mais quand elle bougea pour se lever, Will secoua la tête.

— Il fait un froid de canard dans ma chambre. Je suppose que c'est pareil dans la tienne. Tu as fait ce que j'étais venu faire : allumer un feu pour dormir ici. Ne joue pas les martyrs à cause de moi.

— Tu n'as pas peur que j'essaie de te sauter dessus ?

La manière dont il l'avait repoussée la piquait toujours au vif.

— On est deux à participer dans un baiser, répondit-il avec un sourire. On signe une trêve ?

Puis il désigna les brochettes en métal et le sac de marshmallows d'un signe de tête.

— Bonne idée.

— D'accord pour la trêve.

Elle se rassit sur son coussin, mais chaque terminaison nerveuse vibrait à cause de la proximité de Will. Elle occupa ses mains en préparant une autre brochette.

— J'en ai marre du beurre de cacahuète. Et ce n'est que le premier jour.

— Avec un peu de chance, la route sera bientôt dégagée.

— Je serai rassurée quand l'électricité sera rétablie. Sérieusement, quel genre de milliardaires est ton beau-frère s'il ne peut pas se payer un générateur qui fonctionne ?

Elle le taquinait, mais Will se figea.

— Il est du genre qui donne généreusement via sa fondation. Mais qui ne semble pas avoir beaucoup de temps pour sa nouvelle vie, finit-il par dire avec un regard distant. Ou pour l'entretien d'un ranch. Apparemment.

— Je suis désolée de l'entendre. Pour ta sœur, je veux dire.

Elle lui passa la brochette et en prépara une pour elle. Ils regardaient tous les deux les marshmallows griller.

— Moi aussi. Je me sens responsable puisque c'est moi qui les ai présentés. Mais Lauren affirme qu'elle est heureuse.

— Peut-être qu'elle l'est.

Finley enleva sa brochette du feu même si les marshmallows n'étaient pas encore complètement dorés. Parler de couples qui s'étaient promis d'être ensemble pour l'éternité pour finir par découvrir que l'éternité avait une date d'expiration était encore plus bas que l'introspection dans sa liste de choses qu'elle aimait faire.

— Et le fait qu'ils se sont connus grâce à toi ne veut pas dire que tu es responsable.

— Sauf que je le suis. L'entreprise de Reid a investi dans mon application. Il a dit qu'il faisait partie des alpha testeurs, même si l'appli à l'époque était principalement utilisée par les amis et de membres de ma famille. Je pensais qu'il plaisantait, mais j'ai quand même accepté son offre. Puis il a été associé à Lauren. Tu connais la suite.

Finley s'immobilisa, la brochette devant la bouche.

— Attends. Je ne comprends pas. Ton application est une sorte de service de dating ?

— EverAftr. Oui.

— EverAftr, c'est toi ?

La pièce tourna autour de Finley. Elle posa sa brochette et attrapa le bord de son coussin dans une tentative vaine de se raccrocher à quelque chose.

Will avait créé l'appli de rencontre la plus populaire du pays. La réussite d'EverAftr dans la formation de couples durables avait tellement fait parler que même Finley, qui ne s'était jamais intéressée aux rencontres en ligne, en avait entendu parler.

Will, l'homme qui lui avait prouvé que la notion d'âmes sœurs était un mythe, avait fait fortune en créant des couples remplis de cœurs et de fleurs ?

Les marshmallows grillés étaient définitivement une erreur.

— Tu ne savais pas que j'avais créé EverAftr ? Je ne sais pas si je devrais me sentir insulté que tu n'aies pas fait de recherches sur moi sur Internet. Au moins de temps en temps.

— As-tu déjà vu combien de résultats sortent quand on cherche « Will Taylor » sur Google ?

Elle déglutit, mais faillit s'étrangler. Elle se mit à tousser.

— Tu veux un peu d'eau ?

Elle secoua la tête et attrapa la bouteille de vin pour en prendre une gorgée.

— Ça va, réussit-elle à dire.

— J'espère que ta réaction ne veut pas dire que tu as eu une mauvaise expérience avec EverAftr.

— Non. (Elle essaya de paraître aussi calme que possible.) Je ne l'ai jamais essayée. Je n'ai jamais essayé aucune application de dating, d'ailleurs.

— OK. Je suppose que tu n'as pas besoin d'aide pour faire des rencontres.

— C'est surtout que je n'en ai pas envie, lâcha-t-elle avant de plaquer le dos de sa main sur ses lèvres. Désolée. Ça donne l'impression que je suis complètement asociale. En fait, je n'ai juste pas de rencards.

— Ce n'est pas l'impression que j'ai eue dans le paddock.

Il prit à son tour une gorgée de pinot noir, mais elle eut le temps de voir sa bouche esquisser un sourire juste avant.

— Je n'ai pas dit que j'étais abstinente. C'est juste que je… je n'ai pas de vraies relations. (Elle lui adressa un regard sous ses longs cils.) Tu as raté quelque chose. Tu aurais pu prendre ton pied, entre autres choses, avec du sexe sans attachement, mais tu m'as repoussée. Tant pis pour toi.

— Je ne t'ai pas repoussée, Lee. J'ai dit que je n'étais pas ton jouet, clarifia-t-il en finissant le vin avant de se lever. Tu veux encore du rouge ? Ou on passe au blanc ?

— Le rouge va mieux avec le chocolat. Ou du whisky, lança-t-elle alors qu'il s'éloignait.

Elle sentit son cœur dans sa gorge palpiter à au moins

dix mille battements par seconde. Il l'avait appelée Lee. Personne ne l'appelait Lee, sauf lui. Et seulement quand il lui disait qu'il l'aimait, cet été si lointain.

Will revint avec deux bouteilles de vin rouge dans sa main gauche et une carafe de whisky dans la droite. Il les posa devant le foyer, puis ouvrit la bouteille la plus proche avant de la lui proposer.

— Tu veux partager ou avoir la tienne ?

Une image de sa bouche sur la bouteille de vin la fit remuer sur son coussin. Partager était infiniment préférable.

— Je ne pourrai pas en finir une entière. D'ailleurs, je suis surprise que tu n'aies pas rapporté des verres.

— Je n'avais pas assez de mains. Et je pensais que ça ne te dérangerait pas.

Elle savait exactement ce que ses mains pouvaient contenir.

— Ça me va. Ça fait moins de vaisselle.

— Le travail domestique n'a jamais été ton truc, fit-il remarquer en riant doucement.

— Je fais souvent la vaisselle et je nettoie mon appartement. Ce n'est pas la première fois que tu plaisantes comme si j'étais une princesse gâtée.

— Tu as grandi parmi l'élite.

— Excuse-moi, M. EverAftr. Ton entreprise ne s'est-elle pas introduite en Bourse avec une capitalisation à faire rougir Medevco et HomeHotels ?

— Je n'ai pas passé mon enfance avec un gouverneur de Californie comme arrière-grand-père et un membre du Congrès comme père.

— Moi non plus. Barrett est mon beau-père.

— Ça fait une différence ?

Oh oui. Elle pinça les lèvres et fixa le feu.

Will leva la bouteille.

— Désolé. On dirait que oui.

Elle la prit.

— Je ne veux pas renforcer le cliché du méchant beau-parent. Beaucoup de gens ont des beaux-parents aimants qui ne leur donnent que de l'amour et du réconfort. Et mon propre père a disparu après ma naissance et ne voulait rien avoir à faire avec moi, ce qui fait de Barret le père de l'année en comparaison avec lui, expliqua-t-elle avec un soupir.

— Tu n'as jamais beaucoup parlé de ta famille. Je n'ai su que tu avais un lien de parenté avec Barrett qu'à la moitié du stage.

— Pour une bonne raison.

Son regard était toujours rivé sur les flammes. Elle le disait à peu de personnes à l'époque, de peur des rumeurs de népotisme. Elle aurait préféré ne jamais le dire à Will.

— Je suppose que Barrett m'a traitée comme il l'aurait fait avec n'importe quelle fille. Grayson était son fils, et nos genres faisaient une différence pour lui. Mais Barrett n'aurait probablement pas dû être le parent de qui que ce soit.

Elle reprit la bouteille de la main de Will et en but plusieurs gorgées avant de la lui rendre.

— Même si je pense que je ressemble plus à Barrett que Grayson.

— Je ne te vois pas aller en prison pour une fraude au financement de campagne, si ça peut te consoler.

Elle se mit à rire. C'était bon. Elle n'avait pas ri à propos de Barrett depuis très longtemps.

— Oui.

Le feu agréable de l'alcool dans son estomac voyageait dans ses veines et pesait sur ses jambes avec une langueur détendue. En même temps, admettre que Barrett avait été un parent moins que parfait lui donnait l'impression d'être plus légère. Plus jeune. Plus insouciante. Elle n'avait plus à prétendre faire partie d'une famille parfaite pour les médias de Washington.

Elle devait encore réfléchir à ses propres défauts. Elle inspira, croisa le regard de Will rivé sur le sien, puis souffla.

— Tu ne te trompais pas, tout à l'heure dans le paddock. C'était un jeu. Je m'excuse sincèrement. Mais je n'ai jamais pensé que tu étais un jouet. Ni aujourd'hui, ni à l'époque. Tu m'as brisé le cœur, Will.

Il cligna des yeux, puis éclata de rire.

— Moi, je t'ai brisé le cœur ? C'est toi qui as brisé le mien en rompant avec moi. Sans prévenir.

— Je ne…

— Si.

Il ne riait plus.

— Tu ne m'as pas laissée finir. J'allais dire que je ne voulais pas qu'on se sépare.

Elle tendit la main pour attraper la bouteille, mais il la serra dans la sienne.

Son regard, sombre et autoritaire, se riva sur le sien.

— Explique-toi.

Elle devrait renoncer à cette dose de courage pour poursuivre ses aveux.

— Cet été-là… avec la fin du stage et l'approche de la remise de diplôme, j'avais candidaté pour un poste au Département d'État.

— Je me souviens. Tu voulais voyager.

— Ouais. (Ce qu'elle n'avait jamais fait. Ou en tout cas pas comme elle l'aurait voulu.) Mais ce que je ne t'ai pas dit, c'est que Barret m'a proposé d'intégrer son bureau peu de temps avant mon entretien. Il a dit qu'il avait reçu des rapports qui disaient que je… je crois que le mot « flânais » avait été utilisé… avec un autre stagiaire.

— La plupart des personnes en âge de faire des études flânent. D'une manière ou une autre.

— Ah, mais ils ne sont pas la belle-fille de Barrett Monk. Une vitrine de sa famille brillante et de son nom réputé. Et tu dois l'admettre, on flânait un peu beaucoup. Et on n'était pas très discrets, dit-elle en désignant d'un signe de la tête la bouteille qu'il tenait encore fermement dans ses mains. Sérieusement, je peux en avoir ?

Will secoua la tête.

— Je veux être sûr que c'est toi qui parles et pas l'alcool.

— Bien, dit-elle en repliant les genoux contre sa poitrine. Barrett a menacé de torpiller ma candidature. Il a dit que je ne montrais aucun respect pour les opportunités qu'il me donnait. J'avais besoin de lui prouver que je méritais d'être un membre de la famille Monk. Ce qui voulait dire arrêter toutes activités extérieures. Donc arrêter de te voir.

Will la regardait avec des yeux de braise.

— Pourquoi ne m'as-tu rien dit ? J'aurais compris.

Avec du recul, évidemment qu'elle aurait dû tout dire à Will. Être honnête et franche. Poser toutes ses cartes sur la table. Mais elle avait vingt et un ans, c'était une adulte, mais qui manquait d'expérience, affreusement jeune sur bien des aspects. Et par-dessus tout, elle voulait absolument l'approbation de Barrett.

Elle n'avait jamais connu son père biologique, qui était parti quand elle était encore un nourrisson. Sa mère avait épousé Barrett peu de temps après, mais après une longue maladie, elle était décédée quand Finley avait treize ans. Barrett était devenu son seul parent. Et comme la plupart des enfants, elle voulait rendre son parent fier, surtout parce que Barrett montrait rarement son affection, ce qui l'incitait à chercher encore plus son affection.

Il avait fallu de nombreuses séances de psy cette dernière année pour reconnaître les schémas nocifs dans ses relations familiales. Mais cette prise de conscience ne pouvait pas changer le passé.

— J'ai pensé que Barrett avait raison, finit-elle par dire. Il connaissait Washington. Il comprenait la politique. Il avait le savoir et l'expérience de son côté.

— Je comprends ça. Mais ce que je ne comprends pas, c'est pourquoi tu ne m'as rien dit.

Elle attrapa la carafe, enleva le bouchon et prit un petit remontant. Le fumet du whisky lui piqua le nez tandis que le liquide lui brûlait la gorge. Elle accueillit cette douleur momentanée.

— J'ai pensé bêtement que si toi et moi étions « âmes sœurs » (elle leva les yeux au plafond) comme tu le répétais, alors nous resterions ensemble. Que rien ne pourrait nous séparer pour de bon. Même si je te disais qu'on devait rompre. Tu aurais juste… évité… cet obstacle.

Elle se moquait de sa naïveté et s'attendait à ce que Will réagisse de la même façon. Mais il resta silencieux et immobile. Si immobile qu'elle était tentée de vérifier s'il continuait à respirer.

— Tu t'es montrée très convaincante, finit-il par dire.

Le feu fit un bruit sec. Il était réduit à quelques flammes qui léchaient les bûches. Elle ne pouvait pas bien voir son expression. Mais elle était presque sûre qu'il avait la gorge aussi serrée qu'elle.

— Barrett m'a persuadée que je devais l'être. Il disait… (Elle prit de nouveau la bouteille de whisky.) Il disait que tu m'utilisais. Pour mes relations et mon nom de famille. Pour avoir accès à lui.

La main gauche de Will fit un mouvement soudain. Elle s'empressa d'ajouter :

— Je lui ai assuré que ce n'était pas le cas.

— Je ne comprends pas, répéta Will. Pourquoi l'as-tu écouté ?

Pourquoi ? C'était une question qu'elle s'était posée un nombre incalculable de fois.

— Il était si inflexible, si sûr d'avoir raison. Et… (Elle ferma les yeux.) Tu dois admettre qu'utiliser les gens pour avancer était chose commune dans le milieu. J'avais peur. Peut-être qu'il avait raison. Peut-être que tu ne m'aimais pas autant que je t'aimais. Peut-être que je n'étais qu'un tremplin que tu finirais par écarter.

— Comment as-tu pu penser ça ? Non. Oublie. Comment as-tu pu penser que je pensais ça ? Je t'aimais. Tu le savais.

Sa voix était comme un murmure sévère dans l'obscurité.

— Je pensais le savoir.

Son estomac se noua en remarquant l'utilisation du passé. Elle prit une autre gorgée. Le whisky ne remplaça pas le goût amer que le souvenir avait laissé dans sa bouche.

— Il faut que tu saches que Barrett m'a montré les lettres.

— Quelles lettres ?

— Allez, Will. Les recommandations qu'il a écrites en ta faveur pour Harvard, Yale et Stanford. Je ne t'en veux pas, je savais que tu voulais être avocat et redresser les torts…

— Je n'ai jamais… explosa Will. Je n'ai… c'est un mensonge. Je n'ai jamais reçu de recommandations de sa part.

— Je les ai vues.

— Ça ne veut pas dire que je lui ai demandé ces lettres. Ni même que je voulais qu'il les rédige. Bon sang, Finley, lança-t-il en passant une main dans ses cheveux. Tu aurais dû me dire quelque chose.

Elle serra ses genoux contre elle et y posa la tête. Elle voyait clairement maintenant ce à quoi elle avait été aveugle pendant presque toute sa vie. Bien sûr que Barrett avait falsifié les recommandations, tout comme, avec son trésorier, il avait falsifié les rapports financiers envoyés à la Commission des élections fédérales. Elle qui était fière d'avoir toujours une longueur d'avance sur les autres, avait laissé Barrett la faire marcher pendant des années. Will ne faisait que confirmer ses pires soupçons.

— Je le sais. Aujourd'hui.

Will souffla.

— Je n'ai jamais fait d'études de droit.

Elle tourna la tête vers lui.

— Quoi ? Tu ne parlais que de ça. Je me suis assurée que Barrett envoie les recommandations, malgré notre rupture. Pourquoi ?

— Je… pourquoi tu n'es pas entré au Département d'État ?

— Ils m'ont retoquée.

Le souvenir était toujours douloureux, même si ce n'était pas aussi fort que quand elle pensait à Will pendant toutes ces années.

— Du coup, Barrett m'a offert un poste dans son bureau. Je suis restée et j'ai fait mon chemin… et j'ai eu ces promotions en étant très bonne dans ce que je faisais. Pourquoi n'as-tu pas étudié le droit ?

Il ouvrit la bouche, puis la referma en haussant les épaules.

— Les choses ont bien tourné pour moi.

— P-DG d'EverAftr ? Je confirme.

Elle essaya de sourire, son refus de répondre à sa question à propos des études de droit l'agaçant plus qu'elle ne l'aurait voulu.

— Je suis surprise que tu aies appelé l'appli comme ça. Après tout, l'expression « *happily ever after* » est la conclusion de jolis contes pour enfants, et les grosses entreprises n'en veulent qu'à l'argent de leurs parents.

— Ce n'est pas ce que tu crois.

— Tu ne peux pas croire le contraire. Tu es trop intelligent.

Le regard impassible de Will sonda le sien. Puis il tourna la tête pour fixer les flammes en train de s'éteindre.

— Le nom sonnait bien. Le service marketing l'a bien aimé.

Elle réalisa qu'elle ne s'attendait pas à ce qu'il soit d'accord avec elle. Elle voulait qu'il proteste et la persuade qu'elle se trompait. Le fait qu'il ne le fasse pas…

Assez pensé au passé. La confession était peut-être bénéfique pour l'âme, mais c'était l'enfer pour la sérénité. Elle aurait dû retourner dans sa chambre. Sa chambre froide. Seule.

Elle remit le bouchon sur la carafe de whisky et se leva.

— C'est là que je te dis bonne nuit.

— Lee.

Elle se figea, se résolvant à voir un cardiologue quand la route serait dégagée. Son pouls continuellement rapide ne pouvait pas être bon pour sa santé.

— Oui ?

— Je ne me souviens pas que tu croyais que les fins heureuses étaient un mythe.

Avec un peu de chance, il ne pouvait pas voir son visage dans la pénombre. Ne pouvait pas discerner son envie flagrante de remonter quinze ans en arrière et de dire à Barrett où se mettre ses fausses lettres de recommandation. Avec un peu de chance, Will ne percevrait pas combien elle regrettait de ne pas avoir cru assez en lui, en leur amour.

Mais le passé ne pouvait pas être réécrit.

— J'y ai cru un jour. Mais j'ai grandi.

Il se leva à côté d'elle. Si près que les minuscules poils sur les bras de Finley se dressèrent.

— Je suis désolé, dit-il.

Elle plissa le front.

— Pour quoi ? La rupture était ma faute. C'est moi qui suis à l'origine de ce qui s'est passé ce matin-là. Je te dois plus d'excuses qu'il n'y avait de gouttes de pluie lors de la tempête de la nuit dernière.

— Pour ne pas t'avoir convaincue que je t'aimais pour la personne que tu étais.

Son nez commença bizarrement à picoter.

— Tu étais convaincant. J'ai décidé de ne pas croire l'évidence. Mais merci de le penser.

Sur un coup de tête, se rendant à peine compte de ce qu'elle faisait avant de le faire, elle se pencha pour embrasser sa joue couverte de barbe rase.

Il tourna la tête à la dernière seconde. Sa bouche atterrit sur la sienne.

Elle ressentit des étincelles qui enflammèrent ses veines. Elle ouvrit la bouche, sa langue implorant ses lèvres de s'écarter et plongeant à l'intérieur quand il accéda à sa demande. La langue de Will rencontra la sienne en une danse intense, brûlante et pressante. Finley se perdit dans la magie de ce baiser avec lui. Elle enroula ses bras autour de son cou, pressa sa poitrine contre son torse tandis qu'elle essayait de se rapprocher, de se plaquer contre lui.

Une bûche tomba dans la cheminée avec un gros bruit. Ils s'écartèrent. Finley leva les yeux vers Will.

— Désolée, je ne voulais pas rompre la trêve.

— Ne t'excuse pas.

Le regard de Will reflétait les flammes qui dansaient dans l'âtre. Ses mains se serrèrent sur sa taille.

— J'étais un participant volontaire.

Elle passa sa langue sur ses lèvres. Elles étaient enflées et avaient encore le goût de Will.

— Mais dans le paddock, tu as dit…

— Je répéterai ce que je t'ai demandé ce matin. Est-ce vraiment ce que tu veux ou est-ce un autre jeu ?

Elle allait défaillir de désir. Elle avait les jambes toutes molles. Ses bras lui faisaient mal. Son sexe palpitait et en demandait plus. Le demandait lui.

— Nous ne sommes pas destinés à être ensemble pour l'éternité. Mais pour ce soir, j'en ai envie. J'ai envie de toi.

— Ce soir.

Sa bouche se ferma sur la sienne.

- 10 -

Will embrassa Finley, mettant en réserve des souvenirs comme autant de pierres précieuses. Sa mémoire quasi parfaite ferait en sorte qu'il se souvienne à jamais de cette nuit, même si une partie de lui se demandait si Finley était bien dans ses bras, sa bouche chaude sur la sienne, ou s'il s'agissait d'un rêve très réel.

Mais rien dans ses rêves ne se rapprochait des sensations merveilleuses que lui fournissait ce baiser. Il y a quinze ans, ils étaient des gamins qui n'avaient que peu d'expérience et apprenaient encore à donner et recevoir du plaisir. Aujourd'hui, ils avaient tous deux bien plus d'assurance. Le désir montait, si ardent et rapide qu'il ne savait pas s'il retrouverait entièrement ses sens un jour.

Il déposa des baisers le long de son cou jusqu'à son oreille, se demandant si la peau à cet endroit était toujours aussi sensible. Quand il la lécha, elle retint son souffle et trembla, pressant fortement son ventre contre lui.

Il prit cela pour un oui.

Son T-shirt large le gênait. Il le releva et passa ses mains sur les courbes de son ventre, le creux de sa taille. Sa mémoire n'était pas aussi parfaite qu'il le pensait finalement, puisqu'il avait oublié à quel point sa peau était douce comme de la soie, comme elle frissonnait quand ses doigts dessinaient des formes sur son dos.

Elle recula pour retirer entièrement son T-shirt, révélant

ses seins. Il en perdit sa respiration. Finley à vingt et un ans était superbe. Finley aujourd'hui était… à couper le souffle. Pleine d'assurance et consciente de son pouvoir, une déesse sur tous les points. Elle s'agenouilla sur les coussins devant le feu, son regard sombre en guise d'invitation.

Inutile de le lui proposer deux fois. Elle se pencha pour l'embrasser, plaçant les mains de Will sur ses seins dont le poids et la taille lui étaient autrefois familiers, mais lui semblaient aujourd'hui nouveaux. Il redécouvrait, ses doigts titillant un mamelon parfait après l'autre, tirant et pinçant les tétons durs comme elle lui avait appris à le faire. Elle se laissa tomber contre lui, le souffle court et rapide.

Puis elle le poussa en arrière et fit passer son T-shirt par-dessus sa tête. Elle caressa légèrement ses abdos avec ses pouces, glissant sa main sous l'élastique de son pantalon et s'attardant près de son sexe terriblement dur sans jamais le toucher. Il serra les dents, transpirant d'impatience tant il voulait sentir sa main, sa bouche, et s'enfoncer en elle dès maintenant. Mais il voulait aussi que cette nuit dure toujours.

Comment était-ce possible ? Après toutes ces années, après ces nombreuses autres partenaires sexuelles et plusieurs petites amies, dont certaines avaient vraiment compté pour lui, il était sur le point de jouir juste en sachant que la personne qui le touchait était Finley.

Il repoussa péniblement sa main et l'allongea à côté de lui. Son pantalon de yoga était une barrière inutile qu'il retira rapidement, dévoilant le triangle sombre en haut de ses cuisses. Elle soupira, en écartant les jambes et tendant les bras vers lui. Mais il voulait lui rendre la pareille, alors au prix d'un effort incommensurable pour se contrôler, il dessina des cercles de plus en plus petits de son ventre jusqu'en haut de ses cuisses, ses doigts se rapprochant sans jamais arriver à ses boucles emmêlées. Elle remua en soulevant les hanches.

— Je m'avoue vaincue, haleta-t-elle avant qu'il se retrouve sur le dos et elle au-dessus de lui, ses cheveux pendant autour de son visage comme de grandes ailes noires.

Il n'avait jamais vu quelqu'un d'aussi beau.

— Préservatif ? demanda-t-elle.

Il souffla.

— Dans mon sac. Dans ma chambre.

Elle afficha un sourire plein de péché et de promesse.

— Alors on va devoir improviser. Je ne te laisserai pas changer d'avis.

— Ça n'arrivera pas.

— Je sais.

Elle l'embrassa avec la langue, puis déposa des baisers le long de sa gorge, de son sternum, prenant son temps pour prodiguer à ses tétons une attention mouillée et chaude avant de lever la tête et de lui murmurer à l'oreille :

— Parce que je vais enfin réaliser mon fantasme préféré.

Elle le prit alors dans sa main. Ses doigts savaient déjà comment il aimait être masturbé, quelle pression appliquer et où. Le cerveau de Will menaçait de cesser de fonctionner. La manière dont Finley le touchait dépassait ce que ses terminaisons nerveuses pouvaient supporter. Elle dépassait tout. Elle l'observa un instant avec un sourire qui mélangeait plaisir et péché et un regard voilé et brillant à la fois. Puis elle baissa la tête et le prit dans sa bouche habile.

Il ne tiendrait pas plus de trois millisecondes. Ce n'était pas possible.

Alors il s'assit, la prenant au dépourvu. Puis il la tira pour qu'elle s'allonge sur les coussins et que ce soit son tour de le regarder en clignant des yeux.

— Est-ce que je faisais ça mal ?

— Non. Trop bien, gronda-t-il.

Puis il lui écarta les jambes et plaqua sa bouche sur sa moiteur chaude à la recherche des points les plus sensibles de son intimité. Elle cria, produisant comme un chœur d'anges aux oreilles de Will. Il adorait faire crier Finley. Il adorait constater qu'il pouvait encore la faire crier.

Elle cambra le dos. Il la tint immobile pour qu'elle sache qu'il gérait la situation, qu'elle pouvait lâcher prise. Il trouva automatiquement son rythme préféré, utilisant sa langue et ses doigts pour la faire monter et la pousser jusqu'à ce qu'elle explose sous lui et chante son nom.

Rien, pas même le succès d'EverAftr, ne lui donnait le sentiment de satisfaction que lui procurait le fait de savoir que Finley Smythe perdait ses moyens à cause de lui. Il la serra dans ses bras le temps qu'elle se calme, tirant sur eux la couverture qu'elle avait écartée. Sa poitrine se gonflait et se dégonflait contre lui, sa bouche relâchée contre le côté de son cou.

Elle entremêla ses doigts avec les siens.

Le cœur de Will se serra. Après tout ce qu'ils avaient vécu, tenir sa main lui semblait le plus intime des gestes. Comme si sa place était là, à ses côtés. Elle lui donnait de la force et prenait la sienne pour elle.

Juste ce soir.

Le soleil du matin titillait les paupières de Will. Il tourna la tête pour éviter la source de lumière, résistant à la tentation d'ouvrir les yeux. Et si la nuit dernière était vraiment un rêve ? Et s'il se réveillait et que Finley n'était plus là ?

Ils s'étaient repliés dans sa chambre, même s'ils n'avaient pas beaucoup dormi. Il aurait dû être exténué, mais l'euphorie lui donnait de l'énergie. Il ne s'était pas senti aussi bien au réveil depuis… Bon, d'accord. Depuis que lui et Finley avaient couché ensemble pour la première fois, quinze ans plus tôt.

Il tendit la main, cherchant la peau chaude et satinée de Finley. Il ne trouva rien d'autre que des draps froissés. Il ouvrit aussitôt les yeux.

La nuit dernière était réelle. Son parfum de grenade, épicé et sucré, était encore là. L'oreiller à côté du sien avait encore l'empreinte de sa tête. Son corps serait à jamais marqué par ses caresses.

Mais où était-elle ? Il s'assit, rejetant les couvertures qui les avaient enveloppés de douceur. Son pantalon était… quelque part.

Finley rit dans l'encadrement de la porte. Son cœur se serra quand il la vit. Elle portait déjà un jean propre qui lui moulait les hanches et les cuisses et une chemise de flanelle bleue assortie au ciel qu'il voyait par la fenêtre. Elle avait une assiette dans les mains avec ce qui semblait être des sandwichs au beurre de cacahuète.

— J'espérais te servir le petit déjeuner au lit, mais on dirait que tu te lèves.

Il s'appuya à nouveau contre son oreiller.

— Je t'en prie.

Elle s'assit sur le bord du lit près de lui et lui tendit un sandwich.

— Désolée pour le menu monotone. Mais surprise ! J'ai trouvé un ouvre-boîte manuel. On aura du saumon en boîte à midi. Miam. Tu sais, on devrait décider quand le réfrigérateur est une cause perdue et sauver le fromage avant qu'il ne soit gâché. Connaissant Nelle, je suis sûre qu'il n'y a que des aliments délicats et gastronomiques.

Finley bafouillait. Elle ne bafouillait que quand elle voulait détourner l'attention de quelqu'un, dans ce cas, lui, pour éviter une conversation sérieuse. Il posa le sandwich et essaya de croiser son regard.

— Tu t'es levée tôt.

— Les chevaux n'attendent pas, dit-elle en jouant avec son sandwich sans en prendre une bouchée. Tu seras heureux d'apprendre que Trudy et Ranger ont eu leur grain et de l'eau. En fait, je me disais que je pourrais monter un peu. À cheval, précisa-t-elle avec son petit sourire habituel. Tu veux venir avec moi ? Trudy est très gentille. Je pourrais t'apprendre les bases, si tu veux.

Si elle pensait qu'ils allaient redevenir de simples connaissances qui partageaient une maison parce qu'ils n'avaient pas d'autre choix, elle se trompait. Pas après cette nuit.

— Dis-moi ce qui se passe dans ta tête, Lee.

— Tu devrais savoir que je ne suis pas très fan des surnoms.

— Si, tu aimes ça.

— J'aimais ça, le corrigea-t-elle. Qu'est-ce qui se passe dans ma tête ? J'ai envie de monter à cheval. C'est magnifique dehors. Tu devrais te lever pour voir ça. La Californie est superbe après une tempête hivernale. Les montagnes se détachent très clairement devant le ciel. L'air est vivifiant…

— Ça tourne à cent à l'heure dans ta tête depuis cette nuit.

Elle haussa les sourcils avec un air curieux.

— Oh ? Vraiment ? Tu sais ce qui se passe dans ma tête ?

— Tu es obsédée par ce qui s'est passé entre nous et si cela va se répéter. Comme moi. Et je pense que ça devrait être le cas. Aussi souvent que possible. Si tu le veux, bien sûr.

Elle le fixa en clignant des yeux, le choc et l'envie se lisant sur son visage. Puis elle détourna le regard.

— Écoute, je sais que notre situation a des relents de roman à l'eau de rose. Deux anciens amants se retrouvent piégés ensemble, évoquent des malentendus du passé, des sentiments latents remontent à la surface, bla-bla-bla. Mais je n'ai pas de relations sérieuses. Je ne cherche pas une histoire où « ils vécurent heureux à jamais et eurent beaucoup d'enfants ». Et c'est ce que vend ton entreprise. Je ne te reproche pas d'adopter ta stratégie de marketing.

Il leva les mains.

— Holà. Qui a parlé de bonheur éternel et d'enfants ?

Même si, pour être honnête, cette idée prenait une place importante dans sa tête.

— C'est toi qui as évoqué le sexe sans attachement. Tu ne peux pas reprocher à un mec d'être intrigué.

— Tu as cru que c'était ce que je te proposais hier soir ? demanda-t-elle en fronçant les sourcils pendant une fraction de seconde avant que son expression se radoucisse et que son sourire réapparaisse. Bien. Tant qu'on est sur la même longueur d'onde, ajouta-t-elle en lui tenant la main droite. Je te propose de nouvelles conditions pour une trêve. Sexe sans attache jusqu'à ce que l'un de nous s'en lasse ?

Il lui répondit en attirant sa tête vers la sienne pour s'emparer de sa bouche. Elle soupira et se détendit contre lui, ses bras s'enroulant autour de son cou et sa langue cherchant la sienne. Quelque chose tomba par terre, mais il n'y porta pas attention. Il avait retrouvé Finley et il ne la laisserait pas utiliser les mots pour dresser une barricade entre eux.

— Les sandwichs… lâcha-t-elle.

— Je n'ai faim que de toi.

Sa chemise western était fermée par des boutonspressions, la rendant plus facile à ouvrir. Ses seins étaient enfermés dans de la dentelle qui mettait en valeur plus qu'elle ne cachait leur perfection. Il joua avec un téton bien dur, le faisant rouler entre ses doigts, effleurant le bout avec son pouce, avant de se pencher pour prendre le tout dans sa bouche. Sa queue palpita, mais il ignora son besoin insistant. Plus il alimentait le désir de Finley, moins elle avait le temps de trouver des raisons de garder ses distances.

Elle posa ses mains sur son torse, mais pas pour le caresser. Elle le repoussa. Il chassa la déception qui s'abattit sur lui.

— Non ?

— Oh si. Mais vite. Brutalement. Tout de suite.

Elle retira rapidement son jean, révélant un autre bout de dentelle qui couvrait à peine son pubis. Mais avant qu'il n'ait le temps de la contempler, la bouche de Finley était sur lui, prenant son membre qui suppliait pour avoir son attention. Il prit une dimension improbable dans sa bouche chaude et perspicace qui tourmentait ses zones les plus sensibles, lui procurant un plaisir si intense qu'il n'était pas sûr de survivre à l'orgasme.

Où étaient ses souvenirs de statistiques sur les matchs de base-ball quand il avait besoin d'eux pour détourner son attention ? Il n'arrivait plus à réfléchir. Ses neurones étaient remplacés par des terminaisons nerveuses.

— Lee, dit-il entre deux respirations. Arrête. Ou ralentis.

— Tout ce que tu veux.

Elle le lâcha avec un sourire, les joues rouges, la respiration haletante. Cette nuit, il avait trouvé Finley à la lueur de la cheminée absolument stupéfiante. Mais cette image ne pouvait rivaliser avec celle de Finley à la lumière du jour, à genoux sur le lit, le regard fou. Il sentit sa poitrine se serrer devant tant de beauté.

— Mais fais attention quand tu souhaites quelque chose, souffla-t-elle.

Elle attrapa un préservatif sur la table de chevet, l'un des rares qui restaient après cette nuit. Sans arrêter de le regarder dans les yeux, elle roula la capote sur son sexe. Puis elle enleva sa culotte et le guida en elle.

Les yeux de Will faillirent rouler à l'arrière de sa tête. Puis elle descendit, enfonçant toute sa longueur au fond de son vagin chaud et mouillé. Il était perdu. Ils furent rapidement emportés par un rythme primaire. Il décrivait des cercles autour du bouton sensible à l'entrée de son sexe et elle cria en tremblant alors qu'elle descendait sur lui en exigeant qu'il ne soit pas en reste.

Il se lâcha et explosa avec elle.

Finley s'effondra sur lui et il la serra dans ses bras, souriant quand sa respiration rapide se transforma en léger ronflement. Il sentit ses membres devenir plus lourds, mais il lutta contre l'envie de se laisser emporter par le sommeil avec elle.

Les pièces du puzzle qui l'avaient tourmenté pendant toutes ces années se mettaient soudainement en place. Ils étaient jeunes alors. Peut-être que s'ils s'étaient rencontrés autour de trente ans, ils auraient eu assez de recul pour tempérer les interférences des autres. Mais ils étaient ivres d'amour et n'avaient pas l'expérience ou la confiance suffisante pour poser des questions quand leur relation avait déraillé.

Il n'en voulait pas à Finley, plus maintenant. Oui, elle aurait dû être honnête avec lui. Mais il s'était disputé avec Barrett, pas à cause du mensonge des lettres de recommandation, mais un jour, il était tombé sur lui dans le hall du

Capitole. Quand Will s'était présenté, Barrett lui avait jeté un rapide coup d'œil et l'avait remis à sa place sans rien dire, ignorant la main qu'il lui tendait. Puis Barrett avait continué son chemin et engagé la conversation avec un collègue stagiaire de Will, le fils du doyen de l'université de Dartmouth.

Le sous-entendu que Will n'était pas assez important pour qu'il lui accorde son attention, même pour une simple poignée de main, lui était resté sur le cœur. Il n'avait pas raconté cet épisode à Finley parce qu'il ne voulait pas se mettre dans une situation où elle pourrait prendre la défense de son beau-père. Mais il avait été témoin de la force de la personnalité de Barrett. Il n'aurait pas été facile pour la jeune Finley de lui dire non.

Plus Will pensait à ce que Finley lui avait dit cette nuit, plus il réalisait que Barrett les avait manipulés tous les deux. Il avait joué sur la peur de Finley de ne pas être aimée pour ce qu'elle était. Et il avait utilisé les doutes de Will, les doutes d'un gamin de la classe moyenne qui se battait pour rivaliser avec ceux qui étaient nés avec une cuillère en argent dans la bouche. Will aurait parié que la seule raison pour laquelle Finley n'avait pas obtenu le poste au Département d'État, c'était parce que Barrett avait torpillé ses chances pour qu'elle vienne travailler pour lui.

Mais c'était le passé. Aujourd'hui, Will ne voulait pas laisser passer quinze autres années sans qu'elle fasse partie de sa vie. Et ce n'était pas juste pour le sexe, même si c'était absolument ahurissant entre eux. Elle lui avait manqué. Son intelligence, son côté râleur, son charme… même quand elle avait essayé de le manipuler.

Elle voulait peut-être croire qu'il n'y avait pas de sentiments entre eux, mais il avait l'intention de créer des liens très forts avant qu'ils ne quittent le ranch.

Finley se blottit contre lui, ses jambes s'entremêlant avec les siennes dans son sommeil. Il bâilla, se délectant de son poids doux et chaud. Peut-être que ce n'était pas une si mauvaise idée de faire une petite sieste…

Il ouvrit brusquement les yeux. Il avait signé un contrat pour apparaître en tant que star d'une émission de téléréalité. Screenweb lui avait déjà envoyé leurs concepts publicitaires, fondés sur l'idée que le P-DG d'EverAftr utilisait sa propre application pour trouver la partenaire idéale. Mais comment pourrait-il chercher une femme qui possédait tous les critères qu'il pensait vouloir alors que son idéal parfaitement imparfait se trouvait dans ses bras ?

- 11 -

Finley entra dans la pièce principale du ranch, habillée pour sa balade à cheval matinale. Ces trois derniers jours, elle et Will avaient trouvé une routine : ils petit-déjeunaient ensemble, puis Finley nourrissait les chevaux avant d'en prendre un pour partir sur les sentiers dans les collines. Will restait travailler au ranch jusqu'à son retour, puis ils fouillaient la cuisine pour préparer le déjeuner. Le reste du temps, ils discutaient et faisaient l'amour jusqu'au lever du soleil.

Ils avaient beaucoup de conversations à rattraper.

Will travaillait déjà. Il était assis sur l'un des canapés en cuir devant la cheminée et griffonnait sur un bloc-notes jaune. Elle s'assit près de lui et l'embrassa sur la joue.

— C'est au tour de Trudy de sortir aujourd'hui, alors je risque de rentrer un peu plus tard que d'habitude. Elle aime se balader.

Will fronça les sourcils, toujours concentré sur ce qu'il était en train d'écrire.

— Sois prudente.

— Trudy connaît parfaitement le coin. Ça ira.

Elle jeta un coup d'œil à son bloc-notes. Il contenait principalement des mots griffonnés.

— On dirait que tu n'avances pas beaucoup.

Il leva les yeux.

— Quoi ?

— Tu as tout rayé.

— Oh ! fit-il en rebaissant les yeux. Je fais un remue-méninges. Mais je n'ai pas assez de méninges et ça ne remue pas assez.

— Tes méninges sont exceptionnelles et pour ce qui remue…

Elle tira sa tête vers la sienne et l'embrassa jusqu'à ce qu'ils n'aient plus de souffle, la chaleur en ébullition constante entre eux se transformant en supernova.

— Je peux te dire que je n'ai pas à me plaindre sur ce point chaque nuit.

— Juste la nuit ? plaisanta-t-il en passant son pouce sur la lèvre inférieure de Finley.

— N'abuse pas. Je t'ai déjà fait un compliment, dit-elle avec le sourire avant de l'embrasser à nouveau et de se rasseoir. Sur quoi travailles-tu ? Je peux peut-être t'aider. Les chevaux peuvent attendre un peu.

— Est-ce que tu connais la production d'émissions de télé ? Et de téléréalité en particulier ?

Elle secoua la tête.

— Ce n'est pas mon domaine d'expertise, mais pourquoi te poses-tu autant de questions sur la télévision ? Et si tu n'as pas deux heures pour regarder un film, tu n'aurais pas dix ou vingt-deux heures pour une série.

— Je les ai si l'émission est basée sur EverAftr.

Elle s'enfonça sur le canapé.

— Oh. Waouh.

— La réunion à L.A. que j'ai ratée à cause du glissement de terrain, c'était avec le service de streaming qui a commandé l'émission. Pour lancer la production.

— C'est là-dessus que tu fais un brainstorming ? Tu cherches des idées d'épisodes ?

— D'une certaine manière.

— Fais-moi voir ce que tu as…

Elle tendit la main pour attraper le bloc-notes, mais il le posa hors de sa portée et se tourna sur le canapé pour être face à elle.

— J'ai une meilleure idée. Et si on se faisait un rencard ? Un vrai. Ce soir.

S'il cherchait une diversion, cela fonctionna.

— Un rencard ? Ce soir ? répéta-t-elle en riant. Et on irait où ? Je pense qu'on a exploré assez consciencieusement toute la maison. Même la piscine.

Le souvenir de la façon dont ils s'étaient occupés dans l'eau fit monter la chaleur à ses joues. Qui avait besoin d'une piscine chauffée avec Will dans les environs ?

— Je m'occupe de tout, dit-il avant de désigner son bloc-notes. Je vais devoir travailler presque toute la journée. Je passe te prendre devant ta chambre à 18 heures ?

— Tu es conscient que je couche déjà avec toi, hein ? Tu n'as pas besoin de me séduire.

Il haussa les sourcils.

— Vraiment ?

Elle sentit son estomac se nouer, à la fois mal à l'aise et transportée de joie par un espoir qu'elle n'osait pas analyser.

— Tu es ridicule, mais j'accepte. À 18 heures alors.

— Porte quelque chose de joli, lui lança-t-il alors qu'elle sortait de la pièce.

Elle secoua la tête en riant. Oui, il était ridicule. Mais c'était son type de mecs ridicules.

Il serait difficile de le laisser quand le moment serait venu, mais elle y arriverait.

Vers 18 heures, la nervosité de Finley s'était répandue dans tout son corps. Même la balade au galop sur Trudy suivie d'une douche froide n'avait pu calmer le mélange perturbant d'excitation, de peur, de désir et d'optimisme pessimiste qui accompagnait chacune de ses pensées. Pourtant, elle s'habilla soigneusement pour son « rendez-vous », cherchant dans sa valise la robe qu'elle avait achetée pour le dîner de répétition de Nelle et Grayson. Cette robe de soirée longue était un cadeau de sa belle-sœur, un délicat mélange rose poudré de soie et d'organza. Ce n'était pas le style habituel de Finley, mais Nelle lui avait expliqué qu'elle lui rappelait la tenue d'une bonne fée, ce personnage de conte qui réalisait l'impossible, comme elle l'avait fait en aidant Nelle et Grayson à se retrouver.

Finley devait admettre que la robe était flatteuse. Elle portait rarement du rose parce que ça n'allait généralement pas avec son teint, mais à la lueur des bougies, cette teinte la rendait radieuse. Elle avait un décolleté assez profond et le tissu effleurait ses formes jusqu'au niveau de sa jupe qui s'évasait en plusieurs épaisseurs d'organza sous ses hanches. Elle tourna devant le miroir et rit toute seule. Elle était aussi nerveuse qu'à ses vingt et un ans quand elle attendait que Will passe la chercher pour la première fois.

On frappa à la porte. Elle souffla sur les bougies avec difficulté, sa respiration déjà affectée par l'anticipation de la soirée à venir, et ouvrit la porte pour découvrir Will. Il était terriblement séduisant dans un costume bleu foncé assorti à ses yeux. Dans ses mains, il tenait un petit bouquet de pensées violettes et jaunes.

— Les seules fleurs que j'aie pu trouver dans les jardins.

Elle eut un pincement au cœur. Le rendez-vous venait juste de commencer et il trouvait déjà des fissures dans sa détermination à résister à tout sentiment.

— Merci.

— On y va ? lui proposa-t-il en lui tendant son bras gauche.

Elle ne put s'empêcher d'afficher un large sourire.

— Bien sûr. Je te suis.

Tandis qu'il marchait en silence dans les couloirs désormais familiers, ses doigts serraient la laine fine de sa veste. Quand ils passèrent dans le séjour, elle leva les yeux vers lui, surprise.

— Will ?

— On y est presque.

Il la fit passer par une porte qu'elle n'avait jamais empruntée et qui donnait sur un sentier sinueux. En bas de la pente, il y avait un cottage du même genre architectural que le bâtiment principal du ranch. Elle s'arrêta.

— Sur le plan du ranch, cette dépendance n'est pas indiquée comme un bureau privé ?

— Reid l'a fait construire pour Lauren. Interdit aux clients.

— Alors on devrait peut-être éviter d'y entrer.

Will frotta son nez contre sa joue.

— Je ne suis pas un client.

Il la guida jusqu'à la porte en bois et en fer, l'ouvrit et l'invita à entrer avec une révérence.

— Bienvenue.

— Oh… mon…

Finley resta clouée sur place.

La porte s'ouvrit sur une grande pièce qui occupait toute la surface du cottage. Les murs étaient couverts de bibliothèques qui s'étendaient du sol au plafond haut. Tout au fond, un escalier en colimaçon donnait accès à un grenier où étaient empilés des coussins. Il y avait des bougies allumées partout et leur lumière oscillante transformait le lieu en un pays merveilleux et enchanté.

— J'ai l'impression d'être dans *La Belle et la Bête*, murmura-t-elle. Il ne manque qu'une théière qui parle.

— Je ne me souviens pas qu'il y avait une théière parlante dans le conte de fées.

— Je fais référence au film… ou plutôt aux deux films. Et à une comédie musicale. Tu sais quoi ? Ça n'a pas d'importance. C'est… stupéfiant.

— J'ai pensé que tu pourrais aimer, dit Will avec le sourire.

Elle fit semblant de le fusiller du regard.

— Je n'arrive pas à croire que tu m'aies caché ça.

— Où crois-tu que j'étais, le premier jour, après notre dispute dans le paddock ? Je suis venu travailler ici.

Il lui prit la main et la guida vers le milieu de la pièce où avait été installée une petite table ronde. Elle y trouva des sandwichs sur des assiettes en carton.

— Si j'étais resté dans la maison, j'aurais fini ce qu'on avait commencé.

— J'avais trop honte de mon comportement pour sortir de ma chambre. Maintenant, je regrette de ne pas être partie à ta recherche. Mais si je t'avais trouvé ici, crois-moi, le sexe aurait été la dernière chose qui m'aurait traversé l'esprit.

Sa tête n'arrêtait pas de bouger tandis qu'elle contemplait chaque détail : les fauteuils rembourrés couleur rubis, le bureau en chêne massif dans son alcôve, les vitraux qui reflétaient la lumière des bougies.

— Dans ce cas, on retourne dans la maison. Tout de suite.

— Oh non, je ne crois pas. Quand aurai-je de nouveau la chance de dîner dans un endroit pareil ? (Elle se pencha pour l'embrasser sur la joue.) Merci. Même si le plat principal est un peu commun.

Il lui tendit un verre de vin rouge.

— Mais on a une excellente bouteille de margaux, grâce

à la cave personnelle de Reid, dit-il en levant son verre pour trinquer. Santé. À notre second premier rendez-vous.

Elle but une gorgée tout en continuant à observer le décor. Ou peut-être que regarder autour d'eux lui donnait une excuse pour éviter les émotions qui brillaient dans le regard de Will. Des émotions qu'elle n'osait pas nommer. Les identifier rendrait les sentiments réels.

— Je n'arrive pas à croire au nombre de livres qu'il y a ici.

— Lauren les a collectionnés toute sa vie. Reid a construit cet endroit pour en faire sa bibliothèque.

— Mais je croyais que le ranch n'était pas leur résidence principale ?

— Elle ne l'est pas. Ce qui veut dire que Lauren voit rarement sa collection. Puis-je te proposer des poires au sirop comme apéritif ?

La table qu'il avait installée lui semblait minuscule. Ils seraient assis très près l'un de l'autre. Son cœur battait fort.

Elle était idiote de craindre cette intimité alors qu'elle et Will étaient encore habillés, surtout en sachant qu'ils avaient passé très peu de temps sans se toucher ces derniers jours. Mais Finley faisait très attention à ne pas confondre le sexe et l'amour.

Elle aimait le sexe. C'était bon, un peu comme la satisfaction que nous procure le fait de gratter une croûte. Elle prenait du plaisir et ses partenaires aussi. Mais les sensations physiques étaient une chose. Les émotions en étaient une autre.

Le dîner de ce soir avec Will était comme une ligne invisible. Si elle la franchissait, elle craignait de ne plus jamais pouvoir prétendre qu'il n'y avait rien d'autre entre eux qu'une réaction chimique. Même si, si elle était honnête, elle aurait admis qu'elle avait largement ignoré cette ligne la nuit qu'ils avaient passée ensemble devant la cheminée.

— Ça te dérange si je visite ?

Elle s'approcha de la bibliothèque sur le mur du fond, près de l'alcôve où se trouvait le bureau. Mettant autant d'espace que possible entre eux.

Au-dessus de sa tête, des premières éditions des Mystères de Nancy Drew occupaient toute une étagère. À sa gauche, elle trouva une grande section dévouée à la littérature d'Afrique de l'Ouest et en dessous, l'histoire de divers pays d'Amérique latine écrite en espagnol.

— Je pense que j'aimerais bien ta sœur. Qu'est-ce qui lui a donné envie de collectionner les livres ?

Will la rejoignit. Mais il ne regardait pas les étagères. Il la dévorait du regard, avec envie… Elle sentit ses joues chauffer.

— Je préférerais discuter d'autre chose que de ma sœur. Comme de nous. De ce qu'on fait. De ce qu'il se passera quand on aura quitté le ranch.

Finley entendit son pouls battre dans ses oreilles. Elle savait ce qui se passerait quand ils quitteraient le ranch. Ils se sépareraient. Elle retournerait à sa vie embrouillée et animée. Will retrouverait les accolades pour la réussite de son entreprise. C'était le seul dénouement possible.

— J'ai une meilleure idée, dit-elle en se penchant pour lui mordiller le cou. Oublions l'apéritif et passons directement au plat principal.

— Tu as si envie de ton sandwich au beurre de cacahuète ?

— Non.

Elle l'embrassa, allumant le feu qui n'était jamais complètement éteint entre eux.

Il lui rendit son baiser, mais quand les mains de Finley descendirent, il s'écarta.

— Ne te méprends pas. J'aime ça. J'adore. Mais j'espérais un rendez-vous plus traditionnel. Dans le genre où on commence par discuter.

— Depuis quand sommes-nous « traditionnels » ?

Elle se rapprocha une nouvelle fois. La soie de sa robe ne pouvait cacher ses tétons, durcis par le désir. Et elle n'était pas la seule à ressentir ça. Elle en avait la preuve à l'avant du pantalon de Will.

— Lee… commença-t-il avant de s'interrompre avec un râle quand elle trouva ce qu'elle cherchait et le caressa à travers la laine fine.

— Tu as faim, toi aussi, susurra-t-elle à son oreille. Ne le nie pas.

— Je ne pourrai jamais le nier. Mais…

Elle repéra le bureau du coin de l'œil et grimpa dessus. L'organza léger de sa robe remonta. Will posa aussitôt le regard sur ses cuisses nues.

Il avait toujours eu un faible pour ses jambes.

— Mais quoi ?

Elle se mit à l'aise sur le bord du bureau en s'appuyant sur ses coudes. Si sa robe remonta encore, révélant à Will qu'elle ne portait qu'un minuscule morceau de dentelle sous sa robe, c'était peut-être volontaire.

— Il y a mon ordinateur derrière toi. Ce n'est plus qu'un presse-papiers aujourd'hui, mais on devrait peut-être…

Elle regarda par-dessus son épaule et se mit à rire.

— Pardon, je ne l'avais pas vu. Tu as raison. Casser ton ordinateur plomberait l'ambiance.

Elle descendit du bureau et attrapa l'ordinateur ouvert pour le tendre à Will avant d'attraper la chemise qui se trouvait en dessous. Une page imprimée tomba par terre. Elle se pencha pour la ramasser.

Des flammes apparurent dans les yeux de Will.

— Je vais m'en occuper.

— Tu as les mains pleines… hé.

Elle se redressa et examina le papier dans sa main.

— C'est un brouillon d'article pour la sortie de ton émission de télé. C'est excitant, ajouta-t-elle en lui souriant avant de le lire à haute voix. « *EverAftr : À la recherche du grand amour* est une émission de téléréalité où de vrais célibataires utilisent la célèbre application de rencontre pour trouver un partenaire de vie qui correspond parfaitement à leurs forces et faiblesses personnelles, ainsi qu'aux qualités qu'ils recherchent… »

— Lee. Arrête. Allons dîner. Il faut qu'on parle…

Elle poursuivit sa lecture.

— « Le P-DG de l'entreprise, William Taylor (elle lui adressa un sourire) sera la star de la première saison de huit épisodes d'une heure qui mettra en scène sa propre quête du bonheur éternel… »

Elle cligna des yeux. Plusieurs fois. Le texte sur la page restait flou. La personne qui avait imprimé ça devait changer les cartouches d'encre parce que le reste était illisible. Elle prit une inspiration tremblante, et les mots devinrent plus nets.

— « … Il sera accompagné par six autres personnes venant de tous les États-Unis, avec une seule question en commun : l'application de rencontre la plus populaire au monde peut-elle vraiment permettre de trouver l'amour pour toujours ? »

La pièce pencha avant de se remettre droite. Finley ne sentait plus ses mains, si bien qu'elle faillit lâcher la feuille.

Mais ses années d'entraînement en politique la sauvèrent. Elle invoqua un sourire éclatant et le plaqua sur son visage.

— Bien, dit-elle avec un haussement d'épaules nonchalant. En revanche, pour votre prochain brainstorming, je suggère que vous trouviez un meilleur auteur pour les articles de presse. Je peux te recommander d'excellentes agences de com, mais elles sont presque toutes basées à Washington. Néanmoins, je suis sûre que si tu leur demandes des références…

— C'est pour ça que je voulais qu'on fasse ce dîner. Pour te parler de l'émission, dit-il en serrant et desserrant ses poings sur ses côtés. Et pour te dire que j'ai déjà envoyé un message à la boîte de production en passant par Tim. Je n'apparaîtrai pas dans l'émission.

Elle se mit à rire, un peu trop fort.

— Pourquoi pas ? J'ai peut-être critiqué le style de cet article, mais le concept est génial. Le P-DG d'une entreprise de technologique utilisant son propre service pour laisser le public seul juge ? C'est brillant. Les gens ne rateront pas un épisode pour voir si EverAftr marche pour l'homme qui l'a créée. (Son sourire s'élargit encore.) Félicitations. C'est un truc énorme.

Il lui prit l'article des mains et forma une boule avec le papier.

— Oui, ça fait de la publicité pour la boîte. Sinon, nous n'aurions pas accepté.

Il jeta la boule à travers la pièce, se tourna vers elle et posa ses mains sur ses joues.

— Mais en ce qui concerne ma participation… Comment pourrai-je, après ces derniers jours ?

— Will.

Le sol menaçait de se dérober sous ses pieds. Sa vue se brouilla de nouveau et cligner des yeux ne changea rien.

— Ces derniers jours ont été… (Sa voix se cassa.) Ils étaient le fruit de fantasmes. Crois-moi, j'utiliserai mes souvenirs à bon escient quand je serai seule. Mais nous avons passé un accord pour qu'il n'y ait pas d'attache…

Il lui donna un baiser. Un baiser doux lui promettant un avenir qu'il n'exprimait pas avec des mots. Une promesse qu'elle savait qu'il ne tiendrait pas. Pas parce qu'il ne le voulait pas, mais parce qu'elle savait que c'était tout bonnement impossible.

— C'est vrai. Mais c'est un rencard. Et tu l'as accepté.

Elle sonda son regard. Pendant une seconde, elle se perdit dans ces profondeurs gris-bleu, s'autorisant à croire qu'ils pourraient être plus, qu'ils pourraient quitter le ranch et construire une relation malgré les obstacles. Mais elle savait que c'était illusoire. Les expériences de la vie lui avaient prouvé que l'amour n'était jamais le plus fort. Sa mère avait aimé son père, mais il l'avait abandonnée avec un nourrisson. Barrett avait démontré à maintes reprises que les relations étaient des transactions, rien de plus. Et, oui, Finley était à l'origine de la rupture avec Will, mais ils ne croyaient pas assez en leurs sentiments respectifs pour affronter la première tempête qu'ils avaient essuyée.

Une fois que la route du ranch serait dégagée, tout avenir commun se refermerait.

Mais en même temps, ils étaient encore coincés dans le ranch grâce à une véritable tempête. Inutile de gâcher le temps qui leur restait ensemble. Quel mal y avait-il à se prêter à ses fantasmes ? Elle exauçait plusieurs des siens aussi, après tout. Des fantasmes comme s'habituer à se réveiller aux côtés de quelqu'un qu'elle adorait. Ou prendre le petit déjeuner avec quelqu'un qui la faisait rire aussi facilement qu'il la faisait soupirer de désir.

Il retrouverait la raison dès qu'ils rejoindraient le monde réel. Et elle aussi.

— D'accord, finit-elle par dire en souriant. C'est un rendez-vous, alors dînons comme tu l'as prévu. Et tu pourras parler. Je te promets que je t'écouterai.

Il l'accompagna jusqu'à la table, lui versa un autre verre de vin et commença à lui raconter comment on l'avait abordé pour l'émission. Certaines anecdotes la firent même rire. Mais tandis qu'elle regardait la bibliothèque, elle décida que ce n'était qu'une pièce. Une très jolie pièce, mais elle n'était pas enchantée. Et ils étaient peut-être actuellement piégés par des forces qui leur échappaient, mais elle n'était pas une princesse. Il n'y aurait pas de « ils vécurent heureux jusqu'à la fin de leurs jours » pour elle une fois qu'ils pourraient partir.

- 12 -

Finley revint de sa balade soucieuse et épuisée, mais pas à cause du cheval.

Le rencard de la veille s'était très bien passé… d'une certaine manière. Bien qu'ils aient fini ce qu'ils avaient commencé sur le bureau de la bibliothèque avant d'aller se coucher dans la chambre de Will pour d'autres activités encore plus éreintantes, elle n'avait pas réussi à dormir. Elle s'était levée plus tôt que d'habitude et avait sellé Ranger en espérant qu'un long galop l'aiderait à faire le tri dans ses pensées. Au lieu de cela, la guerre entre ses sentiments contradictoires ne fit que s'intensifier, la pression dans son cerveau se transformant presque en migraine. Quand elle ouvrit la porte qui menait à la salle de petit déjeuner à l'arrière de la cuisine, elle comptait manger et prendre une douche rapide, et aurait aimé pouvoir faire les deux en même temps.

— Will ?

Il ne répondit pas. Mais il y avait quelque chose de différent dans la maison. L'atmosphère semblait plus lumineuse, plus bruyante. Il y avait un léger vrombissement qui n'était pas là avant… Était-ce la voix de Will qu'elle entendait ? Discutait-il avec Tim ? Elle suivit le son dans la cuisine et se figea.

Les appareils électroménagers clignotaient. La machine

à glace dans le réfrigérateur faisait des cliquetis. Les lustres en cuivre et en verre étaient allumés.

L'électricité était revenue.

Will n'était pas devant la radio. Il utilisait son téléphone. Il croisa son regard et lui adressa un sourire avec un pouce en l'air. Mais elle ne put s'empêcher de remarquer les profondes rides sur son front avant qu'il ne retourne à sa conversation. Elle lui fit un petit signe, puis se rendit à la hâte dans la suite où se trouvaient la plupart de ses affaires. Son téléphone. Elle avait besoin de son téléphone.

Elle se jeta sur la table de chevet où elle l'avait branché au chargeur, au cas où. L'écran s'alluma. Si elle avait été du genre à pleurer facilement, cela lui aurait mis la larme à l'œil. Elle préféra faire une petite danse de la joie.

Tant de possibilités s'offraient à elle ! Elle pouvait lire ses mails. Aller sur Internet. Appeler Sadiya… oh.

Son exultation disparut.

Elle avait toujours eu conscience que leur temps au ranch avait une date d'expiration. L'électricité serait réparée, ils dégageraient la route et la bulle dans laquelle ils se trouvaient finirait par éclater.

Mais maintenant qu'une brèche apparaissait, elle réalisait qu'elle avait évité de prévoir la suite. Après tout, plus ils restaient longtemps isolés dans ce ranch, mieux c'était pour elle. Les révélations dans le livre d'Erica O'Donnell ne la toucheraient pas. Elle pourrait ignorer les vestiges de la carrière qu'elle avait adorée.

Elle aurait pu se laisser rêver à l'avenir qu'elle voyait briller dans les yeux de Will.

Durant sa promenade, elle avait réalisé qu'elle était égoïste. Il avait une vie, lui aussi. Une vie qui n'était pas entachée par des rumeurs et scandales sordides. Une vie avec un but, des gens qui dépendaient de lui. Il méritait une partenaire correspondant à ses forces et complétant ses faiblesses.

C'était la vie vers laquelle il se dirigeait avant qu'une tempête d'hiver le fasse échouer avec elle.

Elle déverrouilla son téléphone. Des notifications de messages, appels manqués et articles de journaux envahirent l'écran. Elle allait faire glisser tout ça pour appeler Sadiya, quand un gros titre attira son attention.

« Le livre sensation de la femme du sénateur promet des révélations sur le délit d'initié et le scandale sexuel. »

Elle se laissa tomber sur le lit. Les mémoires d'Erica O'Donnell n'étaient plus secrets.

Sadiya répondit à la première sonnerie.

— Te voilà ! De retour à la civilisation ?

— Non. La route est toujours bloquée. Je suis allée vérifier à cheval ce matin. Mais l'électricité est revenue, alors j'ai un téléphone qui fonctionne.

— Super. Parce qu'il faut qu'on parle et je ne voulais pas laisser un message au gestionnaire du ranch. Il y a du nouveau.

— J'ai vu une alerte concernant le livre. Mais je n'ai pas lu l'article.

— Ne le lis pas.

Finley ferma les yeux et poussa un long soupir.

— C'est si mauvais que ça ?

— Le livre d'O'Donnell relève essentiellement de la fiction spéculative mal écrite. Non, je suis contente que tu aies appelé parce que le Département de la Justice s'intéresse aux révélations de délit d'initié. Ils ont ouvert une enquête, annonça Sadiya avant de marquer une pause. On les pousse à inculper quelqu'un. Peu importe qui.

— D'accord, dit lentement Finley. Mais quel est le rapport avec moi ?

— Certaines allégations qu'ils étudient… impliquent des compagnies dans lesquelles ton frère a investi.

— Grayson ?

Finley rattrapa à la dernière seconde son téléphone qui faillit tomber. Elle le remit contre son oreille.

— Grayson n'a rien à voir avec ça. Il n'a jamais parlé à Barrett de son travail justement pour cette raison…

— Je suis d'accord. Mais les O'Donnell veulent créer un épais écran de fumée. Ton frère était dans la course pour le siège de son père au Congrès avant d'abandonner brusquement, alors qu'il était largement en tête dans les sondages. Il a quitté le pays juste au moment où Erica vendait son livre. Et c'est un gestionnaire de fonds spéculatif bien connu avec des relations privilégiées avec les cadres de grandes entreprises.

— Il a abandonné la course pour des raisons personnelles ! Il a quitté le pays parce qu'il est en *lune de miel*, dit-elle en insistant sur ces derniers mots. C'est la preuve circonstancielle la moins solide que je n'aie jamais entendue, et n'importe qui possédant un cerveau…

— Je le sais. Et tu sais aussi comme les médias aiment manipuler. Une population limitée mais puissante soutient le sénateur O'Donnell et aimerait le voir innocenté. Les enquêteurs sont sous pression. Tu connais les règles du jeu.

Et c'était plutôt son truc d'habitude. Mais ces cinq derniers jours l'avaient soignée et elle n'avait plus envie de jouer.

— Alors maintenant, ils en ont après Grayson ?

— Pour eux, tu es toujours la meneuse du cercle. Grayson t'a donné des informations que tu as ensuite transmises au sénateur.

— Oh oui, comment pourrais-je l'oublier, dit-elle avec ironie. C'est moi la marionnettiste vindicative qui a non seulement incité le délit d'initié, mais aussi mené les membres du cercle à leur chute, dit-elle avec un soupir tremblant. Je ne peux pas rivaliser.

— Erica O'Donnell est forte pour faire saliver les médias. (Sadiya semblait aussi dégoûtée que Finley.) Je sais que ce n'est pas la meilleure nouvelle, mais c'est une enquête, pas une inculpation. Ils ne trouveront rien.

— L'enquête va salir la réputation de Grayson. Qui est irréprochable d'ailleurs et à juste titre.

— Au moins, les regards semblent s'être détournés de toi.

— Parce qu'ils ont pris Grayson en chasse ! Il ne mérite rien de tout ça.

Elle enfonça ses ongles dans la paume de sa main.

Sadiya resta silencieuse.

— On essaie toujours d'étouffer l'affaire, finit-elle par dire. Il y a une possibilité que ça passe.

— J'ai reçu une notification d'article. Sur mon téléphone.

— Pour le moment, les médias n'ont que des insinuations et des suppositions sans fondement. L'équipe d'O'Donnell n'a pas encore cité de nom. Le mieux à faire, c'est d'attendre.

— Je ne vais nulle part, alors ça ne devrait pas être trop dur.

Finley mit fin à la conversation et raccrocha. Elle fixait son téléphone dans sa main. La dernière chose qu'elle voulait, c'était parcourir les sites de ragots qui promettaient l'arrivée de révélations calomnieuses.

Rester dans la suite perdit aussi rapidement de son attrait. Elle avait besoin de parler avec Will…

Non. Elle n'était pas devenue émotionnellement dépendante de ces échanges avec lui. Elle voulait juste l'avertir qu'il devrait probablement rester discret sur le fait d'avoir passé cinq jours seul avec un membre de la tristement célèbre famille Monk. Ses investisseurs et actionnaires pourraient ne pas apprécier que Will soit associé à un scandale de délit d'initié à Washington.

La dernière fois qu'elle avait vu Will, il était dans la cuisine. À mi-chemin, elle entendit sa voix. Il s'emportait. Elle fronça les sourcils. Will n'était pas enclin aux démonstrations de colère. Il avait plutôt tendance à bouillir intérieurement.

— Non ! Je refuse…

Le téléphone à l'oreille, il faisait les cent pas avec des mouvements énervés.

— Ils ne peuvent pas annuler…

Il se retourna et la vit. Son expression trahit son exaspération, mais il leva un doigt pour s'excuser et quitta la cuisine. Il claqua la porte du patio derrière lui pour s'assurer que sa conversation reste privée.

Il semblait que l'un comme l'autre n'aurait pas droit à un atterrissage en douceur pour leur retour dans le vrai monde.

L'ordinateur de Will était posé avec un équilibre précaire sur l'îlot. Elle s'en approcha avec l'intention de le fermer et le mettre à un endroit plus sûr quand une musique sortit des haut-parleurs, annonçant un appel vidéo de sa sœur Lauren.

Elle était l'une des propriétaires de Running Coyote et donc son hôtesse. Il aurait été malpoli de l'ignorer, non ? De plus, Finley devait admettre qu'elle éprouvait une certaine curiosité concernant la sœur de Will. Il était manifestement très attaché à elle. Et Finley voulait mémoriser un maximum de renseignements sur Will tant qu'elle le pouvait. Son index hésita au-dessus du pavé tactile, mais elle finit par cliquer sur « Accepter l'appel ».

La petite brune séduisante que Finley avait vue avec Will au mariage de Grayson apparut à l'écran. Elle était assise devant une fenêtre, montrant un ciel nocturne ponctué d'une ligne de toits reconnaissable. Lauren était à Tokyo.

— Salut, lança Finley. Je suis Finley. Will n'est pas disponible, mais je me suis dit que je prendrais le message.

— Qui avez-vous dit être ? demanda Lauren en fixant l'écran. Attendez… la sœur de Grayson, c'est ça ? Bien sûr. J'espère que vous appréciez le ranch.

— Oui, beaucoup.

— Désolé si Will a importuné votre retraite. Nelle et Grayson ont dit que vous aviez grandement besoin d'un moment à vous. J'espère que séjourner avec mon frère n'a pas été trop pénible.

Finley garda une expression neutre.

— J'ai géré.

Lauren acquiesça. Mais il y avait une lueur dans les yeux de l'autre femme qui disait à Finley qu'elle ne devait pas avoir réussi à cacher ses émotions aussi bien qu'elle ne l'espérait.

— Bon. Écoutez, Reid a tiré toutes les ficelles qu'il pouvait pour dégager la route aussi vite que possible. Mais apparemment, l'un des bulldozers est en panne. Ils essaient d'en faire venir un autre de Los Angeles, mais la tempête a causé beaucoup de dégâts dans les terres et sur la côte.

— Tim s'en doutait. Il nous a bien tenus informés.

— Tim est le meilleur. Vous êtes sûre que Will n'est pas disponible ? J'ai vraiment besoin de lui parler.

Finley lança un coup d'œil par la fenêtre. Will faisait les cent pas, les yeux fermés, visiblement contrarié.

— Il est au téléphone. Je pourrais essayer de l'interrompre, mais ça semble important. Je pense que c'est à propos de l'émission de télé sur EverAftr.

— Il vous a parlé de l'émission ? demanda Lauren, qui semblait surprise. Super ! Alors vous êtes au courant.

Finley n'était pas sûre de comprendre ce que voulait dire Lauren, mais elle n'allait pas le lui dire.

— Je suis au courant… C'est une opportunité considérable pour lui et EverAftr.

— Et pas que pour lui. Pouvez-vous prendre un message pour Will ? Il est 2 heures du matin ici et j'ai besoin de dormir. Dites-lui que Jo-Hoon a été admis à l'hôpital lundi et est sorti ce matin. Il ne voulait pas alerter Will, mais j'ai pensé qu'il devait être informé. (Elle griffonna un numéro de téléphone sur un papier.) Will a les coordonnées de Ji-Hoon, mais au cas où, voilà le numéro où il séjourne à Los Angeles.

Finley créa une note sur son téléphone.

— C'est noté.

— Et dites à Will de ne pas s'inquiéter. Ji-Hoon a bien réagi au traitement. Mais je pense, et c'est la raison pour laquelle je veux parler à Will, que participer à l'émission est la seule chose qui permet à Ji-Hoon de tenir. Il est tellement excité à l'idée d'avoir enfin son moment Hollywood, expliqua Lauren avec un petit rire. Il dit qu'être producteur est mieux qu'être acteur. Maintenant, il mène la danse et peut anéantir les rêves des autres. Il plaisante, bien sûr. Mais il est comme un gamin qui attend l'ouverture d'un magasin de bonbons.

— Je ne peux pas le lui reprocher. C'est excitant.

Lauren redevint sérieuse.

— Avec un peu de chance pour lui, le tournage commencera bientôt.

— Je transmettrai le message à Will.

— Merci, dit Lauren avant d'étouffer un bâillement avec sa main. C'était sympa de discuter avec vous. Nelle a dit que vous seriez peut-être en pleine introspection pendant votre séjour à Running Coyote. J'espère que le ranch vous a aidée à trouver ce que vous cherchez. Moi, il m'aide.

Le regard de Finley se tourna vers la fenêtre et atterrit sur Will qui était toujours aussi agité.

— Certaines choses sont devenues plus claires, oui. Merci à vous et Reid de m'avoir donné l'occasion de séjourner ici.

Lauren se mit à rire.

— Je ne nous remercierais pas, pas après tout ce que vous avez vécu. Il vous faudra revenir avec un temps plus clément.

— C'était exceptionnel. Ne vous inquiétez pas.

Elle et Lauren se dirent au revoir et Finley ferma l'ordinateur de Will. Ses doigts étaient toujours dessus quand Will rentra dans la cuisine.

Finley l'observa. Sa chemise bleu marine était assortie au cercle foncé autour de ses iris. Il avait relevé ses manches, révélant ses avant-bras qui avaient bronzé à force de l'aider à nettoyer les paddocks. Il avait troqué son habituel jean pour un chino, à sa grande déception. Mais quand il lui tourna le dos pour sortir une casserole d'un tiroir, elle décida que ce modèle lui offrait une aussi jolie vue.

— Du porridge ? Je meurs d'envie de prendre un repas chaud. N'importe quoi.

— Je ne mangerai plus jamais de sandwich au beurre de cacahuète. J'espère que tu ne me trouveras pas trop intrusive, mais tu avais l'air assez… contrarié… par ta conversation téléphonique.

— Ce n'est rien, répondit-il en posant la casserole sur la plaque. Des bêtises d'Hollywood.

— Ça ne ressemblait pas à des bêtises.

— Ça va s'arranger. C'est juste que tant que je suis bloqué ici, ils ne peuvent pas commencer le tournage.

— Mais ils peuvent annuler ? demanda-t-elle en se souvenant des mots que Will avait aboyés.

Il remua les flocons d'avoine.

— C'est la menace qu'ils ont formulée. Ils s'inquiètent des chiffres si l'émission ne repose pas sur moi. J'ai dit qu'ils pouvaient promouvoir l'émission autour de vraies personnes utilisant une vraie application pour trouver le véritable amour.

— Ce n'est pas une mauvaise description.

Elle était impressionnée.

— C'est du rédacteur dont tu as détesté le travail.

Il lui adressa un regard amusé, puis commença à ouvrir et fermer des placards.

— Où est le sel ?

Elle lui tendit la salière posée en évidence sur le plan de travail.

— Et qu'en a pensé la boîte de production ?

— Que je suis la seule vraie personne qui pourrait inciter les gens à payer un abonnement juste pour la voir utiliser l'application. Sinon, ça n'en vaut pas l'investissement.

Il éteignit la plaque et versa le porridge dans deux bols avant de lui en tendre un.

— Bon appétit.

Elle posa ses deux mains sur le bol pour les réchauffer.

— En d'autres termes, ils annuleront l'émission si tu n'es pas dedans, parce que Screenweb pense que le seul ressort marketing est le P-DG d'EverAftr utilisant sa propre application pour trouver la femme idéale.

Il alla s'asseoir avec son bol à la table de la salle attenante et enfonça sa cuillère dans le porridge.

— On est encore en discussion.

Elle s'installa en face de lui.

— Avant que j'oublie, ta sœur a appelé pendant que tu

étais au téléphone. Un appel vidéo de Tokyo. J'ai répondu sur ton ordinateur. J'espère que ça ne te dérange pas.

— Tu as parlé à Lauren ? Qu'a-t-elle dit ?

— Reid essaie de faire dégager la route, mais ils manquent d'équipement, comme Tim nous l'a dit.

Finley s'accouda sur la table et posa son menton sur ses mains avant de fixer son regard sur Will.

— Elle voulait aussi que tu saches que Ji-Hoon était à l'hôpital. Il est sorti ce matin.

Will arrêta sa cuillère entre son bol et sa bouche avant de la reposer.

— Que s'est-il passé ?

— Lauren ne l'a pas dit. Mais… (Finley hésita.) J'ai eu le sentiment qu'elle pensait qu'il n'attendrait pas longtemps que le tournage commence.

Elle tendit la main vers Will sur la table.

— Qui est Ji-Hoon ?

— Mon mentor, répondit-il en poussant sa chaise. Tu veux bien m'excuser ? Il faut que j'appelle Lauren.

— Elle allait se coucher. Mais je parie qu'elle prendra ton appel si elle le voit.

Will sortit de la pièce avec des mouvements saccadés, loin de sa grâce fluide habituelle. Finley le regarda partir, puis tira son bol de porridge vers elle. Il était froid. Et trop salé.

Elle sortit son téléphone, ouvrit le navigateur Internet et entra « Will Taylor », « Ji-Hoon » et « EverAftr » dans la barre de recherche. Quelques secondes plus tard, elle regardait des images de Will plus jeune, le Will qui avait occupé ses pensées pendant si longtemps. Il se tenait à côté d'un homme asiatique plus âgé sur de nombreuses photos. Tous les deux étaient très souriants.

Elle cliqua sur le premier lien et commença à lire. C'était

un portrait de Will dans un magazine d'économie peu de temps après qu'EverAftr avait annoncé que l'entreprise entrait en Bourse. Elle parcourut l'article à la recherche de références à Ji-Hoon, et trouva rapidement un paragraphe citant Will :

« Si Ji-Hoon Park n'avait pas cru en moi quand je galérais après avoir obtenu mon diplôme, EverAftr n'existerait pas. Ji-Hoon était le voisin de mes parents. Puis son réseau d'agences immobilières a décollé, mais nos familles sont restées proches. Alors que je grandissais, il a toujours montré de l'intérêt pour mes projets informatiques pendant mes études. Il n'est pas de ce milieu, mais il connaissait des personnes en Californie après avoir travaillé à Hollywood quand il était jeune. Quand il a vu que j'étais en difficulté, il a passé quelques coups de téléphone. Avec ses relations, j'ai obtenu un poste en bas de l'échelle à Santa Monica, alias Silicon Beach. Tout est parti de là. »

Will était allé en Californie après le diplôme ? Elle ne le savait pas. Elle poursuivit la lecture.

C'est en effet parti de là pour Taylor. Après avoir quitté son poste pour se lancer à son compte, il a développé une nouvelle méthode pour la sécurité logicielle et a vendu le brevet pour un bon million de dollars. D'autres ventes de brevet lucratives ont suivi. Mais il n'a jamais oublié ses racines dans la région de Chicago. « J'ai décidé de revenir à Chicago. J'aimais bien SoCal, mais la vraie pizza me manquait vraiment, vous voyez ? dit-il en riant. Et mes sœurs se plaignaient parce qu'elles n'arrivaient pas à trouver la bonne personne sur des services en ligne. Elles connaissaient des aventures, bien sûr. Mais elles en avaient assez des premiers rendez-vous à répétition. Elles cherchaient des personnes qui voulaient une rela-

tion sérieuse. Créer une application de rencontre était la dernière chose que j'avais en tête, mais Ji-Hoon m'a fait remarquer qu'il s'agissait juste de trouver le bon algorithme. Il a été mon premier investisseur. Je lui dois tout. »

Taylor utilise-t-il son propre service ? Le séduisant P-DG célibataire se contente de rire pour répondre…

Finley posa son téléphone. Elle en avait lu assez. Assez pour savoir que son mentor comptait beaucoup pour Will. Et assez pour comprendre que cette émission de télé connaîtrait le succès. Le journaliste n'aurait pas posé cette question si le public n'était pas curieux de connaître la réponse.

Elle fit tapoter ses doigts sur la table. Quelle que soit la manière dont elle considérait les variables, elle arrivait toujours à la même conclusion.

Le mentor de Will attendait avec impatience de faire partie de l'émission, mais sa santé était précaire. La boîte de production n'avancerait que si Will était le sujet principal de la première saison. Will devait être la star.

Elle devait s'assurer qu'il rentre à Los Angeles et passe devant les caméras. Elle devait le faire abandonner ses idées idiotes comme le fait de ne pas pouvoir chercher la partenaire idéale parce qu'il pensait avoir une obligation envers elle… ou pire, pensait qu'il avait déjà trouvé la femme de sa vie.

Et l'horloge tournait parce qu'elle avait enfin décidé ce qu'elle ferait en quittant le ranch. Si le camp O'Donnell voulait du sang pour créer une diversion, elle leur en donnerait. Elle jouerait l'appât pour que l'attention ne se concentre pas sur Grayson.

Déclencher une frénésie médiatique était un jeu d'enfant. Erica O'Donnell passerait pour une amatrice en comparaison. La seule différence avec le travail qu'elle faisait en tant que gestionnaire de campagne, c'était que, cette fois, elle jouerait sur les insinuations.

Le ranch avait été une oasis. Ce moment passé ici lui manquerait terriblement. Mais même si elle aurait ardemment voulu continuer à ignorer le monde extérieur, il était temps d'être proactive. Elle reprit son téléphone et parcourut sa liste de contacts avant d'appuyer sur le bouton pour appeler la bonne personne.

— Salut, CC, c'est Finley Smythe. Désolée pour cette demande de dernière minute, mais serais-tu disponible demain ?

Longtemps après le coucher du soleil, Will entra dans le séjour et trouva Finley assise sur le canapé en cuir le plus proche de la cheminée, à la seule lumière des flammes. Elle venait de se doucher. Ses cheveux étaient mouillés et plaqués en arrière et elle portait un sweat-shirt à capuche gris trois fois trop grand pour elle. Les jambes repliées sous elle, elle ressemblait à une étudiante occupée sur un devoir.

Ou une stagiaire du Congrès qui attendait l'arrivée de son rencard. Le cœur de Will se serra dans sa poitrine.

— Tu n'es plus obligée de rester assise dans le noir, dit-il en allumant une lampe. Regarde. C'est magique.

Son sourire n'atteignit pas ses yeux.

— Je me suis habituée à ne pas avoir de lumières. Je crois que je préfère le noir.

Il éteignit la lampe et vint s'asseoir à côté d'elle. Elle se décala sur le canapé pour lui faire de la place. Il n'avait pas l'habitude de voir Finley avec les batteries à plat.

— Tu te sens bien ?

Il avait passé une heure au téléphone avec Ji-Hoon et il était toujours préoccupé par son état de santé.

— Tu couves quelque chose ?

— Ça va. La journée a été longue. Avec beaucoup d'excitation, répondit-elle avant de se tourner vers lui. Tu as fini de passer tes coups de téléphone ? Ils se sont mieux passés que celui de ce matin ?

La bile monta dans sa gorge. Il ne voulait pas que l'émission soit annulée. Il savait l'importance qu'elle avait aux yeux de Ji-Hoon. Mais ce ne serait pas honnête de suivre le concept original. Tout d'abord, les réponses qu'il avait données étaient fausses. Il pensait qu'il voulait une vie paisible, sans histoires et très stable. Une vie où il savait ce qu'il ferait dans un an, cinq ans, vingt ans. Une vie tranquille, sous contrôle, pour qu'il y ait le moins de surprises possible.

La vie avec Finley ne serait jamais tranquille. Rien ne serait prévisible.

Mais il devait faire fléchir sa détermination à n'avoir que des relations sans engagement.

— La dernière conversation était avec mes collaborateurs d'EverAftr. C'était plus agréable. Tu as pu joindre toutes les personnes à qui tu voulais parler ?

— Oui.

Elle gardait les yeux rivés sur les cordons de son sweat qu'elle tripotait.

— Pourquoi n'as-tu pas étudié le droit comme tu l'envisageais ?

D'où venait cette question ? Il haussa les épaules.

— Trois années d'étude, ça coûte cher. J'ai pris un boulot à la place.

— C'est la seule raison ? lui demanda-t-elle en sondant son regard.

Il se frotta la tempe.

— J'en avais moins envie. J'ai décidé de faire autre chose.

— Est-ce que c'est lié à notre été ? Ou à moi ?

— Pourquoi poses-tu cette question ?

Il essaya de lire dans ses yeux, mais ils restaient insondables.

— Comme je te l'ai déjà dit, les choses ont bien tourné.

Elle appuya sa tête contre les coussins.

— Je pense que tu as abandonné ton rêve parce que quelqu'un ou quelque chose t'a donné l'impression d'être petit. Alors tu as quitté Washington et la politique et n'es jamais revenu. Et je crois que ce quelqu'un, c'est moi.

— Lee, si quelqu'un m'a fait me sentir mal, c'était ma faute. Je l'ai laissé m'atteindre.

— Mais ça ne marche pas comme ça, si ? On ne peut pas s'empêcher d'être affecté par les gens. Nous sommes humains. Nous sommes des animaux sociaux. Nous avons un besoin maladif des autres.

Il haussa les sourcils très haut.

— Je suis d'accord. Mais je suis surpris de te l'entendre dire.

— Pourquoi ?

— Tu n'as pas de relations sérieuses. Pas d'engagements.

Il étendit ses jambes le long du canapé, puis attrapa Finley pour qu'elle s'allonge contre lui. Après une seconde de résistance, elle le rejoignit. Le canapé était juste assez large pour eux deux, Finley étant à moitié sur lui.

— Je pensais que je ne te ferais jamais reconnaître qu'on a tous besoin des autres. Je suis content d'entendre que tu as fini par changer d'avis.

— Je n'ai pas dit ça. J'ai dit que les gens ne peuvent pas s'empêcher de s'affecter entre eux.

Il était certainement affecté par elle. Mais même si son sang s'enflammait comme toujours à cause de sa proximité, il était heureux de la tenir dans ses bras et l'écouter parler.

— Ce n'est pas la même chose ?

— Non, répondit-elle en levant la tête. T'ai-je tellement affecté que tu as renoncé à ton rêve ?

Il la serra contre lui.

— C'était mon choix d'abandonner les études de droit. Pas le tien, ni celui de quelqu'un d'autre. Le mien. Mais si tu demandes si tu m'as fait du mal ? Oui. La rupture m'a fait mal.

— Je sais. (Elle l'embrassa sur la joue, puis reposa sa tête sur son torse.) Si tu ne t'étais pas retrouvé coincé dans cette tempête et n'avais pas atterri au ranch, tu serais en train de travailler sur le premier épisode de l'émission, n'est-ce pas ?

— Probablement. Ou ce serait pour bientôt. Mais c'est du passé. Pourquoi poses-tu cette question ?

— J'essaie juste de comprendre quelque chose.

— Quoi ?

— Rien d'important. Simple curiosité.

Elle commença à tracer un motif du bout des doigts sur ses épaules et sa clavicule avant de remonter. Aussi légère qu'une plume, sa caresse laissait des étincelles sur son passage.

— C'est agréable ?

— Très.

Le canapé confortable, le craquement du feu et Finley blottie contre lui… il ne pouvait pas imaginer meilleur endroit.

— Mais je me demande encore pourquoi tu as voulu aborder ce sujet.

Elle ne répondit pas. Elle se contenta de l'embrasser dans le cou, sa bouche chaude et mouillée contre sa peau. Ses mains commencèrent à descendre pour trouver le bouton de son pantalon, la fermeture Éclair. Avec un effort surhumain, il s'assit, la prenant dans ses bras pour pouvoir la remettre en position assise à côté de lui. Elle le fixait avec des yeux écarquillés.

— Quoi ? J'ai raté quelque chose ? C'était encore un rencard avec une obligation de discuter ?

— Tu utilises le sexe quand tu veux éviter les conversations sérieuses.

Elle croisa les bras sur sa poitrine.

— Vraiment ?

— C'est ce que j'ai remarqué.

— Admettons que tu aies raison, ce qui n'est pas le cas. La plupart des hommes trouveraient ça cool.

— Je ne dis pas que ça ne l'est pas. Mais pas quand il est évident que tu gardes pour toi quelque chose qui te dérange.

— Je n'arrive pas à croire que tu préfères discuter que coucher avec moi, mais d'accord. Voilà ce qui a tourné dans ma tête toute la journée. Que va-t-il se passer quand tu auras quitté Running Coyote ?

— Tu veux dire quand *nous* serons partis.

— OK. Quand nous serons partis.

— *Nous* verrons bien, dit-il en insistant sur le pronom.

— Ça ne suffit pas. Tu as une entreprise à gérer. Une émission de télé à tourner. Tu dois avoir un plan en tête.

— Oui.

— Bien.

— Et tu en fais partie.

— D'accord, dit-elle en acquiesçant lentement.

— Et moi aussi.

— Normal, vu que c'est ton plan.

— Ensemble. Comme on aurait dû l'être depuis toujours.

Elle ne bondit pas pour s'enfuir en courant. Il considérait que c'était une victoire.

— Et l'émission ? demanda-t-elle.

— Utiliser l'application devant la caméra pour trouver l'amour serait un mensonge. Je n'ai pas envie de sortir avec quelqu'un d'autre.

Il se pencha et lui donna un baiser.

— Alors. Je ne le ferai pas.

Elle cligna des yeux, mais remarqua l'éclat humide aux coins des siens.

— Et ton mentor ? Ji-Hoon ? N'est-il pas impliqué dans l'émission ?

Fichus cadres de Screenweb qui refusaient le compromis. Si seulement ils entendaient raison. Mais le projet n'était pas encore annulé. Ji-Hoon pouvait encore voir son rêve exaucé.

— Oui, il fait partie des producteurs. Mais je suis sûre qu'on peut trouver une solution.

— Tu es bien optimiste, dit-elle en se mordant la lèvre.

Il prit son menton dans sa main gauche.

— Tout est négociable. Je veux être avec toi. Je sais qu'on n'a passé que cinq jours ensemble. Mais d'une certaine manière, cela fait quinze ans.

Il savait qu'il valait mieux qu'il ne parle pas d'amour. Finley avait été très claire à ce sujet.

Mais comme elle l'avait dit plut tôt, ils s'affectaient l'un l'autre. Après tout, « affecter » était de la même famille que « affection ». Et l'affection était le début de ce qu'il ressentait pour elle. Comme il l'avait toujours ressenti.

Ses yeux noirs étaient écarquillés, remplis d'une émotion qu'il n'arrivait pas bien à définir. Elle s'écarta de lui et se réfugia dans l'ombre.

— Et si je te disais que ce n'est pas ce que je veux ? demanda-t-elle avec une voix aussi fluette qu'un murmure dans la nuit. Est-ce que tu ferais l'émission ?

— Alors dis-le-moi. Dis-moi que tu ne veux pas de

moi. Bien que tes actes il y a seulement quelques minutes disent le contraire.

— Bien sûr que j'ai envie de toi. Mais si ce n'était que pour une nuit ? Et qu'on partait chacun de notre côté le lendemain. Est-ce que tu ferais l'émission ?

— Non. Parce que je te retrouverais la nuit suivante. Et te demanderais de me redire que tu ne veux pas de moi, dit-il en lui souriant. Je prendrai le risque d'avoir la même réponse.

Il remonta la manche de Finley pour caresser l'intérieur de son coude, cet endroit qui l'avait toujours fait frissonner.

Elle émit un rire qui ressemblait à un soupir voluptueux.

— Bon sang, Will. Je suis incapable de me contrôler quand ça te concerne. N'oublie jamais que je t'ai proposé une porte de sortie.

Avant qu'il n'ait le temps de comprendre ce qu'elle voulait dire, Finley avait glissé du canapé pour s'agenouiller entre ses jambes. Elle tira sa tête vers le bas pour que sa langue puisse effleurer sa bouche tandis qu'elle tenait sa chemise et arrachait un bouton. Mais même alors que la chaleur et la pression commençaient à monter, Will discerna une différence dans leur manière de faire l'amour. Elle garda les yeux ouverts. Ses mouvements étaient plus lents, plus mesurés.

C'était comme si elle mémorisait chaque détail. Comme si c'était vraiment leur dernière nuit ensemble.

Puis ses lèvres descendirent sur leur cible et il s'arrêta de réfléchir.

- 13 -

Finley se trouvait dans le paddock de Trudy quand elle entendit l'hélicoptère. Elle lui donna une pomme, puis enfouit son visage contre son encolure, inhalant l'odeur de foin et de cheval.

— Et voilà, ma fille. Souhaite-moi bonne chance, je serai là pour le dîner.

Elle caressa le nez de Trudy, puis s'avança vers la barrière qui séparait ce paddock de celui de Ranger. Ce dernier la regarda s'approcher.

— Ne me fixe pas comme ça, dit-elle en frottant une autre paume contre son jean. C'est la bonne chose à faire. Il me remerciera un jour. Il regardera sa magnifique femme et ses fantastiques enfants et sera heureux que je n'aie pas laissé un glissement de terrain gâcher son avenir.

Ranger secoua la tête et s'ébroua.

— Je savais que tu serais de son côté. Solidarité masculine. Mais honnêtement, ça vaut mieux comme ça.

Le bruit des pales devint de plus en plus fort. Elle se retourna et regarda l'hélicoptère MD500 descendre pour chercher un bon endroit pour atterrir. Running Coyote avait un héliport près du hameau, mais il était de l'autre côté de la coulée de boue. Le pilote finit par se poser sur une bande de pelouse en contrebas de la piscine.

Elle marcha vers la maison, s'armant de courage pour la suite. Mais avant qu'elle n'atteigne la porte, Will sortit en courant. Il l'attrapa et la plaça derrière lui, comme pour la protéger de ce qu'il y avait dans l'hélico.

— Mais qu'est-ce… d'où ça vient ? Je vais appeler Tim.

Elle l'empêcha de retourner dans la maison. Les pales ralentirent, le vent se calma et le bruit s'atténua, lui permettant de parler à un volume normal.

— Inutile d'appeler Tim. C'est moi qui ai engagé un pilote.

— Tu as fait quoi ?

— Je l'ai embauché. Une amie a une entreprise d'hélicoptère de tourisme. Je lui ai demandé ce service.

— Mais pourquoi ? l'interrogea-t-il les yeux remplis confusion, puis rapidement de peine. Tu t'en vas ?

Elle ferma son cœur à la douleur qu'elle voyait dans ses yeux et secoua la tête.

— Non. Je ne pars pas. C'est toi qui t'en vas.

— Je ne comprends pas.

— Tu vois le pilote qui sort du cockpit ? La grande femme noire ? C'est mon amie CC. (CC se tourna et aida un passager à descendre.) Et l'homme…

— Ji-Hoon. Tu as fait venir Ji-Hoon jusqu'ici ? Pourquoi ?

Elle l'embrassa sur la joue, mémorisant la sensation de sa barbe rase contre ses lèvres et s'écartant avant d'être tentée de s'attarder à jamais.

— Tu vas à Los Angeles. C'est un au revoir.

— Quoi ? Lee, qu'est-ce que tu fais ?

La gorge serrée, elle dut prononcer ses paroles rapidement.

— Ji-Hoon et CC seront bientôt là, alors je ne le dirai qu'une fois. Tu dois faire cette émission. C'était ce que tu voulais. Puis le glissement de terrain a interféré et causé un contretemps dans ton aventure. Mais c'est tout ce qu'étaient ces quelques jours passés ensemble au ranch. Un accident. Un détour. Alors…

— Arrête. Avant de dire quelque chose que nous regretterons tous les deux pendant quinze ans de plus.

Elle secoua la tête. Elle ne pleurait jamais. Mais pour la première fois depuis très longtemps, elle en avait envie.

— Cet été-là, j'ai écouté Barrett. Je t'ai fait sentir comme un moins que rien parce que je pensais que notre relation était conditionnelle, que tu étais plus attiré par le statut de ma famille que par moi. Que tu disais qu'on était des « âmes sœurs » juste pour obtenir ce que tu voulais.

Elle renifla. Non, elle ne pleurerait pas.

— Et à cause de ça, tu as abandonné la carrière de tes rêves. Je ne te laisserai pas faire capoter ta vie cette fois. Tu veux trouver une femme et fonder une famille, sinon tu n'aurais pas accepté ce projet. Alors va la chercher, Will. Va trouver la femme à laquelle tu es destiné.

— Non, dit-il en secouant la tête. Non, parce qu'elle est ici. Et tu le sais. Tu n'aimes peut-être pas le mot « amour », mais c'est bien ça. Ce qu'il y a entre nous. Ce qu'il y a toujours eu.

Elle se mit à rire. Si cela ressembla à un sanglot, c'est que ses oreilles devaient lui jouer des tours.

— On est compatibles au lit. C'est super. Finalement, ce séjour, ce n'était rien d'autre que deux adultes consentants coincés sans télévision ni Internet qui ont tiré parti d'une situation désagréable.

— Tu ne crois pas ce que tu dis.

Non. Il avait raison. Mais il n'était pas obligé de le croire.

— Passer ce temps avec toi était super. Vraiment. Je n'avais pas vécu ça depuis des années, et je t'en remercie. Mais tu as ta vie et j'ai la mienne et il est temps d'arrêter de faire comme si le monde réel n'existait pas. Tu as des obligations envers une boîte de production…

Il serra les poings.

— Tu ne peux pas vouloir que je fasse cette émission. On en a parlé hier soir.

« Vouloir » était un grand mot. Il impliquait beaucoup de choses. Mais finalement, c'était égoïste. Ce n'était pas important. Pas quand il s'agissait de l'avenir de Will.

Elle releva la tête.

— Si tu me demandes si je te désire, je répondrai toujours oui. Mais c'est physique.

— C'est plus que ça. Je t'aime, Lee. Et tu m'aimes. Tu es trop têtue pour l'admettre.

Il avait dit qu'il l'aimait. Elle avait du mal à respirer. Quelle ironie : la seule fois où elle aurait voulu qu'une relation devienne sérieuse, ce n'était tout simplement pas possible. Elle ne put soutenir son regard plus longtemps, ou il verrait combien elle avait envie de lui répondre la même chose.

— Hé, ironisa-t-elle, je suis flattée que tu penses qu'une semaine de sexe fantastique mérite de renoncer à des millions de dollars et ton potentiel futur bonheur, mais il faut que l'un de nous deux soit raisonnable. Tu as une entreprise. Tu as des actionnaires. L'émission va leur rapporter beaucoup d'argent. Des gens dépendent de toi. (Elle désigna Ji-Hoon qui avançait lentement vers eux sur la pelouse avec l'aide de CC.) Et j'ai mes propres engagements.

— Comme ? lui demanda-t-il en fronçant les sourcils.

Elle prit une profonde inspiration.

— Me préparer pour une enquête sur un délit d'initié, tout d'abord. La femme du sénateur O'Donnell m'a accusée d'être la tête de proue du scandale du jour à Washington. La presse publiera bientôt cette histoire.

La surprise mêlée à d'autres émotions se succédèrent sur le visage de Will.

— Des allégations de délit d'initié ? Tu n'as jamais rien dit…

— Pourquoi aurais-je ruiné le fantasme de ces derniers jours avec des détails sordides ? Mais il y a une autre raison pour laquelle nous devons prendre des routes différentes, maintenant, avant que les médias n'apprennent qu'on a passé la semaine piégés ensemble à Running Coyote. (Elle l'empêcha de l'interrompre en secouant la tête.) Je sais comment se répand la rumeur. Tu veux qu'on s'intéresse à EverAftr et à ton émission, mais ce n'est pas de ce genre d'attention dont tu as besoin.

Dans sa vision périphérique, elle vit Ji-Hoon et CC se rapprocher. Ils pourraient bientôt les entendre. Elle sortit sa dernière arme en plaquant un sourire sur son visage et lui adressa un haussement d'épaules désinvolte.

— On a passé un bon moment ces derniers jours. Mais les relations basées sur des expériences intenses, comme échouer dans un ranch à cause d'un glissement de terrain, ne marchent jamais.

Elle vit dans son regard qu'il n'avait pas la référence au film *Speed*. Au lieu de l'agacer, ses lacunes en matière de culture populaire lui rappelaient combien elle l'aim… non. Combien elle appréciait être avec lui. Ce qui rendait sa prochaine phrase encore plus dure à prononcer.

— On tournera la page pour quelque chose de plus important et meilleur. Je me souviendrai toujours avec tendresse du temps passé ici, mais c'est fini.

Il tituba, juste un pas, tandis que les paroles qu'elle avait utilisées pour rompre avec lui la première fois résonnaient. Elle resta bien droite, se préparant à tenir ses positions. Il argumenterait brièvement, comme il l'avait fait quinze ans plus tôt. Puis il se mettrait en colère, dirait des choses qui resteraient à jamais gravées dans son âme et partirait.

Mais à son immense surprise, la colère disparut de ses yeux, remplacée par quelque chose qui ressemblait à… de la pitié. Et une affection très profonde. Il posa sa main sur sa joue et le pouls de Finley accéléra.

— Tu as peur. Tu as peur que quelqu'un te trouve aimable, alors tu frappes en premier et repousses la personne. Et je comprends pourquoi maintenant. Ton père est parti. Barrett était un idiot qui t'a appris que les relations étaient transactionnelles. Personne ne t'a protégée, alors tu te protèges. Et tu protèges les autres. Comme moi. Tu fais ça pour me protéger. Parce que tu m'aimes.

Ses mots frappèrent son cœur comme des milliers d'aiguilles. Chaque cellule de son corps voulait fuir la vérité qui restait en suspens. Le regard de Will la clouait sur place, exigeant qu'elle admette qu'il avait raison.

Il s'approcha et le vent porta son odeur jusqu'à elle, sa main sur sa joue transmettant sa chaleur.

— Je peux me débrouiller tout seul. Et si tu me laisses faire, je peux t'aider contre les allégations de délit d'initié. Donne-nous du temps pour trouver une solution. Ensemble.

Pendant une fraction de seconde, elle s'autorisa à se détendre et savourer son contact. Mais même si l'image qu'il décrivait était alléchante, elle savait que ce qu'il proposait était simplement impossible. Son optimisme ne correspondait pas à la réalité.

Elle s'éloigna et croisa les bras.

— Un type crée une application de rencontres et devient soudainement expert en psychologie humaine.

— Non. Mais je te connais…

— Oh ! tu me connais. Tu me connais mieux que moi-même, c'est ça ?

La colère bouillait dans son ventre et elle accueillit sa

chaleur. Elle aurait accepté n'importe quoi pour compenser le vide glacial qui menaçait de la ronger.

— Désolée, mais contrairement à toi, je ne confonds pas orgasmes et amour. CC va vous ramener, Ji-Hoon et toi, à Los Angeles…

Une lueur de colère apparut dans son regard gris-bleu.

— Ji-Hoon est malade. Tu n'aurais pas dû l'impliquer…

— Il était excité quand je lui ai demandé de venir, et ses médecins ont donné la permission. Quelqu'un doit te rappeler tes enjeux, et c'est ton mentor. J'ai su après notre conversation d'hier soir que tu ne m'aurais jamais écoutée.

— Tu as si peur de ton bonheur futur que tu ne vois pas…

Elle agita sa main devant lui.

— Quel bonheur futur ? Des enquêtes et des scandales ? C'est ce qui m'attend. Mais pas toi. Je t'offre un laissez-passer pour retourner à la vie que tu avais prévue avant qu'une tempête exceptionnelle te ramène ici. Prends-le, bon sang.

Elle passa devant lui.

Il l'attrapa par le bras.

— Contrairement à la dernière fois, je sais ce que tu fais. Tu essaies de tout arranger toute seule. Ne pars pas. Parle-moi. Laisse-moi t'aider.

Elle se retourna. Avec un effort ultime, elle se força à le regarder dans les yeux.

— Contrairement à la dernière fois, personne ne me manipule. Je te dis au revoir volontairement. S'il te plaît, respecte ma décision.

Il la lâcha et la laissa passer sans quitter son dos du regard.

Elle descendit l'escalier de la terrasse, la main droite tendue pour saluer les arrivants quand ils la rejoignirent.

Elle afficha un sourire en espérant qu'ils attribueraient la rougeur de ses joues à l'air vif du mois de février.

— Bonjour, je suis Finley. Vous devez être Ji-Hoon. J'espère que vous avez fait bon voyage. Mais c'est une évidence. CC est un pilote exceptionnel.

Ji-Hoon lui serra fermement la main avec un sourire sincère et chaleureux. Finley l'apprécia immédiatement. Mais elle vit dans ses yeux qu'il comprenait quelque chose en les regardant tour à tour, elle et Will qui se tenait toujours immobile sur la terrasse. L'intuition de Finley lui disait que si elle ne voulait pas avoir à répondre à trop de questions, elle ferait mieux de s'éclipser au plus vite.

— Bon ! lança-t-elle en tapant dans les mains. Je vais vous laisser rattraper le temps perdu avec Will pendant qu'il fait ses valises. CC, quand dois-tu décoller pour Los Angeles ?

— Je vais aller faire le plein. Je serai de retour dans, disons, une heure ? Vous serez prêt à partir ? demanda-t-elle à Ji-Hoon.

— Moi oui, mais ça ne dépend pas de moi, répondit-il avant de se tourner vers Finley. Et vous ?

— Oh ! je ne pars pas. Pas avec vous et Will, dit-elle en émettant un rire aigu qui la fit grimacer dès qu'il sortit de sa bouche. Je dois m'occuper des chevaux jusqu'à ce que le gestionnaire du ranch puisse prendre le relais. Je dois leur faire faire de l'exercice. Si je ne suis pas revenue avant votre départ, j'étais ravie de faire votre connaissance.

— Tout le plaisir est pour moi.

L'éclat dans ses yeux s'atténua, mais la chaleur de son sourire était toujours la même.

— Merci de me permettre de passer du temps de qualité avec Will avant que le chaos se répande.

— Avec plaisir. Je sais que vous avez beaucoup de choses à vous dire.

Elle jeta un coup d'œil à Will qui restait telle une statue où elle l'avait laissé. Finalement, il s'approcha pour tapoter le dos de Ji-Hoon et serrer la main de CC.

Son regard était toujours aussi brûlant quand il se posait sur elle.

Tandis que Will accompagnait Ji-Hoon dans la maison, elle s'échappa dans les écuries. Elle sella Ranger, puis le laissa choisir le parcours. Elle refusa de regarder en arrière.

Elle n'aurait rien perçu de toute façon. Sa vue était trop brouillée par les larmes.

Will s'arrêta de ranger ses affaires, son attention attirée par un mouvement qu'il aperçut par la fenêtre de sa chambre. Finley s'éloignait au galop sur Ranger sans regarder en arrière. Une chose était sûre : il ne reviendrait jamais au ranch, même si Lauren et Reid le réinvitaient cent fois. Comment le pourrait-il ? Chaque détail ici lui rappellerait Finley…

Il retourna à sa valise posée sur le lit et y rangea d'autres vêtements, sans faire attention à la façon dont ils étaient pliés.

— Ça va si mal que ça ? demanda Ji-Hoon.

— J'en ai bien peur, répondit Will en fermant la valise. Qu'a dit Finley quand elle vous a appelé ?

— Elle a dit que vous étiez restés piégés pendant une semaine et que tu apprécierais la compagnie d'un vieil ami.

— Rien à propos de l'émission ?

— Juste que tu travaillais sur des concepts. Elle a laissé entendre que tu avais envie de rattraper le temps perdu, et c'est pour ça qu'elle a suggéré que je vienne ici, expliqua Ji-Hoon. Je n'aurais jamais refusé une balade en hélico de Los Angeles à Santa Barbara. Le paysage est époustouflant.

Will poussa sa valise sur le côté et s'assit sur le lit, croisant le regard de Ji-Hoon.

— Je ne peux pas être au centre de l'émission. Mais s'ils ne peuvent pas promouvoir l'émission sur le concept du P-DG d'EverAftr qui utilise sa propre application pour trouver l'amour, Screenweb annulera probablement le tournage. Et je ne veux pas vous décevoir.

— Être producteur aurait été une expérience amusante. J'étais impatient de dîner à Spago… Il y en a un dans le coin ? Ça faisait fureur dans les années 1980. Tout le monde dans le milieu y allait.

— J'ai entendu dire que c'était toujours populaire.

— Parfait. Mais je n'ai pas décidé d'être producteur de télé pour aller au resto, hein ?

— Bien. Alors voilà le plan. On ira à Spago. Le reste, c'est tout bénef.

Le regard de Will fut attiré par un truc doré qui brillait sous le lit. Il se baissa pour le ramasser. C'était la chaussure que Finley avait laissée la nuit de leur rendez-vous.

Mince, il avait mal au cœur. Sa cage thoracique était à la fois trop étroite pour ses poumons et trop large pour son cœur qui bondissait douloureusement dans cet espace immense. Il leva les yeux vers Ji-Hoon.

— Devrais-je rester et essayer de discuter encore avec elle pour la raisonner ? Ou vaut-il mieux que je parte ?

— Je ne sais pas. Je viens juste de la rencontrer. Mais son amie CC est très gentille.

Will posa soigneusement la chaussure sur la commode.

— Je sais pourquoi elle fuit. Mais je ne sais pas quoi faire pour l'en empêcher.

— Tu devrais probablement l'empêcher de faire quoi que ce soit.

— J'ai mal choisi mes mots.

Il ressentait une douleur lancinante sous le sternum.

— Je l'aime. Je l'aime depuis que j'ai vingt et un ans.

— Vingt et un… hmm. Alors c'est la femme que tu as rencontrée durant ton stage à Washington. Tu étais profondément blessé.

— J'étais bien plus jeune. J'avais moins de recul.

Mince, Lee. Il aurait aimé qu'ils aient eu plus de temps. Plus de temps pour lui montrer combien elle comptait pour lui. Plus de temps pour lui prouver que ce qu'ils partageaient égalait ce qu'on pouvait retrouver dans les poèmes et les chansons. Mais même s'ils avaient été coincés dans le ranch pendant un siècle, cela n'aurait peut-être pas suffi. Les remparts de Finley étaient hauts et épais.

— Mais je ne me sens pas super bien quand même.

— L'amour non partagé est douloureux.

— Il n'est pas non partagé. J'en suis certain. Mais les choses sont… compliquées. (Il était abasourdi par les allégations auxquelles elle avait fait allusion.) Vous avez donné des conférences à l'Université de Chicago. Vous ne connaissez pas un expert en délit d'initié par hasard ?

— Le délit d'initié ? Ça se complique.

— Finley n'est pas du genre à suivre les règles.

Il repensa à cette fois où ils avaient escaladé une clôture pour profiter d'une fête nocturne dans un jardin à Washington.

— Mais un escroc ? Non, ajouta-t-il finalement.

— Alors je suppose que la question est : qu'est-ce qui est si compliqué ?

Will regarda à nouveau par la fenêtre. Finley avait disparu.

— Elle m'a demandé de respecter sa décision.

Il eut l'impression que s'il restait pour la raisonner, elle se barricaderait derrière un mur de glace.

— Je vais retourner à Los Angeles avec toi. Fais en sorte au moins qu'elle ne s'inquiète pas pour toi.

Ils avaient vécu une véritable tempête d'émotions intense ces derniers jours. Il comprenait pourquoi elle tenait à mettre de la distance entre eux.

Et puis, elle avait raison : il avait des responsabilités et des engagements.

Mais il ne partait pas pour de bon. Pas cette fois. L'erreur qu'il avait faite quinze ans plus tôt était de ne pas avoir prouvé à Finley que son amour pour elle était plus profond et plus fort que ses doutes.

Il lui donnerait l'espace qu'elle avait demandé. Mais pas assez pour qu'il la perde définitivement. En tout cas, il l'espérait.

- 14 -

Finley tira très légèrement le rideau pour voir l'estrade installée pour la conférence de presse. Les micros et les magnétophones étaient déjà disposés à l'avant de la table, tandis que des caméras sur des trépieds étaient alignées contre le mur du fond. Les journalistes étaient rassemblés, discutant par groupe de trois ou quatre, mais la plupart des sièges face à la scène étaient vides. Ce qui était normal puisqu'elle n'avait pas prévu d'affronter les médias avant trente minutes encore.

Elle laissa le rideau se remettre en place et se tourna vers sa belle-sœur qui secouait la tête.

— Je n'arrive pas à croire que tu lui aies fait le coup du « je te quitte pour ton bien », dit Nelle. Qu'est-ce qui vous arrive à ton frère et toi ? Il a fait la même chose avec moi. Cette excuse n'est pas valable.

Finley se remit à regarder les photos sur le téléphone de Nelle. Elle et Grayson étaient revenus de leur lune de miel de deux mois plusieurs semaines plus tôt, après avoir visité plusieurs pays africains et fait un détour par l'Europe. À leur retour à San Francisco, Finley était occupée à ranger son appartement de Washington. Elle l'avait sous-loué après que Barrett avait été inculpé, croyant qu'elle finirait par revenir. Mais elle avait décidé de s'installer définitivement en Californie plus près de sa famille pour affronter les épreuves à venir.

En revanche, il serait plus difficile de ne pas penser à Will. Chaque fois que quelqu'un mentionnait Santa Barbara ou Napa, des souvenirs l'envahissaient. Il lui manquait plus que la première fois qu'ils s'étaient séparés.

Sa seule consolation était de savoir qu'elle avait pris la bonne décision et que Will était de nouveau sur le chemin qu'il voulait. Elle avait trouvé l'article où Screenweb annonçait le début du tournage en parcourant Internet peu de temps après son départ du ranch, tard un soir où elle ne trouvait pas le sommeil.

Au moins, les accusations d'Erica O'Donnell gardaient son esprit occupé. Les mémoires s'étaient vendus aux enchères à un prix considérable et avaient rapidement été envoyés chez l'imprimeur. Même si le livre n'était pas encore sur les étagères des libraires, des extraits croustillants avaient fuité dans toute la sphère médiatique.

La conférence de presse d'aujourd'hui faisait partie du plan de Finley pour garder l'attention des médias concentrée sur elle plutôt que sur Grayson. Quand Nelle avait entendu parler de l'événement, elle s'était proposée pour tenir compagnie à Finley en coulisse jusqu'à ce qu'elle et Sadiya passent devant les caméras. Finley avait accepté d'assouvir la curiosité persistante de Nelle sur le séjour de Finley à Running Coyote, conversation qu'elle avait évitée jusqu'à ce jour.

— Pourquoi n'as-tu pas publié certaines photos sur tes réseaux sociaux pendant que vous étiez au Kenya ? Certains de ces clichés sont superbes.

— Tu devrais voir les photos que Grayson a prises avec son appareil reflex… Mais tu essaies de changer de sujet. Pourquoi as-tu rompu avec Will comme ça ?

— Ma situation n'est pas comparable à ce qui est arrivé entre toi et Grayson. Un, Grayson a toujours été désespérément romantique, dit Finley en comptant sur ses doigts, même si je me demande bien d'où ça peut lui venir. Certainement pas à force de traîner avec moi. Deux, toi, tu as une bonne fée. Je ne veux pas m'attribuer tous les mérites, mais j'ai quelque chose à voir avec vos retrouvailles. Trois, c'est exagéré d'appeler ça une rupture alors qu'on a passé moins d'une semaine ensemble... Est-ce qu'on peut vraiment rompre après seulement quelques jours ? Quatre, je ne l'ai pas fait pour lui. Je l'ai fait parce que c'était la meilleure solution.

— Hmm hmm.

Finley fit semblant de lever les yeux au plafond et lui rendit son téléphone.

— Merci d'être venue. C'est gentil.

— Grayson va pas tarder.

— Je m'inquiète pour Sadiya. Elle devrait déjà être là.

Elle vérifia son téléphone. Rien.

Nelle posa doucement sa main sur le bras de Finley.

— Ça va aller. Cette conférence de presse est une promenade de santé pour toi.

Finley regarda ses doigts ornés d'une manucure parfaite. Il est important de se concentrer sur le positif avant d'affronter une horde de journalistes.

— Sadiya et moi avons une bonne stratégie. J'espère qu'elle sera bientôt là.

Elle se mit à faire les cent pas. Elles s'attendaient à une salle pleine à cause des récentes apparitions d'Erica O'Donnell dans les talk-shows pour promouvoir son livre. Le bruit venant de l'autre côté du rideau était de plus en plus fort.

Elle et Sadiya prévoyaient d'émettre de vagues affirmations, soutenues par des insinuations, pour donner l'impression que Finley avait véritablement connaissance du projet de délit d'initié. Les requins des médias seraient attirés par l'odeur du sang et l'encercleraient le temps de l'enquête. Finley ne craignait pas les enquêteurs : il n'y avait rien à trouver.

Quelle que soit l'issue de l'enquête, après aujourd'hui, sa réputation professionnelle serait ruinée plus qu'elle ne l'était déjà. C'était une conséquence qu'elle s'était préparée à affronter. Et cela prouvait encore qu'elle avait pris la bonne décision à Running Coyote. Si elle et Will avaient continué leur relation, le scandale l'aurait atteint aussi. À l'origine, elle était dans cette situation à cause de son lien avec Barrett.

Le brouhaha était de plus en plus fort de l'autre côté du rideau, et des grincements de chaises suggéraient que certains quittaient l'auditorium. Finley et Nelle échangèrent des regards perplexes.

— Qu'est-ce qui se passe ? demanda Nelle.

Les deux femmes allaient tirer le rideau quand Sadiya débarqua dans les coulisses, les yeux brillants.

— Changement de plan !

— Tu es là ! Que se passe-t-il ? Pourquoi les gens partent-ils ?

— Oh ! quelques-uns vont rester pour connaître ta réaction, répondit Sadiya en tendant à Finley une tablette électronique.

Sur l'écran, elle lit le gros titre : « Fin de partie pour l'épouse du sénateur O'Donnell ». En dessous, le sous-titre disait : « Les fédéraux inculpent le puissant couple de Washington pour avoir vendu des secrets du gouvernement dans un délit d'initié. »

Finley leva les yeux.

— Quand est-ce arrivé ?

— Juste maintenant, répondit Sadiya avec un petit sourire.

— Ça veut-il dire ce que je pense que ça veut dire ?

Finley n'osait pas y croire. L'espoir était fragile et menait à des attentes qui pouvaient facilement être anéanties.

— Cela veut dire que les O'Donnell sont pris à leur propre piège. Ils ont fait appel à des relations douteuses pour falsifier des transactions afin que les accusations d'Erica soient plus crédibles. Mais ce qu'ils ne savaient pas, c'est que l'ami qu'ils ont approché pour pirater plusieurs comptes pour couvrir leurs traces travaillait secrètement pour le FBI.

— Waouh.

— Mieux. Il faut généralement des mois, voire des années, à la Commission de sécurité et d'échange pour enquêter sur ce genre d'allégations. Mais ils considèrent votre cas comme une priorité. C'est la raison de mon retard. J'insistais pour avoir une réponse sur ce que nous pourrions révéler à la conférence de presse. Mon contact a dit qu'ils savaient depuis des semaines que vous et votre frère étiez au-dessus de tout soupçon, mais ils voulaient donner le temps aux fédéraux de finir leur enquête au sein du réseau et coincer les O'Donnell. Le timing est parfait, je dois dire.

— Nous étions blanchis depuis des semaines ?

— Officieusement, oui, mais tant que l'inculpation ne pouvait pas être annoncée cela ne pouvait pas être officiel. Je n'étais pas au courant non plus.

— Je n'arrive pas à croire que l'enquête ait été si rapide.

— Il semblerait que quelqu'un t'apprécie. Mon contact a dit que tu devrais remercier une personne du nom de Ji-Hoon Park pour l'enquête accélérée. Apparemment, il connaît l'un des chefs d'unité de la Commission pour avoir donné des conférences ensemble à l'Université de Chicago.

— Attendez. Grayson était soupçonné ? intervint Nelle avant de se tourner vers Finley, les poings sur les hanches. Et tu étais au courant ?

— Je…

Finley tendit la main pour trouver une chaise, un mur ou n'importe quoi pour rester droite. Ji-Hoon était intervenu en sa faveur ? Comment… Will avait dû dire quelque chose. Mais… pourquoi…

— Tu savais ? répéta Nelle, des nuages noirs dans le regard. Fin', tu aurais dû nous le dire. Je ne comprenais pas pourquoi tu insistais pour mettre en place cette conférence de presse, mais maintenant j'ai saisi. Tu fais encore la même chose, tu essaies de tout gérer sans mettre au courant les concernés.

— Hé, tout finit bien finalement, dit Finley.

— Ce n'est pas une excuse ! Même avec toutes les bonnes intentions du monde, tu ne peux pas continuer à penser que tu peux manipuler les situations pour t'en sortir toute seule. Arrête de voir le mot « aider » comme un gros mot.

Finley frissonna tandis que les accusations de Nelle faisaient résonner les dernières paroles de Will. Était-ce ce qu'elle faisait ? Manipulait-elle les autres ?

Comme Barrett l'avait manipulée ?

Affecter les personnes qu'elle aimait, mais à leur détriment ?

Elle avait toujours soupçonné qu'elle et Barrett se ressemblaient. Mais elle n'était pas obligée d'être comme lui. Peut-être que si Barrett avait demandé de l'aide, s'était confié aux gens qui l'aimaient, il n'aurait pas eu à se tourner vers la fraude pour préserver les apparences.

Il y avait une leçon à tirer de tout ça.

Elle se tourna vers Sadiya.

— Qu'est-ce que je fais maintenant ? Je me préparais à être la blague des talk-shows de la nuit pendant les mois à venir. Tu chamboules tous mes plans.

— Fais-en de nouveaux, suggéra Sadiya en haussant les épaules et regardant sa montre. Prête à affronter les médias ? Ou les personnes qui restent ?

— Je peux avoir une minute ?

Finley essaya de rassembler ses pensées.

Ji-Hoon avait demandé une faveur pour une femme qu'il connaissait à peine. Il devait l'avoir fait parce que Will le lui avait demandé. Mais pourquoi ? Elle lui avait presque dit de rester en dehors de sa vie. Bien sûr, elle lui avait dit ça pour lui rendre son avenir, mais quand même. Comme Nelle venait de le faire remarquer, les intentions n'étaient pas des excuses. Et quand elle était revenue au ranch après une longue promenade sur Ranger, il n'y avait plus une trace de la présence de Will et elle avait pensé qu'il avait pris ses mots au pied de la lettre.

Elle s'attendait à ce que leur relation retourne au statu quo des quinze dernières années : silence radio et zéro contact. Elle s'y était préparée en bâtissant des murs autour de ses attentes. Et pourtant…

Elle sortit son téléphone et ouvrit son application de mails.

Il y avait une invitation dans sa boîte de réception de la part d'un compte Screenweb. Elle l'ouvrit pour la première fois depuis qu'elle l'avait reçue, dix jours plus tôt. Elle contenait un message proposant un pass VIP pour la fête de lancement des émissions de l'été de Screenweb qui se tiendrait à L.A. dans une semaine. *EverAftr : À la recherche du grand amour* en faisait partie.

Le message était simple : « Puisque tu as tant insisté pour que l'émission se fasse, j'ai pensé que tu aimerais voir les premiers épisodes en avant-première. S'il te plaît, arrive vers 19 h 30. Will. »

Avant qu'elle ne change d'avis et efface le mail, elle cliqua sur « Accepter ». Elle devait remercier en personne Will et Ji-Hoon pour l'enquête précipitée. D'ailleurs, elle avait dit à Will de tourner la page et de trouver la personne idéale pour lui. Elle était heureuse de lire qu'il l'avait écoutée. Elle priait juste pour qu'être témoin de son bonheur avec elle ne soit pas trop douloureux.

Mais une petite lueur d'optimisme brillait encore, malgré tous ses efforts pour l'étouffer. Peut-être que l'espoir n'était pas aussi fragile qu'elle le pensait. Will n'était pas cruel. Il ne lui avait pas envoyé une invitation juste pour agiter son nouveau couple sous son nez. Il devait avoir une autre raison de vouloir qu'elle vienne.

Elle attrapa la main de Nelle.

— Je suis désolée. Tu avais raison. Quelqu'un m'a dit un jour que je protégeais les autres parce que je n'avais pas été protégée quand j'étais petite. Du coup, je fais tout ce que je peux pour repousser les gens, pour ne pas les laisser s'immiscer dans ma vie. J'aurais dû vous le dire, à Grayson et toi. On a de la chance que mon plan pour attirer toute l'attention ne nous ait pas explosé à la figure. Je promets que, la prochaine fois qu'on m'accuse d'opérations frauduleuses, vous serez les premiers au courant.

Elle se tourna vers Sadiya.

— Je suis prête. Allons botter les fesses des médias.

Les palmiers se balançaient au-dessus de sa tête, mais n'empêchaient pas le soleil de Los Angeles de passer. Les rayons tapaient sur le tapis rouge déroulé de la rue à l'entrée d'un hôtel branché du centre-ville. Will prit une profonde inspiration tandis que la portière de sa limousine s'ouvrait. Ji-Hoon sortit de la voiture juste derrière lui. Ils se retrouvèrent devant le tapis.

— Vous croyez qu'elle va venir ? demanda Will à son mentor.

— L'agent de Screenweb a dit qu'elle avait accepté l'invitation, lui rappela Ji-Hoon. Je viens de recevoir un beau panier de remerciement pour avoir prétendument donné un petit coup de pouce à l'enquête du Comité.

— En parlant de l'agent, elle est là.

Will sourit tandis qu'une jeune femme approchait, vêtue du costume noir réglementaire malgré la chaleur exceptionnelle pour une fin d'après-midi du mois de mai. Elle les salua, puis parla dans son micro-casque.

— Talents sécurisés. Ils marchent maintenant.

— Talents, dit Ji-Hoon à Will à voix basse. Enfin. Je suis un talent.

L'agent se tourna vers Will pour lui indiquer une petite scène à mi-chemin sur le tapis rouge, entourée par une bannière blanche avec des logos Screenweb.

— Le *step and repeat* est juste devant. Vous pourrez poser pour quelques photos, mais le gros de la presse est réuni en haut, au bord de la piscine. À 18 heures, le président de Screeweb fera un discours et on passera le *trailer* des nouvelles émissions. *EverAftr* doit passer en dernier. Après ça, vous répondrez à quelques questions des journalistes, puis vous serez libre de vous mêler aux invités. Il y a une zone VIP pour être un peu plus tranquille. Vous êtes prêts ?

Will étudia du regard la foule réunie pour assister à l'arrivée des célébrités. Il était loin d'être le nom le plus connu et la plupart des gens attendaient l'arrivée d'une star d'un certain âge qui faisait son retour dans une série historique.

Finley restait introuvable.

— Passez devant, dit-il à l'agent avec un sourire forcé.

Will posa devant la bannière, se sentant un peu idiot, mais ne trébucha pas en marchant sur le tapis plein de bosses, ce qu'il considérait déjà comme une réussite. Ji-Hoon savoura son moment de gloire en plaisantant avec les photographes, et vola même la vedette à la star de cinéma.

On les fit monter dans un ascenseur qui s'ouvrit sur un toit-terrasse avec une piscine. Des écrans larges haute définition étaient fixés à des poteaux un peu partout pour s'assurer que les invités en tenues de cocktail avaient une vue dégagée sur les publicités Screenweb qui passaient en boucle. Les gratte-ciel de Los Angeles offraient un décor spectaculaire.

Ji-Hoon se frotta les mains alors qu'ils entraient sur la terrasse.

— Je vais trouver un cocktail sans alcool et jaser. Tu veux prendre des paris sur l'heure à laquelle le premier invité va finir à l'eau ?

— Avec un peu de chance, après mon départ, dit Will.

— Alors vers 21 h 30, conclut Ji-Hoon en prenant des notes sur son téléphone avant de faire un signe à Will. Ciao, comme ils disent dans le milieu.

— Vous voulez dire en Italie.

— Tu as beaucoup à apprendre sur cette ville, mon ami.

Ji-Hoon plongea dans la foule.

La terrasse se remplissait rapidement, les invités vêtus de tenues diverses, du costume de couturier européen au short kaki associé à une chemise hawaïenne, alors que d'autres portaient des robes à sequins super habillées ou même des jeans déchirés avec des débardeurs. Certaines têtes lui disaient quelque chose. Eduardo Cabrillo, la star de la célèbre série de fantasy de Screenweb était inratable avec ses cheveux longs jusqu'à la taille. Et la magnifique femme à la peau d'ébène ne pouvait être qu'Amanda Gbeho, qui apparaissait actuellement dans une publicité pour du parfum sur d'immenses panneaux partout dans L.A. Plus d'une fois, Will regarda attentivement une personne et faillit l'approcher pour lui demander s'ils étaient allés au lycée ensemble avant de réaliser que cette personne avait incarné le gentil voisin dans la sitcom préférée de Lauren ou jouait dans un film qu'une ex-petite amie l'avait traîné voir au cinéma.

Cela lui rappela les remontrances amusées de Finley concernant ses lacunes en matière de cinéma. Tant de célébrités réunies au même endroit, mais la seule star à ses yeux n'était pas là.

La musique qui sortait des haut-parleurs s'arrêta et le président de Screenweb monta sur la petite estrade au bout de la terrasse, le soleil couchant projetant une lumière dorée sur la scène. Will continua à observer la foule, son regard s'arrêtant sur l'ascenseur quand il s'ouvrait pour faire entrer d'autres invités, tandis que le président présentait les nouveaux programmes les uns après les autres.

Puis la musique de générique qu'il avait choisie pour *EverAftr : À la recherche du grand amour* retentit. Will se retourna vers la scène. Son cœur battait dans ses oreilles.

Elle n'était pas venue à la soirée.

Le président croisa le regard de Will et lui fit signe de s'avancer.

— Mesdames et messieurs, nous arrivons à notre dernière grande émission. Je vais laisser une personne qui y est intimement liée vous en parler. Et quand je dis intime, je suis sérieux, dit-il en riant avec le public. Sans plus attendre, voici le P-DG d'EverAftr et producteur exécutif de notre nouveau programme basé sur l'application populaire dans le monde entier, Will Taylor !

Les pieds de Will le conduisirent en mode autopilote jusqu'à la scène. Il pensait s'être préparé à la déception qu'il ressentirait si elle ne se montrait pas, mais la douleur dépassait les limites de son imagination. Pourtant, il serra la main du président et prit le micro avant de marquer une pause pour respirer profondément et apaiser son mal de tête.

Et puis, du coin de l'œil, il vit quelqu'un se frayer un chemin dans la foule. La personne se dirigea tout droit vers la scène, se faisant une place au premier rang, juste devant lui.

Finley.

Ses cheveux bruns étaient plus longs, avec des boucles au bout qui caressaient ses épaules. Elle portait une robe bleue simple, mais ce que le tissu soyeux faisait à ses courbes n'avait rien de banal. Elle était sophistiquée, mais lui faisait penser à des plaisirs incommensurables dans le noir ; sa tenue lui allait comme un gant. Il lut des excuses dans ses grands yeux marron et vit ses joues rosir.

Il n'avait jamais rien vu de plus beau, même à la fête de ce soir remplie de célébrités photogéniques.

Elle prononça un « Désolée pour le retard », suivi par un roulement d'yeux et un « bouchons ».

Il avait envie de rire. Non, en fait, il avait envie de chanter. Ou peut-être de danser. Et ces deux activités ne faisaient pas franchement partie de ses habitudes. Maintenant, il comprenait pourquoi les gens aimaient les comédies musicales. S'il avait pu chanter à tue-tête une chanson sur les sentiments que lui inspirait Finley, il l'aurait fait.

Le président de Screenweb haussa les sourcils en regardant Will. Ah oui, il était censé parler, pas fixer Finley qui était ici, presque à portée de main. Il porta le micro à sa bouche. Il n'allait pas chanter, mais il espérait que ses paroles atteindraient une cible réceptive, c'est-à-dire son cœur.

— Salut, dit-il en apparence à toute la foule, alors qu'il ne voyait qu'elle. Vous devez avoir entendu parler de l'application EverAftr… (Il attendit que les applaudissements cessent.) Je vois que oui. Quand Screenweb m'a contacté pour créer une émission basée sur l'appli, ils avaient une histoire en tête : la mienne. Plus précisément, ils voulaient que j'utilise l'appli en même temps que six autres personnes venant de tous les États-Unis, alors que nous serions tous à la recherche d'une relation amoureuse à long terme. Je suppose qu'ils ont pensé que l'Amérique serait divertie en regardant un ingénieur en informatique ennuyeux comme moi essayer de trouver quelqu'un qui accepterait de sortir avec lui.

Le public rit à nouveau, sauf Finley. Les couleurs avaient quitté ses joues, mais son regard restait rivé sur lui.

— Et, oui, je crois en cette application de rencontre. J'ai créé EverAftr quand mes sœurs se plaignaient d'avoir du mal à rencontrer de potentiels partenaires de vie, et j'ai réussi à les convaincre d'accepter de faire partie des bêta testeurs. Aujourd'hui, Lauren est mariée à Reid, et Claire à Berit, sa femme. Alors, quand Screenweb m'a approché avec cette idée, je me suis dit : pourquoi pas ? Je crois aussi au grand amour pour toujours… comme le sous-entend le nom de l'appli.

Finley baissa les yeux. Sa tête bougeait de droite à gauche comme si elle cherchait la sortie la plus proche.

Il s'empressa de continuer.

— Mais voilà. J'ai créé EverAftr pour les gens qui

n'ont pas encore rencontré leur partenaire. Des gens qui espèrent que, quelque part, il y a LA personne idéale pour eux. Et aucune application de rencontre ne peut promettre à ses utilisateurs qu'ils trouveront l'amour. Ou qu'ils seront avec la personne qu'ils ont rencontrée grâce à l'appli dans un an ou dans dix ans. Mais je peux me baser sur les avis vérifiés des clients satisfaits d'EverAftr. Les âmes sœurs existent.

Finley commença à reculer dans la foule, avant de se retourner et de se frayer un chemin vers l'ascenseur. Il allait la perdre de vue.

— C'est pourquoi je ne suis pas un utilisateur de l'application EverAftr. J'ai eu de la chance. J'ai trouvé la femme idéale pour moi il y a longtemps. Mais nous nous sommes perdus jusqu'à récemment.

Finley se figea, mais comme elle lui tournait le dos, il ne pouvait pas voir son expression.

— Et cela m'a amené à réfléchir. Et si EverAftr pouvait être utilisée non seulement par des gens qui n'ont pas encore rencontré leur partenaire, mais aussi pour réunir des couples qui se sont séparés, mais qui veulent avoir une seconde chance ? J'ai partagé mon idée avec Screenweb, et ils l'ont aimée. Alors, j'aimerais vous présenter les clips de *EverAftr : À la recherche du grand amour* et *EverAftr : Seconde chance. À la recherche du grand amour* commencera cet été, et si tout se passe bien, *Seconde chance* sortira à l'automne. Par chance pour les téléspectateurs, je n'apparaîtrai à l'écran qu'en tant qu'animateur.

Finley se retourna. Elle revint lentement à la place qu'elle occupait juste devant la scène.

Il lui sourit. Rien qu'à elle. Le reste de la foule se fondit dans une brume multicolore.

— Je n'aurai peut-être pas mon histoire d'amour éternel.

La vie est compliquée. Tu peux vouloir une personne, mais y renoncer parce que tu penses que c'est mieux pour elle. Ou peut-être que l'autre personne ne veut pas la même chose que toi. Et c'est quelque chose que je respecte.

Finley resta immobile, telle une statue. Mais ses yeux noirs brillaient dans le soleil couchant.

— Mais je veux qu'elle sache que je l'aime. Je n'ai jamais cessé de l'aimer, même en essayant. J'ai été contrarié par la façon dont on a rompu la première fois. Je n'ai pas compris les pressions qu'elle subissait. Mais depuis qu'on s'est revus, j'espère qu'elle sait que mes pensées et mes plans l'ont toujours concernée. Elle est la seule raison pour laquelle je suis sur cette estrade.

Il prit une profonde inspiration en espérant que Finley écoutait, l'entendrait non seulement avec ses oreilles, mais aussi avec son cœur.

— Autrefois, je ne me suis pas battu pour elle. Je ne l'ai pas convaincue qu'elle était aimée et chérie. Je le fais aujourd'hui.

Il reposa le micro sur son pied sans jamais rompre le contact visuel avec elle, espérant qu'elle pouvait lire en lui les mots qu'il ne pouvait pas exprimer ici :

« Tu es aimée, Lee. Je t'aime. »

Elle leva la main pour couvrir sa bouche.

— Alors…

Il finit par détourner le regard de Finley et faire signe à un technicien chargé de lancer les vidéos.

— Profitez bien de cet aperçu de *EverAftr : À la recherche du grand amour*, dit-il dans le micro.

Le public, qui était resté silencieux pendant tout son discours, se mit à applaudir bruyamment, et Finley fut engloutie par la masse de gens qui la poussait vers la scène. Le président du service de streaming, tout sourire en pensant au nombre d'articles de presse qui seraient rédigés pour rapporter le discours de Will, lui tendit chaleureusement la main. Ji-Hoon, qui se tenait à côté de la scène pour regarder la séquence, leva ses deux pouces en direction de Will.

Ce dernier ignora tout le monde. Il descendit de l'estrade avec un seul objectif : Finley.

Il la trouva seule dans un coin reculé, dos à lui, le visage tourné vers les gratte-ciel.

— Lee ?

Peut-être que c'était une mauvaise idée. Peut-être qu'il avait fait une erreur en lui déclarant son amour en public. Mais elle ne l'avait pas cru quand ils n'étaient que tous les deux au ranch. Comment mieux prouver qu'il était sincère qu'en le disant devant des centaines de témoins dont beaucoup étaient équipés d'appareils photo et de caméras ?

— Tu es en colère ?

Elle tourna sur elle-même. Son visage était mouillé de larmes.

— Bien sûr que je suis en colère. Tu m'as fait pleurer. Je ne pleure jamais, dit-elle avant de se jeter à son cou. Tu réalises que ton discours va devenir viral sur toutes les plates-formes, hein ? murmura-t-elle contre ses lèvres.

— Je suis perdu. Ça veut dire que tu es en colère ou pas ?

Elle secoua la tête en riant. Les larmes continuaient de couler.

— Seulement contre moi-même, pour avoir rompu avec toi deux fois. Quelle idiote je suis !

— Hé, ne parle pas comme ça de la femme que j'aime, protesta-t-il avant d'embrasser ses joues mouillées. Je pensais chaque mot.

— Je sais. Et je suis tellement désolée, pour tout. Pour la première rupture, pour la deuxième, pour ne pas t'avoir fait confiance quand tu as dit que tu trouverais une solution. Pourras-tu me pardonner ?

— Toujours, répondit-il en écartant une mèche de cheveux. Et tu avais raison de me pousser à respecter mes engagements. J'allais rompre le contrat. Cela aurait été une mauvaise décision qui aurait coûté cher.

Elle sourit, des étincelles dans les yeux.

— Deux émissions hein ? Pas mal comme compromis.

— J'ai dû accepter d'animer et de réduire les droits pour utiliser le nom EverAftr. Mais ils ont aimé l'idée de la seconde chance presque plus que le concept original. Merci d'être mon inspiration.

— De rien. Et merci d'avoir parlé à Ji-Hoon de l'affaire avec les O'Donnell. Je présume que tu as entendu la nouvelle ?

— À propos de l'inculpation ? Oui. Félicitations. Par contre, il paraît que ta conférence de presse a été un fiasco…

Elle se mit à rire, puis redevint sérieuse.

— J'ai failli tout gâcher là aussi en n'informant pas Grayson et Nelle de mon plan. Pendant si longtemps, j'ai pensé que je devais tout arranger toute seule… Et je ne me débrouillais pas trop mal. J'ai même été une super bonne cheffe d'équipe et gestionnaire de campagne.

— Je sais. Parce que je te connais. Tu es intelligente et compétente et tu veilles sur les personnes de ton entourage.

— Mais tu es devenu une transaction. Ils devaient y avoir des gagnants et des perdants. Rien n'était gratuit. Et c'était confortable pour moi parce que c'était tout ce que je connaissais, expliqua-t-elle avec un soupir. Je suis désolée d'avoir mis autant de temps à voir que tu avais raison. J'avais peur. De nous. De notre avenir. De… la force… de mes sentiments.

— La force ?

— Comme si j'étais inutile. Comme si exister ne me suffisait plus. Je ne suis pas habituée à être inutile. Je préfère m'imposer dans la vie des gens. Alors que je devrais plutôt laisser les autres entrer dans la mienne, essaya-t-elle d'expliquer. Ce n'est pas très clair. Tu m'as embrouillé l'esprit avec ce discours devant tout le monde, dit-elle avec un sourire franc et sincère. Je suis presque sûre qu'on regarde cette vidéo jusqu'à Madagascar.

— Et alors ? Et si les vidéos sont supprimées d'Internet, je répéterai le discours mot pour mot à notre cinquantième anniversaire de mariage.

Il attrapa son menton avec sa main gauche et plongea dans ces yeux marron qu'il aimait tant.

— Il n'y a que toi qui comptes, Lee. Pas ta famille, pas ton travail, pas même ta capacité à tirer des ficelles pour protéger les gens que tu aimes. Toi. Et je t'aime.

— Je t'aime tellement.

Elle allait l'embrasser, mais il recula juste de quelques centimètres.

— Et si une relation basée sur une expérience intense ne marche pas, on peut toujours la baser sur le sexe, plaisanta-t-il.

— Tu… tu as regardé *Speed* ! Il faut vraiment que tu m'aimes.

Puis elle pressa ses lèvres contre les siennes et ils s'embrassèrent, les lumières de Los Angeles tournant autour d'eux et créant un monde étincelant rien que pour eux.

- 15 -

Un an plus tard

Finley Smythe adorait les mariages. Surtout quand c'était le sien. Un coup de tête à Las Vegas officié par un sosie d'Elvis. Elle et Will étaient au deuxième rang ; c'était bientôt leur tour.

— Prêt pour le bonheur éternel ? demanda-t-elle à son futur époux en short et T-shirt sur lequel était écrit : « Si je suis perdu ou ivre, ramenez-moi à la mariée ».

Sur le sien, il y avait : « Il paraît que c'est moi la mariée ».

Ils étaient à Las Vegas pour un tournage. Les deux émissions ayant été un succès, Screenweb en avait demandé une troisième. Finley avait proposé *EverAftr : Oui, je le veux !*, où l'on assisterait aux mariages des couples qui s'étaient formés dans les émissions précédentes. Will avait cédé sa place à Finley à l'écran. Ce voyage servait à tourner des séquences qui seraient montrées entre les scènes des mariages.

Et quand vous êtes à Vegas…

— Tu ne peux pas croire à ce conte de fées, dit Will avec un air sérieux. Tu es trop intelligente.

— On m'a dit de source sûre que ça existait.

Finley arrangea le voile en tulle rose qui ornait ses cheveux.

— Quelle source ?

— Moi. Et je vais te le prouver, chaque jour.

Elle enroula ses bras autour de son cou.

Il sourit et l'attira contre lui.

— Je pense que tu veux dire qu'on va se le prouver mutuellement.

— Pour toujours.

— Et pour l'éternité.

Vous avez aimé *Au cœur de la tempête* ?
Retrouvez sur Harlequin.fr les autres romans
de Susannah Erwin !

1. *Objectif : mariage à tout prix !*
2. *Un sublime inconnu*
3. *Ce patron interdit*
4. *Au cœur de la tempête*

Retrouvez prochainement,
dans votre collection

PASSIONS

Mariage de façade, de Barbara Dunlop - N°1019

La dernière chose dont Adeline ait envie, c'est bien de se marier! Or, après une merveilleuse nuit avec le politicien Joe Breckenbridge, elle se découvre enceinte. Afin d'éviter un scandale qui pourrait entacher la réputation de Joe et la sienne, Adeline se résout à contracter avec lui une union de façade. Une mascarade qu'elle sait éphémère – à moins que son cœur en décide autrement…

Une idylle inattendue, de Rachael Johns

Chelsea a un métier hors du commun : elle est experte en rupture. Lorsqu'elle vient annoncer à Callum McKinnel que sa fiancée le quitte, elle ne s'attend pas à tomber sous son charme. Mais la situation empire encore quand il lui demande de jouer quelque temps le rôle de sa petite amie. Loin d'être innocente, cette comédie bouleverse Chelsea au point qu'elle se prend à rêver d'un avenir avec Callum…

Miracle à Noël, de Carrie Nichols - N°1020

Après une douloureuse rupture, Desmond vit en ermite dans une ferme du Vermont, où il réalise des vitraux. Quand l'exubérante Natalie lui demande de fabriquer des décorations de Noël destinées à une vente en enchères, il refuse d'abord catégoriquement : Desmond *déteste* les fêtes de fin d'année! Puis il finit par céder… Depuis que Natalie et son fils ont fait irruption dans sa vie, en effet, son monde est comme illuminé. Serait-il prêt à lui ouvrir son cœur?

Une famille pour le play-boy, de Nadine Gonzalez

Si Eve se trouve aujourd'hui à Royal, c'est pour retrouver le père de son neveu dont elle a la garde. Et certainement pas pour tomber amoureuse! Pourtant, lorsqu'elle rencontre l'irrésistible Rafael Wentworth, elle perd la raison et s'abandonne dans ses bras, le temps d'une nuit. Dès le lendemain, pourtant, Eve sait qu'elle doit renouer avec ses responsabilités – et refuser la proposition de Rafael de poursuivre leur liaison… En effet, quel avenir pourrait-elle bien avoir auprès de cet éternel play-boy?

Arrogant et viril, de Joss Wood - N°1021

SÉRIE : SCANDALES À PORTLAND 3/4

Trop viril, trop arrogant. Garrett est l'incarnation même du genre d'hommes que Julia cherche à éviter. Mais parce qu'elle a besoin de lui pour sauver l'entreprise d'une amie, elle est aujourd'hui obligée de le supporter ! En dépit de tout ce qui les sépare, Garrett se révèle très attirant, et bientôt, Julia succombe à la tentation entre ses bras…

Cette incontrôlable attirance, de Joss Wood

SÉRIE : SCANDALES À PORTLAND 4/4

Depuis que Lowrie a été trahie par le père de son enfant, elle s'est promis de fuir l'espèce masculine et mène une vie paisible dans l'auberge où elle travaille, avec son fils d'un an. Jusqu'à ce que Sutton Marchant, un célèbre écrivain, s'y installe pour deux mois. Dès son arrivée, sa présence la trouble bien plus que de raison, remettant en cause tous ses principes sur l'amour…

Troublée par son ennemi, de Joanne Rock - N°1022

SÉRIE : DE RETOUR À CATAMOUNT 1/3

Fleur est de retour à Catamount : ses sœurs et elle ont hérité du ranch de leur grand-mère. Mais à peine arrivée en ville, elle tombe nez à nez avec Drake Alexander, son ennemi de toujours, qui a l'audace de vouloir acheter leur domaine ! Bien qu'elle ait besoin de cet argent, Fleur se jure de n'accepter aucune offre de sa part. C'est compter sans le pouvoir de persuasion de Drake et le désir qu'il fait bientôt monter en elle…

Une leçon de séduction, de Sophia Singh Sasson

Caitlyn en a plus qu'assez de son image de fille sage et introvertie ! Pressée de s'en débarrasser, elle est résolue à apprendre l'art de la séduction. Or, quel meilleur professeur pourrait-elle trouver que le charmant Dev Mallik, qu'elle vient de rencontrer ? Si celui-ci accepte de l'aider, Caitlyn comprend vite que son plan a une faille : le trouble qu'elle ressent pour Dev…

Un brûlant face-à-face, de Maureen Child - N°1023

Lorsqu'elle pense à Sean Ryan, Kate est submergée par des sentiments contradictoires. Certes, son patron est l'homme le plus charismatique et séduisant qu'elle ait jamais rencontré. Mais c'est aussi l'homme le plus désagréable et agaçant qu'elle connaisse ! Quand une tempête de neige la contraint à trouver refuge dans un chalet isolé, avec Ryan pour seule compagnie, elle est prise de doute : parviendra-t-elle à dissimuler son trouble face à lui ?

Précieux héritage, de Jules Bennett

Pour sauver l'agence d'assistantes maternelles fondée par sa grand-mère, Darcy est prête à tout. Alors, quand un contrat intéressant s'offre à elle, hors de question de le refuser. Tant pis si le père de la petite Iris est d'une beauté à lui faire oublier tout professionnalisme. Elle sera la parfaite nounou ! Sauf que chaque jour passé auprès de Colin rend leur torride huis clos plus oppressant. Et Darcy s'aperçoit bientôt que Colin lui cache aussi sa véritable identité…

L'amoureuse sans passé, de Merline Lovelace - N°1024

SÉRIE : LE JOURNAL INTIME D'UNE HÉRITIÈRE 3/4

Quand Natalie se réveille dans un appartement avec vue sur le Danube, son cœur cesse un instant de battre : elle ne se souvient plus de rien, pas même de son propre nom ! Plus étrange encore, l'homme qui se tient à côté d'elle, et dit s'appeler Dominic St. Sebastian, affirme la connaître et pouvoir l'aider. Plongée malgré elle dans le regard profond de ce bel étranger, Natalie sent un trouble puissant s'emparer d'elle. Peut-elle vraiment faire confiance à Dominic ?

La saveur d'un baiser, de Merline Lovelace

SÉRIE : LE JOURNAL INTIME D'UNE HÉRITIÈRE 4/4

Le parfum des vacances, les vagues du golfe du Mexique, un dîner romantique… Il n'a pas fallu longtemps à Zia St. Sebastian pour tomber dans les bras de Mike Brennan, le beau Texan aux yeux verts qui a le pouvoir de lui faire perdre la tête. Hélas, si Mike semble éprouver les mêmes émotions, Zia sait qu'un avenir ensemble leur est interdit. Car il a envie de fonder une famille : tout ce qu'elle ne peut lui donner…

AZUR

GLAMOUR. INTENSE. IRRÉSISTIBLE.

Poussez les portes d'un monde fait de luxe, de glamour et de passions. Ici, les hommes sont beaux, riches et arrogants ; les femmes impétueuses, fières et flamboyantes. Entre eux, le désir est immédiat… et l'amour impossible.

11 romances à découvrir tous les mois.

DIVERTIR • INSPIRER • ÉMOUVOIR

HARLEQUIN

www.harlequin.fr

RESTEZ CONNECTÉ AVEC HARLEQUIN

Harlequin vous offre un large choix de littérature sentimentale !

Sélectionnez votre style parmi toutes les idées de lecture proposées !

www.harlequin.fr

- **Découvrez** toutes nos actualités, exclusivités, promotions, parutions à venir...
- **Partagez** vos avis sur vos dernières lectures...
- **Lisez** gratuitement en ligne
- **Retrouvez** vos abonnements, vos romans dédicacés, vos livres et vos ebooks en précommande...

L'application Harlequin

- Des **ebooks gratuits** inclus dans l'application
- **50 nouveautés tous les mois** et + de 7 000 ebooks en téléchargement
- Des **petits prix** toute l'année
- Une **facilité de lecture** en un clic hors connexion
- Et plein d'autres avantages...

Téléchargez notre application gratuitement

Télécharger dans l'App Store

DISPONIBLE SUR Google Play

SUIVEZ-NOUS !

facebook.com/HarlequinFrance
twitter.com/harlequinfrance

VOTRE COLLECTION PRÉFÉRÉE DIRECTEMENT CHEZ VOUS

Vous souhaitez découvrir nos collections ? Une fois votre colis de bienvenue reçu, si vous souhaitez continuer à recevoir nos livres, cela se fera automatiquement. Vous n'avez aucune obligation d'achat et cette offre est sans engagement de durée !

Dans votre 1er colis, 2 livres au prix d'un + 1 cadeau

☛ COCHEZ la collection choisie et renvoyez cette page au
Service Lectrices Harlequin – CS 20008 – 59718 Lille Cedex 9 – France

Collections	Prix 1er colis	Réf.	Prix abonnement (frais de port compris)
❑ **AZUR**	4,75€	AZ1406	6 livres par mois 31,49€
❑ **BLANCHE**	7,30€	BL1603	3 livres par mois 24,85€
❑ **HISTORIQUES**	7,30€	LH1202	2 livres par mois 17,49€
❑ **PASSIONS**	7,80€	PS0903	3 livres par mois 26,49€
❑ **BLACK ROSE**	7,90€	BR0013	3 livres par mois 26,79€
❑ **HARMONY***	5,99€	HA0513	3 livres par mois 20,76€
❑ **NORA ROBERTS***	8,90€	NR2403	3 livres tous les 2 mois, prix variable**
❑ **SAGAS***	7,99€	SG2303	3 livres tous les 2 mois 29,46€
❑ **VICTORIA**	7,80€	VI2115	5 livres tous les 2 mois 42,09€
❑ **GENTLEMEN***	7,50€	GT2022	2 livres tous les 2 mois 17,95€
❑ **HORS-SÉRIE***	7,70€	HS2812	2 livres tous les 2 mois 18,45€

*livres réédités / **entre 28,79€ et 31,39€ suivant le prix des livres

F22PDFM

N° d'abonnée Harlequin (si vous en avez un) ⌊_⌋⌊_|_|_|_|_|_|_⌋

Mme ❑ Mlle ❑ Nom : ____________________

Prénom : ____________________ Adresse : ____________________

____

Code Postal : ⌊_|_|_|_|_⌋ Ville : ____________________

Pays : ____________________ Tél. : ⌊_|_⌋⌊_|_⌋⌊_|_⌋⌊_|_⌋⌊_|_⌋

E-mail : ____________________

Date de naissance : ____________________

Date limite : 31 décembre 2022. Vous recevrez votre colis environ 20 jours après réception de ce bon. Offre soumise à acceptation et réservée aux personnes majeures, résidant en France métropolitaine, dans la limite des stocks disponibles. Prix susceptibles de modification en cours d'année. Vous pouvez demander à accéder à vos données personnelles, à les rectifier ou à les effacer. Il vous suffit de nous écrire en nous indiquant vos nom, prénom et adresse à : Service Lectrices Harlequin CS 20008 59718 LILLE Cedex 9. Service Lectrices disponible du lundi au vendredi de 9h à 17h : 01 45 82 47 47.

SA au capital de 1 149 680€ – R.C. Paris. Siret 31867159100069/APE5811Z.